조선후기 시가의 성격과 표현

조선후기 시가의 성격과 표현

손정인

역락

　이 책은 지난 몇 년 사이 쓴 글 가운데에서 조선후기 시가를 대상으로 한 논문을 한데 묶은 것이다. 그 동안 학위 논문을 포함한 대부분의 논문을 고려시대 한문학과 관련하여 써왔다. 이런 의미에서 본다면, 이 책에서 다룬 분야는 장르와 시대로 보아 평소의 관심과는 상당히 먼 분야라고 해도 과언은 아니다. 그럼에도 불구하고 필자는 소중한 마음을 담고자 이 책을 준비하면서 수록할 논문에 정성을 다했다.

　이 책에서는 조선후기 시가의 전반을 다루지는 않았다. 그 대신 문학사적으로 큰 의의를 지닌 몇몇 작품에 한정하여, 기왕의 연구에서 미처 살펴보지 못했거나, 여러 시각에서 다양하게 논의되어 온 점을 중점적으로 살펴 해당 작품의 실상을 밝혀보고자 하였다.

　제1장은 윤선도의 <어부사시사>의 발문과 작품을 미학이라는 관점에서 살핀 것이다. 제2장은 이정보의 사물대상 시조 중에서 해석상의 차이가 큰 일명 '물것' 시조와 '고기' 시조를 새로운 시각에서 살핀 것이다. 제3장은 이세보의 애정시조를 새로운 독법, 즉 작품들 사이의 유기적 질서에 따라 살핀 것이다. 제4장은 이세보의 <상사별곡>을 기존의 시각과는 달리 유흥을 위한 애정가사로 보고, 그 문학적 형상화의 양상을 살핀 것이다. 제5장은 안민영의 대표작인 <매화사>의 다양한 성격과 표리적 의미를 살핀 것

이다. 제6장은 안민영의 사설시조 2편을 작가의 정체성의 면에서 이해하고, 작품에 나타난 추체험의 표현 양상을 살핀 것이다. 제7장은 『금옥총부』 후기를 안민영의 자전적 이야기로 보고, 그것에 나타난 정체성의 표현에 대해 살핀 것이다. 부록은 이규보 <동명왕편>의 기술성의 성격과 그 의미를 통해 작가의 창작 의도를 살핀 것이다.

필자의 은사(恩師) 고(故) 정여(靜如) 윤영옥(尹榮玉) 선생께서 타계하신 지 십 년이 되었다. 세월이 무심함을 절감한다. 71세에 타계하셨으니, 옛말에 인생 칠십 고래희(古來稀)라 하였지만, 요즘 세상에서 보면 너무도 짧은 삶을 살다 가셨다. 갑작스런 병환으로 인해 선생께서 우리 곁을 황급히 떠나가셨으니, 제자로서 들보가 꺾이고 산이 무너지는 아픔이었다. 선생은 학문에 대한 열정으로 학문의 길에 당신을 온전히 태우면서도 당신을 내세우지 않으시고 정여(靜如)라는 호(號)처럼 고요한 분이셨다.

정여 선생께서 별세하신 후, 선생의 지도를 받아 박사학위를 취득한 제자들이 평생을 한국고시가 연구에 바치신 선생의 학덕을 기리기 위해 선생의 1주기를 맞아 『靜如尹榮玉博士學術叢書』(전10권)를 간행하였고, 이어 2주기에는 감사와 존경의 마음으로 경남 창녕군 대지면 용소리 선생의 유택에 묘비(墓碑)를 건립하였다. 이후 평소 선생과 인간적·학문적으로 교유하였던 분들과 함께 매년 선생의 기일에 추모의 정을 나누는 모임을 가져왔다. 선생께서는 가셨으되 결코 가신 것이 아니라 우리들 마음속에 영원히 살아계신다.

선생께서는 퇴임하신 후에도 연구 활동을 계속 하시어, 『안민영이 읊은 가곡가사 「금옥총부」 해설』(2007)을 출간하셨다. 이 책에서 안민영 등의 시조를 다룬 것은 이처럼 평생을 한국고시가 연구에 바치신 선생의 학덕을 기리고자 해서이다. 선생의 십주기(十週忌)를 맞아, 삼가 선생의 영전에 이 작은 책을 바친다.

필자는 이번 여름, 38년 동안 대학 강단에서 가르치다가 정년으로 퇴임하게 된다. 돌이켜보면, 30년을 한 대학에서 교수로서 가르치고 연구할 수 있었으니 개인적으로 큰 행운이라고 생각한다. 그 동안 여러 면에서 도움을 주신 많은 분들께 충심으로 감사의 뜻을 표한다. 특히 지난 세월 따뜻한 마음으로 곁에서 지켜봐 준 아내 김문숙(金文淑)에게도 고마운 마음을 전한다.

오늘날 옛 것에 대한 관심이 소홀함에도 불구하고 이 책을 만들어 주신 도서출판 역락의 이대현 사장님과 편집부 관계자 여러분께 감사드린다.

2019년 7월
구인서재에서 손정인 삼가 씀

차례

제1장

윤선도 <어부사시사>의 미학적 이해

1. 머리말

일찍이 도남(陶南) 선생이 고산(孤山) 윤선도(尹善道, 1587~1671)의 문학에 대하여, 우리말의 아름다움을 발휘하고 자연미를 발견했다고 평가하였듯이[1] 자연을 노래한 것이 고산 시가의 주된 특징이다. 이러한 점으로 해서 고산 시가에 대한 연구는 그의 자연관에 대한 이해를 바탕으로 이루어져 왔다.

특히 고산의 <어부사시사(漁父四時詞)>는 문학사적으로 강호가도(江湖歌道)의 구현이라는 점과 관련하여 지속적으로 다루어져 왔다.[2] 이와 달리 이 작품을 고산의 순수한 자연인식이 표출된 작품으로 보기보다는 자연에 있으면서도 자연과 사회 양쪽에 대해 관심을 표명한 작품으로 보기도 하였다.[3]

---

1) 조윤제, 『조선시가사강』(박문출판사, 1937).
2) 최진원은 고산은 정계에서 뜻을 이루지 못하자 자연으로 돌아가 "假漁翁"의 초연한 세계를 찾았다고 하고, 자연을 관념화해 자아와 대상이 모순되지 않은 경지에 이른 것이 超然의 의미라고 했다. 최진원, 「어부사시사와 假漁翁」, 『증보판 한국고전시가의 형상성』(성균관대학교 대동문화연구원, 1996).
3) 성기옥, 「고산 시가에 나타난 자연인식의 기본 틀」, 『고산연구』 제1집(고산연구회, 1987).

한편으로 <어부사시사>는 <어부가(漁父歌)>의 오래된 전승기반 위에서 고산 특유의 미적 질감으로 재창조된 것이라는 점에서, 이와 관련된 연구도 이루어졌다. 주로 앞 시대 <어부가>와의 계승관계를 살피고, 작품에 나타난 표상성을 다루는 연구가 주를 이루었다.[4]

연구사의 이러한 큰 흐름에는 비켜서서 작품에 나타난 '흥(興)'[5]이나, '현실과의 갈등'에 주목한 연구[6], 문체론적인 면에서 작품의 작시원리에 주목한 연구[7] 등 어느 한 국면에 주목한 연구도 이루어졌다.

이러한 연구 성과[8]로 해서 <어부사시사>에 대한 이해는 이미 상당한 경지에 이르렀다고 본다. 그러나 이 작품은 다양한 면모를 지니고 있음으로 해서 연구자의 접근 시각도 꽤나 상이하며, 그에 따른 해석 역시 다양한 편이다. 그러므로 이 작품의 의미를 온전히 이해하기 위해서는 <어부가>의 전승사적 요인이나 작가의 역사적 삶은 물론, 이 작품을 둘러싸고 있는 여러 요소들을 고려하는 통합적인 방법이 요구된다. 그럼에도 불구하고 작품의 본질적인 면모는 아니라 하더라도 살펴볼 만한 의미가 있고, 또 이해할 수 있는 가능성이 열려 있다면, 접근할 수 있는 시각을 서둘러 닫을 필요는 없을 것이다.

---

4) 윤영옥, 「<어부사> 연구」, 『시조의 이해』(영남대학교 출판부, 1986). 이형대, 「漁父形象의 詩歌史的 전개와 세계인식」, 고려대학교 대학원 박사논문, 1997). 여기현, 「漁父歌系 詩歌의 表象性」, 『고전시가의 표상성』(월인, 1999). 김병국, 「<어부사시사>의 표상성」, 『고전시가의 미학 탐구』(월인, 2000).
5) 김흥규, 「<어부사시사>에서의 '興'의 성격」, 백영 정병욱 선생 10주기추모논문집 간행위원회, 『한국고전시가작품론 2』(집문당, 1992).
6) 이민홍, 「孤山詩歌의 이념적 갈등」, 『조선중기 시가의 이념과 미의식』(성균관대학교 출판부, 1993).
   정 민, 「<어부사시사>의 갈등상」, 『고전문학연구』 제4집(한국고전문학연구회, 1988).
7) 고정희, 『고전시가와 문체의 시학-윤선도와 정철의 경우』(월인, 2004).
8) 고산의 문학에 대한 연구는 조동일에 의해 「고산연구의 회고와 전망」, 『고산연구』 제1집(고산연구회, 1987)이 이루어질 정도로 많이 이루어졌다. 1987년 당시의 논문 수만 해도 백 수십 여 편이나 된다. 현재까지 이루어진 <어부사시사>에 대한 연구 또한 상당한 관계로 본 연구에서는 일일이 거론하지 않는다.

본 연구는 이러한 입장에서 <어부사시사>를 미학(美學)이라는 면에 초점을 맞추어 이해하고자 한다. 그 사이 진행된 여러 연구에서도 이 작품의 심미성(審美性) 등을 언급하기는 하였으나,9) 대부분 단편적이며, 피상적인 언급에 머물렀다. 이 작품에 대한 미적 접근을 시도한 연구10)도 있었지만, 기왕에 이해된 결과를 미적이라는 관점에서 묶어 이해하고자 한 데에서 크게 벗어나지 못하였다. 그러므로 본 연구는 <어부사시사>의 발문(跋文)과 작품을 미학이라는 관점에서 유기적으로 살펴 작품 이해의 한 시각을 마련하고자 하는 소박한 뜻에서 이루어진다.

2. <어부사시사> 발문의 미학적 이해

<어부사시사>의 발문(跋文)은 작품의 창작 경위와 창작 동기 등을 포함하여 작품을 이해할 수 있는 중요한 정보를 포함하고 있는 관계로 주목된다.11) 『고산유고(孤山遺稿)』에는 "신묘년 부용동에 있을 때(辛卯在芙蓉洞時)"12)라고 설명하고, <어부사시사>를 싣고 다음과 같은 발문을 붙여 놓았다. 발문의 내용은 의미상으로 보아 다음과 같이 다섯 개의 단락으로 나누어 접근할 수 있다.

---

9) 기왕의 연구에서도 <어부사시사>의 심미성에 대한 논의가 있어 왔으나, 부분적이며 단편적인 관계로 일일이 밝히지는 않는다. 그 대신 본 연구의 전개 과정에서 필요에 따라 거론할 것이다.
10) 박욱규, 「<어부사시사>에 대한 미적 접근」, 『고산연구』 제1집(고산연구회, 1987), pp.99∼115.에서는 '處士的 優雅美', '物我一體的 自然美', '破格의 美', '音樂的 風流美', '國語美' 등을 지적하였다.
11) 이 점에 관해서는 김대행, 「<어부사시사>의 외연과 내포」, 『고산연구』 제1집(고산연구회, 1987), pp.1∼47.에서 비교적 상세히 다루어졌다.
12) 고산의 「연보」에는 "신묘년 공의 나이 65세에 부용동에서 가을에 어부사 4편을 지었다."라고 하였다.

(가) 동방에 예로부터 어부사(漁父詞)가 있었으니 누가 지은 것인지는 알 수 없고 옛시를 모아 만든 것이다. 읊조리면 강풍(江風)과 해우(海雨)가 입가에 일어 사람으로 하여금 표연히 세상을 떠나 홀로 설 뜻을 갖게 한다. 이런 까닭에 농암(聾巖) 선생이 좋아하기를 게을리 하지 않았으며 퇴계(退溪) 선생도 탄상하기를 그치지 않았다.

(나) 그러나 음향(音響)이 상응하지 않고 어의(語意)가 심히 갖추어지지 못했으니 대개 옛시를 모으는 데에 얽매인 탓이다. 그러므로 옹색해지는 결함이 있음을 면치 못한다.

(다) 내가 그 뜻을 덧붙이고 우리말을 사용하여 어부사(漁父詞)를 지었으니 사계절을 각 한 편으로 하고 한 편을 10장으로 했다.

(라) 나는 강조(腔調)와 음률(音律)에 대해서는 진실로 감히 망령된 논의를 할 바가 못 되며, 창주오도(滄洲吾道)에 대해서는 더욱 사사로운 견해를 덧붙일 바가 못 된다. 그러나 맑은 못과 넓은 호수에서 쪽배를 띄우고 마음껏 노닐 때 사람들로 하여금 함께 소리 내면서 서로 노 젓게 한다면 또한 한 가지 즐거운 일이 될 것이다.

(마) 또 뒷날의 창주일사(滄洲逸士)가 반드시 이 마음에 동참하여 영원토록 서로 느끼지 않을 수 없을 것이다. 신묘년 추구월, 부용동 조수(釣叟)가 세연정(洗然亭) 낙기란(樂飢欄) 가의 배 위에서 써서 아이들에게 보이노라.13)

(가)에서는 『악장가사(樂章歌詞)』 <어부가>의 내력과 수용에 대해서 말하고 있다. 먼저 그 내력을 간단히 말하고 그 집구성(集句性)을 주목한 뒤, 작품을 어떻게 이해하여 수용하였는지를 밝혔다. 고산은 이 작품을 읊조리면 표연히 세상을 떠나 홀로 설 뜻을 갖게 한다고 했다. 이때 말한 '유세독립지의(遺世獨立之意)'는 농암이 「어부가병서(漁父歌幷序)」에서 "그 말이 한적

---

13) 윤선도, 「漁父四時詞跋」, 『孤山遺稿』 권6. "東方古有於漁父詞, 未知何人所爲, 而集古詩而成腔者也. 諷詠卽江風海雨生牙頰間, 令人飄飄然有遺世獨立之意. 是以聾巖先生好之不倦, 退溪夫子歎賞無已. 然音響不相應, 語意不甚備, 蓋拘於集古, 故不免有局促之欠也. 余衍其意, 用俚語作漁父詞, 四時各一篇, 篇十章. 余於腔調音律, 固不敢妄議, 余於滄州吾道, 尤不敢竊附. 而澄潭廣湖片舸容與之時, 使人並喉而相棹, 則亦一快也. 且後之滄州逸士, 未必不與此心期而曠百世而相感也. 秋九月歲辛卯, 芙蓉洞釣叟, 書于洗然亭樂飢欄邊船上, 示兒曺."

(閑適)하고 의미가 심원하여 읊고 나면 공명(功名)을 벗어나 진세에서 멀리 떠나고자 하는 마음을 갖게 하여, 이 어부가를 얻은 뒤에는 이전에 즐기던 가사를 다 버리고 이 노래에만 오로지 뜻을 두었다."[14]고 했을 때의 '진외지의(塵外之意)'와 유사하다.

<어부사시사> 발문을 제대로 이해하기 위해서는 고산이 읽어 낸 '유세독립지의(遺世獨立之意)'가 갖는 의미를 살펴보는 것이 우선 일 듯하다. 이를 위해 고려후기에 발생한 <어부가>에서 논의의 실마리를 마련해 보자.

고려후기에 발생한 <어부가>에는 신흥사대부의 친화자연적 경향이 드러나 있다. <어부가>의 이러한 성향은 고려중기 이후 권문세족이 향유한 한문체 시가가 궁정문화를 배경으로 향락적 성향을 지녔던 점을 극복하는 차원에서 마련된 대안적 성격을 강하게 지니고 있다.[15] 권근(權近, 1352~1409)과 정도전(鄭道傳, 1342~1398)은 당대의 사대부인 어촌(漁村) 공부(孔俯, 1352~1416)가 <어부가>를 부른 것에 대해

　이따금 흥이 나서 어부사(漁父詞)를 노래하면 그 소리가 맑고 깨끗하여 천지에 가득 차는데 마치 증삼(曾參)이 상송(商頌)을 노래하는 것을 듣는 것 같다.[16]

　백공(伯共)이 조정에서 벼슬하는 선비이면서 어촌(漁村)이라고 호한 것은 그 즐김을 표시한 것이다. 백공은 마음으로만 즐기는 것이 아니라 또 성음으로 나타내어 매양 술이 취하면 어부사(漁父詞)를 노래하는데, 궁상(宮商)도 아니요 율여(律呂)도 아니면서 고하가 서로 응하고 절주(節奏)가 서로 맞는다. 이것은 대개 자연에서 나오는 것이다.[17]

---

14) 이현보, 「漁父歌序」, 『聾巖集』 권3. "其詞語閑適, 意味深遠, 吟詠之餘, 使人有脫略功名, 飄飄遐擧塵外之意, 得此之後, 盡棄其前所玩悅歌詞, 而專意于此."

15) 박경주, 「고려중기 지식층문화에 대한 대안문학으로서 경기체가·어부가의 성격 고찰」, 인권환 외, 『고전문학연구의 쟁점적 과제와 전망 (하)』(월인, 2003), p.64.

16) 권근, 「漁村記」, 『陽村集』 11. "往往興酣, 歌漁父詞, 其聲淸亮, 能滿天地, 髣髴聞曾參之歌商頌."

라고 했다. <어부가>를 부른 공부나 이에 대해 언급한 권근이나 정도전은 그 당시 조정에서 벼슬을 하고 있었으니, 노래의 내용은 자연친화적인 것이기는 해도 '세상을 떠나 남(세상)과 상관하지 않고 자유롭게 살고자 하는 뜻'인 '유세독립지의(遺世獨立之意)'로까지는 나아가지 않았을 것으로 보인다.

『악장가사』<어부가>는 조선초기에 악장(樂章)으로 불린 작품이기에 악장으로서 갖는 기본적인 송도(頌禱)의 어구(語句)들을 포함하고 있지만 그럼에도 불구하고 오히려 작품의 전반적인 분위기는 강호자연에서의 체험과 정서를 드러내는 데 주력한다.[18] 이러한 점을 뒤집어 생각하면, 『악장가사』<어부가>의 정서 역시 친화자연적인 것이기는 해도 송도(頌禱)의 어구(語句)들을 포함한 악장의 성격을 무시할 수 없을 것이다. 그렇기에 『악장가사』<어부가>의 주지를 '유세독립지의(遺世獨立之意)'로 본 고산의 태도를 제대로 이해하기 위해서는 창작 상황을 포함하여 세밀하게 검토할 필요가 있으리라고 본다. 고산이 거기에서 '유세독립지의(遺世獨立之意)'를 읽어 내었다는 것은 개성적인 읽기 행위가 따랐음을 보여주는 것이다.

고산이 '유세독립(遺世獨立)'을 언급한 다음과 같은 대목은 이와 관련하여 주목된다.

　　내 표표히 세속을 벗어나 독립(남에게 의지하지 않고 자립)하여 신선이 되고자 하는 뜻을 갖고 있지마는 마침내는 부자 군신의 윤리를 벗어나지 못하게 한다. 진실로 고기 낚고 밭 가는 흥과 거문고 타고 장고 두드리는 즐거움을 갖게 하지마는 마침내는 전철(前哲)의 아름다운 자취를 우러러 보게 하며, 선왕의 유풍을 노래하게 하니, 이것이 '회심(會

---

17) 정도전, 「題漁村記後」, 『三峯集』 권4. "伯共以朝士號漁村, 志其樂也. 伯共不惟樂之於心, 而又發之於聲, 每酒酌, 歌漁父詞, 非宮商非律呂, 而高下相應, 節奏諧協, 蓋出於自然者也."
18) 박경주, 앞의 논문, 앞의 책, p.62.

心)'이 아니겠는가.19)

고산은 기묘년(1639) 2월에 영덕의 귀양지에서 풀려나 해남으로 내려갔다. 집안의 일은 아들에게 맡기고, 현산면 구시리로 가서, 그 곳의 금쇄동(金鎖洞)에서 왕래 소요했다. 이듬해인 경진년에 「금쇄동기(金鎖洞記)」를 지었다. 고산은 병폭(屛瀑) 아래에 있는 넓은 바위 위에 휘수정(揮手亭)을 세우고, 월출암(月出巖) 북쪽에 회심당(會心堂)을 지었다. 그리고 그 뜻이 어디에 있는가를 설명했다.

『세설신어(世說新語)』에 간문제(簡文帝)가 화림원(華林園)에 들어가 좌우 신하를 돌아보고 "회심할 곳(마음에 꼭 드는 곳)이 반드시 멀리 있는 것은 아니니, 그늘 짙은 산수에 절로 호·복[濠濮]에서의 생각이 드는구나! 조·수·금·어[鳥獸禽魚]도 어느새 찾아와 사람과 친하도다!"20)라고 했다. 그러므로 고산이 금쇄동을 찾아 든 것은 호복한상(濠濮閒想), 곧 탈속(脫俗)·초속(超俗)하여 선경(仙境)에 든 듯하고, 조수와 어별을 가까이 할 수 있다고 보았기 때문일 것이다.21)

고산의 <어부사시사>는 여러 면에서 굴원(屈原)의 <어부사(漁父詞)>와 관련되어 있다. <어부사>의 중심이 되는 사상이자 굴원의 인격미의 핵심은 '독립불천(獨立不遷)'이다. '독립불천'이 내포하고 있는 의미는 정치투쟁 속에서 원칙을 고수하여 절대 세속에 휩쓸리지 않겠다는 엄숙한 태도이다. 마음이 확 트이고 사리(私利)에 얽매이지 않으며 타인을 범하지 않고 자신을 굽히지 않는 사람만이 천지에 우뚝 서서 독립된 인격을 지켜 나갈 수

---

19) 윤선도, 「金鎖洞記」, 『孤山遺稿』 권5. "我飄飄然有遺世獨立羽化登仙之意, 而終亦使我不外於父子君臣之倫理, 固能使我專釣水耕山之興彈琴鼓缶之樂, 而終亦使我景仰前哲之芳躅, 歌詠先王之遺風, 此非會心者歟."
20) 劉義慶 撰·金長換 譯注, 『世說新語 (상)』(살림, 1996), p.179. "簡文入華林園, 顧謂左右曰 : "會心處不必在遠. 翳然林水, 便自有濠·濮閒想也. 覺鳥獸禽魚, 自來親人.""
21) 윤영옥, 『산과 물 그리고 삶』(새문사, 2005), p.282.

있다.22)

이러한 점을 고려해 볼 때, 고산이 말한 '유세독립지의(遺世獨立之意)'는 농암이 말한 '진외지의(塵外之意)'와 유사하기는 하되, 그 자신에게는 각별한 의미로 받아들여졌음을 짐작할 수 있다. 고산은 『악장가사』 <어부가>에서, 고려 말 이후 사대부들이 일반적으로 받아들인 자연미나 친화자연적인 것 이상의 의미를 읽어 낸 것이다.

고산 자신이 추구하고자 한 가치 혹은 신념과 관련하여 볼 때, '유세독립지의(遺世獨立之意)'는 미적 지각의 태도이며, 세계를 지각하는 태도이다. 세속에 야합하기 위해 자신의 태도를 절대로 바꾸지 않겠다는 분명한 의식의 표명이다. 고산은 『악장가사』 <어부가>에서 이러한 고결함과 숭고함의 미적 가치를 이해한 것이다.

(나)에서는 『악장가사』 <어부가>의 결함을 지적하고 있다. 고산은 『악장가사』 <어부가>는 고시(古詩)를 모으는데 얽매인 탓에 음향(音響)이 서로 상응하지 않고, 어의(語意)가 심히 갖추어지지 못한 결함이 있음을 지적하였다. 집구시(集句詩)는 앞 사람의 시구(詩句)를 취하여 한 편의 시로 재창조된 시23)로 받아들여지고 있지만, 집구시의 성격상 시적 형상화라는 면에서는 애초부터 한계를 지니고 있다. 집구시의 작자들이 앞 사람들의 시구를 많이 알고 있다 하더라도 그 인식에는 한계가 있다. 따라서 한정된 인식의 자산들로부터 유추된 집구시는 많은 결함을 노출하게 마련이다.

『악장가사』 <어부가>가 집구시라 하더라도 나름의 집구 원리에 의해 시상을 매끄럽게 전개하며, 유기성을 지녀야 할 것이다. 그러나 실제 작품은 그렇지 못하다. 농암은 『악장가사』 <어부가>를 좋아해 마지않았기 때문에 이 노래의 결점을 발견하고는 "다만 말에 순서가 맞지 않음이 많고,

---

22) 袁行霈 저 · 박종혁 외 공역, 『중국시가예술연구 (하)』(아세아문화사, 1994), pp.2~4.
23) 김상홍, 『한시의 이론』(고려대학교 출판부, 1997), p.72.

혹은 중첩되었으니, 틀림없이 전사하는 과정에서 잘못되었을 것이다."[24]라고 했다. "불륜중첩(不倫重疊)"의 '윤(倫)'은 바로 순서를 의미하는 것이므로, 농암의 말은 작품의 시적 전개가 매끄럽지 못하고 무질서함을 지적한 것이다. 농암은 이에 따라 순서에 맞지 않는 것을 바루고 중첩된 것을 들어서 원래 12장이던 것을 9장으로 줄였다. 줄이기만 한 것이 아니라 더 보탠 것도 있다. 더 보탠 것도 집구한 것이다. 그렇다면 농암 역시 집구시의 한계에서 자유로울 수 없게 되는 것이다.

고산은 『악장가사』 <어부가>가 옹색한 것은 음악적인 면에서의 문제와 노래의 사(詞)에 대한 문제 때문이라고 했다. 즉 '소리가 서로 상응하지 않으며(音響不相應)', '말뜻이 잘 갖추어지지 않아(語意不甚備)', '옹색해지는 결함(局促之欠)'이 있다는 것이다. <어부사시사>를 가창케 하고자 하는 고산이고 보면, 음악적 측면에 관심을 갖는 것은 자연스러운 일일 것이다. 그러나 소리의 문제와 의미의 문제만이 아니라 사계절을 각 한 편으로 하고 한 편을 각 10장으로 하는 구성의 문제, 창주일사(滄洲逸士)들로 하여금 '유세독립지의(遺世獨立之意)'에 공감토록 하려는 문제 등까지를 묶어 이해하려면, 작품이 갖는 다층적인 면에 대한 이해가 따라야 하리라고 본다.

인가르덴(Roman Ingarden)은 『문학예술작품』[25]에서 언어예술의 기본구조와 존재의 방식을 현상학적으로 규명한다. 그의 설명에 의하면 문학작품은 상호 연관된 몇 개의 층(層)으로 구성된 다층적 구조물이다. 그 구조물은 ① 언어적 음성형상의 층, ② 의미단위체들의 층, ③ 표시된 대상성들의 층, ④ 도식화된 시점들의 층 등 네 가지이다. 이것을 좀 더 살펴보면, ① 언어의 음성층은 개별적인 단어나 보다 큰 언어의 구조 속에 나타나는 음향적·리듬적 질감이나 음조 등을 말하는 것이다. ② 의미의 층은 실제적이

---

24) 이현보, 「漁父歌序」, 『聾巖集』 권3. "第以語多不倫, 或重疊, 必其傳寫之訛."
25) 로만 인가르덴 저·이동승 역, 『문학예술작품』(민음사, 1985).

고 특정한 의미들이 보다 밀접한 연관성을 맺고 고차적인 의미의 통일성을 형성한다. ③ 표시된 대상층은 대체로 작품 속에서 인식되는 작가의 세계를 포함한다. ④ 도식화된 관점층은 문학작품에 표현된 대상은 완전히 명백하게 규정되어 있는 것이 아니라 어떤 형태의 불명료성의 부분을 지니는 도식적 형태이다. 이 관점들은 독자에 의해 구체화되고 현실화된다.

첫 번째의 소리의 층은 우리가 비록 문학작품을 소리를 내어 읽지 않는다고 해도 문학의 기본적인 구성 요인이다. 더욱이 <어부사시사>는 '노래 부르기'를 전제로 한 것이라는 점에서 특히 그러할 것이다. 고산은 <어부사시사>의 연행상황까지를 고려하여 음향의 문제를 제기하고 강조(腔調)와 음률(音律)을 중요시한 것이다.

두 번째의 의미의 층은 문학작품이 존재하는 조건이 되기 때문에 더욱 중요하다. 의미의 층은 실제적이고 특정한 의미들이 보다 밀접한 연관성을 맺고 고차적인 의미의 통일성을 형성한다. 고산은 『악장가사』<어부가>는 집구시로서 시상의 전개가 매끄럽지 못하며, 시적 의미에서 통일성이 결여되어 있음을 인식하였다. 이에 따라 고산은 『악장가사』<어부가>가 말뜻을 잘 갖추지 않아 옹색해진 결함을 극복하기 위해 '연기의(衍其意)'한 것이다.

세 번째의 표시된 층에서는 보다 큰 의미를 수립한다. 여기에서 작가가 조직하는 일련의 대상과 사건은 작품의 의미에 큰 영향을 끼친다. 또한 일련의 대상과 사건들을 어떻게 배열하는가 하는 순서에 의해서 작품에 있어서의 특정한 의미가 결정된다. 고산이 사계절의 각 편을 '준비 출발 과정 → 배 저어가는 과정 → 경치를 완상하는 과정 → 회귀 과정'의 순서로 구성·배열한 것은 이러한 의미에서 이해될 것이다.

네 번째의 도식화된 시점층은 세 번째 층이 설명하지 않은 채 대체로 남겨둔 빈틈을 독자로 하여금 메우게 해주고 있다. 독자는 그것을 구체화, 즉 재창조하는 것이다. 독자는 문학작품을 독자적으로 해석함으로써 의미 있는 접근을 이룰 수 있다. 그렇다고 해서 문학작품에 대한 이와 같은 개인적인 접근이 그 작품에 대한 남김 없는 철저한 이해가 된다는 것을 보장하지는 않는다. 독자는 특정한 관점을 갖고 작품에 접근함으로써 작품은 그에게 다른 양상으로 보여질 수 있기 때문이다. 고산은 이러한 점을 의식하여, 뒷날 창주일사(滄洲逸士)가 이 작품의 주지를 어디까지나 '유세독립지의(遺世獨立之意)'로 읽어줄 것을 기대한 것이다.

(다)에서는 <어부사시사>의 작법과 실체에 대해 설명하였다. 고산이 『악장가사』<어부가>의 결함을 찾아낼 수 있었던 것은 꼼꼼한 읽기 작업을 통해서이다. 따라서 그와 같은 결함을 찾아낼 수 있었던 읽기 작업은 '구체화(concretization)'라는 창조적 과정26)이라고 하겠다. 고산은 『악장가사』<어부가>의 결함을 극복하고 자기의 생각을 구체화하여 <어부사시사>를 창작한 것이다.27)

고산은 그 뜻을 덧붙이고 우리말을 사용하여 어부사를 지음에 사계절을 각 한 편으로 하고, 그 한 편을 10장으로 하였다. "연기의(衍其意)"하였으므로 어부사의 본래 뜻을 살렸으나, 한시구(漢詩句) 대신에 우리말로 노래하였다. 사시에 각기 다르게 노래하였다. 이것은 어부사의 형태를 빈 고산의 창작이다.

『악장가사』<어부가>에서 '유세독립지의(遺世獨立之意)'를 읽어낸 고산은 예술가·예술작품·수용자라는 전통미학의 3자 관계에서 볼 때, 분명 수용자의 모습이다. 그런데 고산은 '유세독립지의(遺世獨立之意)'를 읽어내는 데에 그치지 않고, 그 결함을 극복하여 자기대로의 <어부사시사>를 창작

---

26) 엘리자베드 프로인드 지음·신명아 옮김, 「로만 인가르덴과 대상의 구체화」, 『독자로 돌아가기』(인간사랑, 2005), p.234.

27) 윤영옥은 "<어부사시사>를 논할 때, 동방에 예로부터 있었던 어부사나 농암이 개찬한 어부사에 구애되지 말고 자유로운, 고산 창작의 어부사로 읽어야 할 것"임을 말하였다. 윤영옥, 앞의 책(2005), p.310.

해 내었다. 이때의 고산은 창작자로서의 모습을 보여준다. 고산은 수용자이
자 창작자이다. 고산이 수용자로서의 역할에 머물렀다면, 발문은 (가)의 언
급만으로도 가능할 것이다. (가) 이하의 내용은 창작자로서의 고산의 모습
을 말해준다. 이러한 일련의 과정을 제대로 이해하기 위해서는 고산을 두
고, 예술가·예술작품·수용자라는 전통미학의 3자 관계에서의 수용자로
만 보아서는 아니 될 것이다. 그러므로 여기에서는 현상학적 미학에서 말
하는 예술작품·미학적 대상·체험자라는 3자 관계에서의 체험자로 보고
접근해 보고자 한다.

　현상학적 미학론의 대표자인 인가르덴에 의하면, 예술작품은 가공되지
않은 자연의 원료라는 의미나, 또는 가공되었다 하더라도 재가공되어야 할
구조물로 받아들여진다. 고산이 예술 작품, 즉『악장가사』<어부가>를 두
고 보인 태도는 인가르덴의 그것과 상통한다. 고산의 시각에서 보면,『악장
가사』<어부가>는 가공되지 않은 원료(古詩의 詩句)를 모은 것에 지나지 않
으며, 일부 가공되었다 하더라도 새롭게 가공되어야 할 구조물이다.『악장
가사』<어부가>는 고시의 시구를 골라내어 적절히 배열하여 구성한 것에
지나지 않는다. 고산은 이러한 앞 시대 작가의 작업 결과를 수용자인 자신
이 다시 가공하겠다고 했다. 그럼에도 불구하고 고산은 앞 시대 작가의 작
업 결과인『악장가사』<어부가>의 존재 이유를 인정하고 있다. 그것의 존
재 이유는 체험자가 재가공할 수 있는 토대를 제공했다는 것이다. 인가르덴
은 이 토대를 "독특한 원초 에모씨온(spezifische Ursprungsemotion)"[28]이라고
부른다. <어부사시사> 발문의 (가)에서 밝힌 '유세독립지의(遺世獨立之意)'
가 바로 "독특한 원초 에모씨온"에 해당된다. 이러한 관점에서 보면,『악장
가사』<어부가>의 작자의 역할은 원자재의 제공자로 축소되는 반면에, 고

---

28) 유형식,『문학과 미학』(역락, 2005), p.36.

산은 수용자인 체험자로서 창작자의 지위를 누리게 된다.

인가르덴은 체험자가 될 수 있는 능력과 그 능력을 가진 체험자가 실행하는 과정을 다음과 같이 설명한다. 우선 체험자가 될 수 있으려면, 첫째로 체험자는 예술작품이 보내는 "독특한 원초적 에모씨온"에 대한 개방성을 소유해야 하며, 둘째로 예술작품은 여러 가지 계기들, 다시 말해 여러 가지 가능성을 보내는데 체험자는 그 중 하나의 가능성을 선택할 수 있는 능력을 소유해야 하며, 셋째로 체험자는 자기가 선택한 하나의 가능성을 현실화하여 미학적 대상을 만들어내는 능력이 있어야 한다는 것이다.29)

이러한 이론에 의하면, 고산은 『악장가사』<어부가>가 보내는 "독특한 원초적 에모씨온"에 대한 개방성을 소유하고서, 집구시(集句詩)로서 그것이 갖고 있는 결함을 극복할 수 있는 가능성을 선택(주목)하고, 이 가능성을 현실화하여 미학적 대상인 <어부사시사>를 만들어낸 것이다. 그러므로 <어부사시사> 발문의 전반부의 내용은 이상에서 말한 '개방성'(가) → '가능성'(나) → '현실화'(다)의 과정을 단계별로 언급한 것과 같다.

(라)에서는 <어부사시사>의 연행 상황과 그에 따른 효용성에 대해 언급하였다. <어부사시사>는 듣는 이 없이 혼자 부를 수도 있을 것이다. 그러나 고산은 쪽배를 띄우고 <어부사시사>를 사람들로 하여금 함께 소리 내면서 서로 노 젓게 한다면 즐거운 일이 될 것이라고 했다. 기록에 나타난 <어부사시사>의 실제 연행 상황을 보면, 창자는 주로 동남녀(童男女)들이며 고산은 창자가 아니고 청자의 위치에 있다.30) '노래 부르기'에 있어서 창자와 청자의 몇 가지 측면을 살펴보자.

---

29) 유형식, 같은 책, p.38.

30) 실제의 연행 상황에 대하여, 『家藏遺事』에는 "小舫을 池上에 띄우고 슈童男女들의 燦爛한 綵服의 容姿가 水面에 비치는 것을 보면서 自己가 지은 漁父四時詞를 悠然히 노래 부르게 하고"라고 적고 있다. 이재수, 『윤고산연구』(학우사, 1955), p.21.에 수록된 『家藏遺事』 부분 재인용.

'노래 부르기'라는 연행적(演行的) 차원에서는 무엇보다도 노랫말의 성
격이 규명되어야 한다. 이는 창자의 전달적 측면과 청자의 수용적 측면에
서 논의가 이루어질 수 있다. 전달적인 측면에서 보면, 창자는 노랫말에
대하여 의도적이든 그렇지 않든 간에 전달의 극대화를 이루기 위하여 일
정한 장치를 마련하게 된다. 요컨대 창자는 구어적인 어휘의 사용, 일정한
구조를 통한 리듬감의 확보, 참신한 의경 등을 사용할 것이다. 청자도 수
용적인 측면에서 자신의 정서에 익숙한 운율에 흥취를 맛볼 것이고, '따라
부르기'의 묘미를 통하여 쾌감을 느낄 수 있다.31)

시조와 같은 노래 부르기에서 보듯이 일반적으로 창자는 전달적 측면에
서, 청자는 수용적 측면에서 관심한다. 그러나 <어부사시사>의 경우에는
그러한 측면에 대한 고려가 절대적일 수 없게 된다. <어부사시사>의 실제
창자는 주로 동남녀(童男女)들이며 고산은 창자가 아니고 청자의 위치에 있
다. 그러므로 실제의 창자인 동남녀(童男女)들은 창자로서의 역할에 충실할
뿐 전달의 극대화를 이루기 위해 작품적 장치, 즉 구어적인 어휘의 사용,
일정한 구조를 통한 리듬감의 확보, 참신한 의경 등에 크게 신경 쓸 필요
가 없다. 그 모든 것은 작자이며 시적 화자인 고산에 의해 마련되었기 때
문이다.

고산은 여러 명이 함께 부르는 것을 듣고 스스로 즐기거나 함께 즐기고
자 하였다. 눈으로는 자연풍광을 파악하면서 귀로는 <어부사시사>를 듣는
즐거움을 기대한 것이다. 고산의 미적 경험은 지금 향수되고 있는 대상, 즉
자연을 통해 느껴지는 즐거움과, 앞으로 <어부사시사>의 연행을 통해 느
끼게 될 즐거움에 대한 기대를 포함한다. 따라서 고산은 미적 대상을 감상
(경험)하는 현재의 순간에 작품의 연행을 통해 흥취와 쾌감을 만끽할 미래
에 대한 기대에 들떠 있다.

31) 송종관, 「노래 부르기로서의 시조의 음악성」, 『시조의 문예적 탐색』(중문출판사, 2000),
   pp.23~24.

(마)에서는 <어부사시사>의 독자에 대한 기대감을 나타내었다. 고산은 뒷날의 창주일사(滄洲逸士)가 <어부사시사>를 읽으면 반드시 자기의 마음에 동참하여 영원토록 서로 느끼지 않을 수 없을 것이라고 했다. 이때 말한 "상감(相感)"은 "공감(共感)"과도 같다. 발문의 표현대로라면 고산은 뒷날의 창주일사들이 자신의 미적 태도가 요구하는 바대로, 즉 공감적으로 읽어줄 것이라 확신하고 있다. 그러나 그 점은 확신하거나 장담할 수 있는 성질의 것은 아니다.

여기서 말한 '일사(逸士)'는 은사(隱士)를 가리킨다.

> 은사(隱士)는 '일민(逸民)'이라고도 불린다. <…> '일(逸)'이라는 글자는 두 가지 의미로 해석할 수 있는데, 그 중 한 가지는 세속을 초월하여 고상하다는 뜻이다. 은사는 세상의 아귀다툼에서 멀리 떨어져 있으므로 구애받지 않고 대범하게 인생을 살 수 있었다. <…> '일(逸)'자의 또 다른 의미는 '유(遺)'이니, 즉 세상을 완전히 잊는다는 뜻이다. <…> 만약 '일(逸)'자의 두 가지 뜻을 하나로 합해 본다면 은사의 모습을 완전하게 표현할 수 있을 것이다. 즉, 세상을 떠나 명예와 이익을 구하지 않고, 세속을 초탈하여 속세 밖을 자유로이 떠도는 모습인 것이다.[32]

고산은 <어부사시사> 발문의 (가)에서 작품의 주제로 '유세독립지의(遺世獨立之意)'를 언급하였는데, (마)에서 말한 "차심기(此心期)"는 바로 '유세독립지의(遺世獨立之意)'를 말한 것이다. 고산은 '창주일사' 역시 자신과 같은 뜻을 지녔을 것으로 보아 자기 작품의 진실한 의미에 공감하기를 기대하고 있다. 그러나 창주일사라고 하더라도 고산의 미적 태도가 기대하는 바대로, 즉 공감적으로 이 작품을 읽을 것이라고는 장담할 수 없다.

앞에서 (가)를 살펴면서 보았듯이, 미학적 대상은 예술가가 만들어 내는

---

32) 馬 華·陳正宏 저, 강경범·천현경 역, 『중국은사문화』(동문선, 1977), p.15~16.

것이 아니라 체험자가 만들어 내는 것이다.[33] 인가르덴은 "미학적 대상"을 "구체적 가치의 얼굴"이라고도 표현하는데, 여러 가지 다양한 가치 중에서 하나의 가치가 선택되어 구체화된 것이 미학적 대상의 얼굴이라고 설명한다. 인가르덴은 아직 구체화되지 못한 여러 가치들을 "미정 부분들"이라고 표현한다. 따라서 예술작품 속에는 아직도 많은 선택의 가능성이 내재해 있고, "구체적 가치의 얼굴"로 선택된 미학적 대상은 여러 가지 가능성에 불과하므로 절대적이 아니라 상대적이라는 것이다.[34]

이러한 입장에서 보면, 고산이 창주일사에게 <어부사시사>의 "구체적 가치의 얼굴", 즉 미학적 대상으로 '유세독립지의(遺世獨立之意)'를 내세우지만, 그들이 절대적으로 그것에 공감할 것이라고는 볼 수 없다. 왜냐하면 <어부사시사>에는 그것 외에도 선택될 가능성이 있는, 많은 "미정 부분들"이 있기 때문이다. 기왕의 연구에서도 지적되었지만, 사실 <어부사시사>는 시적 상상력의 진폭이 클 뿐만 아니라, 작품에 형상화된 서정 자아의 세계인식과 정감의 표출도 다층적인 면모를 드러내고 있다.[35] 그러므로 내재된 다양한 가치 중에서 어느 하나를 선택하여 구체화하는 것은 순전히 체험자의 몫이라고 보아야 한다.

그럼에도 불구하고 고산이 뒷날 창주일사가 자기의 마음에 절대적으로 공감해 주기를 기대하는 데에는 그만한 의미가 있다. 이러한 점을 이해하기 위해 고산이 <어부사시사>를 짓기 직전 부용동과 금쇄동을 중심으로 강호 생활을 하면서 어떠한 출처관(出處觀)을 보였는지를 살펴보자.

---

33) 이러한 입장에 서면, "모나리자의 미소"라는 그림에 의해 나타나는 "미학적 대상"은 레오나르도 다 빈치가 만들어낸 결과가 아니라 "모나리자의 미소"를 바라보는 체험자가, 다시 말해 "독특한 원초 에모씨온"이라는 화살에 맞은 체험자가 구성해 낸 결과라는 설명이 된다. 유형식, 앞의 책, p.37.

34) 유형식, 같은 책, p.37.

35) 이형대, 앞의 논문, p.121.

고산이 병자호란을 겪으면서 더욱 세상을 버리려는 뜻을 굳히고는 보길도(甫吉島)를 종로(終老)의 터전으로 삼고자 했다. 51세 때에 쓴 「답인서(答人書)」에서는 사대부의 두 가지 생활의 장(場) 가운데 출사(出仕)의 길이 여의치 못함으로써 자연에 들어갈 수밖에 없는 그 당시의 심정을 고백하고 있다.36) 고산의 이러한 퇴거(退居)에 대해 당시 사대부들 사이에는 논의가 분분하여 이에 대한 시비가 끊일 사이가 없었지만 그는 이에 굴하지 않고 다시는 환로(宦路)에 연연하지 않았다. 이 같은 사실은 그의 퇴거 이후 수많은 서·시 등에 언표되어 있는 바, 당시의 정치적 비난에 대응한 정치적 발언이 아니었음은 명백한 사실이라 하겠다.37) 그는 62세 때 정세규(鄭世規, 1583~1661)에게 보낸 편지에서

어제 서울의 친구가 보낸 편지를 보니, 남해(海南)에서 산다는 이유로 번잡한 말들이 있다고 하니, 뜬 세상의 좁음이 또한 낚싯배 속에까지 들어오는 것입니까? 사군자(士君子)의 처세에는 출사(出仕)와 퇴거(退居) 두 길뿐이니, 조정이 아니면 산림이라는 것은 옛 말입니다. 저는 이미 늙고 병들어 세로(世路)에서 행세할 수 없으니 자연 속을 소요하며 남은 생을 마치지 않으면 다시 어디로 가라는 것입니까? 주자(朱子)의 운곡(雲谷), 이자현(李資玄)의 청평산(淸平山), 최치원(崔致遠)의 가야산(伽倻山)은 숭상한 지 오랩니다. 이원(李愿)이 반곡(盤谷)으로 돌아가니 한유(韓愈)가 서(序)로써 그를 찬양했고, 유지지(劉智之)가 여산(廬山)에 은거하자 구양수(歐陽脩)가 시(詩)로써 칭찬하였는데, 제가 어찌 이원이나 유지지에 못하며 지금 사람들이 어찌 한유나 구양수만 못하겠습니까? 번잡한 말이 있다는 것은 아마 잘못 듣고 잘못 전한 것 같습니다.38)

---

36) 윤선도, 「答人書丁丑」, 『孤山遺稿』 권4. "盖嘗論之, 東西南北旣無可往則河海而已, 山林而已. 古人所謂天下混一之時, 士之處身, 非朝廷則, 山林者, 非此也耶. <…> 然弟之所處, 非敢竊附於古人之高義也. 周任所謂陳力就列, 不能者止者也. 在朝有煩言, 補外有積謗, 無非滄浪之自取, 則此正周任所謂不能者也. 尙不知止, 則非徒負我初心, 豈不重獲罪於明時也. 是以浩然去志, 匪自今玆也."

37) 성범중, 「윤고산 한시 연구」, 『고산연구』 제2집(고산연구회, 1988), p.118.

라고 하여, 출처이도(出處二道)의 사대부 삶에서 '어쩔 수 없이' 퇴거의 길을 택한 자신에게 비난의 말이 있을 리가 없음을 확신하고 있다. 그러므로 <어부사시사>를 창작할 당시의 고산은 자연은거에 대한 의지를 굳건히 하고는 부용동과 금쇄동을 중심으로 강호자연 생활을 영위하며 전원의 낙을 구가하고 있었다. 고산은 발문의 (마)를 통해 그 당시의 자신의 삶의 자세와 지향성을 강조하고자 하였던 것이다.

3. <어부사시사>의 미학적 이해

부용동에서의 고산의 생활은 문집인 『고산유고』와 『가장유사(家藏遺事)』에 나타나 있다. 그 당시의 고산의 생활상에 대해서는 문집보다 『가장유사』에 좀 더 다양하고 구체적으로 서술되어 있다.

조반후(朝飯後)에는 사륜거(四輪車)에 승가(乘駕)하여 현죽류(絃竹類)의 악기(樂器)를 수행(隨行)시켜 회수당(回水堂) 혹은 석실(石室)에 올라가 놀았다. 때로는 홀로 죽장(竹杖)을 짚고 낭영계(朗詠溪)에 나와 노래하였으나 날씨가 좋으면 반드시 세연정(洗然亭)에까지 갔다. 이때에 노비(奴婢)들에게 주찬(酒饌)을 충분히 준비시켜 사람들을 소거(小車)에 싣고 자기는 그 후방(後方)에 따르는 것이 관례이었다. 세연정(洗然亭)을 갈 때는 곡수대(曲水臺)의 후록(後麓)을 통과하여 도중(途中) 정성암(靜成庵)에서 한 번 휴식을 하고 세연정(洗然亭)에 도착하면 곁에 자제(子弟)를 시종(侍從)케 하고 희녀(姬女)들을 작렬(作列)시켜 소방(小舫)을 지상(池上)에 띄우고 영동남녀(令童男

---

38) 윤선도, 「上鄭判書世規書」, 『孤山遺稿』 권4. "昨見洛中故人書, 以居海之故有煩言云, 浮世之狹, 亦入於釣船之中耶. 士君子之處世, 出與處二道而已, 非朝廷則山林, 乃古語也. 弟旣癃病, 不能行於世路, 則不逍遙於水石以終餘年, 而更何往哉. 朱夫子之雲谷, 李賓玄之淸平, 崔孤雲之伽倻, 尚矣. 李愿歸盤谷則韓退之序以揚之, 劉智之居廬山則歐陽脩詩以多之, 吾豈不及愿與智之, 而當世之人亦豈不及於脩與退之哉. 有煩言之說, 似是誤聞而誤傳也."

女)들의 찬란한 채복(綵服)의 용자(容姿)가 수면(水面)에 비치는 것을 보면
서 자기가 지은 어부사시사(漁父四時詞)를 유연(悠然)히 노래 부르게 하고
혹은 배를 버리고 당상(堂上)에 올라가 사죽관현(絲竹管絃)을 주(奏)케 하였
다. 혹은 사람을 뽑아서 동대(東臺) 서대(西臺)로 나누어 상응(相應)하여 춤
추게 하였고 혹은 선무자(善舞者)를 택(擇)하여 장수(長袖)로 옥소암상(玉簫
巖上)에 춤추게 하여 못에 떨어지는 그림자를 보고 즐기고 하였다. 혹은
암상(巖上)에서 조사(釣絲)를 디루어 고기낚기도 하고 혹은 동서(東西)의 섬
에서 채련환락(採蓮歡樂)도 해보았다. 이와 같이 하여 하루의 환락(歡樂)을
마음껏 하고 일모(日暮)에야 비로소 귀도(歸途)에 올랐다. 병환(病患)으로
와상(臥床)하고 있지 않는 한 이와 같이 하는 것을 일과(日課)처럼 계속하
여 하루도 폐하지 않았다.39)

이상의 기록을 통해 볼 때, 고산의 부용동에서의 생활은 향락적이요, 탐
미적이라 할 수 있다. 그러므로 부용동은 고산에게 있어서 향락적(享樂的)·
탐미적(耽美的) 대상으로서의 자연이었다.40)

이 장에서는 <어부사시사>에서 보이는 미적 태도와 미적 경험을 중심
으로 작품을 미학적으로 이해하고자 한다.41)

(1) 미적 태도

<어부사시사>에서의 시적 자아인 어부는 고기를 잡아야만 살 수 있는
직업적인 어부가 아니다. 직업적인 어부라면, 배를 타고 물에 나아가서는
익숙한 손놀림으로 일상적인 어로 행위를 취할 것이다. 이때 그가 취하는
태도는 실제적 지각 태도라 부를 수 있다. 그러나 <어부사시사>에서의 어

---

39) 이재수, 앞의 책, p.21.에 수록된 『家藏遺事』 부분을 재인용.
40) 이민홍, 「<고산구곡가>와 <어부사시사>의 형상의식」, 『조선중기 시가의 이념과 미의
식』(성균관대학교 출판부, 1993), p.384.
41) 미적 태도와 미적 경험에 대한 이해는 제롬 스톨니쯔 저·오병남 역, 『미학과 비평철학』
(이론과 실천, 1991)의 제2장과 제3장에서 부분적으로 이론적인 도움을 받아 이루어졌
음을 밝혀 둔다.

부의 지각은 실제적이지 않다. 그는 자연이라는 대상을 대상이 보이는 대로, 들리는 대로, 혹은 느껴지는 대로 단순히 향수하기 위해서 주목하기 때문이다. 이것이 <어부사시사>에서 보이는 고산의 미적 지각의 태도이다. 이런 태도는 자연을 무심코 바라볼 때에 생겨나기도 하지만, 대상에 몰입할 때 보이는 태도이다.

> 압개에 안개 것고 뒫뫼히 힌 비친다
> 비 떠라 비 떠라
> 밤믈은 거의 디고 낟믈이 미러온다
> 지국총(至匊恩) 지국총(至匊恩) 어사와(於思臥)
> 강촌(江村) 온갖 고지 먼 비치 더옥 됴타.　<춘사 1>

　이 작품에서 시적 자아가 눈 앞에 펼쳐진 자연을 주목하는 것은 어떤 실제적 목적이 있어서가 아니다. 그저 보이는 대로, 느껴지는 대로 향수하기 위해 주목한 것이다. 아침 햇살이 퍼지면서 물 위에 있던 안개가 걷히고, 밤물이 거의 지고 낮물이 밀려오는 조수의 변화를 본다. 시적 자아는 눈앞에 펼쳐진 아침의 각각의 풍광들에 시선을 옮기다가 물의 세계가 맑아져서 원경이 눈에 들어오자 저 멀리 비치는 온갖 꽃들의 빛깔에 감탄한다. 실제적 어부라면 일상으로 대하는 이러한 자연 현상에서 별 다른 감흥을 느끼지 못할 것이다. 작품에서는 시적 자아의 미적 태도에 의해 봄철 자연의 아름다움이 주목된 것이다.
　시적 자아는 마지막 부분에서 저 멀리 보이는 온갖 꽃이 더욱 좋다고 했다. 특정한 꽃의 외양이나 빛깔에 관심을 보였다면 그의 태도는 미적인 것이 아니라고 하겠다. 눈 앞에 보이는 꽃들에 대해 언급하고자 한다면, 그 꽃을 구체적으로 확인하고 색깔을 판단하는 등 인식적인 관심이 있어야 한다. 그러나 이러한 인식적인 관심은 미적인 것이 아니다. 미적인 태도에 있

어서는 사물들이 분류되거나 판단되지 않는다. 시적 자아는 그저 사물들을
바라보는 것만으로 즐거운 것이다.[42]

다음 작품에서도 시적 자아는 대상에 대해 판단하지 않고 그저 대상이
보이는 대로, 들리는 대로 향수하기 위해 주목하고 있다.

> 우는 거시 벅구기가 프른 것이 버들숩가
> 이어라 이어라
> 어촌(漁村) 두어 집이 닛 속의 나락드락
> 지국총(至匊悤) 지국총(至匊悤) 어사와(於思臥)
> 말가한 기픈 소희 온갇 고기 뛰노느다.   <춘사 3>

이 작품에서 시적 자아는 "우는 것이 뻐꾸기가. 푸른 것이 버들숲가"라
고 묻는다. 이것은 대상을 몰라서 묻는 물음은 아니다. 들리는 소리는 분명
뻐꾸기 소리요, 보이는 것은 푸른 버들 숲이다. 그러나 시적 자아는 대상을
판단하거나 확인하는 데에는 관심이 없다. 그저 들리는 대로, 보이는 대로
향수하고자 한다. 시적 자아가 이러한 미적 태도를 지녔기에, 물안개가 움
직이자 집들이 가려지기도 하고 드러나기도 하는 것을 두고 집이 나락드락
하는 것으로 파악한다. 시적 자아는 아주 한가로운 풍광에 흠뻑 젖어 있기
에 내속에 나락드락하는 집이 구체적으로 몇 채인지에 대해서도 관심이 없
다. 이처럼 시적 자아가 대상을 구체적으로 판단하려는 인식적인 관심을 보
이지 않음으로써 이 작품은 미적인 것이다. 그러나 대상에 대한 시적 자아
의 이와 같은 '무관심적' 상태는 말 그대로의 '무관심적' 상태가 아니다. 오
히려 누구보다도 대상에 열정적으로 몰입함으로써 얻어지는 '무관심적' 상

---

42) "강촌 온갖고지 먼빛치 더옥됴타"<춘사 1>와 "인간을 도라보니 머도록 더옥됴타"<추
 사 2>에서 보이는 '먼빗치'와 '머도록'에 주목하여 강호와 현실 사이의 고산의 갈등을
 살피려한 연구도 있었다.(정 민, 앞의 논문) 그러나 미적 태도에서는 어떤 목적을 두고
 대상을 바라보지 않는다는 점에서 볼 때 재론의 여지가 있다.

태이다. 그러므로 이 작품에서의 시적 자아는 실제적 활동 중에 있는 사람들보다 대상에 대해서 더욱 '관심적'이 되는 것이다. 그러기에 물 속 한 점에 시선을 고정시켜 고기의 움직임을 정관(靜觀)할 수 있는 것이다.

> 고은 벼티 쬐얀ᄂᆞᆫ딕 믉결이 기름 ᄀᆞᆺ다
> 이어라 이어라
> 그믈을 주어두랴 낙시를 노흘일가
> 지국총(至匊恖) 지국총(至匊恖) 어사와(於思臥)
> 탁영가(濯纓歌)의 흥(興)이 나니 고기도 니즐로다.   <춘사 5>

이 작품을 통해 느낄 수 있는 시적 자아의 미적 태도는 공감적이다. 그는 대상과 일치하여 반응한다. 시적 자아가 맑고 따스한 봄날 배 위에 앉아 바라본 바다의 물결은 봄 햇살을 받아 마치 기름과 같이 빛난다. 화사한 봄빛이 내리비치자 순간 잔잔하게 일렁이던 물결들이 그 빛을 반사하여 은빛 물결로 바다를 뒤덮고 있다. 시적 자아는 우선 이러한 광경에 민감해져 있다. 그리고 이러한 아름다운 광경을 미적으로 감지하고 그것을 음미하려 한다. 시적 자아는 이 광경이 지각에 제공하는 것을 받아들이기 위해 자신을 대상에 고정시킨다. 이어 몰입된 대상과 분리되는 행위들, 즉 그물치기와 낚시질하기를 그만 두고자 한다. 이렇게 맑고 밝은 물결에 그물을 치거나 낚시를 놓아 고기를 잡을 일은 아니다. 이어서 시적 자아는 이러한 미적 태도를 유지하기 위해서 대상과 일치하여 반응한다.

이처럼 대상이 시적 자아의 '주목'을 붙잡을 때, 그 경험은 미적이 된다. 이 때 미적 주목은 단순히 주목으로 그치지 않고 동시에 다른 활동으로 이어진다. 그러나 이 활동은 그물치기와 낚시질하기와 같이 고기잡이를 위한 실제적 활동은 아니다. 이와는 달리 <탁영가(濯纓歌)>에 맞추어 제때 발로 장단을 맞추거나 뱃전을 두드리는 미적인 활동이다. 대상의 독특한 가치를 맛보기 위해서는 때로는 섬세한 부분까지도 주의 깊게 살펴야 한다. 이처럼 세부를 민감하게 인지하는 것이 바로 식별력이다. 식별해 낼 수 있는 주목을 발전시켰을 때, 그 작품은 살아서 다가온다.

청자로서 〈어부사시사〉가 지닌 중요한 주제를 염두에 두고 있다면, 그 주제들이 어떻게 전개되고 변화되는지를 관심 있게 보아야 한다. 그러할 때 청자의 경험은 더욱 더 풍부해질 것이다. 청자가 통일성에 대한 식별력이 없다면, 그는 〈어부사시사〉의 어느 두드러진 부분에만 반응하기에, 그 경험이 깊지 못하게 된다. 또 작품을 하나로 묶는 구조를 인지하지 못한다면 그 경험은 파괴되어 버린다.

지각이 대상 자체로 향해 있고, 관찰자는 대상에 대한 분석이나 질문과는 관계하지 않음을 의미한다. 이 말은 '관조 속에 빠져 있는' 것과 같은 지속적인 몰두와 관심을 함축한다. 이 때 미적 지각의 대상은 그 주변으로부터 두드러져 나와 우리의 관심을 집중시킨다.

미적 인지만큼 자연스러운 것도 없다. 세계를 단순히 바라보고, 그 광경과 소리, 운동과 표현성에만 관심을 가지는 것보다 자연스러운 것도 없다.

〈어부사시사〉에 대한 미적 감상이 자연의 감상보다 더 가치 있다고 논증될 수 있겠는가? 그 하나는 예술품과 자연 대상의 가장 명백한 차이를 지적하는 것이 될 것이다. 즉 예술품은 '틀 frame'을 지녔으나, 자연 대상은 그렇지 못하다는 것이다. 고산은 자신의 작품을 구획 짓고 한계를 정한다. 〈어부사시사〉는 춘사에서 시작하여 동사와 여음(餘音)으로 끝난다. 그러나 자연은 그 육지 풍경과 바다 풍경, 구름 모양 등을 '틀에 넣지 않기에' 그저 여기에서 시작하여 저기에서 끝나버리고 만다.

고산은 자연을 관조한 후 스스로 자연의 광경에 틀을 부여하였다. 고산은 자신이 주목하고자 하는 것을 미적으로 선택하여 향수한다. 그런 다음 스스로 자연의 광경에 틀을 부여하였다. 왜냐하면 향수된 풍경이 미적 가치를 잃지 않고 지속적으로 보여지기 위해서는 구성되어져야만 하기 때문이다. 고산처럼 예리한 지각과 풍부한 상상력을 가지고 있는 사람이라야 대단한 미적 가치가 있는 풍경을 구성해 낼 수가 있다. <어부사시사>는 그 통일성에 의해서 실제의 자연 풍경보다 더 큰 가치가 있게 된 것이다.

(2) 미적 경험

미적 경험이란 미적 태도가 유지되는 동안 가지게 되는 경험이다. 모든 경험은 시간 속에서 발생한다. 미적 경험도 시간 속에서, 그리고 시간을 통해서 발생하지만 더 중요한 측면에서 시간적이다.

이에 비해 실제적 경험에서는 어떤 일이 느슨하고 무질서하게 일어나고, 또 다른 일이 일어날 뿐이다. 그물치기와 낚시질과 같은 개별 작업의 경우를 보더라도 한 순간 한 순간 그 일을 마칠 때까지 단순히 이어져 나갈 뿐이다. 즉 일이 진행됨에 따라 증가되는 관심은 생겨나지 않으며, 그 일을 마쳤을 때도 일이 이제는 끝났다는 느낌이 있을 수 있다는 것 외에는 별로 중요한 순간이 되지 못한다.

그러나 미적 경험은 다르다. 미적 경험에서 보면, 시간이 경과한다는 것이 지루한 감정을 의미하지는 않는다. 오히려 작가의 관심이 매순간마다 개입되는 경험과 그 이상의 경험-매순간이 다음 순간에 대한 적극적인 관심을 창출하고, 그렇게 증가된 관심에 의해 경험의 '절정' 속에서 이 모든 것이 상호 연결되는 경험-을 의미한다. 이때 매순간은 다음 순간과 필수불가결하게 연결되어 있다고 느껴진다. 즉 다음 순간을 요구하고 지시하는 것 같다. 치밀하게 짜여진 종결은 단지 시간상의 종결이 아니라, 특별한 중요성을 지닌 종결점이다. 그것은 경험을 통해 전개된 관심의 절정이며, 앞선 순간들 속에서 형성되었던 기대들을 만족시키는 것이다. 그러므로 그것은 이전에 진행된 모든 것을 종합하는 것이며, 경험을 통일하고 완성하는 것이다.

<어부사시사>는 미적 향수에서 경험의 순간들이 치밀하게 결합되어 있기 때문에 '현재'의 작품은 앞서 있던 것과 긴밀하게 연결되어 있으며, 다음 것에 대한 기대를 유발한다. 예술 작품이 시간상으로 전개될 때 '전'과 '후'에 대한 인식은 그 작품에 대한 감상에 필수적이다. 그런 인식이 없다면 우리의 경험은 혼란스럽고 뒤죽박죽될 것이다.

<어부사시사>의 경우는 어떠한가? 일찍이 <어부사시사>에 나타난 고산의 구조인식에 주목한 다음의 견해를 통해 시간상의 문제를 이해할 수 있다.

> 이상의 도표에서 볼 수 있는 것은 1장~5장과 6장~10장이 완전히 대응하고 있다는 점이다. 전반부가 시간적으로 낮을 노래하고 있다면 후반부는 밤이며, 전반부가 물의 노래라면 후반부는 땅의 노래인 것이다. 낮과 밤의 이미지와 물과 땅의 이미지가 갖는 당연한 귀결이겠지만, 전반부가 나아감과 일렁임의 동적(動的)인 이미지로 충만해 있다면, 후반부는 물러남과 침잠의 정적(靜的)인 이미지로 가득하다. 그 시선이 머무는 곳만 해도 전반부는 희망찬 물의 세계라면 후반부는 고요한 뭍의 세계이며, 전반부가 외부지향이라면 후반부는 자신의 내면을 향한 조용한 성찰의 시선으로 되어 있음을 볼 수 있다.[43]

이처럼 <어부사시사>는 '전'과 '후'에 대한 인식이 뚜렷하며 구조적 질서를 지니고 있기 때문에 기억하기 쉽다. 기억하기 쉽기 때문에 작품은 경험 속에서 통일되며, 이로써 작품은 의미 있게 되고 흥미를 끌게 된다. 미적 태도가 계속되고 있는 동안 미적 태도를 유지하는 데 본질적인 기억과 기대감이 생겨나기 때문에 이 기억과 기대감은 전적으로 미적인 것이다. 이때의 미적 경험은 지금 파악되고 있는 것에서 느껴지는 즐거움과 향수되고

---

43) 김대행, 앞의 논문, p.16.

있는 대상이 앞으로 전개될 부분에 대한 기대 모두를 포함한다.

<어부사시사>의 경우, 배를 타고 강호의 이곳저곳을 돌아다니려면 시간이 소요되어야 하며, 이를 통해 다양한 위치와 시점에서 풍경을 보게 된다. 이때 작품에서 가장 생동하는 성질들 중 하나는 작품에 생기를 불어넣는 '리듬'이다. 이것은 하나의 패턴으로 작품 속의 많은 장소에서 반복해 등장함으로써, 작품이 역동적이게 된다. 이때 <어부사시사>를 부르거나 듣는 사람 모두가 앞으로 펼쳐질 새로운 광경을 기대하게 된다. 이런 리듬을 의식한다는 것은 또한 우리의 경험을 통일시키고 결합하도록 한다. 이전에 진행된 것을 기억한다면 작품의 다양한 곳에서 생기는 반복을 의식할 수 있다.

앞의 <어부사시사>의 발문과 『가장유사(家藏遺事)』를 통해서 알 수 있듯이, <어부사시사>는 '노래 부르기'를 상정하고 지어졌고, 실제 노래로 불려졌다. '노래 부르기'라는 행위는 '눈으로 읽기'라는 향유 방식과는 엄연히 궤를 달리한다. 따라서 문자의 해독을 뛰어넘는 구비적·연행적(演行的) 측면이 고려되어야 한다. 즉 연희적 특성을 감안하여 창자와 청자, 연행의 공간과 성격, 사회적 제 조건과 놀이의 의미 등이 논의되어야 할 것이다.[44]

『가장유사(家藏遺事)』에 의하면 <어부사시사>의 창자는 주로 동남녀(童男女)일 것으로 짐작된다. 그들이 노래의 내용을 이해하고 기억하여 작은 배 안에서 노래로 연행하기 위해서는 우선 기억하기 쉽고 부르기 쉬워야 할 것이다. 고산은 이를 위해 시간의 순서에 따라서 요소를 반복적으로 배열하는 방법을 택하였다. 포괄적으로 말하면, <어부사시사>는 미적 대상으로서 "시작 → 중간 → 끝"을 포함하는 구조를 지니고 있다. 이를 좀 더 구체적으로 말하면, <어부사시사> 한 편은 ① 비 떠라, ② 닫 드러라, ③ 돈 드라라의 준비 출발 과정에서 ④ 이어라, ⑤ 이어라의 배 저어 가는 과정,

---

44) 송종관, 앞의 책, p.9.

⑥ 돋 디여라, ⑦ 빈 셰여라, ⑧ 빈 미여라의 경치를 완상하는 과정, ⑨ 닫 디여라, ⑩ 빈 브텨라의 회귀 과정으로 구성하여 시간과 장소를 이동하였다.[45] 이와 같이, <어부사시사>는 시간적으로는 '준비 출발 과정 → 배 저어가는 과정 → 경치를 완상하는 과정 → 회귀 과정'을 거치면서, 이것이 사시(四時)에 반복되는 구조를 취하고 있다.

고산은 병이 나지 않는 한 뱃놀이를 포함한 탐미적 생활을 그치지 않았다고 하니, 지속적으로 뱃놀이에 참여한 창자라고 한다면, <어부사시사>에서 시간적으로 전개되는 4개의 과정이 작품 속에서 어떻게 상호 연결되는지를 충분히 이해할 수 있었을 것이다. 또한 작품의 어느 순간에 있더라도 지나간 것 다음이 어떻게 진행되는지를 이해하고, 앞으로 진행될 것도 느꼈을 것이다. 이때, 창자와 청자 모두 지나간 것에 대한 기억과 나타날 것에 대한 상상적 기대를 갖게 된다. 그러므로 <어부사시사>의 진정한 가치를 향수하기 위해서는 이 작품의 통일성을 이해해야 할 것이다. 그러기 위해서는 작품을 우리의 경험 속에서 결합시키고 종합해야만 한다.

<어부사시사>는 사계절이 각각 한 편으로, 그 한 편이 10장으로 되어 있다. <어부사시사>는 그렇게 복잡하지도, 그렇게 길지도 않으면서 작품이 통일적 구조를 지니고 있기 때문에 창자나 청자에게 매우 간결하면서도 압축적으로 보일 것이다. 그리하여 <어부사시사>의 창자와 청자는 그 주제가 발전되는 방식을 향수할 수 있게 되는 것이다. 이렇듯 <어부사시사>에서 창자나 청자가 그 주제가 발전되는 방식을 함께 향수할 수 있다는 것은 중요한 문제이다.

이처럼 작품과의 친숙성은 매우 중요하다. 작품이 보다 깊은 친숙성을 지닌다면 그 작품이 말하는 것을 잘 이해하게 되고, 듣는 데서 만족을 얻을

---

45) 윤영옥, 앞의 책(2005), p.313.

것이다. 구체적으로 작품과의 친숙성을 통해 작품의 형식적 조직과 구조에 친숙해질 것이다. 이는 작품을 구성하는 부분들이 어떻게 상호 관련되어 있는지를 이해한다는 것을 의미한다. 이때 작품 처음에 나타난 요소가 다음에 나타날 것을 위해 어떻게 길을 준비하고 유도하는지를 이해하며, 또한 작품의 여러 부분들이 어떻게 서로를 조명하고 있는지를 감상한다. 이런 친숙성을 통해 기억과 기대는 작용하게 된다.

형식적 조직에 대한 친숙성은 미적 경험의 또 하나의 중요한 가치인 통일성에도 필수불가결하다. 창자나 청자 모두가 경험이 통일되었다고 느낄 때 기대는 강렬해져서 만족하게 된다.

예술작품에 대한 미적 향수란 단 한 번 이루어지기만 하고 끝나고 마는 그런 것은 아니다. 그것은 점진적이며, 창조적인 과정인 것이다. 고산은 앞선 작품들 속에서 새로운 것을 보고, 새로운 형식을 창조하고, 새로운 의미를 부여한 것이다.

4. 맺음말

본 연구에서는 <어부사시사>의 발문과 작품을 미학이라는 관점에서 유기적으로 살펴 작품 이해의 한 시각을 마련하고자 하였다. 이상에서 논의된 내용을 정리하면 다음과 같다.

먼저, <어부사시사> 발문을 미학적으로 이해하고자 하였다. 고산이 『악장가사』<어부가>에서 '유세독립지의(遺世獨立之意)'를 읽어 낸 것은 그것이 지닌 고결함과 숭고함의 미적 가치를 이해했음을 뜻한다. 고산 자신이 추구하고자 한 가치 혹은 신념과 관련하여 볼 때, '유세독립지의(遺世獨立之意)'는 미적 지각의 태도이며, 세계를 지각하는 태도이다.

고산이 『악장가사』 <어부가>의 결함으로 지적한 소리의 문제와 의미의 문제, <어부사시사>의 구성의 문제와 주제의 문제 등 일련의 문제는 인가르덴이 말하는 4개의 층(層)의 이론에 의해서 이해할 수 있었다.

고산이 『악장가사』 <어부가>의 결함을 찾아낼 수 있었던 것은 꼼꼼한 읽기 작업을 통해서이다. 따라서 그와 같은 읽기 작업은 '구체화'라는 창조적 과정이라고 하겠다. 고산이 『악장가사』 <어부가>의 결함을 극복하고 자기의 생각을 구체화하여 <어부사시사>를 창작해 나간 일련의 과정을 이해하기 위해, 고산을 현상학적 미학에서 말하는 예술작품·미학적 대상·체험자라는 3자 관계에서의 체험자로 보았다.

고산이 말한 '유세독립지의(遺世獨立之意)'는 인가르덴이 말한 "독특한 원초 에모씨온"에 해당된다. 고산은 『악장가사』 <어부가>가 보내는 "독특한 원초적 에모씨온"에 대한 개방성을 소유하고서, 집구시(集句詩)로서 그것이 갖고 있는 결함을 극복할 수 있는 가능성을 선택(주목)하고, 이 가능성을 현실화하여 미학적 대상인 <어부사시사>를 만들어낸 것이다.

고산의 미적 경험은 지금 향수되고 있는 대상, 즉 자연을 통해 느껴지는 즐거움과, 앞으로 <어부사시사>의 연행을 통해 느끼게 될 즐거움에 대한 기대를 포함한다. 따라서 고산은 미적 대상을 감상(경험)하는 현재의 순간에 작품의 연행을 통해 흥취와 쾌감을 만끽할 미래에 대한 기대감을 갖고 있다.

고산은 창주일사(滄洲逸士)들이 <어부사시사>의 미학적 대상인 '유세독립지의(遺世獨立之意)'에 절대적으로 공감할 수 없을 것임을 잘 알고 있다. 그럼에도 불구하고 그들이 '유세독립지의(遺世獨立之意)'에 공감할 것이라고 확신한 것은 그러한 확신을 통해 그 당시 자신의 삶의 자세의 지향성을 강조하고자 하였기 때문이다.

다음으로, <어부사시사>를 미학적으로 이해하기 위해 크게 두 가지 면에서 살펴보았다.

첫째, 미적 태도의 문제이다. <어부사시사>는 그 시적 자아가 대상을 구체적으로 판단하려는 인식적인 관심을 보이지 않고 단순히 향수하기 위해서 주목함으로 해서 미적이다. 그러나 대상에 대한 시적 자아가 보이는 '무관심적' 상태는 오히려 누구보다도 대상에 열정적으로 몰입함으로써 얻어지는 '무관심적' 상태이다.

<어부사시사>의 시적 자아의 미적 태도는 공감적이다. 시적 자아는 대상과 일치하여 민감하게 반응하며 그 미적 가치를 감지하여 음미한다. 이처럼 대상이 시적 자아의 '주목'을 붙잡을 때, 그 경험은 미적이 된다.

고산은 미적인 자연의 광경에 틀을 부여하였다. <어부사시사>는 자연이 갖지 못한 '틀 frame'을 지녔으므로 형식미와 구조미를 지니게 되며, 그것에 의한 통일성에 의해서 실제의 자연 풍경보다 더 큰 가치를 지닌다.

둘째, 미적 경험의 문제이다. 미적 경험에서 시간성은 중요하다. <어부사시사>는 '전'과 '후'에 대한 인식이 뚜렷하며 구조적 질서를 지니고 있기 때문에 기억하기 쉽다. 미적 태도가 계속되고 있는 동안 이 미적 태도를 유지하는 데 본질적인 기억과 기대감이 생겨나기 때문에 이 기억과 기대감은 전적으로 미적인 것이다.

<어부사시사>에서 시간적으로 전개되는 4개의 과정은 작품 속에서 상호 밀접하게 연결되어 있다. 그러므로 작품의 어느 순간에 있더라도 지나간 것 다음이 어떻게 진행되는지를 이해하고, 앞으로 진행될 것도 느낄 수 있다.

<어부사시사>는 작품이 통일적 구조를 지니고 있기 때문에 창자나 청자에게 매우 간결하면서도 압축적으로 보인다. <어부사시사>에서 창자나 청자가 그 주제가 발전되는 방식을 함께 향수할 수 있다는 것은 중요한 문제이다.

이처럼 작품과의 친숙성은 매우 중요하다. 구체적으로 작품과의 친숙성을 통해 작품의 형식적 조직과 구조에 친숙해질 것이다. 이는 작품을 구성

하는 부분들이 어떻게 상호 관련되어 있는지를 이해한다는 것을 의미한다. 이런 친숙성을 통해 기억과 기대는 작용하게 된다.

원제 : 「<어부사시사> 이해의 한 시각」

윤영옥 외 공저, 『한국시가 넓혀 읽기』, 문창사, 2006.

제2장

이정보 사물대상 시조의 성격과 이해의 시각

1. 머리말

이정보(李鼎輔, 1693~1766)는 조선후기 시조문학사에서 각별한 의의를 지니는 작가이다. 그는 90여 수에 이르는 많은 작품을 남겼으며, '문제성' 있는 작품을 통해 조선후기 사대부 시조의 새로운 국면을 열었다고 평가된다.

이정보 시조에 대한 초기의 연구에서는 그가 남긴 작품수를 확정하는 문제에 관심을 가졌다.[1] 이후에 이루어진 연구에서는 이정보의 가계·생애 등을 살핀 뒤, 그의 시조를 주제별로 분류하여 그 대체적인 내용을 살피는 데 치중하였다.[2]

이정보의 시조에 대한 본격적인 연구는 1990년대 후반에 들어와서 이루어지기 시작하였다. 이제 이정보 시조를 본격적으로 연구한 논문들을 살펴 그 사이의 연구 동향을 파악하고자 한다.

박노준은 이정보 시조 중에는 옛시조의 풍조를 따르는 것과 새로운 문제

---

1) 이정보의 작품으로 전해지는 몇몇 외설적인 사설시조를 과연 그의 작품으로 볼 것인가 하는 논의가 그것이다.
2) 이정보 시조의 주제에 대해 진동혁은 15항목으로 나누었고(진동혁, 「사수시조고」, 『고시조문학론』, 하우, 2000), 구수영은 16가지 항목으로 나누어 정리하면서 그 내용의 다양성을 지적하였다.(구수영, 「이정보론」, 한국시조학회 편, 『고시조작가론』, 백산출판사, 1986).

성이 있는 작품이 있다고 전제하고, 전자로 보면 그는 '퇴행과 결여의 작
가'였지만, 후자로 보면 그는 '다른 방향으로 한 단계 도약한 진경의 작가'
라고 평가하였다.[3] 김용찬은 이정보가 문제적인 작품을 창작한 이유를 당
대의 연행공간과 연관지어 파악하면서, 평시조에서는 '의식의 진지함'을 드
러내고자 하였으나 사설시조에서는 '유락적이고 희화적인 시선'으로 표현
하였다고 하였다.[4] 남정희는 이정보 시조에 나타난 현실인식의 변화를 중
심으로 논의하여 '지배질서 내의 변화 추구'와 '애민적 관심과 현실의 수
용'이라는 점을 강조하였다.[5] 정흥모는 이정보의 시조 중에서 애정시조가
가장 중요하다고 전제하고, 그의 애정시조는 조선후기의 풍류 공간과 밀착
된 생활 속에서 생산된 것으로서 조선후기 사대부 시조의 변모를 선취했다
는 점에 문학사적 의의를 부여하였다.[6] 이상원은 이정보 시조 해석의 근거
를 순전히 작가 개인의 차원에서 찾으려고 한 기존의 시각을 반성하고, 이
정보의 시조를 18세기 경화사족의 시조 향유 방식 등과 관련지어 해석하였
다.[7] 조태흠은 이정보가 중인계층이 발전시킨 18세기 도시시정의 가악과
어떻게 연관짓는지에 주목하여, 그의 시조에 나타난 도시시정의 풍류 양상
을 파악하였다.[8] 전재강은 이정보 시조의 성격을 다양성·풍류성·현실성
에 두고 그러한 시조를 창작할 수 있었던 이유에 대해 개인적 배경과 사회
적 배경으로 나누어 고찰하였다.[9] 김상진은 이정보 시조 가운데 사대부적
질서에서 일탈되는 시조의 유형을 찾아보고, 그 일탈은 그의 개인적인 성향

---

3) 박노준, 「이정보와 사대부 사유의 극복」, 『조선후기 시가의 현실인식』(고려대학교 민족문
   화연구원, 1998).
4) 김용찬, 「이정보 시조의 작품 세계와 의식 지향」, 『우리문학연구』 제12집(우리문학회, 1999).
5) 남정희, 「이정보 시조 연구-현실인식의 변화를 중심으로-」, 『한국시가연구』 제8집(한국
   시가학회, 2000).
6) 정흥모, 「이정보의 애정시조 연구」, 『어문논집』 제42집(민족어문학회, 2000).
7) 이상원, 「이정보 시조 해석의 시각」, 『한국시가연구』 제12집(한국시가학회, 2002).
8) 조태흠, 「이정보 시조에 나타난 도시시정의 풍류」, 『한국문학논총』 제38집(한국문학회, 2004).
9) 전재강, 「이정보 시조의 성격과 배경」, 『우리말글』 제35집(우리말글학회, 2005).

과 18세기의 문화현상이 결합하여 빚어낸 결과라고 보았다.10) 김상진은 이어서 이정보 시조를 중심으로 살펴본 조선후기의 풍속도를 도시의 유흥적 분위기, 향촌에서의 소박한 생활상, 탈권위적 표현으로 범주화하였다.11)

이상에서 살펴본 바와 같이 이정보 시조에 대한 연구 성과는 상당히 축적되었다. 지금부터는 이러한 연구 성과를 바탕으로 그의 시조가 갖고 있는 특징적인 면모를 보다 깊이 있게 연구해야 할 것이다. 그러기 위해서는 그 사이의 연구에서 미처 살피지 못한 것을 찾아내어 살펴야 할 것이고, 잘못 이해되어진 것이 있으면 바로 잡기도 해야 할 것이다. 본 연구에서는 이러한 작업의 일환으로 사물을 대상으로 한 이정보의 시조에 초점을 맞추어 논의를 진행하고자 한다. 먼저 이정보 사물대상 시조의 성격을 이해한 다음, 주요작품 중에서 해석상 차이가 큰 작품을 분석하여 합당한 이해의 시각을 마련하고자 한다.

2. 이정보 사물대상 시조의 성격

이정보는 월사(月沙) 이정구(李廷龜, 1564~1635)와 백주(白州) 이명한(李明漢, 1595~1645) 등을 배출한 명문 사대부 가문인 연안(延安) 이씨(李氏)의 자손이다. 그는 평생을 관료로 보내면서 대제학·이조판서 등을 역임했음에도 불구하고 그의 문집이 전해오지 않는다. 이에 따라『조선왕조실록』의 기록과 몇몇 문사들이 남긴 묘지명 등 제한적 자료12)를 통해서 그의 인물

---

10) 김상진, 「政客 이정보와 시조, 그 일탈의 의미」, 『시조학논총』 제27집(한국시조학회, 2007).
11) 김상진, 「시조에 나타난 조선후기 풍속도-이정보 시조를 중심으로-」, 『온지논총』 제27집(온지학회, 2011).
12) 이정보의 행적은『조선왕조실록』의 기록 외에, 黃景源(1709~1787)의 문집인『江漢集』에 수록된 「墓誌銘」과 金祖淳(1765~1832)의 문집인『楓皐集』에 수록된 「大提學李公諡狀」, 沈魯崇(1762~1837)이 歌妓 桂纖을 그린 <桂纖傳> 등을 통해 그 대강을 알 수 있다.

됨과 삶의 대강을 살필 수 있는 형편이다.

이와 같은 자료적인 한계 상황하에서 이정보의 사물대상 시조를 온당하게 이해하기는 쉽지 않다. 본 연구에서는 이러한 자료적인 상황을 감안하여 이정보의 시조 자체가 제공하는 정보를 중심으로 하되, 그가 살다간 18세기 전후기의 사상적 동향을 통해 그의 사물대상 시조의 성격을 살펴보고자 한다. 다음 작품을 통해 논의를 시작해보자.

> 검은 거슨 가마괴요 흰 거슨 희오라비
> 쉰 거슨 梅實이요 짠 거슨 소금이라
> 物性이 다 各各 달은이 物各付物 흐리라.   <『해주』334>[13]

이 작품은 이정보의 사물대상 시조를 이해하는 데 중요한 단서를 제공해주고 있다. 그럼에도 불구하고 기존의 연구에서는 이 작품에 주목하지 않았다. 그러한 가운데에서도 극히 소략하나마 이 작품에 대해 언급한 연구는 있다. 진동혁은 이정보 시조 전반을 주제별로 15항목으로 나누면서 열다섯 번째로 '물성시조(物性時調)'라는 유형을 설정하고 해당 작품으로 이 시조를 들었다. 그러나 "다음 1수는 물성(物性)을 읊었다."[14]라고 하면서 이 작품을 제시하고 있을 뿐, 그 이상 언급하거나 별다른 의미를 부여하지는 않았다.

이정보는 이 시조에서 '물성(物性)'이라는 말로써 그의 물성인식의 일단을 피력하였다. 초장에서, 검은 것을 가마귀라 하고 흰 것을 해오라비라고 했다. 사물의 색채에 주목한 것이다. 중장에서는 신 것을 매실이라 하고 짠 것을 소금이라고 했다. 사물의 맛에 주목한 것이다. 종장에서는 앞에서 말한 내용을 요약하여 "사물의 물성은 각각 다르다."고 했다. 이 말은 물(物)마다 물성(物性)을 대표할 만한 특성이 있다는 말이다.

---

13) <『해주』334>는 『海東歌謠』周氏本에 수록된 334 번째 작품을 가리킨다. 이하 같음.
14) 진동혁, 앞의 책, p.294.

그러므로 물성(物性)을 제대로 파악하려면 물마다 갖고 있는 특성을 잘 파악해야 할 것이다. 초·중장에서 언급한 것처럼 사물의 특성을 어떤 것은 빛깔로, 어떤 것은 맛으로 파악해야 한다면, 또 다른 어떤 것은 또 다른 어떤 것으로 그 특성을 파악해야 할 것이다. 즉 사물마다 물성을 파악할 수 있는 면을 찾아 집중적으로 그 특성을 포착하도록 해야 할 것이다.

그런데 이렇게 하는 것이 말처럼 쉬운 일은 아니다. 가마귀는 검고 해오라비는 희다는 것은 누구나 다 아는 사실이다. 이정보가 이 시조에서 말하고자 한 것은 결코 누구나 다 아는 사실을 말하고자 한 것은 아닐 것이다. 결국 이정보가 말하고자 한 것은 물성을 제대로 파악하기 위해서는 그 사물의 특성을 잘 포착해야 한다는 말이다. 그러므로 이 시조는 '가마귀'·'해오라비'·'매실'·'소금' 등 평범한 소재를 내세웠지만, 사실은 이정보의 물성인식이 드러난 작품으로 이해할 수 있을 것이다.

이정보는 다음의 시조에서 '물성(物性)'과 함께 '인성(人性)'을 말하고 있다.

> 天地 開闢 後에 萬物이 삼겨난이
> 山川草木 夷狄禽獸 昆蟲魚鼈之屬이 오로다 절로 삼겻셰라
> 살롬도 富貴功名 悲歡哀樂 榮辱得失을 付之 절로 ㅎ리라.　<『해주』382>

이 시조 역시 앞의 시조와 마찬가지로 기존의 연구에서는 별달리 주목하지 않았다. 진동혁은 이정보의 자연시조에는 6수가 있다고 하면서 이 시조를 "자연현상을 통틀어 읊은 것"[15]으로 보았다. 그러나 이 시조는 이렇게 간단히 자연시조로 보아버려도 될 것은 아니다. 이정보는 이 시조에서 자연현상뿐만 아니라 인간의 문제도 아울러 언급하였다. 이정보는 '山川草木 夷狄禽獸 昆蟲魚鼈之屬'이 절로 생겨났으며, 사람도 '富貴功名 悲歡哀樂 榮辱得

---

15) 진동혁, 앞의 책, pp.286~287.

失'을 절로 한다고 했다. 이정보는 '절로' 생겨난 사물과 '절로' 하는 인간을 '절로'라는 점에서 동일시한 것이다. 이 점은 '사람도'라는 표현을 통해서 알 수 있다. 이정보는 인(人)과 물(物) 즉, 인(人)과 금수(禽獸)·초목(草木) 사이에 동질성을 인정한 것이다.

이상의 두 수의 시조를 통해서 이정보는 사물의 물성을 파악하는 데에 크게 관심을 갖고 있었으며, 한편으로 인성과 물성을 동일시하고 있음을 알 수 있었다. 이러한 점은 이정보 개인의 독특한 사물인식에서 나온 것일까? 이러한 점에 대한 이정보 개인의 구체적인 언급을 찾아볼 수 없는 현재의 상황하에서는, 조심스럽기는 하지만, 당대의 사상사적 흐름과 연관하여 이해할 수 있겠다. 사상사적으로 볼 때, 물성론(物性論)이 중요하게 부상된 것은 18세기 초엽 '인물성동이논쟁(人物性同異論爭)'으로 불려지는 호락논쟁(湖洛論爭)이 일어나면서부터이다. '인물성동이논쟁'에서 '인물성동론(人物性同論)'은 낙하(洛下), 즉 서울 및 서울 근교의 학인들이 견지하였다고 해서 낙론(洛論)으로 불려진다. 이정보가 작품 내에 인정과 물태를 수용하게 된 바탕에는 '인물성동론'인 낙론의 사물 이해가 있었다.

낙론(洛論)은 물성에 대한 적극적인 해석을 받아들인다. 성동이기이(性同而氣異)라는 논리에 의해 인(人)·물(物)에 모두 오상(五常)이 갖추어져 있다고 하여 인·물의 근본적인 차별성을 부정하고 있는 것이다. 이 때 물성에 대한 관심이 증대되었고 인간을 둘러싸고 있는 외부 사물에 대해서 새로운 해석이 가능해졌다. 그리고 이러한 사물인식의 태도는 사물이 가지고 있는 개체성에 대한 적극적인 논의를 가능케 했다고 보여진다.[16]

이러한 낙론의 물성인식과 이정보의 물성인식을 어떻게 관련지어 이해할 수 있을까? 그것은 이정보 가문의 가학(家學)을 통해 이해할 수 있다. 이정

---

16) 유봉학, 『연암일파 북학사상 연구』(일지사, 1995), pp.86~99.

보의 가문인 연안 이씨는 조선중기의 명문으로 낙론(洛論)의 대표적인 가문이다. 증종조부인 이단상(李端相, 1628~1669)은 조선중기 대문장가였던 월사 이정구의 손자인데 당대의 이름난 학자로서 상수학(象數學)에 깊은 관심을 가졌다. 상수학에 대한 이단상의 깊은 관심은 객관적인 물상의 존재 자체에 대한 인식과 관련된다. 그리고 이러한 그의 학문적 태도는 훗날 호락논쟁에서 인물성동론인 낙론을 형성하는 데 결정적인 역할을 한 김창협(金昌協, 1651~1708), 김창흡(金昌翕, 1653~1722) 형제를 비롯하여 집안의 자제들에게 영향을 미쳤다. 이정보의 아버지인 이우신(李雨臣, 1670~1744)은 당대의 산림(山林)인 이희조(李喜朝, 1655~1724)의 문하에 있었으며 김창흡으로부터도 가르침을 받았다. 그러므로 이정보는 이단상→ 이희조→ 이우신으로 이어지는 가학(家學)을 받아들였을 것인데, 이러한 사실을 통해 이정보가 인성과 물성에 깊은 관심을 쏟는 현상을 이해할 수 있을 것이다.

이상에서 이정보 사물대상 시조의 성격을 살펴보았다. 이정보의 사물대상 시조를 전반적으로 다루지 않고 다만 두 작품만을 살핀 결과로써 이정보 사물대상 시조의 성격을 말하는 것은 온당하지 못하다는 지적을 받을 수도 있을 것이다. 그러나 이정보 사물대상 시조의 전반적인 경향도 위의 사물대상 시조에 나타난 그의 물성인식에서 크게 벗어나지는 않을 것이라고 생각한다.

3. 이정보 사물대상 시조의 이해

여기에서는 이정보의 사물대상 시조 중에서 해석상 큰 차이가 나는 문제작을 분석하여 합당한 이해의 시각을 마련하고자 한다. 일명 '물것' 시조라고 하는 작품을 제시하면 다음과 같다.

　　一身이 사즈 흔이 물썻 계워 못 견딜쐬
　　皮ㅅ겨 갓튼 갈랑니 볼리알 갓튼 수통니 줄인 니 갓신 니 잔별록 굴근
별록 강별록 倭별록 긔는 놈 쒸는 놈 琵琶갓튼 빈디삿기 使슘갓튼 등이아
비 갈ㅅ귀 삼의약이 삼세박회 눌은박회 바금이 거저리 불이 쏘죽흔 목의
달리 기다흔 목의 야윈 목의 살진 목의 글임에 쏘록이 晝夜로 뷘 째 업시
물건이 쏘건이 셜건이 뜻건이 甚흔 唐빌리 예서 얼여왜라
　　그 中에 춤아 못 견딀쏜 五六月 伏더위예 쉬포린가 흐노라.　　〈『해주』394〉

　　먼저 이 작품에 대한 기존의 견해를 제시하여 논의의 실마리를 삼고자
한다.

　　① 구수영 : 이 시조 내용을 보면, 인간주변의 온갖 해충을 열거하여 못
견디게 괴로움을 호소한 내용이다. 이 작품은 당시 四色黨派들의 날뜀 속
에 시달려야 하는 고충을 넌지시 비유한 것이겠지만, "보리알ㅈᅳ튼 슈통니"
"벼룩" "빈대" 등 온갖 해충을 열거 나열한 것은 짓궂은 戱作이다.[17]
　　② 조동일 : 이 노래는 물것으로 사회적인 해독을 끼치는 자들을 암시
했다고 보면 충격과 긴장을 구태여 조성한 효과를 알아차릴 수 있다. 이런
노래를 부르며 듣는 사람들은 갖가지 수탈이 더욱 가혹하게 이루어져 그
대로는 살 수 없는 세태를 절감하고 있었기에, 갖가지 소임을 맡고 수탈의
방도를 교묘하게 차리는 아전들의 모습을 물것들과 대응시켜보는 쾌감을
자연스럽게 누렸을 만하다.[18]
　　③ 이강옥 : 이 시조는 사람을 괴롭히는 여러 해충들을 언급하여 언어
적 분풀이를 하는 데 머물지 않고, 욕심쟁이, 아첨꾼, 모사꾼, 소인배들을
은연중 배척하여 풍자하는 데까지 나아갔다고 하겠다. 그렇다면 중간착취
계급에 대한 민중계급의 풍자를 담고 있는 것으로 본 지금까지의 해석은
수정되어야 하겠다.[19]

---

17) 구수영, 앞의 논문, p.339.
18) 조동일, 『제2판 한국문학통사 3』(지식산업사, 1989), p.301.
19) 이강옥, 「사설시조 <일신이 사자하니>에 대한 고찰」, 백영 정병욱 선생 10주기추모논
　　문집 간행위원회, 『한국고전시가작품론 2』(집문당, 1992), p.806.

④ 김상진 : 이 작품은 이정보의 풍자시조 가운데 대표적이라 할만하다. 탐관오리의 수탈을 '물 것'에 비유하여 풍자하였다. 물 것의 종류가 다양한 만큼 탐관오리도 한 둘이 아니다. 이, 벼룩, 바퀴라고만 해도 충분할 것을 굳이 가랑니, 수퉁니, 잔벼룩, 굵은벼룩, 왜벼룩, 센바퀴, 누른바퀴라고 나열한 것은 각양각색의 탐관오리가 있음을 나타낸 것이다. 물거니, 쏘거니, 빨거니, 뜯거니 하는 것은 물론 수탈의 방법이다.[20]

⑤ 박노준 : 이 시조가 무엇에 빗대어서 세사를 비꼬는 풍자적인 기법에 의존하고 있다는 사실은 누구도 부인할 수 없는 점이다. <…> 이정보는 '물것'들에게 시달림을 당하는 시적 화자의 참을 수 없는 고통을 드러냄과 동시에 그토록 시적 화자를 괴롭히는 '물것'들의 갖은 행패와 패악을 "물거니 쏘거니 쌜거니 뜯거니"라는 표현을 통해서 통렬하고도 빈틈없이 폭로하고 있다.[21]

⑥ 남정희 : 이 시조의 비유법은 이미 比擬性을 상실한 상태에서 원관념을 노출시킨다고 보았을 때 벌레들은 부패한 관리일 것이며 못 살겠다고 비명을 지르는 시적 화자는 백성 일반을 지칭하고 있다. 작품 속에서 사대부 시인을 대신한 시적 화자는 자신의 문제임에도 불구하고 비판적인 인식을 강력하게 드러내고 있지 않다. 그보다는 오히려 현실의 탐학의 모습을 벌레들이 물고 뜯고 쏨으로 비유하고 그 과정을 열거해서 행위 자체의 치졸함에 관심을 집중하고 그것은 유머러스한 분위기를 조성하고 있다.[22]

⑦ 정흥모 : 이정보는 수탈자들을 갖은 물것으로 상정하고 그들의 수탈 행위를 '晝夜로 뷘 쎄 업시 물건이 쏘건이 쌜건이 뜯거니'라 하여 신랄하게 풍자하는 한 편, 속절없이 당해야만 하는 하층민들에게는 따뜻한 연민의 눈길을 보내고 있다.[23]

⑧ 조태흠 : 이 작품은 이, 벼룩, 빈대, 등에아비, 모기, 쉬파리 등 하찮은 것, 비속한 것, 가치 없는 것들을 등장시켜 나열하고 있다. 이것은 희극적이고 유희적인 재미를 추구하는 의도적 책략이며, 동시에 이 시의 지배

---

20) 김상진, 「이정보 시조의 의미구조와 지향세계」, 『한국언어문화』 제7집(한국언어문화학회, 1992), p.110. 다음의 2편의 논문에도 같은 견해가 제시되어 있다. 김상진, 앞의 논문(2007), pp.158~159. 김상진, 앞의 논문(2011), p.64.
21) 박노준, 앞의 책, pp.71~72.
22) 남정희, 앞의 논문, pp.244~245.
23) 정흥모, 앞의 논문, p.93.

적 원리라 할 수 있다. 따라서 재미를 추구하는 이 작품에서 경건하고 진
지하고 무거운 의미를 찾는다는 것은 무의미한 일이다. 다만 이 노래가 창
작의 현장을 벗어나 도시시정에서 가창되었을 때, 그 때의 청자들은 이 노
래의 물것과 탐관오리들을 대응시키며 쾌감을 느꼈을 가능성은 충분히 있
다고 보아도 무방할 것이다.[24]

   ⑨ 전재강 : 이 시조는 작가 자신보다는 당시 일반 백성들의 생활 현실을
대신 노래했다. 온갖 해충에 뜯기며 살아가는 서민들의 삶을 바라보고 그들
의 어려운 삶의 현실을 비유적으로 표현했다. 이를 각종 세금에 시달리는
백성의 현실을 상징적으로 노래한 것으로 볼 수도 있음은 물론이다.[25]

   이정보 시조의 연구자들은 이 작품의 특이함에 주목하여 거의 예외 없이
언급하고 있다. 대부분의 연구자들은 일상생활에서 사람을 괴롭히는 여러
해충들을 나열한 이 작품을 풍자적인 작품으로 해석하였다. 다만 풍자의 대
상을 ②·④·⑤·⑥·⑦·⑨에서는 민중을 괴롭히는 탐관오리로, ③에
서는 모리배·아첨꾼·소인배로 보고 있다. 그리고 ①에서는 희작(戲作)으
로, ⑧에서는 희극적이고 유희적인 재미를 추구한 작품으로 보고 있다.

   과연 이 작품은 풍자적인 작품인가? 이 시조의 중장에 나오는 "皮ㅅ겨
갓튼 갈랑니 볼리알 갓튼 수퉁니", "琵琶갓튼 빈대삿기 使令갓튼 등이아비"
와 같은 비유는 이·빈대·등에아비의 외형을 그린 것일 뿐 특별한 함의를
지니는 것은 아니다. 이강옥은 이 작품의 원관념과 보조관념에 대해 다음과
같이 말하였다.

   이 작품에서 의미항들이 형성되어 묶여지고 연결되는 바탕은 보조관념
쪽이 아니라 원관념 쪽이다. 즉 '皮ㅅ겨 → 보리알 → 비파 → 사령'이 아니
라 '갈랑니 → 슈퉁니 → 빈대삿기 → 등에아비'인 것이다. 또 皮ㅅ겨와 보리

24) 조태흠, 앞의 논문, pp.17~18.
25) 전재강, 앞의 논문, p.193.

알, 비파, 사령 등의 보조관념항들은 일관되게 서로 연관되어 현실비판적 의미를 엮어내지 못한다. 이 작품이 사회현실의 어떤 점을 일관되게 풍자, 비판하기만 하는 것으로 보는 것은 비약이다.[26]

이러한 견해가 제시된 이후에도 이 작품을 탐관오리를 풍자한 것으로 보는 견해는 지속적으로 제시되었다. 이 작품을 풍자적인 작품으로 보는 견해는 작품 자체에서나 이정보와 관련된 자료에서 해석의 근거를 찾아내어 이루어진 것은 아니다. 그러므로 연구자의 주관적인 해석이라는 지적에서 자유로울 수 없다. 연구자들 중에는 해충의 특성인 '물거니, 쏘거니, 빨거니, 뜯거니' 하는 것을 수탈의 방법으로 보기도 하고, 그 하위에 나열된 각각의 형상들을 각양각색의 탐관오리와 대응되는 것으로 보기도 하였다. 그러나 그러한 각각의 형상을 한 벌레들이 구체적으로 수탈자의 어떤 모습과 대응되는지는 제대로 설명하지 못하였다.

이정보의 인간과 삶을 엿볼 수 있는 현전 자료 중에서 탐관오리에 관한 비판의식을 담은 내용은 찾아볼 수 없다. 이 점은 그의 시조의 경우에도 마찬가지이다. 물론 연구자에 따라 탐관오리를 비판한 것으로 보는 작품이 있기는 하지만, 이것 역시 작품 해석이 잘못된 데에서 비롯된 것이다.[27] 이정보의 시조 중에는 서민의 일상성에 관심을 갖고서 그들의 삶을 해학적으로 그린 경우는 있지만, 수탈당하는 백성의 모습에 대한 분노를 드러낸 작품은 찾아보기 어렵다.

이정보는 당대의 풍류세계를 주도한 심용(沈鏞, 1711~1788)과 더불어 '근세풍류주인(近世風流主人)'[28]이라 일컬어질 정도로 풍류생활을 영위하였다.

---

26) 이강옥, 앞의 논문, p.800.
27) 기존의 연구에서는 "江湖에 노는 곡이 즑인다 블어마라"로 시작하는 시조(<『해주』 315>)를 그렇게 해석하기도 하였으나 잘못 해석한 것으로 본다. 이 점은 뒤에서 구체적으로 논의하고자 한다.
28) 沈魯崇은 이정보와 심용의 사적을 전하면서 이 두 사람을 '近世風流主人'이라 일컬었다.

이에 따라 그의 시조 중에는 아래와 같이 흥취를 위해 지은 작품이 다수 있다.

> 곳픠면 둘 싱각ᄒ고 둘 붉음연 술 싱각ᄒ고
> 곳픠쟈 둘 붉쟈 술 엇으면 벗 싱각ᄒ네
> 언제면 곳 알래 벗 둘이고 翫月長醉 ᄒ련요.　<『해주』369>

이러한 이정보이고 보니, 향촌의 삶의 풍속도를 노래한 시조에서조차도 농사의 땀과 노동의 수고로움은 제거한 채 '흥취'만을 강조하고 있다.29) 이 정보는 은퇴를 대비하여 한강 주변의 '학탄(鶴灘)'에다 정자를 마련하고 그 곳을 중심으로 풍류생활을 즐겼다.30) 사람들은 학탄에서 풍류생활을 하는 그를 두고 "한가한 날마다 금객(琴客)과 가기(歌妓)를 데리고 노를 저으며 강을 오르내리니, 아름다운 얼굴, 빛나는 눈동자는 마치 신선과 같았다."31)라고 하였다. 이와 같이 향락적이며 유흥적인 풍류를 즐기는 삶의 모습은 "풍부한 물질적 기반 위에서 누리는 현세적 삶의 향수"32)인 것이다. 이정보는 다음 작품에서 자신의 풍류적인 삶의 모습을 구체적으로 노래하였다.

> 大丈夫ㅣ 功成身退ᄒ야 林泉에 집을 짓고

沈魯崇, 「自著實紀」, 『孝田散稿』 34책. "李判書鼎輔·沈陜川鏞, 稱近世風流主人", 김영진, 「효전 심노숭 문학 연구-산문을 중심으로-」(고려대학교 대학원 석사논문, 1996), p.38.에서 재인용.

29) 김상진, 앞의 논문(2011), p.56. 다음 시조(<『해주』 335>)와 같은 것이 그 예가 될 것이다. "ᄀ을 打作 다ᄒ 後에 洞內 모화 講信ᄒᆯ쎄/金風憲의 메덧이예 朴勸農이 되롱춤 춘이/座上에 李尊位는 拍掌大笑 ᄒ덜아."

30) 이상원, 앞의 논문, p.184.

31) 金祖淳, 「大提學李公諡狀」, 『楓皐集』 권14. "別業在鶴灘上, 每暇日携琴歌, 一棹沿洄, 韶顔炯眸 望之若神仙中人".

32) 고미숙, 「사설시조의 역사적 성격과 그 계급적 기반 분석」, 『어문논집』 제30집(민족어문학회, 1991), p.51.

萬卷書 ᄡᅡ하두고 죵ᄒᆞ여 밧갈리고 甫羅민 질들이고 千金駿駒 알픠 미고
金樽에 술을 두고 絶代佳人 겻틔 두고 碧梧桐 검은고에 南風詩 놀리ᄒᆞ며
醉ᄒᆞ여 누엇신이
　암아도 平生 희올 일이 잇ᄲᅮᆫ인가 ᄒᆞ노라.　＜『해주』 575＞

　은퇴 후의 삶을 노래한 시조이다. 시적 화자는 만권서를 쌓아 두고 천금
준마를 키우며 절대가인과 더불어 술과 가악으로 풍류를 즐긴다. 이 작품
에서 주목할 만한 대목은 "죵ᄒᆞ여 밧갈리고"이다. 땀과 노동의 수고로움은
화자의 몫이 아니라 종의 몫이다. 화자는 이러한 물질적 기반 위에서 얻어
지는 삶의 풍요로움을 즐기면 된다. 풍류생활을 호기롭게 자랑하는 화자에
게서 현실의 모순을 비판하는 진지한 모습을 기대하기는 어렵다.

　이정보의 '물것' 시조를 풍자적인 것으로 해석할 수 있는 가능성을 모기
를 소재로 한 정약용(丁若鏞, 1762~1836)의 ＜증문(憎蚊)＞[33]에 비추어 찾기
도 하지만,[34] 좀 무리한 일이다. ＜증문(憎蚊)＞을 풍자적 우화시로 해석하는
것은 작가의 발언이나 작품의 내용으로 보아 충분히 이해되지만, 이정보 시
조의 경우는 그렇지 않다.

　모기를 소재로 한 글이라고 해서 무조건 풍자적인 것으로만 볼 수 없다.
모기를 소재로 한 글 중에는 일상적인 삶을 표현한 것들도 많이 있다. 그
하나의 예로서 벌레의 괴롭힘을 이야기한 이옥(李鈺, 1760~1813)의 「담충
(談蟲)」을 살펴보자.

　집은 원래 시골이고 방은 또 몹시 소박하고 누추하여, 여름이 되면 낮
에는 파리가 괴롭히고 밤에는 모기가 괴롭히며, 방 안에서는 벼룩과 이가
괴롭힌다. 나는 매양 이것들을 괴롭게 여겨 감당하지 못할 듯하였다. 이윽

---

33) 原詩와 우리 말 번역은 송재소, 『茶山 詩選』(창작과 비평사, 1981), pp.248~249. 참조.
34) 박노준, 앞의 책, p.73.

고 생각건대, 이것들은 족히 괴로울 것이 못 되었다. <…> 지금 나에게 이미 이 세 무리의 사람이 없고, 또 호랑이나 표범, 도적이 없으며, 또 풀숲에서 자거나 논에서 김매거나 숲속에서 나무할 날이 없다. 자리가 해지고 굴뚝이 좁으나 또한 바퀴벌레와 사마귀, 그리고 냄새나는 벌레의 재앙이 없으니, 어찌 모기와 파리, 벼룩과 이가 왕왕 번갈아 침입한다 하여 그 괴로움 때문에 그 즐거움을 바꿀 것인가? 이렇게 생각하면서 눈을 감고 잠을 푹 자면 네 가지 벌레가 괴롭히는 것을 알지 못한다.[35]

이 글은 동식물에 대해 관심을 갖고 있던 이옥이 자신의 경험과 민간의 전언을 중시하여 사물의 특성을 기술한 『백운필(白雲筆)』에 수록되어 있다. 이 글은 풍자적인 글이 아니라 일상적 삶을 표출한 글이다. 이옥은 이 글에서 자신이 경험한 파리·모기·벼룩·이의 괴롭힘에 대해 말하고 있을 뿐, 이를 통해 민간의 삶의 모순을 다루거나 공분을 드러내고 있지는 않다. 이 글은 이옥의 사소한 경험을 담은 '희필적(戲筆的) 성향의 유희적 글쓰기'[36]로 볼 수 있다.

이정보의 '물것' 시조가 보여주는 일상성은 위의 「담충」의 일상성과 통한다. 이옥은 '누추하며, 자리가 해지고 굴뚝이 좁은 집'에서 살았기에 파리·모기·벼룩·이 등으로부터 괴롭힘을 당했다고 했다. 그러한 이옥도 바퀴벌레·사마귀·냄새나는 벌레의 재앙은 없었다고 했다. 이정보는 이옥과는 달리 훨씬 좋은 환경에서 풍요롭게 살았으므로 '물것' 시조에 등장하는 그 많은 종류의 벌레들로부터 괴롭힘을 당하지는 않았을 것이다. 그렇다

---

35) 실사학사 고전문학연구회 옮기고 엮음, 『완역 이옥 전집 3』(휴머니스트, 2009), pp.170~ 171. 「談蟲」, 『白雲筆』筆之丁. "余家旣鄕曲, 房室又甚樸陋, 每當夏月, 晝苦蠅, 夜苦蚊, 室中苦蚤蝨. 余每苦之, 如不可堪, 已而思之, 是不足苦也. <…> 今余旣無此三輩人矣, 又無虎豹盜賊矣, 又無艸宿水耘林樵之遇矣. 席弊埃陋, 而亦無蟑螂與臭蟲之惡矣, 豈可以蚊蠅蚤蝨之往往侵軼, 爲其苦而改其樂也? 於是思想, 眈然熟睡, 不知四蟲之爲苦矣." 실사학사 고전문학연구회 옮기고 엮음, 『완역 이옥 전집 5』(자료편—영인본)(휴머니스트, 2009), pp.366~367.

36) 신익철, 「이옥 문학의 일상성과 사물인식」, 『한국실학연구』 제12집(한국실학학회, 2006), p.192.

면 '물것' 시조는 실제로는 겪지 않은 고통을 관념적으로 노래한 작품인가? 이정보는 실제로는 그렇게 다양한 벌레들에 의한 고통을 일일이 겪지는 않았겠지만, 그렇다고 해서 '물것' 시조를 관념적인 것으로 보아 넘기기에는 그 내용이 너무나 절실하고 구체적이다. 이 점은 어떻게 이해할 수 있는가?

평생 동안 흥취를 추구한 이정보는 은퇴 후에 사대부로서의 풍류적인 삶을 사는 한편으로 시정의 풍류공간에서 중인(中人)들과 교류하였다. 이정보는 이러한 과정에서 자신의 시적 관심을 민간의 일상적인 삶으로까지 확장시켜 나갔을 것이다. 특히 시정의 풍류현장에 출입하면서 '민간의 전언'을 통해 서민들의 일상적인 삶과 관련된 많은 사실을 알게 되었을 것이다. "즁놈이 졈은 샤당년을 어더 싀父母에 孝道에 긔 무엇슬 ᄒᆞ야값ᄂᆞ"로 시작하는 사설시조(<『해주』 390>)와 "물 우흿 沙工 물 알엣 沙工놈들이 三四月 田稅 大同 실라 갈쎄"로 시작하는 사설시조(<『해주』 393>)에 나오는 내용도 다 그러한 것들이다. 벌레들로부터 겪는 서민들의 고통에 대해 알게 된 것도 다 그런 과정을 통해서 일 것이다. 평소부터 물성(物性)에 깊은 관심을 갖고 있던 이정보이기에 '민간의 전언'을 통해 알게 된 다양한 벌레들의 특성을 포착하여 '물것' 시조에서 "물고, 쏘고, 빨고, 뜯고"라고 정리한 것이라고 본다. 그는 시정의 풍류공간에서 민간의 일상적 삶을 유머러스하게 노래함으로써 흥취를 돋우고자 하였는데, '물것' 시조는 바로 그러한 성격의 작품이다.

이번에는 일명 '고기' 시조라 하는 작품을 살펴보자.

江湖에 노는 곡이 즑인다 블어마라
漁父 돌아간 後 엿는이 白鷺ㅣ로다
終日을 ᄯᅳ락 ᄌᆞᆷ기락 閒暇ᄒᆞᆫ ᄣᅢ 업들아. <『해주』 315>

이 작품에 대한 기존의 견해를 제시하여 논의의 실마리를 삼고자 한다.

　　[1] 김상진 : 江湖에서 노는 고기는 더 없이 한가하고 여유롭다. 그러나 끊임없이 어부나 백로의 표적이 되니, 겉보기의 평온함과는 달리 긴장의 연속이다. 이러한 물고기의 고달픈 삶은 인간 세상에도 그대로 적용된다. 시조에 등장하는 동물이 주로 풍자의 대상임을 생각할 때 '고기'가 벼슬길에 있는 선비를 뜻한다면 '漁父', '白鷺'는 다름 아닌 모함자들이다. 결국 환로의 어려움을 물고기에 비유한 것이다.[37]

　　[2] 박노준 : '고기'를 무엇의 비유로 간주함이 좋을까? <…> 일단 약육강식의 삶의 현장에서 몰락과 죽음을 모면키 위하여 전전긍긍하는 힘없는 민생 일방으로 간주하기로 하자. 이렇게 되면 '어부'와 '백로'의 원관념은 스스로 밝혀진다. '물것'들처럼 백성의 고혈을 빨아먹는 악의 존재, 곧 포악한 지배세력을 뜻하게 된다.[38]

　　[3] 김용찬 : 이 작품 속에 등장하는 세 존재(고기, 어부, 백로)의 관계는 그대로 비유적인 의미로 나타난다. 여기에서 고기는 '약육강식의 삶의 현장에서 몰락과 죽음을 모면키 위해서 전전긍긍하는 힘없는' 존재이다. 그렇다면 어부와 백로는 틈만 나면 언제라도 그 고기를 잡을 수 있는 힘을 지닌 존재이다. 이 작품은 박노준의 지적처럼 '피지배층의 고단한 생활'을 반영하고 있다고 할 수 있다. 그러나 이 작품에서 주목할 것은 오히려 관용적인 제재들을 사용하여 전혀 새로운 의상을 빚어내고 있다는 점에서 이정보의 시적 자질을 엿볼 수 있다.[39]

　　[4] 남정희 : 제재와 소재를 통해서 주제를 구현하는 측면에서 볼 때 전대의 의미망에서 벗어난 활용이 나타나고 있다. 이 작품에서 강호에 노는 고기와 백로, 어부는 서로가 먹고 먹히는 적대적인 관계를 형성하고 있다. 이 때 자연에서는 어떤 조화로움의 추구가 각각의 개체가 서로 견제하면서 살아가는 삶이므로 각박한 현실과 다를 바가 없다.[40]

---

37) 김상진, 앞의 논문(1992), p.84.
38) 박노준, 앞의 책 p.74.
39) 김용찬, 앞의 논문, pp.145~146.
40) 남정희, 앞의 논문, p.236.

연구자들은 이 작품을 단순히 '고기'의 삶을 노래한 것이 아니라 인간의 삶을 비유적으로 노래한 것으로 보고 있다. 그러나 구체적인 면에서는 시각의 차이를 보이고 있다. ①에서는 '고기'를 벼슬길에 있는 선비로, '어부'와 '백로'를 모함자로 보고 있음에 비해 ②·③에서는 '고기'를 힘없는 민생 일방으로, '어부'와 '백로'를 포악한 지배계층으로 보고 있다. ④에서는 고기·백로·어부의 관계를 적대적인 것으로 보고, 그들의 삶을 각박한 현실에 견주고 있다. 이상의 견해들 가운데 어느 하나에 선뜻 동의하기는 어렵다. 그것은 연구자들의 분석이 세밀하지 못하거나 이해의 시각이 온당하지 못하기 때문이다. 이 작품의 속뜻을 올바르게 규명하기 위해서는 작품을 보다 꼼꼼하게 읽고 분석할 필요가 있다. 이 작품이 지닌 속뜻에 주목하여 논의를 진행해 보자.

먼저 이 작품의 첫머리에 나오는 '강호(江湖)'의 공간적인 의미에 대해서 생각해 보자. 일반적으로 사대부의 강호시조에 나오는 '강호'는 벼슬살이의 공간인 '한양'과 구별되는 공간으로, 사대부들이 벼슬길에서 물러난 후의 삶을 영위하는 '강호한적(江湖閑寂)'의 공간을 의미한다.

이 작품의 '강호'도 그러한가? 이 작품의 '강호'는 '강호한적'의 공간이 아닌 '현실의 삶'의 공간을 의미한다. 이 작품의 시적 화자는 강호에서 노는 고기의 삶을 부러워하지 말라고 했다. 고기의 삶을 잘못 인식하여 '즐긴다'고 하면서 부러워하는 뭇사람들에게 말한 것이다. 부귀공명(富貴功名)은 모든 사람들이 추구하는 세속적 성취의 삶이다. 부귀공명을 누리지 못하는 사람들은 그러한 삶을 사는 자들을 부러워한다. 이러한 점에 비추어 본다면, '고기'는 뭇사람들로부터 부러움을 받는 자들을, '강호'는 그들이 사는 공간을 가리킨다. 구체적으로 말하면, 이 작품에서의 '강호'는 벼슬아치들이 관직에 있는 동안 머물던 '한양'을 의미한다. 그러므로 여기에서의 '강호'는 "권력 쟁탈이라는 욕망의 충돌로 도색된 '홍진(紅塵)'의 성격"41)을 지닌 '욕망 경쟁 공간'인 것이다. 시적 화자는 권력을 둘러싸고 암투를 벌이는 이러한 공간에서 살아가는 삶을 부러워하지 말라고 한 것이다. 그러므로 고기를 "약육강식의 삶의 공간에서 몰락과 죽음을 모면하기 위하여 전전긍긍하는 힘없는 민생 일방을 의미"하는 것으로 본 ②·③의 견해는 온당하지 못하다. 죽음을 모면하기 위해 전전긍긍하는 피지배 계층의 삶을 두고 '즐긴다'고 인식하고 그들의 삶을 부러워할 사람은 없을 것이기 때문이다.

이 작품에 나오는 '강호'의 공간은 세속적인 명리(名利)를 추구하는 사람들 사이의 갈등이 존재하는 공간이다. '어부'는 마음을 비우고 세월을 낚는 어부가 아니다. '백로'는 망기(忘機)한 존재가 아니라 고기를 엿보는 기심(機心)을 지닌 존재이다. 이러한 세계에서는 자칫 방심하면 언제 어떻게 피해를 당할지 전혀 예측할 수 없다. 이러한 세계에서 살아남자면 한시도 마음을 놓고 지내서는 안 된다. 늘 경쟁 상대자의 동태에 신경을 써야 하며 긴장의 끈을 한시라도 놓아서는 안 된다. 경재 상대자의 세력이 약화되었다고 생각하여 방심하는 순간, 역습을 당하거나 또 다른 경쟁자들에 의해 예기치 못한 공격을 받을 수 있다. 현실이 이러하고 보니, 뭇사람들의 눈에 삶을 즐기는 것처럼 보이는 높은 벼슬아치의 삶도 결코 한가할 수 없는 것이다. 이 작품의 종장은 바로 이러한 점을 지적한 것이다.

이 시조에 대한 이러한 해석에 설득력을 부여하기 위해 논의를 좀 더 진행해 보자. 시조에서 부귀공명은 주로 간의대부(諫議大夫)·삼공(三公)·만승(萬乘) 등으로 표현된다. 그러나 부귀공명은 위험하기 때문에 탐할만한 것은 결코 못 된다. 다음의 시조는 바로 이러한 점을 지적한 것이다.

功名 즐겨마라 榮辱이 半이로다
富貴를 貪치마라 危機를 밥느니라

---

41) 김현정, 『시조의 공간과 시조 이해 교육』(월인, 2013), p.115.

우리는 一身이 閑暇커니 두려온 일 업세라.[42]

이 시조의 화자는 부귀와 공명은 한가로움과 결코 함께 할 수 없는 것으로 인식하고 있다. 공명을 즐기다가는 욕을 보기 쉽고, 부귀를 탐하다가는 위기를 밟기 십상이라고 했다. 그렇게 되는 것은 참으로 두려운 일이다. 그런데도 사람들은 이 점을 깨닫지 못하고 공명을 즐겨하고 부귀를 탐한다.

이 시조의 작자는 조선후기의 유학자 김창흡(金昌翕, 1653~1722)이다. 그는 1689년 기사환국(己巳換局) 때 영의정인 아버지 김수항(金壽恒, 1629~1689)이 사사(賜死)되자 은거하였다. 공명을 추구하는 일이 영예에 이르는 길일 수도 있지만 뜻하지 않게 치욕을 당하고 심지어 죽음에까지 이르는 길임을 알기에 두려워한 것이다. 김창흡은 15세 무렵부터 이단상(李端相, 1628~1669)의 문하에서 수학했다. 이단상은 이정구(李廷龜, 1564~1635)의 손자이다. 이정보가 월사 이정구와 백주 이명한 등을 배출한 명문 연안 이씨의 자손이며, 그의 아버지 이우신(李雨臣, 1670~1744)이 김창흡으로부터 가르침을 받았다는 점 등을 고려하면, 이정보는 김창흡이 기사환국 때 보인 처세에 대해 익히 알고 있었을 것이다. 어쩌면 위의 시조도 알고 있었을지도 모르겠다. 이에 따라 이정보의 '고기' 시조가 갖는 시적 맥락은 김창흡의 위의 시조와 밀접하게 관련지어 생각해 볼 수 있을 것이다.

이상의 해석을 통해서, 이 시조를 인성과 물성을 동일시하는 이정보가 '강호'라는 공간, '고기'·'어부'·'백로' 등 대상의 물성인식을 통해 현실인식을 드러낸 작품으로 볼 수 있다. 이정보의 '인물성동론(人物性同論)'의 물성인식에서 본다면, 이 시조는 자연과 인간의 삶 모두에 내재한 '각박한 약육강식의 삶의 현장'을 노래한 것으로 이해하여도 무방할 것이다.

다음으로 살펴볼 문제는 이정보의 '고기' 시조가 갖는 남다른 시적 시각

---

42) 심재완 편저, 『교본 역대시조전서』(세종문화사, 1972), p.84. 242번.

에 관한 문제이다. 앞의 인용에서 보았듯이, 연구자들은 이 작품의 시각과 의상의 참신성을 높이 샀다. 그런데 우연한 현상인지 아니면 이정보가 기존의 한시에서 어떠한 영향을 받았기 때문인지는 모르지만, 시적 발상이나 표현의 면에서 볼 때 너무나 유사한 작품이 있어 주목된다. 바로 고려시대 이규보(李奎報, 1168~1241)가 지은 <유어(游魚)>라는 7언절구이다.

> 뻐끔뻐끔 물고기들 잠겼다간 다시 떠오르니   圍圍紅鱗沒復浮
> 사람들은 득의양양하게 잘도 논다 말하네.   人言得意好優遊
> 곰곰이 생각하니 잠시도 한가할 때 없네   世思片隙無閒暇
> 어부 돌아가자 백로가 또 엿본다네.   漁父方歸鷺更謀[43]

이 시는 물고기를 소재로 한 7언절구의 짧은 시이지만, 이규보의 예민한 관찰력과 날카로운 현실인식을 담고 있는 작품이다.

사람들은 뻐끔거리며 잠겼다가 다시 떠오르는 물고기를 보고 득의양양하게 잘도 논다고 말한다. 그러나 고기의 실상은 그렇질 못하다. "어어(圍圍)"라는 표현에 나타나 있듯이, 고기는 몸이 괴롭고 지쳐서 기운을 차리지 못하고 있다. 그저 뻐끔거리며 잠겼다가 다시 떠오르기를 반복하고 있을 뿐이다. 사람들은 그런 고기를 보고 뜻을 이루어 득의양양하게 잘도 논다고 말한다. 이처럼 그저 보이는 것만을 볼 수 있는 눈으로써는 고기가 처한 상황을 똑바로 볼 수 없다. 보이는 것만 아니라 보이지 않는 것까지 볼 수 있을 때라야만 숨은 진실을 밝혀낼 수 있다. 이규보는 고기를 잡으려는 어부들의 번뜩이는 시선과 어부들이 돌아간다 해도 다시 백로가 엿보는 상황까지도 놓치지 않고 파악하고 있다. 그는 사람과 물고기를 동일시하고 있다. 고기나 사람이나 바라던 뜻을 이루고 득의양양하게 잘도 지내는 것처럼 보여도

---

43) 이규보, <游魚>, 『동국이상국집』 전집 권13.

실상은 살얼음판을 걷는 듯 잠시도 마음을 놓을 수 없는 상황에 처해 있는 것이다. 그러한 위험은 그칠 때가 없으니 잠시도 한가할 수 없는 것이다. 결국 이규보의 이 시는 물고기·어부·백로의 관계를 통해 냉혹한 정치세계를 문제 삼고 있는 것이다.

이정보의 '고기' 시조는 그 발상이나 표현의 면에서 이규보의 <유어(游魚)>와 너무나 흡사하다. 그러한 이유는 두 사람 모두 사물에 깊은 관심을 쏟으면서 사물의 정신과 본질을 꿰뚫어 보고자 하는 진지한 시정신을 갖고 있었기 때문이다. 두 사람이 전통적 인식태도나 평범한 안목을 지녔다면, 물고기의 노는 모습이나 백로의 망기(忘機)한 모습을 그리는 데 머물고 말았을 것이다. 두 사람 모두 물성(物性)을 관찰하여 그 본질을 꿰뚫어 볼 수 있었기 때문에 관습적 인식에서 벗어나 참신한 인식을 얻을 수 있게 된 것이다.44)

이정보의 '고기' 시조를 각박한 약육강식의 물 세계를 노래한 데에서 나아가 인간 세상의 냉혹한 정치현실을 다룬 차원 높은 작품으로 해석할 수 있는 이유는 물성과 인성을 동일시한 이정보의 물성인식과 현실인식에서 찾을 수 있을 것이다.

4. 맺음말

이정보는 '다양'하고 '문제성' 있는 작품을 통해 조선후기 사대부 시조의 새로운 국면을 열었다고 평가된다. 이정보의 사물대상 시조는 그의 다양한

---

44) 사물에 내재하고 있는 정신과 본질을 규명하고자 한 이규보의 시정신에 대해서는 손정인, 「이규보 영물시의 제재와 내용」, 『한민족어문학』 제12집(한민족어문학회, 1985), pp.98~101. 참조.

시세계의 중의 하나이다. 본 연구에서는 이정보 사물대상 시조의 성격을 살펴 다음, 주요 작품 중에서 해석상 차이가 큰 작품을 분석하여 이해의 시각을 마련하고자 하였다. 이상에서 살펴본 내용을 정리하면 다음과 같다.

이정보 사물대상 시조의 성격을 이해하기 위해 기존 연구에서 별로 주목하지 않았던 '물성'과 '인성'을 언급한 시조를 살펴보았다. 이정보는 평소 물성을 파악하는 데에 크게 관심을 갖고 있었다. 그는 물성을 제대로 파악하기 위해서는 사물의 특성을 잘 파악해야 한다고 보았다. 한편으로 '인성'과 '물성'을 동일시하였는데, 이러한 물성인식은 그가 살았던 18세기 전후기에 서울을 중심으로 한 낙론계의 학풍인 '인물성동론(人物性同論)'과 밀접히 관련되어 있다. 이정보는 낙론(洛論)의 영향을 받아 물성(物性)을 적극적으로 파악하고자 하였고 인(人)·물(物)을 동일시하였다. 이정보의 사물대상 시조에는 이러한 물성인식 태도가 투영되어 있다.

본 연구에서는 이정보 사물대상 시조 중에서 해석상 차이가 큰 작품에 대한 기존의 해석을 검토한 결과, 다수의 연구자들이 선입견을 갖고 작품을 잘못 해석하고 있음을 알 수 있었다. 이러한 해석은 작품 자체에서나 이정보와 관련된 자료에서 해석의 근거를 찾아내어 이루어진 것이 아니다. 사람을 괴롭히는 해충을 노래한 일명 '물것' 시조는 탐관오리를 풍자한 작품이 아니라 서민의 일상적인 삶을 노래한 것으로 보았다. 이정보는 은퇴한 후에는 시정의 풍류현장에 적극 참여하여 삶의 흥취를 노래하였다. '물것' 시조는 풍류현장에서 일상적 삶의 자연스러운 모습을 유머러스하게 노래하여 '흥취'를 돋우고자 지은 것이다. 그리고 강호에서 노는 고기를 노래한 일명 '고기' 시조 역시 탐관오리를 풍자한 작품이 아니라 각박한 현실 정치의 상황을 지적한 것으로 보았다. 이정보는 강직한 성격의 소유자로서 평생을 당쟁의 와중에서 관료로서 살았던 인물이다. 이정보는 '고기' 시조에서 당쟁으로 인해 부침이 심했던 벼슬살이의 어려움을 토로하는 한편, 사람들에게 부귀영화를 탐하지 말라고 하였다. 이정보의 '인물성동론'의 물성인식에서 본다면, 이 시조는 자연과 인간의 삶 모두에 내재한 '각박한 약육강식의 삶의 현장'을 노래한 것으로 이해하여도 무방할 것이다.

『한민족어문학』 제68집, 한민족어문학회, 2014.

제3장

이세보 애정시조의 성격과 작품 이해의 시각

1. 머리말

이세보(李世輔, 1832~1895)의 시조는 그 내용의 다양성[1]과 함께 작품의 양이 400수를 넘는다는 점에서 우리 시조문학사에서 각별한 의의를 지닌다. 그 사이 이세보 시조를 전반적으로 다룬 연구나 그 문학적 특성을 이해하고자 연구, 현실비판시조 등을 다룬 연구도 있었지만, 104수에 이르는 애정시조(愛情時調)를 다룬 연구가 주류를 이루었다. 작품의 양적인 면에서나 문학사적인 의의라는 면에서 볼 때 애정시조가 이세보 시조의 중심을 이루고 있다고 보았기 때문이다.

이제 이세보 애정시조를 직접적인 연구 대상으로 삼은 논문들을 살펴 그 사이의 연구 동향을 파악하고자 한다.

진동혁은 이세보는 조선조 시조사상 가장 많은 애정시조를 지은 작가라는 점에 주목하면서, 그 시조사적 의의나 창작동기를 추정하고, 그의 애정시조를 애정시조와 이별시조로 대별한 다음, 내용별로 19항으로 세분하여

---

1) 진동혁은 이세보의 시조의 내용을 현실비판시조, 유배시조, 애정시조, 도덕시조, 기행시조, 월령체시조, 稽古시조, 유람 유흥시조, 농사시조 등 9가지로 나누어 이해했다. 진동혁, 『이세보 시조연구』(집문당, 1983).

간략하게 살폈다.[2] 박노준은 애정시조를 다작한 이세보의 창작 행위를 두고, "체험을 토대로 시적인 상상의 세계 속에서의 허구적 작위적인 창작인 점을 고려한다면 '애정시조 만들기'라는 표현이 가장 적절한 것"[3]이라고 하였다. 정흥모는 시적 상황, 시점의 다양함이라는 각도에서 이세보의 애정 시조의 특징을 몇 가지 점에서 검토한 결과, 그 바탕에는 여성취향적 정서가 깔려 있어 당대의 기생들에게 단연 인기가 있었다고 하였다.[4] 윤정화는 이세보가 사대부 일원으로 애정시조를 창작하게 된 배경 및 작가의 의식세계를 통해 이세보의 애정시조의 상당 부분이 '연군'을 두고 창작된 것이라고 파악하였다.[5] 고은지는 이세보가 애정시조 창작에 집중한 것을 풍류 현장과 연결시켜 이해하였다. 그리고 왕족으로서 최고급의 문화를 향유할 수 있었던 이세보가 가곡창이 아닌 시조창을 그의 창작활동의 기반으로 삼고 있다는 사실에 주목하였다.[6] 이동연은 이세보 애정시조의 특징을 몇 가지로 나누어 살핀 다음, 이세보가 애정시조를 창작하면서 가장 염두에 둔 것이 풍류판의 흥을 고조시키는 것이었고, 자신의 세계관을 드러내는 일은 아니었다고 추측하였다.[7] 박지선은 이세보 애정시조 작품을 비롯하여 그의

---

2) 진동혁은 이세보의 애정시조를 애정시조와 이별시조로 대별한 뒤, 애정시조를 相思, 愛難, 待消息, 現夢, 嘆無情, 換位比喩, 羨花蝶, 路柳墻花, 難愛約, 待人難, 輕薄愛警戒, 老境愛, 그 외의 愛情時調 등 13항으로 나누고, 이별시조를 嘆離別, 離別防止, 羨鳥, 嘆青春離別, 緣 分·離別, 離別·相逢 등 6항으로 나누었다. 진동혁, 「이세보 애정시조 고찰」, 『동양학』 제12집(단국대학교 동양학연구소, 1982). 진동혁, 위의 책에 재수록.
3) 박노준, 「이세보 애정시조의 특질과 그 시조사적 위상」, 『어문논집』 제33집(민족어문학 회, 1994), p.254.
4) 정흥모, 「이세보 애정시조의 특징과 유통양상」, 『어문연구』 통권 88호(한국어문교육연구 회, 1995), p.161.
5) 윤정화, 「이세보 애정시조의 성격과 의미」, 『한국문학논총』 제21집(한국문학회, 1997), pp.166~167.
6) 고은지, 「이세보 시조의 창작 기반과 작품세계」, 『한국시가연구』 제5집(한국시가학회, 1999), p.400.
7) 이동연, 「이세보 기녀등장 시조를 통해 본 19세기 사대부의 풍류양상」, 『한국고전연구』 제9집(한국고전연구학회, 2003), p.28.

애정관련 작품의 다양한 형상성과 애정의 진정성 여부를 분석해, 그것이 지니는 미시적 미감과 어법 및 성격을 진단해 보고자 하였다.[8] 박규홍은 이세보의 특별함은 그가 누린 일상의 일들(기녀와의 애정행각을 포함)을 많은 시조에 담았다는 데에서 찾아야 한다고 하면서, "이세보는 일류의 예인들이 모인 자리를 기웃거리기보다는, 격이 낮더라도 자신의 노래로 자신이 주관하는 풍류공간을 선호했다"고 보았다.[9]

이상의 연구 성과를 통해 이세보의 애정시조에 대한 이해는 이미 상당한 경지에 이르렀다고 볼 수 있다. 그러나 한편으로 생각하면, 조금 더 천착해야 할 문제들이 상당히 많이 남아 있는 것도 사실이다. 그 가운데 하나로서 작품의 독법(讀法)을 들 수 있겠다. 그것은 이세보의 애정시조 한 수 한 수를 독립된 작품으로 보고 주제를 따지면서 읽는 외에 다른 독법은 없는 것인지 하는 문제이다. 필자는 이세보의 애정시조들이 어떠한 '작품적 질서'에 의해 배열되어 있다면, 그 질서에 따라서 작품을 읽어야 한다고 본다. 또 그렇게 하는 것이 이세보의 애정시조를 그 성격에 맞게 제대로 이해하는 것이 되리라고 생각한다. 기왕의 연구에서는 이와 관련된 연구는 별로 없었다.[10] 그러므로 본 연구에서는 이세보 애정시조의 성격을 이해한 다음, 작품 이해의 새로운 시각이라는 측면에서 그 독법에 주목하여 논의를 전개하고자 한다.

---

8) 박지선, 「이세보 애정관련 작품 진정성 문제와 표현기법」, 『반교어문연구』 제25집(반교어문학회, 2008), p.152.
9) 박규홍, 「이세보 애정시조와 가집편찬 문제」, 『한민족어문학』 제55집(한민족어문학회, 2009), p.183. p.204.
10) 박노준은 "연대성을 강화시키는 어떠한 질서"를, 성무경은 "연작적 질서"를 말한 바 있지만, 이것들은 필자가 말하고자 하는 '작품적 질서'와는 의미상 상당한 차이가 있다. 구체적인 내용은 3장에서 살펴보고자 한다.

2. 이세보 애정시조의 성격

이세보의 애정시조는 그의 풍류정신의 산물이다. 그러므로 이세보의 애정시조를 이해하려면 우선 그 바탕에 깔려 있는 풍류성을 살펴보아야 할 것이다. 이세보의 풍류에 대한 인식과 그의 풍류적인 모습은 『신도일록(薪島日錄)』의 다음과 같은 기록을 통해서 어느 정도 짐작할 수 있다.

> 길리 젼쥬지경(全州地境)으로 지나가니 이 곳즌 풍퓌고읍(豊沛古邑)이요 가친(家親)이 통판(通判)을 지녀여 계시고 나도 쏘한 칠팔년(七八年) 시이에 왕닉(往來)ᄒᆞ든 곳이라. 승금졍(勝金亭)과 한벽당(寒碧堂)이 문득 풍뉴(風流)마당을 년년(年年)이 지엿쓰미 비록 여염부녈(閭閻婦女)지라도 닌쥴른 다 알더라.[11]

이세보는 29세(만 28세) 때인 1860년(철종 11년) 11월 유배지인 신지도(薪智島)로 가는 도중에 전주를 지나가게 되자, 승금정과 한벽당에서 해마다 펼쳤던 풍류마당을 떠올린다. 인용문에서 보듯이 전주는 이세보의 부친이 통판으로 있던 곳으로서, 이십대 초반 7,8년 풍류를 즐기기 위해 자주 왕래하였다. "여염부녀자들도 다 낸 줄 알더라."란 말을 통해서, 그는 일대에 이름을 떨쳤던 풍류남아였음을 충분히 짐작할 수 있다. 그는 자기가 주도한 풍류마당에 대해 상당한 자부심을 가졌던 것 같다. 그러나 이 기록만으로는 그 당시의 풍류마당의 모습을 잘 알 수는 없다. 이제 이세보가 주도한 풍류마당의 대강을 짐작할 수 있는 시조를 중심으로 살펴보자.

귀리졍(歸來亭) 달 밝앗스니 틱빅(太白)과 놀나가세
젼필언(全弼彦) 황계빅쥬(黃鷄白酒) 니동현(李鍾鉉) 쇼ᄉ날반(蔬食糲飯)

---

11) 「신도일록」, 진동혁, 『주석 이세보시조집』(정음사, 1985), p.253.

그즁(中)의 날낭은 풍뉴(風流)와 기싱(妓生)이나. <『풍대』 73>[12]

니동현(李鍾鉉) 거문고 타고 전필언(全弼彦) 양금치쇼
화션(花仙) 연홍(蓮紅) 미월(眉月)드라 우됴(羽調) 계면 실슈(失手) 업시
그즁(中)의 풍뉴쥬인(風流主人)은 뉘라든고 <『풍대』 84>

이세보는 <73번>[13)]에서, 전남 순창군에 있는 귀래정에 달이 밝았으니 놀러가고 싶다고 하면서, 유람에 동행한 악공인 전필언과 이종현에게 술과 안주를 준비하라고 이른다. 그 중에서 자기는 풍류와 기생이나 맡아보겠다고 했다. 이어서 이세보는 풍류마당에서 자신이 맡아본, 아름다운 미모와 재주를 갖춘 기녀들을 줄줄이 거명하는 기명시조(妓名時調)를 여러 수 지었다. 기생 보애(寶愛)에게서는 "무궁츈졍(無窮春情)"<76번>을, 미월(眉月)에게서는 "무한다졍(無限多情)"<77번>을, 연홍(蓮紅)에게서는 "담담향긔(澹澹香氣)"<78번>를 느꼈다고 했다. 그리고 "풍뉴(風流)의 귀도 밝고 가곡(歌曲)의 멋도 잇"는 자홍(子紅)을 두고는 "알심 잇다"<79번>라고 했으며, 강선(降仙)을 두고는 "오는 젹셩(笛聲)"<80번>이라고 했으며, "쯔른 노릭 긴 곡됴(曲調)를 ᄉ양(辭讓)업시" 부른 매홍(梅紅)을 두고는 "가셩(歌聲) 됴타"<81번>라고 했다. 이세보는 이런 시조를 통해 풍류주인으로서의 자신의 여성 편력이 화려했음을 과시하고자 했을지도 모르겠다.[14)] 이처럼 이세보의 풍

---

12) 이세보의 대표적인 시조집인 『風雅(大)』에서 작품을 인용할 경우에는 <『풍대』 작품 번호>로 표시한다. 작품의 표기는 이세보, 『이세보시조집』(영인본)(단국대학교 동양학연구소, 1985)에 수록된 『風雅(大)』에, 작품 번호는 진동혁, 『주석 이세보시조집』(정음사, 1985)에 따른다. 이하 같음.

13) 본문에서 『風雅(大)』에 수록된 작품을 가리킬 때에는 <작품 번호>로만 표시한다. 이하 같음.

14) 연정가사의 경우, 아름다운 미모와 재주를 갖춘 기녀들을 줄줄이 거명한 것을 두고, 그들의 이름과 특징을 기억할 만큼 작자의 여성 편력이 화려하였음을 과시하려는 측면도 있을 것으로 지적된 바 있다. 김팔남, 「조선조 연정가사 연구」(충남대학교 대학원 박사 논문, 1999), p.129.

류마당에는 반드시 기생이 있었으니, 이세보는 이러한 풍류마당에서 풍류 주인을 자처하였던 것이다.

위의 두 시조는 전형적인 지방의 풍류마당의 모습을 보여준다. 이 점은 다음의 시조와 그 내용이 유사함을 통해서도 확인할 수 있다.

> 김약정(金約正) 자네는 점심을 차리고 노풍헌(盧風憲)으란 안주 많이 장만하소
> 해금 비파 적(笛) 피리 장고란 우당장(禹堂掌)이 다려오소
> 글 짓고 노래 부르기 여기(女妓) 화간(和間)으란 내 아무쪼록 다 담당하리라.15)

여기에 나오는 약정, 풍헌, 당장은 모두 지방의 행정 실무를 보는 말직들이다. 이들이 서로 분담하여 기생놀음을 벌이는 것이다. 점심을 차리고 술과 안주를 준비하게 하고 악공과 기생을 불러 놀음을 준비한다. 놀음에는 술 마시고 노래 부르기는 것 외에 글짓기도 빠지지 않는다.16)

이와 마찬가지로 기생에다가 악공까지 동원된 이세보의 풍류의 현장에 노래가 빠질 리가 없다. 이때 기생들은 "술 부어 손에 들고 권주가(勸酒歌)"를 부르기도 하지만,17) 이세보의 애정 노래를 가장 많이 불렀을 것이다. 이러한 풍류의 현장을 이세보의 애정을 노래한 작품들의 창작활동과 상관지어 본다면,18) 이세보의 애정 노래를 가장 많이 불렀을 것이다.19)

---

15) 정병설, 『나는 기생이다 『소수록』 읽기』(문학동네, 2007), p.146. 작자는 미상임.
16) 정병설, 같은 책, 같은 곳.
17) "아미(娥眉)를 다스리고 녹의홍상(綠衣紅裳) 고은 티도(態度)/술부어 손의들고 권쥬가(勸酒歌) 불넛스니/아마도 무한다졍(無限多情)헌 미월(眉月)인가.", <『풍대』77>.
18) "이세보가 시조 창작을 통해서 집중했던 것은 애정을 노래하는 것이었고, 그것은 풍류의 현장과 연결되면서 이세보의 창작 활동을 추동해 가는 중요한 요인이었다고 보여진다.", 고은지, 앞의 논문, p.400.
19) 이세보는 "자신이 조성한 연행 공간(풍류공간)에서 자신이 지은 노래를 듣고 싶어 했다." 박규홍, 앞의 논문, p.197.

<81번>에서 "가셩 됴흔" 매홍이 부른 "쓰른 노리"는 '시조창(時調唱)'을, "긴 곡됴"는 '가곡창(歌曲唱)'을 가리킨다. 이때 기녀들이 부른 시조창의 가사, 즉 '시조창사'는 그 당시 유행하던 가사이기도 하겠지만, 상당수는 이세보가 지은 애정시조라고 보아 큰 무리가 없을 것이다.

고은지는

> 풍류객으로서의 이세보의 면모는 19세기 후반 時調唱의 양식이 확보하고 있었던 폭넓은 대중적 기반을 확인시켜 준다. 왕족으로서 최고급의 문화를 향유할 수 있었던 이세보가 가곡창이 아닌 시조창을 그의 창작활동의 기반으로 삼고 있다는 사실은, 19세기말에 이르러 시조창이 최상층의 문화담당층에 이르기까지 그 영역을 확대시켰음을 증거한다 하겠다.[20]

라고 하여, 이세보의 작품은 시조창을 위한 가사임을 분명히 했다. 다시 말해 이세보의 작품은 모두 시조창사(時調唱詞)로 지어졌다는 것이다.

윤영옥은 이세보의 작품으로 일석본(一石本) 『가곡원류(歌曲源流)』(원명 靑丘永言)에 6수[21]가 실려 있음을 두고

> 이를 두고 볼 때, 이세보의 작품은 시조창으로 유행하여 이렇게 그 가사가 채록되었음을 짐작할 수 있다. 이렇게 보면 이세보는 우리가 아는 전문적인 시조창사의 작가요 가객이라고 할 수 있을 것이다.[22]

라고 하였다.

---

20) 고은지, 앞의 논문, p.400.
21) 一石本 『가곡원류』에는 이 시조들이 李仁應의 작으로 되어 있다. 이인응은 고종 5년 (1868, 37세)에 대원군의 명에 의해 이세보가 개명한 이름이다. 이 6수는 심재완, 『교본 역대시조전서』(세종문화사, 1972). 969, 1160, 359, 2313, 2344, 199번. 이 6수는 모두 애정시조이다.
22) 윤영옥, 「時調와 時調唱詞」, 『한국시가연구』 제7집(한국시가학회, 2000), p.53.

그러면 이때 지방의 풍류마당의 주인임을 자처하던 이세보가 지은 애정 시조는 어떠한 내용의 것이었을까. 앞에서 기명시조(妓名時調)를 통해서 살펴보았듯이, 이세보는 '풍류남아'임을 자처하거나 여성 편력이 화려한 '탐화광접(貪花狂蝶)'임을 내세우는 노래를 주로 지었을 가능성이 짙다. 이세보가 자신을 두고 '탐화광접'임을 노래한 시조는 여러 수 있는데, 한두 작품만 들어보면 다음과 같다.

> 나는 꼿보고 말ㅎ고 꼿츤 날보고 당긋 웃네
> 웃고 말ㅎ는 즁(中)의 나와 꼿치 갓츠웨라
> 아마도 탐화광접(貪花狂蝶)은 나쑨인가.　＜『풍대』 89＞

> 썩고 썩즈 벼른 꼿츨 긔약(期約)업시 썩거 들고
> 촉ㅎ(燭下)의 스랑ㅎ니 다졍(多情)헌 말리로다
> 아마도 공(功) 드려 썩근 꼿시 의스(意思) 만어.　＜『풍대』 92＞

그런데 이세보의 풍류마당에 참여한 기생들이라고 해서 모두가 매홍(梅紅)처럼 노래를 잘한 것은 아닌 모양이다. 다음의 작품을 보자.

> 니동현(李鍾鉉) 거문고 타고 전필언(全弼彥) 양금치쇼
> 화션(花仙) 연홍(蓮紅) 미월(眉月)드라 우됴(羽調) 계면 실슈(失手) 업시
> 그즁(中)의 풍뉴쥬인(風流主人)은 뉘라든고　＜『풍대』 84＞

> 쳐치 우됴(羽調) 드른 후(後)의 더염쇼리 한가(閑暇)ㅎ다
> 슈챵(首唱)ㅎ는 져 가인(佳人)아 졈슈(點數) 셰여 실슈(失手) 마라
> 그즁(中)의 못익은 쟝단(長短)은 남우셰쉬워.　＜『풍대』 85＞

이세보는 ＜84번＞에서 화선, 연홍, 미월과 같은 기녀들에게 "우됴 계면 실슈 업시" 부를 것을 당부한다. ＜85번＞에서는 "졈슈 셰여 실슈 마라"고

했다. 우조(羽調)·계면조(界面調)·장단(長短) 점수(點數) 등의 용어는 모두 시
조의 음악적 특징을 나타내주는 용어들이다.[23] 이세보가 20대 초반에 벌인
풍류마당은 어디까지나 지방의 풍류마당이었다. 풍류판에 참여한 사람도
기생 몇 사람과 악공 등 그렇게 많지 않았던 것 같다. 그러나 한편으로,
<85번>의 종장에 나오는 "못익은 장단은 남우세쉬워"라는 표현을 통해서,
더러 다른 가객들이 참석했음을 알 수 있다. 이세보는 '남'들인 그들의 시
선을 의식했던 것이다. 노래의 내용이야 주로 자기가 지었으니 그렇다고 하
더라도 부를 때 실수하는 것까지는 용납할 수 없었던 것이다. 이세보는 그
만큼 시조의 음악적인 측면을 중요시하였다.

　이세보는 1864년 12월에 해배(解配)되어, 34세 되던 1865년(고종 2년) 5
월부터 관직생활을 시작하게 된다. 이때부터는 지방의 풍류마당이 아닌 서
울의 풍류방을 중심으로 한 풍류공간에 참여하게 된다. 서울의 풍류방의 수
준은 지방의 풍류마당의 그것과는 차원이 달랐을 것이다. 풍류공간에서 불
려지는 노래의 가사는 물론 그 노래를 부르는 창자의 수준에 있어서도 확
연한 차이가 있었을 것이다. 이에 따라 이세보는 좀 더 품위 있는 애정시조
를 짓기 위해 많은 노력을 경주했으며, 기생들에게는 자신의 노래를 잘 불
러주기를 기대하였다.

　앞에서 지적했듯이, 일석본(一石本) 『가곡원류』에 이세보가 지은 애정을
노래한 시조창사 6수가 실려 있다. 또 『조선해어화사(朝鮮解語花史)』에는 그
당시 기생들 사이에 애창되는 시조라고 하여 1수가 실려 있는데,[24] 이 작
품은 <『풍대』 102>의 작품과 거의 같은 것으로 보아 이세보의 작품이라
고 본다. 이런 몇 가지의 사례만 보더라도, 이세보의 애정시조는 풍류방에

---

23) 장사훈, 『시조음악론』(서울대학교출판부, 1986), 제5장, 제8장 참조.
24) "不親이면 無別이오 無別이면 不相思라./相思不見相思懷는 不如無情不相思라./엇지타 靑春
人生 이 일로 白髮.", 이능화 저·이재곤 역, 『조선해어화사』(동문선, 1992), p.244. <『풍
대』 102>의 종장은 "아마도 즈고청츈(自古靑春)이 일노 빅발(白髮)"로 되어 있다.

서 꽤나 호응을 받았음을 충분히 짐작할 수 있다.

이세보는 자신이 지은 노래가 어떻게 불려질 것인가 하는 점, 즉 연행에 대해서 상당한 관심을 갖고 있었다. 이런 점은 앞에서 본 <84번>, <85번> 외에 다음의 작품을 통해서도 알 수 있다.

> 노리가 빅편(百篇)이면 쟝단(長短)은 멷졈(點)되고
> 쵸즁동쟝(初中終章) 분별(分別)ᄒ면 ᄉ셜(辭說)은 멷곡됴(曲調)니
> 지금(至今)의 다시 보니 삼빅편(三百篇)이 넘엇구나.   <『풍대』414>

> 격(格)모르고 지은 가ᄉ(歌辭) 삼빅여편(三百餘篇) 되단 말가
> 놉힐 데 못 놉히고 낫출 데 못 낫쳣스니
> 아마도 훗(後)ᄉ롭의 시비(是非)를 못 면(免)할가.   <『풍대』415>

이세보는 <414번>에서 자신의 시조를 '노래'라고 했다. 이세보는 자신의 '노래'를 '쟝단(長短) 졈수(點數)'를 의식하면서, "쵸즁동쟝"으로 사설하여 시조창으로 노래 불렀던 것이다. 이처럼 이세보는 자신의 작품 전부를 노래 부를 수 있는 시조창사로 보았다. 그러면서 이세보는 <414번>에서 자신이 지은 가사, 즉 시조창사를 격을 모르고 지은 것이라고 하여 자신의 비전문성을 인정하고 있다.

이세보는 이처럼 자신의 시조에서의 음악성을 상당히 의식하고 있다. 특히 이세보는 자신의 애정시조만을 들어 시조창사로서의 '음악성'을 언급한 것이 있어 주목된다. 이세보가 기생 경옥(瓊玉)에게 준 『(을축)풍아』의 첫 페이지에는 '서(序)'에 해당되는 다음과 같은 기록이 실려 있다.

> 口誦心商 艶歌低唱 日日萬回 錦上添花 異日逢場 撫刮目相對 非復吳下阿
> 蒙是求是求[25]

마지막 페이지에 기록된 간기(刊記)의 내용은 다음과 같다.

乙丑榴月下澣書贈絶代名妓瓊玉26)

을축년(1865)27) 5월 하순에 절대명기인 경옥에게 (이 가집을) 써서 준다는 내용이다. 경옥은 어떤 기생이었기에 이세보가 시조집을 써서 줄 정도인가. 이세보가 경옥을 두고 지은 다음의 기명시조(妓名時調)를 보자.

　이원악 풍뉴즁의 신방급제 연분 밎고
　번화헌 고은 틱도 틱일ᄒ여 관녜ᄒ니
　아마도 졀틱명기는 경옥인가.　<『(을축)풍아』 74)

이 시조에서 우선 관심을 갖고 보아야 곳은 "신방급제"라는 말이 들어 있는 초장이다. 진동혁은 여기에서의 '신방'을 '새로 과거에 급제한 사람의 성명을 게시하는 일'인 '신방(新榜)'으로 보고, 초장을 "梨園 樂士들의 風流 소리가 연주되는 중에 新榜及第와 같은 어려운 연분을 맺고"로 주석했다.28) 이 구절에 대해 박규홍은

　'이원악 풍류를 즐기는 가운데 신방급제의 연분을 맺었다'는 것은 그

25) 신경숙, 「이세보가 명기 경옥에게 준 시조집 『(을축)풍아』」, 『고전과 해석』 제1집(고전 문학한문학연구학회, 2006), p.214의 그림 3. 『(을축)풍아』의 '序'. 신경숙은 이 기록을 "口誦心商 艶歌低唱 日日萬回 錦上添花 異口逢場 拾刮目相對 非後吳下阿蒙□□□□"라고 읽고 있다. 신경숙, 같은 논문, p.193.
26) 신경숙, 같은 논문, p.212의 그림 4. 『(을축)풍아』의 '刊記'.
27) 1865년(고종 2년)은 이세보가 34세(만 33세)가 되던 해이다. 이세보는 이해 5월 4일에 趙大妃의 特差로 同敦寧이 되었고, 5월 7일에는 刑曹參判에 임명되었다. 그리고 6월 10일 에는 副摠管에 임명되었고, 또 6월 17일에는 宗正卿이 되었으며, 6월 22일에는 漢城府右 尹이 되었다. 진동혁, 앞의 책(1983), pp.74~75.
28) 진동혁, 앞의 책(1985), p.71.

문맥으로 보아야 의미가 파악된다. 교방에서 풍류를 즐기는 가운데 이뤄지는 신방급제의 '신방'이란 '新榜'이 아니라 동음이의어인 '新房'일 것이 자명하다. 즉 이세보와 신방을 같이 할 기녀가 선택[급제]되어 연분이 맺어졌다는 이야기다.29)

라고 하여, 이세보가 "신방을 같이 할 기녀가 선택[급제]되어 연분을 맺은 것"으로 보았다. 필자는 '신방급제'를 기생들의 글짓기와 관련하여 이해해야 된다고 생각한다. 앞에서 인용한 시조에도 나타나 있듯이,30) 기생놀음에는 술 마시고 노래 부르는 것 외에 글짓기도 빠지지 않았다. 지방 기생놀음의 현장을 잘 보여주는 자료인 『염요(艶謠)』에는 기생잔치의 현장에서는 기생들을 모아 백일장을 열어 시조, 가사를 짓게 하고 '이상(二上)'이니 '삼상(三上)'이니 하고 과거시험처럼 등수를 매겨져 있다고 한다. 기생들의 백일장에서 그 성적을 적은 것을 '화안(花案)'이라고 하며, 또 등수를 정해 장원을 뽑고 결과를 발표하는 것을 과거시험을 흉내 내어 '화방(花榜)'이라 하였다.31)

이러한 사례를 통해서 볼 때, 위의 <『(을축)풍아』 74>는 기생잔치와 관련된 작품일 것이라고 생각한다. 여기에 나오는 '신방'은 바로 '화방(花榜)'이고, '신방급제'는 기생 경옥이 '화방(花榜)'에서 급제하였다는 것이다. 풍류판을 주도한 이세보는 기생백일장에서 급제한 기녀와 연분을 맺기로 한 모양인데, 경옥이 급제하자 뒤에 택일하여 관례를 한 것이다. 이세보는 시조를 잘 짓고 태도까지 고운 경옥을 '절대명기'라고 극찬하였다. 그런데 '절대명기'인 경옥도 시조창에는 좀 부족하였던 모양이다. 시조를 잘 짓는 경옥이 시조창까지 잘 할 수 있다면 그야말로 '금상첨화(錦上添花)'일 것이다. 『(을축)풍아』 '서(序)'에 나오는 '금상첨화'의 의미는 바로 이런 뜻일 것

---

29) 박규홍, 앞의 논문, p.194.
30) 주15) 작품의 종장 "글 짓고 노래 부르기 여기(女妓) 화간(和間)으란 내 아무쪼록 다 담당하리라."
31) 정병설, 앞의 책, p.147.

이다

　이세보는 『(을축)풍아』 '서(序)'에서, 경옥에게 자신의 시조를 소리 내어 외되 마음으로 헤아리면서 외라고 했다. 여기에서 이세보가 '염가(艶歌)'라고 한 것은 자신의 애정시조를 두고 한 말이다. 자신의 시조는 염가(艶歌)이기 때문에 그 애절한 사연을 마음으로 헤아리면서 낮은 목소리로 노래 부르라고 하였다. 그렇게 노래하기를 매일 만 번씩 반복한다면 금상첨화일 것이라고 하였다. "일일만회(日日萬回)"라는 표현은 과장적인 것이지만, 그만큼 매일 반복 연습하기를 요구한 것이다. 그렇게 하여 다른 날 풍류공간에서 다시 만났을 때, 시조창의 실력이 놀랍도록 향상된다면 오(吳)나라의 아몽(阿蒙)과 같다고 하지 않겠느냐고 하였다. 이세보는 이러한 말을 통해, 경옥이 시조창에서 '괄목상대(刮目相對)'할 정도가 되어주기를 바라는 자신의 마음을 전하고자 하였다. 이세보는 관례를 하고 '절대명기'라고까지 하였지만, 시조창에는 좀 부족한 경옥이 시조창에서도 뛰어나 진정 '절대명기'가 되어주기를 바라고 있다. 이처럼 이세보는 『(을축)풍아』 '서(序)'를 통해, 경옥에게 자신의 이러한 기대를 전하고자 한 것이다. 그러면서 사랑을 주제로 한 염정시인 '염가(艶歌)'만을 별도로 모은 시조집을 써서 아끼는 기생에게 줌으로써 풍류염정(風流艶情)의 시인으로서의 면모를 보여주고 있다.

3. 이세보 애정시조의 독법

　기왕의 연구에서, 이세보 애정시조의 독법과 관련하여 관심을 보인 연구는 더러 있었다. 박노준은 <136번>, <133번>, <134번>, <352번>, <375번>, <385번>의 여섯 작품을 <19>에서 <24>까지로 번호를 매겨 차례로 인용한 뒤,

<19>에서 <24>까지 이어지는 이별가는 무작위로 뽑아서 아무렇게나 배열해 놓은 것이다. 그럼에도 이들 노래 사이에는 연대성을 강화시키는 어떤 질서가 가로 놓여져 있음을 발견하게 된다. 이 말은 결국 그의 노래 한편 한편이 각기 독립성을 유지하면서도 전체를 집합시켜서 하나의 큰 덩어리를 만들 때에는 각 편이 그 속의 한 분자로 작용한다는 뜻에 다름 아니다. <19>는 이별하는 현장에서 울고 있는 여인을 남성 화자가 달래는 형식으로 되어 있다. <…> 이 노래를 전체의 서사(序詞)로 가정한다면 나머지 다섯 편은 본사(本詞)가 된다.[32]

라고 하였다. 이처럼 이세보의 애정시조 한 편 한 편을 독립적인 것으로 보면서도, 연대성을 강화시키는 어떤 질서를 의식한 것은 의미 있는 일이다. 문제는 이세보의 시조집에서 "무작위로 뽑아서 아무렇게나 배열해 놓은 것"에서 어떤 질서를 발견했다고 했을 때, 과연 그것을 '질서'라고 할 수 있느냐 하는 점이다. 무작위로 뽑아서 아무렇게나 배열해 놓았다고는 하지만, 자의적인 배열이라는 느낌이 든다. 또 거기에서 어떠한 '질서'를 발견했다고 하는 것은 좀 무리한 해석이 아닐까 생각한다.

이세보의 시조를 이해하는 한 방편으로 '질서'라는 말을 사용한 연구자 중에는 성무경도 있다. 성무경은 박노준과 달리 시조집의 수록 순서를 헝클지 않은 상태에서 질서를 찾고자 했다. 성무경은 그것을 '연작적 질서'라는 말로 설명하면서

83번~140번까지는 유흥과 애정을 노래한 다양한 소회의 풍류시조라 할 수 있는데, 전체적으로는 청춘행락으로부터 백발풍류에 이르기까지 일견 순차가 보이는 듯도 하지만, 뚜렷하지는 않다. 다만 세부적으로는 연작적(連作的) 구도는 여기서도 지속된다.[33]

---

32) 박노준, 앞의 논문, p.267.
33) 성무경, 「19세기 축적적 문학담론과 이세보 시조의 작시법」, 『한국시가연구』 제27집(한국시가학회, 2009), p.158.

라고 하면서, 그 사례로서 '꽃(기녀)'이란 어휘에 의한 연작, '동일한 한문투 어휘'에 의한 연작, '밤'이란 어휘에 의한 연작, '한자의 음·훈을 이용한 언어유희'에 의한 연작 등을 들고 나서, 이세보의 시조는 모두 연작시조(連作時調)로서의 면모를 보여준다고 하였다.[34] 이세보의 시조집에는, 성무경이 지적한 것과 같은 유의 애정시조들이 군데군데 연이어 나타나는 것은 사실이다. 그런데 겉으로 드러난 이러한 현상은 작품의 연작적 구도(질서)에 의한 것이 아니고, 작품을 유별로 묶어 재배치하면서 나타난 현상이다.

그리고 정홍모는 일부 작품들을 시적 상황에 의한 관련성에 의해 이해하려 하였다. 즉 <130번>과 <131번>을 "한 가지 상황을 두고, 대립적인 두 인물의 시점에서 각각의 심정을 대변하는 작품"[35]으로, <127번>과 <128번>을 "한 상황을 시간적인 순서에 따라 분리해서 작품화한 것"[36]으로 보았다. 그러나 극히 일부 작품에 대한 이러한 지적을 두고 이세보 애정시조의 독법을 운위하기는 어렵다.

이처럼 기왕의 연구에서는 이세보 애정시조의 일부 작품 사이에 내용의 연대성, 어휘의 동일성, 시적 상황의 관련성 등이 있음을 지적하였다. 그러나 극히 일부 작품에 대한 이러한 단순한 지적만으로는 이세보 애정시조의 독법을 제대로 해명했다고 보기는 어렵다. 이세보의 애정시조는 어휘의 동일성이나 내용의 유사성 등에 의해서도 배열되어 있지만, 상당수의 작품들이 내용의 유기적 관계[37]에 의해서도 배열되어 있다. 그러므로 작품의 실상을 제대로 이해하려면 작품들 사이의 유기적 질서를 파악하여 읽어야 할 것이다.

---

34) 성무경, 같은 논문, 같은 곳.
35) 정홍모, 앞의 논문, p.150.
36) 정홍모, 같은 논문, p.151.
37) 문학비평에서 말하는 '유기적 관계'에 대해서는 이상섭, 『문학비평 용어사전』(민음사, 2001), pp.256~257. 참조

이제부터 이세보 애정시조의 독법의 문제를 구체적으로 논의하고자 한
다. 우선 기존의 연구에서 주목받아 온 다음의 작품을 대상으로 논의를 시
작해 보자.

> 힌도 가고 봄도 가고 샴흐(三夏)가 쏘 지나니
> 정녕(丁寧)이 오만 긔약(期約) 멋광음(光陰)을 허숑(虛送)인고
> 엇지타 뜻안닌 한 이별(離別)리 샹봉(相逢) 느져.   <『풍대』 354>

박노준은 이 작품에 대해, "이 작품의 사연도 바로 이세보가 처해 있던
실제적인 환경에서 비롯되었다고 보아야 할 것이다."라고 하면서, 이렇게
판단할 수 있는 단서가 바로 작품 속에 내재해 있음을 간파할 수 있다고
했다. 이어서

> 여기서 관심의 대상이 되는 대목은 의연 '샴하(三夏)'다. 앞에서도 지적
> 한 바와 같이 신지도에서의 그의 유배생활은 3년간이었다. 따라서 이 노래
> 는 작자인 이세보가 해배되던 직전에 적소에서 읊은 시조임이 어렵지 않
> 게 밝혀진다.[38]. <…> 이런 식으로 따져볼 때 이 두 편의 시조와 앞서 살
> 펴본 한 묶음의 시조들은 발화자가 곧 작자요, 작품에 담겨 있는 정서가
> 다름 아닌 작자의 체험에서 나온 것이라는 점에서 수평선상에 놓여질 노
> 래들이다.[39]

라고 하였다.

박노준이 이 작품의 창작시기를 이세보가 신지도에서 유배생활을 했던
때로 본 것은, 인용하고 있듯이, 진동혁의 학설에 따른 것이다. 문제는
<354번>의 '샴흐'의 의미를 '여름 석 달'로 볼 것이냐, 아니면 진동혁과

---

38) 진동혁, 앞의 책(1983), p.206.
39) 박노준, 앞의 논문, pp.252~253.

박노준처럼 '3년'으로 볼 것이냐 하는 것이다. 작품 자체의 전개나 앞뒤 작품과의 내용의 유기성이라는 면에서 볼 때, 이 작품에서의 '샴ㅎ'는 '3 년'이 아니라 그저 '여름 석 달'이라고 보는 것이 온당하다. 이 점은 이세 보의 다음의 작품에 나오는 '샴츄'의 의미를 생각해 보면 더욱 분명해진다.

> 여름을 스라쓰니 샴츄를 어이ᄒ리
> 가을을 샨다헌들 엄동셜한 ᄯ 잇구나
> 엇지타 명일이 너무진ᄒ야 니 근심을. <『薪島日錄』83>

이 작품의 초장에 나오는 '샴츄'는 '3년'이 아니라 '가을 석 달'이다. 이 점은 이 작품에서의 계절의 추이가 '여름 → 가을(샴츄)'이고, 이어서 '가을 → 겨울(엄동셜한)'이라는 사실을 통해서 알 수 있다. 이처럼 이 작품에서의 '삼추'의 의미는 작품에 나타난 계절의 추이에 의해 분명해졌다. 그렇다면 <354번>의 '샴ㅎ'의 의미도 작품에 나타난 계절의 추이에 의해 해석해 볼 수 있을 것이다. 이번의 경우에는 해당 작품만이 아닌 앞뒤 작품까지를 함께 고려해 보기 위해 작품을 순서대로 인용해 본다.

> 오동(梧桐)이 낙금졍(落金井)ᄒ니 젹벽츄월경긔(赤壁秋月景槪)로다
> 비취금(翡翠衾) 샹ᄉ몽(相思夢)은 알니로다 네나너나
> 엇지타 임그려 난 병(病)은 약(藥)도 업셔. <『풍대』353>

> 희도 가고 봄도 가고 샴ㅎ(三夏)가 ᄯ 지나니
> 졍녕(丁寧)이 오만 긔약(期約) 몃광음(光陰)을 허숑(虛送)인고
> 엇지타 ᄯ안닌 한 이별(離別)리 샹봉(相逢) 느져. <『풍대』354>

> 임아 야쇽(野俗)ᄒ다 날더럴낭 말를 마쇼
> 단풍(丹楓)이 다 진(盡)토록 일ᄌ셔신(一字書信) 업단말가
> 밤즁(中)만 우는 홍안(鴻雁) 번연(飜然)이 날 쇽인가. <『풍대』355>

옛스롭 이른 말리 어안(魚雁)이라 ᄒᆞ엿건만
고금(古今)이 부동(不同)ᄒᆞ니 귄들 동동(種種) 쉬울숀가
아마도 고진감닉(苦盡甘來)라 ᄒᆞ니 슈히 볼가.   <『풍대』 356>

이상의 네 작품은 연속된 작품으로서 상사(相思)의 깊은 정을 읊고 있다.
<353번>의 계절적 배경은 '오동'과 '츄월'을 통해서 알 수 있듯이 가을이
다. <354번>의 계절적 추이는 '겨울(희) → 봄 → 여름(샴ᄒᆞ)'이다. <354
번>의 초장은 "희도 가고"로 시작하고 있다. "한 해가 간다"는 것은 계절
의 순환이라는 면에서 볼 때, 봄에서 시작한 한 해가 여름과 가을을 거쳐
겨울을 끝으로 가버린 것을 말한다. 그러므로 이때 "희도 가고"는 겨울이
지나감을 말한 것이다. 그러므로 이어지는 내용인 "봄도 가고 샴ᄒᆞ가 쏘 지
나니"에서 '샴ᄒᆞ'는 '3년'일 수 없다. 그리고 '샴ᄒᆞ'를 '3년'으로 볼 경우에
는 "쏘 지나니"라는 표현이 적절치 못하다. 왜냐하면 이세보가 신지도에서
유배생활을 한 것은 3년이기 때문에, 3년이 '한 번' 지나가 버린 것을 두고
"3년이 또 지나니"라는 표현은 적절치 못하기 때문이다. 그러므로 '샴ᄒᆞ'를
'여름 석 달'로 볼 때, 네 작품은 계절적 순환이라는 면에서 '가을(오동, 츄
월) → 겨울(희) → 봄 → 여름(샴ᄒᆞ) → 가을(단풍, 홍안)'로 자연스레 이어진다.
이처럼 이세보의 애정시조를 앞뒤에 있는 작품과의 유기적 질서 안에서
이해함으로써 독립된 작품으로 이해할 경우에 생겨날 수 오해를 불식할 수
있었다. 이상의 사례는 이세보의 애정시조는 앞뒤 작품과의 관련성을 고려
하며 읽어볼 필요가 있음을 시사해준다.
이번에는 작품의 유기적 질서라는 면에서 다음의 작품들을 살펴보자.

밤은 샴경ᄉᆞ경(三更四更) 되고 오만 임은 쇼식(消息)업다
이 익를 알냥이면 제 정녕(丁寧) 오련마는
엇지타 무정가인(無情佳人)이 남의 쇽 몰나.   <『풍대』 105>

침침야샴경(沈沈夜三更)의 등(燈)일코 길이른 안과
적적(寂寂)키 홀노 안겨 그린 임 못 보는 안을
지금(至今)의 싱각(生覺)ㅎ면 뉘나은지.   <『풍대』 106>

빅셜분분(白雪紛紛) 황혼시(黃昏時)의 미화장(梅花粧)의 퓌는 곳과
샴경쵹ᄒ(三更燭下) 싱각즁(生覺中의) 긔약(期約)업시 오는 임은
아마도 알심업고 모르련이.   <『풍대』 107>

쵸경(初更)의 오마든 임이 샴ᄉ경(三四更)의 도라드니
디인난(待人難) 칙망(責望) 끗헤 술춰(醉)코 화회(和會)로다
엇지타 쳥누가인(靑樓佳人)이 졍(情)어려워.   <『풍대』 108>

이상의 네 작품에는 각각 밤을 나타내는 어휘인 삼경(三更), 사경(四更)이
공통적으로 나온다. 이 점으로 해서 네 작품은 상호관련성을 지닌다. 먼저
시적 화자의 면부터 살펴보자. <105번>의 화자는 종장에 나오는 "무정가
인(無情佳人)"에 의하면 '남성' 화자이다. <107번>의 화자는 초장에 나오는
"매화장(梅花粧)에 피는 꽃"이라는 표현에 의하면 '남성'이다. <108번>의
화자는 종장에 나오는 "청루가인(靑樓佳人)"에 의하면 역시 '남성'이다.
<106번>의 화자는 이 작품의 내용만으로는 분명치 않으나 <105번> →
<108번>에 이르는 시적 상황의 전개를 고려한다면 '남성'으로 보는 게 적
절하리라고 본다. 이 일련의 작품의 시적 화자는 남성화자이며 동일인이다.
그럼 <105번> → <108번>에 이르는 시적 상황의 전개를 고려하면서
작품을 살펴보자. 삼경(三更)이란 시간은 밤 11시에서 새벽 1시 사이를 가
리킨다. 조선후기에는 삼경이면 통행이 금지되는 야심한 시간이다. <108
번>에 의하면, 시적 화자의 상대방은 여염의 여인이 아닌 청루(靑樓)의 기
녀이다. 그 기생은 시적 화자에게 기생으로서의 일과를 마치는 대로 초경에
찾아가겠노라고 약속했을 것이다. <105번>에서는 삼경을 지나 사경이 가

까이 오도록 기생으로부터 소식이 없자 화자는 애를 태우고 있다. <106번>에서는 임이 야심토록 소식 없는 상황에 처해 혹시 등을 잃고 길을 잃은 것은 아닐까 하는 분심이 든다. 화자는 적적하게 홀로 앉아 그리운 임을 애타게 기다리고 있다. 화자는 이 두 가지 상황 중에서 어느 쪽의 상황이 견디기 나은지 자문한다. 답답하기란 침침한 야삼경에 등 잃고 길 잃은 쪽이 당연히 더하겠지만, 적적히 홀로 앉아 그리운 임을 못 보는 상황도 그 못지않다고 말한다. 이처럼 <106번>에서는 상황의 대비를 통해 그리움을 강조하고 있다.

<107번>에서 화자는 백설이 분분하던 어느 겨울 황혼 무렵에 곱게 매화장(梅花粧)을 하고 찾아왔던 임의 모습을 떠올린다. <108번>을 통해서 알 수 있듯이, 임이 초경에 오마 약속하였으니 만약 삼경에 온다면 기약 없이 오는 셈이 된다. 이제 시간상으로 삼경이 되었으니 임이 오기란 어려워 보인다. 또 이때까지 오지 않는 임을 하염없이 기다린다는 것은 남자로서 줏대 없는 짓임을 안다. 그러면서도 이 짓이 줏대 없는 짓인지 아닌지 모르겠다고 말해버리는 데에서 임을 기다려보겠다는 심리를 내비친다.

<108번>에서는 임이 삼경을 지나 사경이 되어서야 당도한 상황을 두고 노래했다. 그야말로 '대인난(待人難)'이다. 초경부터 사경에 이르도록 사람을 기다리기란 참 어렵다. 이 사람이 누구인가. 청루가인, 즉 기녀가 아니던가. 화자는 이 시간까지 마음 졸이며 기다리고 있는데, 그녀는 웃으며 들어선다. 늦게나마 찾아준 그녀가 반갑지만, 웃으며 들어서는 그녀를 보는 순간, 책망한다. 그러나 이 책망은 겉으로 드러난 책망일 뿐이다. 사실은 반가운 마음이 그렇게 역으로 표출된 것이다. 늦은 시간 동안 접객하느라 손님들 앞에서 웃음을 팔았을 그녀를 생각하면 마음 아프다. 이때쯤이면 탐화광접(貪花狂蝶)이니 뭐니 하면서 호기롭던 모습은 어디로 가버리고 일개 기녀와 정(情) 다툼하는(사랑에서 헤어나지 못하는) 시적 화자를 보게 된다. 술을 마

시며 화해하면서 청루가인(기생)과의 사랑의 어려움을 절감한다.

기왕의 연구에서는 이상의 각 작품의 주제를 '탄무졍(嘆無情)'<105번>, '애난(愛難)'<106번>, '대인난(待人難)'<107번>, '난애약(難愛約)'<108번> 등으로 파악하였다.[40] 그러나 위에서는 이 작품들을 한 수 한 수 떼어 읽지 않고 유기적 관계를 의식하면서 읽어 보았다. 그 결과, 이상의 네 작품은 일정한 스토리, 즉 시적 화자와 청루가인(기생)과의 사랑의 어려움을 노래한 것임을 알 수 있었다.

풍뉴ᄌ약시(風流綽約時)의 쯘말 ᄒ는 그 ᄉ룸과
삼경쵹ᄒ셰우즁(三更燭下細雨中)의 술ᄎᆔ(醉)ᄎ 가는 임은
아마도 다시 보면 졍(情) 어려워.   <『풍대』112>

벽공(碧空)의 두렷헌 달리 죽창(竹窓)의 도라들고
빅학(白鶴)은 츔을 츄어 칠현금(七絃琴)을 지쵹한다
동ᄌ(童子)야 져 부러라 영산회상(靈山會相).   <『풍대』113>

오는 친구(親舊) 디졉(待接)ᄒ니 ᄌ연(自然)이 겨를 업고
각딕(各宅) 쪽지픠(牌) 무셔워 이걸구걸(哀乞苟乞) ᄒ고나니
지금(至今)의 단야삼경(短夜三更) 느진 ᄉ졍(事情) 닌들 어이.   <『풍대』114>

오경삼졈(五更三點) 첫마치의 가노라 이러나니
품안의 다졍(多情)튼 임이 다시 보니 무졍(無情)ᄒ다
아마도 보닌 후(後)의 ᄌᆞᆷ 들기 어려.   <『풍대』115>

품안의 임 보닌 후(後)의 펼친 이불 모와 덥고
다시 누워 싱각(生覺)ᄒ니 허황(虛荒)헌 일리로다
아마도 인간지란(人間之難)은 남의 님인가.   <『풍대』116>

---

40) 진동혁, 앞의 책(1983), 제4장 제3절 '애정시조' 해당 부분 참조.

님이 갈쩍 오마더니 비오고 번기 친다
제 정녕(丁寧) 참졍(情)이면 불피풍우(不避風雨) 오련마는
엇지타 알심도 젹고 亽졍(事情)도 몰나.　〈『풍대』 117〉

정녕(丁寧)이 가마고 와셔 비온다고 나 안 가면
기다리든 임의 마음 던던반측(輾轉反側) 못즈련이
아희(兒戱)야 교군(轎軍) 도녀라 갈 길 밧버.　〈『풍대』 118〉

〈112번〉의 시적 화자는 기녀이다. 이 시적 화자의 상대로 초장, 중장에 설정된 '사람'과 '임'은 동일 인물이 아니다. 초장의 대상은 풍류를 제대로 즐길 줄 모르는 그저 그런 '사람'이다. 풍류는 흥취이다. 진정한 풍류객이라면 풍류판의 흥취에 열중해야 한다. 그런데 초장의 '사람'은 풍류가 한창 무르익었을 때 딴말(엉뚱한 말)을 하여 흥을 깨거나 풍류를 제대로 즐길 줄 모르는 사람이다. 이에 비해 중장의 '임'은 어느 정도 풍류를 즐길 줄 아는 사람인 듯하다. 그러니 삼경이 되도록 촛불 아래에서 화자와 다정히 술을 마신 것이며, 화자는 이러한 대상에게서 '정(情)'을 느끼게 된 것이다. 그러니 이 대상은 화자에게 그저 그런 '사람'이 아니고 '임'으로 인식된다. 그러나 삼경이 넘어서자 이 '임'은 비가 내리는 궂은 날씨에 그것도 술에 취한 상태임에도 불구하고 굳이 자기 집으로 가버린다. 밤늦은 시각, 기방의 술 분위기도 한창 무르익었고 비마저 내리는데 일어나 가버리는 것이다. 설마 이런 상황에서 가겠느냐는 화자의 예상이 좋게 빗나가 버렸다. 그러므로 작품에서는 '임'이라고 표현했지만, 실제로는 '나의 임'이 아닌, 화자의 기대를 저버린 '남의 임'인 것이다. 이런 임은 아마 다시 보아도 정을 주기는 어렵다고 하였다. 종장은 '야속한 임'에 대한 결연한 의지를 표현한 것 같지만, 실제적으로는 일종의 넋두리이고 자기 위안이다. 이 작품에는 '남의 임'을 두고 마음을 쓰거나, 그런 임을 사랑할 수밖에 없는 기녀들의 아픔이

배어있다.

　<113번>과 <114번>은 얼핏 보면, <112번>과 무관한 것 같지만, 일정한 관련성을 지닌다. 시적 화자의 성별과 시적 상황에서 볼 때, <113번>과 <114번>은 <112번>과는 반대적이다. <112번>의 화자가 기녀임에 비해, <113번>과 <114번>의 화자는 양반 사대부이다. <113번>과 <114번>에서는 <112번>에서 노래한 상황과는 반대적인 상황을 노래하였다. 그러나 오히려 이러한 점으로 해서 이 작품들은 상호관련성을 지닌다. <112번>의 초장에서는 풍류가 작약할 때 딴 말하는 '사람'을, 중장에서는 삼경 촛불 아래 가랑비 내리는 중에 술 취해 집에 가는 '임'을 노래하고, 종장에서는 이런 사람들은 다시 보아도 정을 주기는 어렵다고 하였다. <113번>에서 화자는 <112번>의 초장과는 반대되는 상황, 즉 "백학은 춤을 추어 칠현금을 재촉하는" 무르익은 풍류판을 노래하였다. <114번>에서는 <112번>의 중장과는 반대되는 상황을 노래하였다. <112번>의 '임'은 삼경에 자기 집으로 돌아갔음에 비해, <114번>의 화자는 삼경에 기녀를 찾아온 것이다. 그렇게 와서는 늦은 사정, 즉 찾아온 친구를 대접하고, 여러 집안의 청탁 건을 처리하러 다니느라 늦었다고 하면서 기녀의 이해를 구한다.

　<112번>과 <114번>의 두 작품만 갖고 살펴보면, <112번>의 화자인 기녀와 <114번>의 대상인 기녀가 처한 시적 상황은 상반된다. 그리고 <112번>의 대상인 '임'과 <114번>의 화자인 '나'는 삼경에 가고 온다는 면에서 역시 상반된다. 그러나 스토리의 전개라는 면에서 보면, <112번>과 <113번>, <114번>은 결코 무관하지 않다. 그리고 시적 상황의 연속성이라는 면에서 볼 때, <114번>의 시적 상황은 <118번>까지 이어진다.

　<115번>의 시적 화자는, <114번>의 시적 상황과의 연속성을 고려하면, 기녀이다. 오경삼점 첫 종소리에 간다고 일어나는 사람은 삼경에 도착한 <114번>의 '나'일 것이고, 이런 '나'를 보내고 잠들기 어려운 쪽은 기

녀일 것이다. 화자인 기녀의 입장에서 보면, 임도 품안에 있을 때 다정한 임이지, 오경삼점 첫 종소리에 간다고 일어나는 임은 무정한 임이다. 그러나 화자는 그러한 임이지만 결코 자기에게 정이 없는 것이 아님을 알고 있다. 그러니 임을 보낸 후에는 잠들기 어려울 것임을 안다.

<116번>은 화자인 기녀가 임을 보낸 뒤의 상황을 노래한 것이다. 삼경에 도착해 늦음을 변명하던 임이 오경삼점 첫 종소리에 일어나 가버렸다. 품안의 임을 보낸 후, 다시 누워 생각해 보아도 참 허황한 일이다. 화자는 인간사 어려움이 많지만, '남의 임'을 사랑하기란 참으로 어려운 일임을 절감한다. 이처럼 '남의 임'을 사랑하는 것이 어려운 일임을 알지만, 기다릴 수 있는 것은 갈 때 다시 오마고 약속한 것이 있기 때문이다.

이어지는 <117번>을 보자. 임이 갈 때 오마고 약속한 그날 그 시간이 되자 얄궂게도 비오고 번개 치는 것이 아닌가. 화자인 기녀는 임이 정녕 참된 정이 있다면 오기로 약속한 날에 아무리 비 오고 번개 치더라도 피하지 않고 오기를 고대한다. 그러나 어쩐 일인지 임은 오지 않는다. 이에 화자는 알심도 적고 남의 사정을 모르느냐고 임의 무정을 노래한다.

<117번>의 시적 상황은 <118번>으로 이어진다. <117번>과 <118번>은 <114번>에서부터 <116번>에 이르기까지 전개된 시적 상황을 고려할 때 이해할 수 있다. <115번>에서의 임은 오경삼점 첫 종소리에 일어나 가면서 기녀에게 어느 날 어느 때(밤 시간인 듯) 다시 오겠노라고 약속을 한 모양이다. 그것은 <117번>의 초장을 통해서 짐작할 수 있다. 그런데 오마고 약속한 그 시간이 되니 비오고 번개가 치는 것이 아닌가. 그냥 가랑비가 아니다. 천둥 번개치고 폭풍우가 몰아치는 험악한 날씨이다. 오마고 한 말이 그저 허투루 한 말이 아니고 진정에서 한 말이라면 비바람을 피하지 않고 오겠지만, "알심도 적고 (남의) 사정도 몰라주나" 가슴 아프다.

<118번>의 시적 화자인 '나'는 <114번>의 시적 화자인 '나'와 동일인

으로 보인다. 이 '나'는 <117번>의 화자인 기녀가 자기의 사정을 몰라줄 것이라고 걱정(체념)하고 있음을 알고 있는 듯이 말한다. '나'는 진정 간다고 해 놓고선 비 온다고 안가면 기다리던 임이 전전반측 잠 못 잘 것을 염려한다. 그리하여 퇴청 후에 자기 집으로 향하던 가마를 기녀의 집(기방)으로 바삐 돌리라고 교군에게 명한다.

기왕의 연구에서는 이상의 각 작품의 주제를 '환위비유(換位比喩)'<112번>, '난애약(難愛約)'<114번>, '탄무정(嘆無情)'<115번>, '탄무정(嘆無情)'<117번>, '난애약(難愛約)'<118번> 등으로 파악하였다.[41] 그러나 위에서는 이 작품들 한 수 한 수 떼어 읽지 않고 유기적 관계를 의식하면서 읽어 보았다. 그 결과, 이상의 네 작품은 일정한 스토리, 즉 풍류객과 기생 사이의 사랑의 이야기를 노래한 것임을 알 수 있었다.

> 늙고 병든 나를 무정(無情)이 비반(背反)ᄒ니
> 가기는 가련이와 나는 너를 못 잇노라
> 엇지타 홍안(紅顔)이 빅발(白髮)를 이다지 마다.   <『풍대』 122>

> 당쵸(當初)의 몰나쩌면 이별(離別)이 웨잇스며
> 이별(離別)될쥴 아럿스면 당쵸(當初)의 졍(情) 업스런이
> 엇지타 셰샹인심(世上人心)이 시둉(始終)이 달나.   <『풍대』 123>

> 이팔시졀(二八時節) 고은티도(態度) 과이 밋고 ᄌ랑 마라
> 광음무졍(光陰無情) 네 홍안(紅顔)이 빅발공도(白髮公道) 쟘간(暫間)이라
> 아마도 동원도리편시츈(東園桃李片時春)인가.   <『풍대』 124>

> 후ᄉ(後事)를 위(爲)ᄒ미요 원심(怨心)은 아니연만
> 가면 몹슬년 되니 다시 돌녀 못 가리라

---

41) 진동혁, 앞의 책(1983), 제4장 제3절 '애정시조' 해당 부분 참조. <113번>과 <116번>의 주제에 대해서는 별도의 언급이 없음.

두어라 이도 ᄂᆞ팔즛(八字)니 든 정(情)어이.   <『풍대』125>

빅발낭군(白髮郎君) 날 보니고 나 즈든 방(房) 홀노 안져
노든 형용(形容) 싱각(生覺)ᄒᆞ고 업는 잠 더 업스련이
아마도 녀힝(女行은) 한번(番) 허신(許身) 어려운가.   <『풍대』126>

    <122번>에서 <126번>까지는 늙고 병든 '백발의 노인'과 이팔청춘인 '홍안의 기녀'와의 이야기이다. <122번>에서 <124번>까지의 시적 화자는 백발의 노인이고, 시적 상대는 홍안의 기녀이다. <122번>에서 화자는 홍안의 기녀가 늙고 병든 자기를 무정히 배반하였다고 했다. 그러면서 화자는 '홍안'이 결국 자신을 떠나가겠지만 잊지 못하겠노라고 한다. "어찌하여 '홍안'이 '백발'을 이다지 마다하느냐"라는 종장의 표현은 늙은데다가 병까지 든 백발노인의 말이기에 더욱 애달프다.

    <122번> 종장에서 보인 시적 화자의 애달픔은 <123번>으로 이어진다. <123번>에서 화자인 백발노인은 '홍안'의 떠남을 두고 이별이라고 했다. 그 이별도 예고 없이 찾아 온 이별이기에 더욱 원망스럽다. 당초에는 정을 주고받던 '홍안'이 예고도 없이 자기를 마다하고 떠남을 두고, 세상인심이 시종 다름을 한탄한다. '홍안'의 이러한 마다함을 '배반'이라고까지 한 '백발노인'이지만, '홍안'인 기녀에게 인생의 덧없음을 깨우쳐 주고자 한다. '홍안'도 자기처럼 늙고 병들어 보면 현재의 심사를 이해할 것이라는 말이다.

    <124번>에서 화자인 '백발노인'은 자기를 배반하고 떠나는 기녀에게 이팔시절 고운 태도를 지나치게 믿고 자랑하지 마라고 했다. 세월이 무정하여 홍안도 잠깐 사이에 백발이 될 것이라고 했다. 이어서 "東園桃李片時春"이라는 시구를 내세운다. 젊음의 무상함을 비유한 이 구절은 늙은 기생이 일생에서 청춘의 덧없음을 말하거나 자탄할 때 자주 나오는 것[42]으로 보아,

---

42) "미양 장츈(長春) 알아더니 이십 숨십 잠간이라/東園桃李片時春을 날로 두고 이르미라/식

관습적이지만 적절한 표현이라고 하겠다.

<125번>과 <126번>의 시적 화자는 '홍안'의 기생이다. '백발노인'은 <122번>에서 자기를 마다한 기생을 두고 "무정히 배반하였다"라고 했다. 그러나 기생의 말은 다르다. 후사(後事)를 위한 것일 뿐이지 원심(怨心) 때문은 아니라고 했다. 이렇게 변명하거나 해명할 수도 있겠지만, 일단 떠나오면 몹쓸 여자가 될 것이니 다시는 못 돌아가겠노라고 했다. 그러면서도 이렇게 된 것도 다 자기 팔자이니 든 정을 어찌할 수 있겠느냐고 한다.

<126번>은 시적 화자인 '홍안'이 자신이 떠나 온 후의 '백발낭군'의 모습을 떠올리면서 느끼는 심사를 표현한 것이다. 기왕의 연구에서는 이 작품의 작자를 "노경(老境)임에도 불구하고 한없는 애정을 갈망하는 작자"[43]로 보았다. 즉 이 작품의 시적 화자를 노인으로 본 것이다. 이러한 견해에 따르면, 초장의 "백발낭군 날 보내고"에서의 '백발낭군'과 '나'는 동인인물이 되어 "(홍안이) 백발낭군인 나를 보내고"로 해석하게 된다. 이렇게 해석하면, "나 자던 방 홀로 앉아, 놀던 형용 생각하고 없는 잠 더 없으려니"에서의 '나'는 '백발노인'을 가리키게 되고, 이 구절의 주체는 '홍안'이 되어버린다. 필자는 이 작품의 시적 화자는 어디까지나 '홍안'의 기녀라고 본다. 그것은 일차적으로 '백발낭군'이라고 했을 때의 '낭군'의 사전적 의미가 "젊은 아내가 자기 남편을 사랑스럽게 이르는 말"[44]이기 때문이다. 이렇게 보면, 초장은 "백방낭군이 (홍안인) 나를 보내고"가 된다. 그리고 시적 의미상으로 보더라도 젊은 여자가 백발노인의 '놀던 형용'을 생각하고 잠 못 이룰 것이라고 보는 것은 자연스럽지 못하다. "(홍안의) '놀던 형용'을 생각하고 없는 잠 더 없을" 사람은 '백발노인'이 되어야 자연스럽다. 이렇게 보아

티 밋고 驕動타가 인심조차 일어구나/紛紛胡蝶過墻去라 어너 친구 날 차즈리/구십월 적막 草屋에 소슬 寒風 참도 추다.", <녹의즈탄가>, 정병설, 앞의 책, p.308.
43) 진동혁, 앞의 책(1983), p.217.
44) 이희승 편저, 『국어대사전』(민중서림, 1990), p.655.

야만 <122번>에서 '홍안'을 못 잊겠노라는 한 '백발노인'과 자연스레 이어질 수 있다. '홍안'은, 아무리 '후사(後事)'를 위해서라고 했지만, 떠나온 뒤 혼자 남아 가슴 아파할 '백발낭군'을 안타깝게 생각하는 자신을 깨닫고서 허신(許身)하기 어려운 여자의 입장을 절감한다.

기왕의 연구에서는 이상의 각 작품의 주제를 '노경애(老境愛)'<122번>, '연분(緣分)·이별(離別)'<123번>, '그 외의 애정시조'<124번>, '환위비유(換位比喩)'<125번>, '노경애(老境愛)'<126번> 등으로 파악하였다.[45] 그러나 위에서는 이 작품들을 한 수 한 수 떼어 읽지 않고 유기적 관계를 의식하면서 읽어 보았다. 그 결과, 이상의 네 작품은 일정한 스토리, 즉 백발노인과 홍안인 기생 사이의 사랑의 어려움을 노래한 것임을 알 수 있었다.

이세보의 애정시조는 시조창사로서 주로 풍류공간에서 기생들에 의해 노래 불려졌다. 진동혁은 이세보의 애정시조의 특징으로, "애정으로 인해 파생되는 어려움과 갈등을 묘사한 것"과 "실제 애정에서 오는 여러 가지 고뇌의 정을 사실적으로 읊은 것"[46]을 들고, 이에 따라 이세보 애정시조의 주제를 19항으로 세분하였다.[47] 이처럼 이세보의 애정시조 한 편 한 편에는 각각의 주제가 있다. 마찬가지로 각각의 작품에는 시적 화자가 있고, 그 시적 화자가 처한 상황과 그 상황에서 취하는 태도 등이 진술된다. 이를 통해 애정으로 인해 파생되는 어려움과 갈등은 한 편의 작품으로도 어느 정도 그려낼 수 있을 것이다. 그러나 그러한 고뇌의 정을 사실적으로 읊고자 한다면, 구체적인 인물(백발노인이나 홍안의 기녀 등)이 일으키는 어떤 사건을, 그 전개 과정에 따라 순차적으로 보여주는 것이 보다 더 효과적일 것이다. 다시 말해, 애정시조 한 편 한 편이 지닌 이야기성을 바탕으로 하되, 작

---

45) 진동혁, 같은 책, 제4장 제3절 '애정시조' 해당 부분 참조.
46) 진동혁, 앞의 책(1983), p.197.
47) 주2) 참조.

품들 사이에서 상황과 사건을 관련지어 봄으로써 이를 더 큰 서사적 맥락으로 연결할 수 있을 것이다. 이리하여 풍류공간에서 일정한 스토리를 지닌 애정시조가 노래될 때, 청자인 풍류객들의 흥미를 자극하고, 흥을 돋우며, 청자는 물론 창자인 기생에게도 호소력을 지니게 될 것이다.

4. 맺음말

본 연구에서는 104수에 이르는 이세보의 애정시조를 작품 이해의 새로운 시각이라는 측면에서 살펴보고자 하였다. 이를 위해 먼저 이세보 애정시조의 성격을 이해한 다음, 그 독법을 해명하고자 하였다. 이상에서 살펴본 내용을 정리하면 다음과 같다.

이세보의 애정시조는 그의 풍류정신의 산물이다. 이세보는 유배되기 전에는 지방의 풍류마당을 주도하면서, 유배에서 풀려난 뒤에는 서울의 풍류방을 중심으로 풍류를 즐겼다. 이세보는 자기가 주도한 풍류공간에서 자신의 노래가 불려지기를 바랐다. 이세보는 풍류마당에서는 주로 풍류남아의 호방함을 노래했고, 풍류방에서는 주로 풍류염정을 노래했다. 이세보는 풍류공간의 흥을 고조시키기 위해 시조창사로서 애정시조를 지었으며, 시조창의 음악적 측면을 중요시하였다. 그러면서 사랑을 주제로 한 염정시인 '염가(艶歌)'만을 별도로 모은 시조집을 써서 아끼는 기생에게 줌으로써 풍류염정(風流艶情)의 시인으로서의 면모를 보여주었다.

기왕의 연구에서는 이세보 애정시조에는 일부 작품 사이에 내용의 연대성이나 시적 상황의 관련성 등이 있음을 지적하였다. 그러나 극히 일부 작품에 대한 이러한 단순한 지적만으로는 이세보 애정시조의 독법을 제대로 해명했다고 보기는 어렵다. 이세보의 애정시조는 어휘의 동일성이나 내용의 유사성 등에 의해서도 배열되어 있지만, 상당수의 작품이 내용의 유기적 관계에 의해서도 배열되어 있다. 그러므로 이세보의 애정시조의 작품적 실상을 제대로 이해하려면 작품들 사이의 유기적 질서를 파악하여 읽어야 할 것이다.

이세보는 애정시조 한 편 한 편이 지닌 이야기성을 바탕으로 하되, 작품들 사이의 상황과 사건을 관련지어 더 큰 서사적 맥락으로 연결하고자 하였다. 이리하여 풍류공간에서 일정한 스토리(story)를 지닌 일련의 애정시조가 연속적으로 노래될 때, 청자인 풍류객들의 흥미를 자극하고, 흥을 돋우며, 청자는 물론 창자인 기생에게도 호소력을 지니게 될 것이다.

『한민족어문학』 제59집, 한민족어문학회, 2011.

제4장

이세보 <상사별곡>의 성격과 문학적 형상화 양상

1. 머리말

이세보(李世輔, 1832~1895)는 400여 수에 이르는 방대한 양의 시조를 통해 다양한 내용[1]을 노래하였다는 점에서 우리 시조문학사에서 각별한 의의를 지니는 작가이다.

이세보의 시조집인『풍아(風雅)』가 학계에 보고된 이래,[2] 그의 시조에 대해서는 꾸준히 연구되어 왔다. 그 사이 이세보의 시조를 전반적으로 다룬 연구나 그 문학적 특성을 이해하고자 한 연구 등도 있었지만, 104수에 이르는 애정시조(愛情時調)를 다룬 연구가 주류를 이루었다. 작품의 양적인 면에서나 문학사적인 의의라는 면에서 볼 때 애정시조가 이세보 시조의 중심을 이루고 있다고 보았기 때문이다.[3]

이세보의 애정시조와 관련해서 볼 때, 그의 유일한 가사인 <상사별곡(相

---

1) 진동혁은 이세보 시조의 내용을 현실비판시조, 유배시조, 애정시조, 도덕시조, 기행시조, 월령체시조, 稽古시조, 유람 유흥시조, 농사시조 등 9가지로 나누어 이해했다. 진동혁,『이세보 시조연구』(집문당, 1983).

2) 진동혁, 「시조집「풍아」의 작자 연구」,『한국학보』제20집(일지사, 1980).

3) 이세보의 애정시조에 대한 연구사적 검토는 손정인, 「이세보 애정시조의 성격과 작품 이해의 시각」,『한민족어문학』제59집(한민족어문학회, 2011), pp.228~230. 참조.

思別曲)>이 주목된다. 이 작품은 이세보의 시조집인 『풍아(大)』4)에 실려 있는데, 이 시조집의 영인본5)이 출판되면서 작품의 전모가 학계에 알려졌다. 이후 이 작품은 애정가사나 상사가류 가사를 다루는 논문에서 단편적으로 언급되기는 하였지만,6) 깊이 있게 연구되지는 못하였다. 이 작품을 비교적 구체적으로 다룬 논문은 다음의 2편 정도이다.

김인구는 이세보 <상사별곡>의 창작시기, 작품구조와 의미를 살펴보고자 하였다.7) 이 논문에서는 이 작품의 전문을 소개한 뒤에 작품을 4단으로 나누어 살폈다. 문제는 제4단이라고 파악한 내용이 이 작품에 포함될 내용이 아니라는 데에 있다. 김인구는 한 수의 온전한 시조를 오독(誤讀)하여 이 작품의 종단(終段)으로 본 것이다. 이러한 오독으로 말미암아 이 작품의 창작시기를 이세보의 여주목사 재임기간이라고 본 연구자의 견해는 설득력을 잃고 말았다.

정인숙은 이세보 <상사별곡>의 창작시기와 구성방식을 재론하고, 작품의 문학적 의미를 살펴보고자 하였다.8) 정인숙은 이 작품에 나타난 '삼하삼추(三夏三秋)'와 같은 어휘나 표현 등을 통해 창작시기를 이세보의 신지도 유배기간으로 추정하였다. 창작시기를 이렇게 추정함에 따라 이 작품을 연

---

4) 『風雅(大)』라는 용어는 진동혁이 앞의 논문에서 "『風雅』는 두 권인데 편의상 큰 책을 『風雅(大)』라고 부르고 작은 책은 『風雅(小)』라고 부르고자 한다."(p.47)는 데에 따른 것이다. 진동혁은 이 논문에서 "『風雅(大)』에는 422首의 시조를 실었고 歌辭體인 <相思別曲>이 실려 있다."(p.48)라고 소개하였다.

5) 이세보, 『이세보시조집(영인본)』(단국대학교부설 동양학연구소, 1985).

6) "이세보의 <상사별곡>은 <…> 개인의 체험을 솔직하게 진술하기보다 애정가사의 일반적인 체제를 그대로 답습", (박연호, 「애정가사의 구성과 전개방식」, 고려대학교 대학원 석사논문, 1993, p.21), "이세보의 <상사별곡> : 아름다운 宿緣을 맺었으나 헤어지게 된 남성이 재회를 바라는 노래", (길진숙, 「상사가류 가사에 나타난 사랑의 수사」, 『한국고전여성문학연구』 제7집, 한국고전여성문학회, 2003, p.360). 등이 그 예가 될 것이다.

7) 김인구, 「이세보의 가사 <상사별곡>」, 『어문논집』 제24·25집(민족어문학회, 1985), pp.567～581.

8) 정인숙, 「이세보의 <상사별곡> 재론」, 『고시가연구』 제14집(한국고시가문학회, 2004), pp.257～278.

군가사(戀君歌辭)로 해석하기에 이르렀다. 그러나 이 작품의 창작시기를 올바르게 규명하기 위해서는 '삼하삼추'뿐만 아니라 작품의 여러 부분의 의미를 면밀하게 파악해야 할 것이다. 이 작품이 지닌 문학적 의미를 제대로 고찰하기 위해서는 먼저 작품의 성격을 분명히 해야 할 필요가 있다. 그런 다음, 작품에 나타난 문학적 형상화 양상을 좀더 심층적으로 살펴야 할 것이다.

본 연구에서는 먼저 이세보 <상사별곡>의 성격을 이해하기 위해 작품의 창작시기를 규명하는 데 힘쓰고자 한다. 이 작품이 이세보가 신지도 유배기간이나 유배에서 풀려난 이후에 지은 것이 아니고 유배 가기 이전에 지은 것이라면 작품의 성격에 대한 기존의 견해는 수정되어야 할 것이다. 그리고 이 작품에 나타난 문학적 형상화 양상을 살펴 작품의 의미를 이해하고자 한다. 이를 위해 이세보의 애정시조는 물론이고 전창(傳唱) <상사별벽(相思別曲)>・<춘면곡(春眠曲)>・<황계사(黃鷄詞)> 등과의 관련성을 살펴보고자 한다. 이 연구를 통해 이세보의 <상사별곡>을 이해함은 물론 조선후기 가창문학(歌唱文學)의 양상을 이해하는 데에도 기여할 수 있기를 기대한다.

2. 이세보 <상사별곡>의 창작배경과 성격

이세보 <상사별곡>의 성격을 이해하기 위해 먼저 그 창작시기를 살펴보고자 한다. 이 작품의 창작시기에 대한 기존의 견해는 두 가지이다. 그 하나는 이세보의 여주목사(驪州牧使) 재임기간설이고, 다른 하나는 이세보의 신지도(薪智島) 유배기간설이다. 두 가지 견해를 차례대로 살펴보자.

먼저, 창작시기를 이세보의 여주목사 재임기간으로 본 김인구의 견해를 검토해 보자. 이러한 견해는『풍아(대)』의 일부 내용을 잘못 읽은 데에서 비롯된 것이다. 김인구는 다음의 시조를 <상사별곡>의 결사 부분으로 오독하였다.

> 져달아 네아느냐 황녀틔슈(黃驪太守) 심즁亽(心中事)를
> 샴오야(三五夜) 됴흔 밤의 슐 잇고 임은 업다
> 두어라 그리다 보면 챵졍(情)인가.   <『풍대』 419>9)

이세보는『풍아(대)』의 체제와 기타 표지 등에 세심한 주의를 기울여 편집하였다. 1면을 10행으로 하고, 각 면에는 3수 정도의 시조를 정연한 궁체 글씨의 줄글로 표기하였다. 시조는 순한글로 표기하였으나 시종 한자를 병기하였다. 그리고 매 시조 위에 '○'표를 했다. 이에 비해 가사 <상사별곡>은 <샹亽별곡>(相思別曲)이라는 제목 위에 '○'표를 했다. 그리고 1면을 2단으로 나누어 세로로 써가되 읽기는 상단 2행 다음에 하단 2행 순서로 읽고, 다시 상단으로 올라가 읽도록 필사하였다. 이러한 몇 가지 필사원칙만 보아도 이 작품의 경계는 확실해진다.10) 그럼에도 불구하고 김인구는 <상사별곡>의 경계를 정확하게 설정하지 못하여 <419번>의 시조를 이 작품에 포함시킨 것이다. 특히 김인구는 여기에 나오는 "황녀틔슈 심즁亽"

---

9) 이세보의 대표적인 시조집인『風雅(大)』에서 작품을 인용할 경우에는 <『풍대』 작품 번호>로 표시한다. 작품의 표기는 이세보,『이세보시조집』(영인본)(단국대학교 동양학연구소, 1985)에 수록된『風雅(大)』에, 작품 번호는 진동혁,『주석 이세보시조집』(정음사, 1985)에 따른다. 본문에서『風雅(大)』에 수록된 작품을 가리킬 때에는 <작품 번호>로만 표시한다. 이하 같음.

10) <상사별곡>은『이세보시조집(영인본)』, 위의 책, pp.136~138.에 수록되어 있다. 이 책 p.139의 처음에는 '○'표 다음에, 2단으로 나뉘지 않고 줄글로 필사된 "져달아 네아느냐 황녀틔슈(黃驪太守) 심즁亽(心中事)를"로 시작하는 작품(<『풍대』 419>)이 실려 있다. 이 작품은 <상사별곡>에 이어 실려 있지만, <상사별곡>과는 무관한, 한 수의 온전한 시조이다. 정인숙도『풍아(대)』의 문헌적 특징을 고려할 때, 이 부분은 마땅히 <상사별곡>에서 제외되어야 한다고 하였다. 정인숙, 앞의 논문, p.260.

에서 황려는 여주의 구호라는 점에 주목하여, 이 작품의 창작시기를 이세보
가 황려태수로 재임하던 기간(1869년 9월 18일, 고종 6년~1871년 4월 30일,
고종 8년)[11]으로 잘못 파악하였다.

이번에는 창작시기를 이세보의 신지도 유배기간으로 본 정인숙의 견해를
검토해 보자. 이 견해의 주요한 논거가 되고 있는 '샴ᄒ샴츄'가 들어 있는
해당 대목을 인용해 본다.

> 황민시절(黃梅時節) 써난 이별(離別) 만학단풍(萬壑丹楓) 느꼇스니
> 샹ᄉ일념(相思一念) 무한ᄉ(無限事)는 져도 나를 그리런이
> 구든 언약(言約) 깁흔 정(情)을 닌들 어이 이꼇슬가
> 인간(人間)의 일리 만코 됴물(造物)이 시긔(猜忌)런지
> 샴ᄒ샴츄(三夏三秋) 지나가고 낙목한텬(落木寒天) ᄯ 되엿닉
> 운산(雲山)이 머럿쓰니 소식(消息)인들 쉬울손가   <상사별곡> 1~6행.

정인숙은 제5행에 나오는 '샴ᄒ샴츄'에 주목하여 다음과 같이 말했다.

> '삼하삼추(三夏三秋)'란 '세 번의 여름과 세 번의 가을' 즉 '3년'의 기간
> 을 말한다. 이와 유사한 어휘는 이세보의 다른 시조에서도 종종 등장하는
> 것으로 단순히 무의미한 물리적 시간 단위가 아닌 작자가 겪은 3년간의
> 신지도 유배시절을 의미하는 것으로 해석될 수 있다. <…> 그렇다면 <상
> 사별곡> 역시 '삼하삼추(三夏三秋)'라는 어휘가 등장하는 것으로 보아 창
> 작시기를 작자의 신지도 유배기간으로 추정하는 것이 가능하리라고 생각
> 된다.[12]

우선 기존의 연구에서도 주목받아 왔으며, 정인숙도 자신의 논지를 전개
하기 위해 인용한 다음의 시조를 대상으로 논의를 이어가 보자.

---

11) 김인구, 앞의 논문, p.576.
12) 정인숙, 앞의 논문, pp.261~262.

희도 가고 봄도 가고 샴흥(三夏)가 쏘 지나니
정녕(丁寧)이 오만 긔약(期約) 몃광음(光陰)을 허숑(虛送)인고
엇지타 뜻안닌 한 이별(離別)리 상봉(相逢) 느져. <『풍대』 354>

이 작품은 시적 화자가 님과 이별한 후 상봉이 늦어짐을 안타까워하는 애
정시조이다. 그런데 초기 연구에서, 이 작품의 초장에 등장하는 '샴흥'라는
어휘가 작자의 3년간의 유배생활을 암시하는 어휘일 가능성이 있다는 점에
서 이 작품의 창작시기를 신지도 유배기간으로 추정한 바 있다.[13] 이 학설
에 따라서, 이 작품에서의 이별한 님을 임금(철종)으로 간주하고 나아가 이
작품을 "애정시조의 가면을 쓰고 있는 연주지사"[14]로 해석하기도 하였다.

정인숙은 이러한 기존의 견해를 좇아, '삼하삼추(三夏三秋)'라는 어휘가
나오는 <상사별곡>의 창작시기 역시 신지도 유배기간일 것이라고 추정하
였다. 그러므로 <354번>에 나오는 '샴흥'의 의미를 파악하는 문제는 이
시조뿐만 아니라 <상사별곡>의 창작시기를 해명하는 문제와도 직접적으
로 연결되어 있으므로 중요하다.

그렇다면 <354번>에 나오는 '샴흥'의 정확한 의미는 무엇인가? 결론부
터 먼저 말하자면, 이 시조에서의 '샴흥'의 의미는 '3년'이 아니라 그저 '여
름 석 달'이라는 것이다. 그것이 '3년'이 아니라면 이 시조의 창작시기에
대한 기존의 학설은 설득력을 상당히 잃게 될 것이다. 따라서 여기에 논거
를 대어 <상사별곡>의 창작시기를 추정한 정인숙의 견해도 설득력을 잃게
될 것은 분명하다.

<354번>에 나오는 '샴흥'의 의미는 작품에 나타난 계절의 추이에 의해
해석해 볼 수 있다. 여기에서는 해당 작품만이 아닌 앞뒤 작품까지를 함께

13) 진동혁, 앞의 책(1983), p.206.
14) 박노준, 「이세보의 애정시조의 특질과 그 시조사적 위상」, 『어문논집』 제33집(민족어문
학회, 1994), p.253.

고려해 보기 위해 작품을 순서대로 인용해 본다.

빅화(百花)를 ᄉ랑헌들 가는 츈풍(春風) 어이ᄒ며
근원(根源)이 지즁(至重)헌들 가는 임을 어이ᄒ랴
아희(兒戲)야 꾀ᄭᄋ리 날려라 꿈결인가.   <『풍대』 352>

오동(梧桐)이 낙금졍(落金井)ᄒ니 젹벽츄월경긔(赤壁秋月景槪)로다
비취금(翡翠衾) 샹ᄉ몽(相思夢)은 알니로다 네나너나
엇지타 임그려 난 병(病)은 약(藥)도 업셔.   <『풍대』 353>

힉도 가고 봄도 가고 샴ᄒ(三夏)가 ᄯ 지나니
졍녕(丁寧)이 오만 긔약 몃광음(光陰)을 허숑(虛送)인고
엇지타 ᄯᆺ안닌 한 이별(離別)리 샹봉(相逢) 느져.   <『풍대』 354>

임아 야쇽(野俗)ᄒ다 날더럴낭 말를 마쇼
단풍(丹楓)이 다 진(盡)토록 일ᄌ셔신(一字書信) 업단말가
밤즁(中)만 우는 홍안(鴻雁) 번연(飜然)이 날 쇽인가.   <『풍대』 355>

이상의 네 작품은 각각 떼어서 읽기보다는 연속된 작품으로 읽어야 상사
(相思)의 정을 제대로 파악할 수 있다. 시적 화자는 백화가 만발한 봄에 님
과 이별한 후에 해를 넘겨 님을 그리워하고 있다. 작품에 나타난 계절은,
<352번>은 '봄'이고 <353번>은 '가을'이다. <354번>의 계절적 추이는
'겨울(힉) → 봄 → 여름(샴ᄒ)'이다. <354번>은 "힉도 가고"로 시작하고 있
다. "한 해가 간다"는 것은 계절의 순환이라는 면에서 볼 때, 봄에서 시작
한 한 해가 여름과 가을을 거쳐 겨울을 끝으로 가버린 것을 말한다. 그러므
로 이때 "힉도 가고"는 겨울이 지나감을 말한 것이다. 그러므로 이어지는
내용인 "봄도 가고 샴ᄒ가 ᄯ 지나니"에서 '샴ᄒ'는 '여름 석 달'인 것이지
'3년'일 수는 없다. '샴ᄒ'를 '여름 석 달'로 볼 때, 네 작품은 계절적 순환

이라는 면에서 '봄(빅화, 츈풍) → (여름은 생략) → 가을(오동, 츄월) → 겨울
(희) → 봄(봄) → 여름(샴흥) → 가을(단풍, 홍안)'로 자연스레 이어진다.[15]

이상에서 <354번>에 나오는 '샴흥'의 의미를 살펴보았다. 그 결과 이
시조에 나오는 '샴흥'의 의미는 '3년'이 아니라 '여름 석 달'이라는 것을 알
수 있었다. 이러한 사실은 작품 자체의 전개나 앞뒤 작품과의 내용의 유기
적 질서를 고려해 볼 때 보다 분명해진다. 그러므로 <354번> 한 작품만을
따로 떼어내어 '샴흥'를 '3년'이라고 보고, 그것을 신지도 유배기간인 '3년'
과 결부시키는 것은 견강부회식의 해석이다.

그렇다면 <상사별곡> 제5행에 나오는 '샴흥샴츄'는 무엇을 의미하는가?
<354번>에 나오는 '샴흥'의 의미를 앞뒤 작품과의 계절적 추이 속에서 파
악했듯이, <상사별곡>에 나오는 '샴흥샴츄'의 의미 역시 작품 속에 나타난
계절적 추이를 통해 파악해 보자.

<상사별곡> 제1행 "황믜시절 쪄난 이별 만학단풍 느졋스니"에 나타난
계절적 추이는 '봄(황매) → 가을(단풍)'이다. 시적 화자는 황매시절인 '봄'에
이별한 님이 (여름 석 달을 지나) 만학단풍의 '가을'이 늦도록 소식이 없다
고 한다. 제5행 "샴흥샴츄 지나가고 낙목한텬 쏘 되엿니"에서 "낙목한천(落
木寒天)이 또 되었네"라는 것은 님과 이별한 후 맞는 겨울이 첫 번째가 아
니고 두 번째임을 말한 것이다. 그 사이에 '여름'(석 달)과 '가을'(석 달)이
지나가고 나뭇잎이 다 떨어진 추운 '겨울'이 또 된 것이다. 이런 내용을 두
고, "3년(샴흥샴츄)이 지나가고 겨울(낙목한천)이 또 되었네"라고 파악하는
것은 작품의 전개상으로 볼 때 자연스럽지 못하다. 작품에 나타난 시간적
추이는 '계절 → 계절'이다. 이것을 '3년(햇수) → 겨울(계절)'로 보는 것은 맞
지 않다.

---

15) 이상에서 <『풍대』 352>~<『풍대』 355>를 대상으로 작품에 나타난 '샴흥'의 의미를
   살펴본 것은 필자의 선행 연구인 손정인, 앞의 논문, pp.244~245에 의거한 것임.

이상에서 이세보 <상사별곡>의 창작시기를 논한 기존의 견해들을 검토해 보았다. 그 결과 이 작품의 창작시기는 이세보의 여주목사 재임기간은 아니며, 신지도 유배기간이라고 단정하기도 어렵다는 것을 알 수 있었다. 그렇다면 이 작품의 창작시기는 과연 언제인가? 작품이 제공하는 정보를 통해 그 시기를 추정해 보자.

이세보의 <상사별곡>은 "개인의 체험을 솔직하게 진술하기보다 애정가사의 일반적인 체제를 그대로 답습하고 잇"[16]는 것이라고 지적되었다. 그러나 이 작품의 모든 부분을 그러한 시각으로 보아 넘길 수는 없다. 작품의 몇 대목은 이세보의 개인적 체험에서 나온 것이기 때문이다. 그 하나의 예를 들어본다.

> 방츈화류(方春花柳) 됴흔 시졀(時節) 강누ㅅ찰(江樓寺刹) 경기(景槪)됴츠
> 일부일(日復日) 월부월(月復月)의 운우지락(雲雨之樂) 협흡(浹洽)할졔
> <상사별곡> 14~15행.

시적 화자는 님과 함께 하던 시절을 "방춘화류(方春花柳) 좋은 시절"이라고 했다. 이것은 일반적인 표현이다. 그러나 그 뒤에 나오는 "강루사찰(江樓寺刹) 경개(景槪) 좋아"라는 표현은 그렇지 않다. 여기에서 '봄'과 '강루사찰'의 연계는 전창(傳唱) <상사별곡>이나 <춘면곡(春眠曲)> 등에서는 찾아볼 수 없는 독특한 것이다. 전창 <상사별곡>에는 님과 함께 지낸 즐거운 봄날을 회상하는 대목이 없다. 남성작인 <춘면곡>에는 '봄'을 언급한 대목이 있기는 하지만, "숨츈(三春)이 다진(盡)토록 쩌나사지 마즈터니"[17]라고 하여 관습적으로 표현되어 있을 뿐이다. 이러한 점에서 보면, 제14행에서의 '봄'

---

16) 박연호, 앞의 논문, p.21.
17) 임기중, 『한국가사문학 주해연구』 제17권(아세아문화사, 2005), p.506. 이하 <춘면곡>의 내용은 같은 책, pp.505~507에서 인용한 것이므로 따로 출처를 밝히지 않음.

과 '강루사찰'의 연계는 주목할 만하다. 시적 화자가 지나간 봄날에 님과 함께 하던 일들 중에서 특별히 '강루사찰'의 유람을 강조한 것은 어떤 의미인가?

이와 관련하여 이세보의 풍류적인 면부터 살펴보자. 이세보는 20세 초반부터 7,8년 동안 부친이 통판(通判)으로 있던 전주 지방을 자주 왕래하면서 풍류마당을 해마다 지었다. 그리하여 "여염부녀자들도 다 낸 줄 알더라."라고 할 정도로, 그는 전주 일대에 이름을 떨쳤던 풍류남아였다.18)

이세보는 이어서 29세 되던 1860년 봄에는 전남 순창을 비롯하여 화순·순천지방을 유람하면서 곳곳에서 풍류마당을 벌였다. 이세보 유람시조의 대부분은 그가 유배 가기 이전에 지은 것이다. 다음은 이세보가 그 당시 순창지방을 유람하면서 순창8경을 읊은 시조 중의 하나이다.

> 귀리정(歸來亭) 달 밝앗스니 틱빅(太白)과 놀나가세
> 전필언(全弼彦) 황계빅쥬(黃鷄白酒) 니동현(李鍾鉉) 쇼사날반(蔬食糲飯)
> 그즁(中)의 날낭은 풍류(風流)와 기싱(妓生)이나.   <『풍대』 73>

이세보는 귀래정에 달이 밝았으니 놀러가고 싶다고 하면서, 유람에 동행한 악공인 전필언과 이종현에게 술과 안주를 준비하라고 이른다. 그 중에 자기는 풍류와 기생이나 맡아 보겠다고 했다. 이세보가 1860년 봄에 순창에서 이렇게 풍류를 즐길 수 있었던 것은 그 해에 그의 부친이 순창군수로 있었던 사실과 밀접히 관련된다.19) 이처럼 이 시기에 이세보가 벌인 풍류

---

18) "길리 전쥬지경(全州地境)으로 지닉가니 이 곳즌 풍픠고읍(豊沛古邑)이요 가친(家親)이 통판(通判)을 지니여 계시고 나도 쏘한 칠팔년(七八年) 식이에 왕닉(往來)ᄒ든 곳이라. 승금정(勝金亭)과 한벽당(寒碧堂)이 문득 풍뉴(風流) 마당을 년년(年年)이 지엿쓰미 비록 여염부녈(閭閻婦女)지라도 닌쥴은 다 알더라.", 『薪島日錄』, 진동혁, 앞의 책(1985), p.253.

19) 이세보의 부친인 李端和가 1860년(철종 11년) 1월 2일부터 그해 11월 18일까지 순창군수의 직에 있었다. 이단화는 아들 이세보가 득죄하여 1860년 11월 7일 신지도로 유배가

마당에는 반드시 기생과 악공이 있었다. 이세보는 이러한 풍류마당에서 풍류주인을 자처하며 기생들과 마음껏 즐겼다.20)

이세보의 풍류마당은 한곳에서만 벌어지지 않았다. 그는 전주·순창을 넘어 화순·순천에 이르기까지 명승지를 유람하면서 기생들과의 풍류를 즐겼다. 특히 『풍아(대)』에는 순창8경을 읊은 시조들에 이어, 이세보가 풍류마당에서 맡아본, 미모와 재주를 갖춘 기녀들을 줄줄이 거명하는 7수의 기명시조(妓名時調)가 있어 주목된다. 그 가운데 '강루사찰'의 유람을 읊은 작품을 들어보자.

> 꽂도 보고 경(景)도 보려 누디강산(樓臺江山) 다니다가
> 숑광스(松廣寺) 도라드러 샴일풍뉴(三日風流) 즐겨쓰니
> 아마도 무궁츈정(無窮春情)은 보익(寶愛)인가.   <『풍대』 76>

이 시조는 이세보가 순천에 있는 송광사에서 3일간 풍류를 즐기면서 읊은 것이다. 이세보는 봄날, 꽃도 보고 경치도 보려고 기생들을 데리고 '누대강산'을 다니다가 '사찰'(송광사)에 들어 3일간 풍류를 즐기면서 보애에게서 '무궁춘정'을 느꼈다고 했다. 이 시조는 이세보가 남긴 7수의 기명시조 중의 하나로서, 작품의 핵심은 한없는 애정(정욕)을 느끼게 한 기생 보애에게 있다.

<상사별곡> 제14, 15행은 바로 <76번>의 내용을 읊은 것이다. <상사별곡>에서는 '강루사찰'의 구경에 이어 '운우지락'이 언급되었다. <76번>에서는 '누대강산', '송광사'의 풍류에 이어 '무궁춘정'이 언급되었다. <상

게 됨에 따라 퇴임하게 된 것이다. 진동혁, 앞의 책(1983), p.29. 이단화 연보 참조.
20) "니동현(李鍾鉉) 거문고 타고 전필언(全弼彦) 양금치쇼/화션(花仙) 연홍(蓮紅) 미월(眉月)드라 우됴(羽調) 계면 실슈(失手) 업시/그즁(中)의 풍뉴주인(風流主人)은 뉘라든고", <『풍대』 84>.

사별곡>의 '운우지락'은 <76번>의 '무궁춘정'을 보다 직접적으로 말한 것이다.

그 당시 이세보가 벌인 풍류마당에서 기생들은 이세보의 애정 노래를 가장 많이 불렀을 것이다. 그 중에서도 이세보가 '풍류남아(風流男兒)'임을 자처하거나 여성편력이 화려한 '탐화광접(貪花狂蝶)'임을 내세우는 노래가 특히 많았을 것이다. 그러나 상사(相思)의 노래도 이세보가 벌인 풍류마당의 레퍼토리에서 빠지지는 않았을 것이다. 『조선해어화사(朝鮮解語花史)』에는 그 당시 기생들 사이에 애창되는 시조라고 하여 1수가 실려 있는데,21) 이 작품은 <102번>의 작품과 거의 같은 것으로 보아 이세보의 작품이라고 본다. 이러한 사실을 통해, 상사를 노래한 이세보의 애정시조는 풍류방에서 꽤나 호응을 받아 시조창으로 유행하였음을 짐작할 수 있다. 이러한 점에서 본다면, 이세보가 벌인 풍류마당에서는 그의 상사 노래도 많이 애창되었을 것임은 분명하다.

18, 19세기를 통해 전창 <상사별곡>은 풍류방 등의 유흥공간에서 많이 향유되었다.22) 특히 조선후기에 <상사별곡>은 유흥의 공간에서 '이별'의 정황에 놓일 때 그 빛을 더 발휘하였다.23) 이세보 <상사별곡>의 경우도 마찬가지였을 것이다. 앞에서 인용한 『신도일록(薪島日錄)』의 기록에 의하면, 이세보는 20세 초반부터 7,8년 동안 전주 지방을 자주 왕래하면서 해마다 풍류마당을 지었다고 했다. 이러한 이세보이니, 한양에서 전주에 내려와 한동안 기생들과 풍류를 마음껏 즐기다가 상경할 때에는 그냥 상경하지는

---

21) "不親이면 無別이오 無別면 不相思라/相思不見相思懷는 不如無情不相思라/엇지타 靑春人生 이 일로 白髮", 이능화 저·이재곤 역, 『조선해어화사』(동문선, 1992), p.244. <『풍대』 102>의 종장은 "아마도 즈고청춘(自古靑春)이 일노 빅발(白髮)"로 되어 있다.

22) 전창 <상사별곡>의 연행환경에 대해서는 김은희, 「<상사별곡> 연구」, 『반교어문학』 제14집(반교어문학회, 2002), pp.267∼278. 참조.

23) 성무경, 「<상사별곡>의 사설짜임과 애정형상의 보편성」, 박노준 편, 『고전시가 엮어 읽기(하)』(태학사, 2003), pp.311.

않았을 것이다. 그때마다 전별연을 열었을 것이고, 그 자리에 참석한 기생들은 이별한 님을 그리워하는 상사(相思)의 노래를 즐겨 불렀을 것이다. 이때 기생들은 전창 <상사별곡>보다는 이세보가 지은 <상사별곡>을 더욱 즐겨 불렀을 것이라고 본다. 이것은 "이세보가 자신만의 풍류공간을 구축하고 그 자신의 작품으로 그 세계를 채우는데 즐거움을 느꼈던 것"24)과 관련지어 이해할 수 있을 것이다.

이러한 사실을 고려하더라도 이 작품의 창작시기를 이세보가 20대 초반부터 7,8년간 전주 지방을 중심으로 풍류생활에 열중하던 시기라고 단정하기는 어렵다. 이 작품의 시적 화자인 기생의 체험이 이세보가 순창지방을 유람하면서 지은 유흥의 기명시조(妓名時調)에 담긴 체험과 밀접히 관련된다는 점을 고려해 볼 때, 이 작품의 창작시기는 이세보가 29세 되던 해인 1860년 봄에 순창·순천지방을 중심으로 풍류생활에 열중하던 시기일 가능성이 더 있다고 본다.

이상의 논의를 통해 이세보 <상사별곡>의 창작시기와 작품의 성격을 살펴보았다. 이 작품의 창작시기는 이세보의 유흥시조 등을 고려해 볼 때, 이세보가 29세 되던 해인 1860년 봄에 순창·순천지방을 중심으로 풍류생활에 열중하던 시기일 것이라고 추정한다. 이 작품은 창작시기와 표현 등을 고려해 볼 때, 연군가사가 아니며 풍류마당에서의 유흥을 위해 지은 애정가사이다.

---

24) 박규홍, 「이세보 애정시조와 가집편찬 문제」, 『한민족어문학』 제55집(한민족어문학회, 2009), p.202.

3. 이세보 <상사별곡>의 문학적 형상화 양상

이세보의 <상사별곡>에 나타난 문학적 형상화 양상을 이해하기 위해 시적 화자의 문제부터 살펴보고자 한다. 이 작품의 시적 화자는 여성 화자이다. 신분으로 말하면 기생이다. 이 작품의 시적 화자가 기생이라는 것은 "세우사창(細雨紗窓)"(12행)이라는 어휘와 작품의 정황이나 어조 등을 통해 충분히 짐작할 수 있다.25) 그런데 이 작품에서는 처음에 설정되었던 여성 화자의 목소리가 일관되지 못하고 중간에서 변화를 보인다는 점이 특이하다. 즉 이 작품의 시적 화자는 단일한 여성 화자가 아니라 전반부와 후반부 각기 다른 여성 화자이다. 기존의 연구에서는 이러한 시적 화자의 변이를 간과했다.

이 작품의 시적 화자를 전반부와 후반부 각기 다른 여성 화자로 볼 수 있게 하는 근거는 두 가지가 있는데, 그 하나는 다음의 대목에 있다.

> ᄌᆞ네 사정(事情) 닉가 알고 닉 사정(事情) ᄌᆞ네 알니   <상사별곡> 11행.

이 작품은 제11행을 경계로 전반부(1행~10행)와 후반부(11행~28행)로 나뉜다. 이렇게 나뉠 수 있는 것은 11행을 전후하여 시적 화자에 변화가 있기 때문이다. 그러므로 11행에서의 시적 화자의 문제를 밝히는 것은 중요하다.

제11행에 나오는 '닉'와 'ᄌᆞ네'는 각각 누구를 가리키는가? 기존의 연구에서는 여기에 나오는 'ᄌᆞ네'라는 말이 여성 화자인 '닉'가 '님'을 호칭하는

---

25) 시적 화자를 판정하는 근거로는 직접적 정보 · 시적 정황 · 어조 외에 어휘 · 비유 · 화자의 인식과 태도 등을 들 수 있다. 박혜숙, 「고려속요와 여성화자」, 『고전문학연구』 제14집(한국고전문학회, 1998), p.9.

말로는 어울리지 않는다는 점에서 작품을 일관되게 해석하는 데 난점이라고 하면서도 '니'를 여성 화자로, '즈네'를 '님'으로 파악하였다.26) 그런데 과연 여성 화자(기생)가 양반 사대부인 '님'을 '자네'라고 부를 수 있을까? 조선중기 사대부 가문의 여인이 쓴 한글 편지에서 남편을 '자네'라고 부른 경우가 있음27)을 들어, 가능하다는 견해도 있을 수 있다. 그러나 이 작품이 지어진 조선후기에는 사대부 가문에서의 남녀 관계가 조선중기처럼 대등한 관계에 있지 않았다. 사대부 가문의 남녀관계가 이러할진대 신분상으로 미천한 기생이 양반 사대부인 '님'을 도저히 '자네'라고 부를 수는 없을 것이다.

그렇다면 '니'를 '님'이 자신을 지칭한 것으로 볼 수는 없을까? 그러나 이 경우에는 이별한 '님'이 여성 화자(기생)를 '자네'라고 호칭하며 뜬금없이 끼어들었다가 갑자기 사라져 버린다는 점에서 작품의 구성상으로 보아 그 가능성은 별로 없다.

이러한 난점들을 해소하기 위해서는 시적 화자를 새로운 시각으로 보아야 한다. 국어사전에 의하면, '자네'라는 말은 "하게 할 자리에, 상대자를 가리켜 일컫는 말"이다. 이 말은 남성 전용어는 아니다. 오늘날도 여자끼리 '형님', '동생'하며, '자네'라는 호칭을 사용한다. 그러므로 필자는 전반부에 나오는 '니'와 11행에 나오는 '니'를 각기 다른 여성 화자로 보고자 한다. 논의의 편의상 전반부의 여성 화자를 갑녀(甲女)로, 11행 이하 후반부의 여성 화자를 을녀(乙女)로 부르고자 한다.

---

26) "상대방을 지칭함에 있어서도 '져', '즈네'라고 하여 시적 화자보다 낮은 위치에 있는 사람에 대한 호칭을 사용한다는 점도 이 작품을 연군가사로 일관되게 해석하는 데 주저된다.", 정인숙, 앞의 논문, p.272.

27) 1998년 경북 안동시에서 발굴된 고성 이씨 이응태(1556~1586)의 무덤 속에서 발견된 아내(원이 엄마)의 애절한 한글 편지에서 남편을 '자네'라고 14번이나 부르고 있다. 이처럼 조선시대에는 임진왜란 전까지는 사대부 가문의 부부가 모두 2인칭 대명사 '자네'라고 호칭하였는데, 그것은 그때까지는 남녀가 법적, 경제적으로 대등하였기 때문에 가능한 일이었다.

갑녀는 이 작품의 전반부에서 님과 이별한 뒤의 아픔을 말했다. 특히 제 10행에서 "닉 가삼 틱우는 불은 물노도 어이 못쓰난고"라고 하였다. 갑녀는 이 말에서 서술형 종결어미로 끝맺지 않고, '어이(어찌)'에 이어 '-난고(는고)'라는 의문형 종결의미로 끝맺고 있다. 10행과 같은 의문법은 반드시 답을 요구하지는 않는다. 그러나 갑녀는 일종의 의문법을 사용함으로써 청자가 자연스럽게 끼어들 수 있게 하였다. 을녀는 갑녀의 하소연을 듣고 나서 "즈네 사졍 닉가 알고 닉 사졍 즈네 알니"라고 하며 끼어든다. 이 말 속에는 님과 이별한 뒤에 '동병상련(同病相憐)'하는 기생들의 '동류의식(同類意識)'이 배어 있다. 을녀는 갑녀의 사정(즈네 사졍)을 듣고는 이어서 자신의 사정(닉 사졍)을 노래한다.

이 작품의 시적 화자를 각기 다른 여성 화자로 볼 수 있게 하는 또 다른 근거는 다음의 대목에 있다.

어늬 날 어늬 달의 명텬(明天)이 우리 뜻 보다　　<상사별곡> 24행.

이 대목에서 이 작품의 시적 화자와 관련하여 주목할 말은 '우리'이다. 이때 '우리'는 누구와 누구를 가리키는가? 기존의 연구에서는 '우리'를 간절한 한 마음을 갖고 있는 "두 사람"[28]이라고만 하였지만, 문맥상 '나'와 '님'을 지칭하고 있음은 분명하다. 필자는 '우리'를 갑녀와 을녀로 보고자 한다. 갑녀와 을녀는 저마다 님과 이별한 뒤 상사의 아픔에 괴로워하고 있다. 그리고 그들은 님과의 상봉을 확신하지 못하고 있다. 그러니 '동병상련'하는 두 여인은 명텬(明天)에 기댈 수밖에 없다. 그러므로 여기에서의 '우리'는 말하는 을녀와 이 말을 듣는 갑녀를 가리킨다.

지금부터는 이 작품의 전반부에 나타난 문학적 형상화 양상을 작품의 서

---

28) 정인숙, 앞의 논문, p.271.

술 순서에 따라 살펴보자.

> 1 황미시졀(黃梅時節) 쩌난 이별(離別) 만학단풍(萬壑丹楓) 느졋스니
> 2 샹스일념(相思一念) 무한스(無限事)는 져도 나를 그리련이
> 3 구든 언약(言約) 깁흔 정(情)을 닌들 어이 이졋슬가

　황매시절인 봄에 님과 이별한 후 벌써 만학단풍의 늦가을이 되었다. 갑녀는 상사일념으로 님도 나를 그리워하고 있을 것이라고 생각하고 있다. 갑녀는 기생이다. 이별한 님에 대한 갑녀의 심정은 일반적인 의미에서의 기생의 그것과는 다르다. 이러한 사실은 기생 계랑(桂娘, 1573～1610)의 다음의 시조와 견주어 보면 알 수 있다.

> 梨花雨 훗쑤릴제 울며줍고 離別ᄒ님
> 秋風落葉에 져도 날 生覺ᄂ가
> 千里에 외로온 꿈은 오락가락 ᄒ다.[29]

　이 시조에서의 시적 화자도 기생이다. 공무적 도구로 인식되어 온 기생이지만 '님'이 생기자 그 '님'에 대한 연모의 정이 깊어졌다. 시적 화자는 그렇게 정이 든 님이 "梨花雨 훗쑤릴제" 떠나려 하자 붙잡고 울며 만류하였지만 그는 기어이 가버리고 말았다. 기녀가 한 남성을 아무리 사랑한다고 해도 그것은 일방적일 수밖에 없다. 때문에 시적 화자는 떠나간 님을 두고 "져도날 生覺ᄂ가"라고 회의하고 있다.[30]
　전창 <상사별곡>에도 이 시조의 화자의 심정과 유사한 대목이 있다.

---

29) 심재완, 『교본 역대시조전서』(세종문화사, 1972), p.851. 가번 <2377>.
30) 윤영옥, 「기녀시조의 고찰」, 『시조의 이해』(영남대학교 출판부, 1986). pp.499～500.

空房美人 獨相思는 예로부터 이러한가
나혼자 이러혼가 님도아니 이러혼가.

여기에서의 '상사' 역시 홀로 그리워하는, 일방적인 상사이다. 이 대목에서 시적 화자는 님이 나를 그리워하고 있을 것인가에 대해 확신하지 못하고 있다. 그리하여 "님도아니 이러혼가"라고 자문해 보았으나 그렇지 않음은 분명하다.

이세보 <상사별곡>의 경우는 그렇지 않다. 이 작품에서의 '상사'는 일방적인 그리움이 아니다. "샹스일념 무한스는 져도 나를 그리련이"에서 보듯이, 갑녀는 "님도 나를 (분명히) 그리워하고 있을 것"이라고 생각하고 있다. 사정이 이러하니, "(서로 맺은) 굳은 언약과 깊은 정을 (님이 못 잊고 있는데) 난들 어찌 잊었을까"라고 생각한다.

4 인간(人間)의 일리 만코 됴물(造物)리 시긔(猜忌)런지
5 삼ᄒ삼츄(三夏三秋) 지나가고 낙목한텬(落木寒天) 쏘 되엿ᄂᆡ

갑녀는 그토록 사랑한 님을, 나를 그리워하고 있음이 분명한 님을 삼하삼추 지나가고 낙목한천이 또 되도록 재회하지 못하고 있다. 그러면서도 이별의 원인에 대해서는 구체적으로 말하지 않고, "인간의 일이 많고 조물이 시기해서 그런 것인지"라고 생각하고 있다. 원망의 대상으로 조물을 내세우고 있음은 전창 <상사별곡>이나 <춘면곡>과 같다. 전창 <상사별곡>에서는 "됴물(造物)이 싀우는지 귀신이 희짓는지"[31]라고 하였고, <춘면곡>에서는 "인간에 일이만코 조물이 싀긔ᄒ여"라고 하였다. 특히 <춘면곡>의

---

31) 전창 <상사별곡>은 13행부터 49행에 이르기까지 이본이 많다. 정재호, 「<상사별곡>고」, 『국어국문학』 제55·56·57집(국어국문학회, 1972). pp.490~498. 본 연구에서의 전창 <상사별곡>의 인용은 임기중, 앞의 책, pp.469~471에 의함. 이하 같음.

여러 이본에서는 "인간에 일이 많고, 조물이 시기하여"란 표현을 즐겨 쓰고 있다.32) 이러한 사실에서 이세보의 <상사별곡>은 기생과의 사랑을 노래한 <춘면곡>의 관습적 표현을 일정 부분 따르고 있음을 알 수 있다. 그러므로 이세보 <상사별곡>의 시적 화자의 현실인식은 <춘면곡>의 시적 화자의 현실인식과 통한다고 볼 수 있다. 즉 이세보의 <상사별곡>에서 "인간에 일이 많음"을 먼저 내세운 것은 '장부(丈夫)의 공명(功名)'을 내세운 <춘면곡>처럼 남성의 입장을 대변한 것으로 보겠다. 이 점은 이 작품의 작자가 사대부인 이세보라는 점과 무관하지 않다. 한편으로 <춘면곡>이 당대에 이세보가 자주 왕래한 호남지방의 사대부들의 유흥의 현장에서 즐겨 연행된 사실33)과도 일정 부분 관련이 있을 것이다.

  6 운산(雲山)이 머럿쓰니 소식(消息)인들 쉬울숀가
  7 디인난(待人難) 긴 한슘의 눈물은 몟쩌런고

  갑녀와 님은 '운산'을 사이에 두고 멀리 떨어져 있다. 이때 '운산'은 님과 나를 격리시키고 있는 표상이다. 갑녀는 님으로부터 소식이 없음을 두고, "운산이 머럿쓰니 소식인들 쉬울숀가"라고 하였다. 갑녀의 이 말은 님으로부터 소식을 받지 못하고 있는 자신을 변명하며, 스스로를 위로하는 말이다. 갑녀는 이때까지만 해도 쉽지는 않겠지만, 머잖아 님으로부터 소식이 있을 것임을 기대하고 있다. 그러나 이러한 기대는 쉽게 이루어지지 않는

---

32) "人間의 일이 만코 造物조차 多猜ᄒ야" 海東遺謠本 <춘면곡>, "인간의 일이 만코 됴물이 시긔ᄒ야" 罷睡歌本 <춘면곡>, "인간에 말이만코 죠물됴차 시음ᄒ야" 남훈티평가本 <춘면곡>, "인간에 말이 만코 죠물조초 시암ᄒ야" 樂府本 <춘면곡>, "인간에 말이 많고 造物좇아 새암하야" 雅樂部本 <춘면곡>. 강전섭, 「傳羅以端作 <春眠曲>에 對하여」, 『고시가연구』 제5집(한국고시가문학회, 1988), pp.6~7.
33) 김은희, 「<춘면곡> 연구-연행환경의 변화에 주목하여-」, 『어문연구』 제29권 4호(통권 112호), (어문교육연구회, 2001), p.96.

다. 기대가 간절할수록 기대의 어긋남에서 오는 아픔은 더욱 크다. 소식 없
는 님을 마냥 기다리기란 무척 어렵다. 사정이 이러하니 님을 생각할 때마
다 긴 한숨을 짓고, 시도 때도 없이 눈물을 흘릴 뿐이다.

8 흉중(胸中)의 불니 나니 구회간장(九回肝腸) 다타간다
9 인간(人間)의 물노 못끄난 불리라 업것마는
10 닉 가샴 틔우는 불은 물노도 어이 못끄난고

　갑녀는 이 대목에서 님을 기다리는 자신의 답답한 심정을 표현하였다. 갑
녀는 상사로 인하여 마침내 가슴속에서 불이 나 구회간장이 다 타간다고
했다. 그러면서 "인간 세상에서 물로 못 끄는 불이라고는 없건마는 내 가
슴을 태우는 불은 어찌하여 물로도 끌 수가 없느냐."라고 아픔을 토로한다.
　이세보의 <상사별곡>에는 그의 시조가 온전한 형태로, 또는 부분적인
형태로 수용되고 있다. 위의 대목은 이세보의 다음의 시조를 그대로 수용하
고 있다. 이 작품에서의 시조의 수용양상은 조선후기 문학사에서 장르간의
교섭양상을 보여주고 있다는 점에서 주목할 만한 것이다.

흉중(胸中)의 불이 나니 불쪄 쥬리 뉘잇쓰리
인간(人間)의 물노 못 끄는 불이라 업건마는
엇지타 샹스(相思)로 난 불은 물노도 못 쩌.　<『풍대』 103>

　지금부터는 작품의 후반부에 나타난 문학적 형상화 양상을 작품의 서술
순서에 따라 살펴보자. 청자인 을녀는 갑녀의 사설을 듣고 나서 다음과 같
이 말한다.

11 즈네 사정(事情) 닉가 알고 닉 사정(事情) 즈네 알니

을녀는 동병상련의 입장에서 갑녀에게 "자네 사정은 내가 잘 알고 있고, 내 사정은 자네가 잘 알고 있지 않느냐."라고 했다. 이 말은 "이제까지 자네 사정을 들었으니 지금부터는 내 사정을 들어보라."는 뜻이다.

> 12 세우스창(細雨紗窓) 져문 날과 소소샹풍(蕭蕭霜風) 송안셩(送雁聲)의
> 13 샹스몽(相思夢) 놀라 찌여 믹믹(脈脈)키 싱각(生角)ㅎ니
> 14 방츈화류(方春花柳) 됴흔 시졀(時節) 강누스찰(江樓寺刹) 경긔(景概)둧츳
> 15 일부일(日復日) 월부월(月復月)의 운우지락(雲雨之樂) 협흡(浹洽)할졔
> 16 쳥산녹슈(靑山綠水) 증인(證人)두고 추싱빅년(此生百年) 셔로 밍셰(盟誓)
> 17 못보와도 병(病)이 되고 더듸 와도 셩화(成火)로셰
> 18 오는 글발 가는 스연(辭緣) 즈즈획획(字字劃劃) 다졍(多情)턴이

을녀는 이 대목에서 님과 행복했던 시절을 회상한다. 전반부에서 갑녀는 '이별의 상황 제시' → '행복했던 시절의 회상' → '기다림의 어려움' → '상사의 이픔'의 순서로 자신의 사정을 노래하였다. 이에 비해 을녀는 '행복했던 시절의 회상'으로부터 자신의 사정을 노래하기 시작한다. 갑녀는 자신의 행복했던 과거 상황을 "구든 언약 깊은 정"(3행)이라고 요약하여 진술하였다. 이에 비해, 을녀는 "강루사찰" 운운하며 님과의 행복했던 시절을 구체적으로 진술하고 있다. 을녀는 방춘화류 좋은 시절에, 님과 함께 '강루사찰' 경치를 좇아 일부일 월부월 '운우지락'으로 협흡했다고 했다. 이러할 때, 을녀는 님과 청산으로 증인 삼으며 백년을 함께 살기고 맹세하였다.

을녀가 말한 "일부일 월부월의 운우지락 협흡"은 갑녀가 말한 "깊은 정"보다 더욱 구체적이고 절실한 표현이다. 제2장에서 살펴보았듯이, 이 작품의 '운우지락(雲雨之樂)'은 <76번>의 '무궁춘정(無窮春情)'을 보다 직접적으로 말한 것이다. 일반적으로 상사가류 작품에서 여성 화자는 만남의 환희, 사랑하던 순간의 기쁨을 상기하지는 않는다. 이에 비해 남성들은 육체화된

사랑의 구체성으로부터 출발하여 님을 회상하는데,[34] 그것은 주로 '운우지락'으로 표현된다. 그러므로 이 작품에서의 '운우지락'이란 표현은 <춘면곡>에서 남성이 여인과의 맺은 사랑의 환희를 회상하면서 '운우'라고 표현[35]한 것과 상관된다. 이처럼 이 작품 속에는 일정 부분 남성의 정서가 투영되어 있는데, 이것은 이 작품이 남성에 의해 창작되었기 때문이다.

또 을녀가 말한 "쳥산녹슈 증인두고 츠싱빅년 셔로 밍셰"(16행)는 갑녀가 말한 "구든 언약"보다 더욱 구체적이고 절실한 표현이다. 이세보의 애정시조 중에도 '청산'과 '녹수'가 나오는 작품이 더러 있다. 그 가운데에서 이 작품의 정서와 관련되는 작품을 들어 보자.

> 샴각산(三角山) 비췬 곳의 한강슈(漢江水) 푸루럿다
> 틱산(泰山)으로 증인(證人) 샴고 녹슈(綠水)로 언약(言約)이라
> 지금(至今)의 산무궁(山無窮) 슈부진(水不盡)ᄒᆞ니 녜나너나.　<『풍대』 275>

이 시조의 시적 화자는 삼각산이 보이는 한강에 이르러, 태산으로 증인을 삼고 녹수로써 언약을 했다고 하였다. 그리고는 "지금에 산도 무궁하고 물도 무진하니, 너와 나도 저 물이나 산처럼 변하지 말자."라고 다짐한 것이다. <상사별곡> 제16행의 표현은, 을녀가 님과 같이 '강루사찰' 경치를 좇아 유람하면서 그때그때 대하는 '청산녹수'를 두고 맹세한 것을 회상한 것이다.

이렇게 백년을 함께 하기로 맹세한 사이이고 보니, 못 보면 병이 되고 조금만 늦게 와도 성화이다.[36] 이때 그들 사이에 오고 간 편지 속에 담긴 사

---

34) 길진숙, 앞의 논문, p.377.
35) "쳥가일곡(淸歌一曲)으로 츈흥(春興)을 즈아내니, 운우양딕샹(雲雨襄臺上)에 쵸몽(楚夢)이 다졍(多情)허다."
36) 남성 화자가 등장하는 이세보의 애정시조 중에는 기생과의 그러한 사정을 구체적으로 노래한 작품이 있다. "쵸경(初更)의 오마든 임이 샴스경(三四更)의 도라드니/딕인난(待人

연은 자자획획 다정했다고 하였다.

> 19 엇지타 한 별니(別離)가 역여됴긔(怒如凋飢) 어려웨라
> 20 샹亽고(相思苦) 샹亽고(相思苦)ㅎ니 샹亽인亽(相思人思) 샹亽인(相思人)을

님과 행복했던 과거의 상황이 더욱 구체적이고 절실할수록, 그리고 그 이별이 예상치 못한 것일수록 현재의 아픔은 더욱 크다. 을녀는 이별의 아픔을 "역여됴긔 어려웨라"라고 하였다. '역여조긔(怒如調飢)'는 『시경(詩經)』에 나오는 말로서 "당신을 뵙지 못하니 주린 아침 음식 찾듯 그리웠소."[37]라는 뜻이다. 이와 같은 수준의 말을 여성(기생)이 사용하기는 쉽지 않다. 이와 같이 어려운 어휘가 나오는 것은 아무래도 작자가 높은 수준의 문학적 소양을 지닌 이세보이기 때문일 것이다.

"샹亽고 샹亽고ㅎ니 샹亽인亽 샹亽인을"(20행)이라는 표현은 이세보의 다음 시조에도 그대로 나온다.

> 亽랑타 이별(離別)이요 이별(離別)타 샹봉(相逢)이라
> 샹亽고(相思苦) 샹亽고(相思苦)ㅎ니 샹亽인亽(相思人思) 샹亽인(相思人)을
> 아마도 쳥츈(靑春)의 만은 이별(離別) 늙기도 먼져.   <『풍대』 367>

앞에서 살펴보았듯이, 상사를 노래한 이세보의 애정시조는 풍류방에서 꽤나 호응을 받아 시조창으로 유행하였다. 이러한 점에서 본다면, 이세보가 풍류마당에서의 유흥성을 위해 지은 <상사별곡>에 상사고를 노래한 그의

難) 칙망(責望) 끚헤 술취(醉)코 화회(和會)로다/엇지타 쳥누가인(靑樓佳人)이 졍(情)어려 워." <『풍대』 108>, "오는 친(親)구 딕졉(待接)ㅎ니 즈연(自然)이 겨를 업고/각딕(各宅) 쪽지픠(牌) 뮤셔워 익걸구걸(哀乞苟乞) ㅎ고나니/지금(至今)의 단야삼경(短夜三更) 느진 亽 졍(事情) 닌들 어이." <『풍대』 114>.

37) 『詩經』, 「周南」<汝墳>, "未見君子 怒如調飢".

시조를 수용한 것은 자연스러운 현상이다.

> 21 신농씨(神農氏) 야속(野俗)ᄒ다 샹빅초약(嘗百艸藥) 닐적의
> 22 만병회춘(萬病回春) 무불통지(無不通知) 임 이즐 약(藥) 웨 모른고

　이제 을녀는 상사병이 깊이 들어 견딜 수 없어 차라리 님을 잊고자 한다. 그러나 인간 세상에는 님을 잊을 약이 없다. 이에 신농씨를 두고 "일찍이 온갖 초약을 낼 적에 임 잊을 약을 왜 모르던고."라고 하여 야속하다고 한다.

　이 두 행의 내용과 표현은 아래의 두 편의 시조에서 밑줄 친 부분을 적절히 조합한 것이다.

> <u>신농씨 무정ᄒ다 빅초를 다 닐적에</u>
> <u>신선될 약 웨 모르든고</u>
> 뉘라셔 동남동녀만 허비라드니.　<『풍아 별집』 권1, 43>

> 타향(他鄕)의 그린 임이 쳥츈(靑春)의 슈심(愁心)이라
> 샹ᄉ불견(相思不見) 무한회포(無限懷抱) 화됴월셕(花朝月夕) 어려웨라
> <u>엇지타 인간(人間)의 임이즐 약(藥)이 업셔.</u>　<『풍대』 393>

　<상사별곡>의 전반부에서 갑녀는 자신의 가슴에 난 불을 쉽게 끌 수 없음을 하소연하였다. 이에 비해 후반부에서 을녀는 님을 잊고자 하지만 쉽게 잊을 수 없음을 하소연하고 있다. 상사로 인한 아픔의 단계에서 볼 때, 상대를 잊고자 하는 단계는 상사의 열병으로 인해 고통 받는 단계를 넘어선 것이다. 그러므로 우리는 님을 잊고자 하는 을녀의 하소연을 통해, 이미 상사의 열병으로 심한 고통을 받았고, 이제는 그 고통에서 벗어나고자 몸부림

치고 있음을 알 수 있다. 따라서 을녀의 아픔이 상대적으로 갑녀의 아픔보
다 크다고 할 수 있다. 을녀는 상사의 아픔을 말하기 위해, 님 잊을 약을 만
들어내지 못한 신농씨를 두고 야속하다고 했다. 그러나 이러한 표현은 역설
적인 표현이다. 을녀는 결코 님을 잊을 수 없고, 또 잊기를 원하지도 않는
다. 이러한 점은 이어지는 사설을 통해 확인할 수 있다.

> 23 천ᄉᆞ만량(千思萬量) 셕은 간장(肝腸) 언지쟝ᄋᆡ(言之長也) 쓸 길 업ᄂᆡ
> 24 어늬 날 어늬 달의 명텬(明天)이 우리 ᄯᅳᆺ ᄇᆞ다
> 25 축실거싱(蓄室居生) 이별(離別)업시 원앙침상(鴛鴦枕上) 갓치 누어
> 26 이런 말 옛일 삼고 평싱(平生)을 질길넌지

　을녀는 님에 대해 천사만량(千思萬量)이라 간장은 썩었고, 언지장야(言之長
也)하여 글로 다 쓸 수가 없다고 한다. 그야말로 필설로 다할 수 없는 아픔
이란 것이다. 을녀는 어느 날 어느 달에 하느님[明天]이 그들의 뜻을 받아들
여, 축실거생(蓄室居生)하면서 이별 없이 원앙금침에 (님과) 같이 누워, 상사
고로 인한 많은 말들도 옛일로 삼고서 평생을 즐길 수 있기를 바란다. 을녀
는 "-ㄹ넌지"라는 표현을 통해, 기대의 실현 가능성을 자문해 보고 있다.
그러나 을녀는 그러한 기대가 실현되기란 참으로 어렵다는 것을 잘 알고
있다.

　이처럼 기생이 양반 사대부인 님과 평생을 이별 없이 살기란 금의옥식
(錦衣玉食)을 마다해도 어려운 일이다.[38] 하물며 기생이 축실거생(蓄室居生)
하면서 이별 없이 원앙침상에 누어 평생을 즐기며 살기를 원하는 것은 언
감생심일는지 모른다.

---

38) 기생 화자가 등장하는 이세보의 애정시조 중에는 이러한 내용의 작품이 있다. "니 평싱
　(平生) 원(願)하기를 금의옥식(錦衣玉食) 다 마다고/속 아는 임을 ᄯᅩᆺ츠 이별(離別) 없이 ᄉᆞ
　져쩌니/엇지타 인졍(人情)이 실슈(失手)ᄒᆞ여 이 토심(吐心)을." <『풍대』 133>.

27 어허 졀사 톱도 돗타 고진감닉(苦盡甘來) 이 안닌가

28 오미불망(寤寐不忘) 그린 임을 악수상봉(握手相逢) 다시 탐탐(耽耽).

   여기에서 작품의 분위기는 단번에 반전된다. 을녀는 님과의 상봉이 이렇게 갑자기 이루어지리라고는 전혀 예상하지 못하고 있었다. 을녀는 이것을 두고 '고진감래(苦盡甘來)'라고 하면서, "어허 졀사 톱도 돗타"라고 노래한다. 이 작품은 이처럼 결사 부분에서 갑작스럽게, 그것도 예상 밖에 헤피엔딩으로 끝맺고 있다. 이러한 끝맺음은 전창 <상사별곡>의 결사에서, 시적 화자가 "훈번죽어 도라가면 다시보게 어려와라. 아마도 녜정이 잇거든 다시보게 숨기소셔."라고 상봉의 진정으로 끝맺고 있는 것과는 크게 차이가 난다. 을녀는 이제 오매불망(寤寐不忘) 그린 님을 악수상봉(握手相逢)하고 다시 탐탐(耽耽) 즐겁게 사랑하게 된 것이다.

   이 결사부분에서 "어허 졀사 톱도 돗타"라고 하여 갑자기 분위기가 반전되는 것은 무엇을 의미하는가? 기존연구에서는 그 의미를 크게 두 가지로 보았다. 즉 이러한 분위기의 전환은 첫째, 작자의 의도에 따른 것이 아니라 다른 분위기의 텍스트가 삽입된 구성 방식에 따른 결과로 판단되며, 둘째, 이에 따라 시적 화자의 목소리에도 균열을 초래하게 되었다[39)는 것이다. 이러한 견해는 이 작품의 창작시기를 이세보의 유배기간으로 봄에 따라 이 작품을 '연군가사'로 보려는 선입견에 기인한다. 이 작품은 연군가사가 아니다. 이 작품은 어디까지나 풍류마당에서의 유흥을 위한 애정가사이다. 그러므로 이러한 분위기의 반전은 작자 이세보의 의도에 의한 것으로 보아야 한다.

   조선후기에 가창된 대표적인 애정가사인 전창 <상사별곡> 역시 유흥공간의 노래이다. 그러나 이 전창 <상사별곡>은 홍순학(洪淳學, 1842~1892)

---

39) 정인숙, 앞의 논문, p.274.

의 <연행가(燕行歌)>(1866)에서 볼 수 있듯이, 전별연 등 '이별'이라는 정황
에서 부를 경우 처량하기 그지없어 이 한 곡조를 차마 듣기 어렵다고 할
정도이다. 기생이 기생을 그만두고 살림을 차리게 되면서 마련한 석별의 잔
치에서 <상사별곡>을 부르는 것이 관습으로 되어 있었다고 한다. 그럴 때
면 여러 가지 감회에 <상사별곡>을 부르다가 몇 차례나 끊겼다가 다시 잇
고 하며 전 장을 다 부르지 못했다고 한다.40)

　이세보는 풍류주인을 자처하던 20대에 자신이 벌인 풍류마당에서 기생
들로 하여금 자신의 애정 노래를 즐겨 부르게 했다. 그리고 특히 전별연 등
기생들과 이별하는 정황에 놓일 때에는 상사의 노래를 부르게 하였을 것이
다. 그러나 이 때 부른 상사의 노래는 애절하기도 하였지만, 그 결말은 해
피엔딩으로 마무리하곤 했다. 머잖아 기생들과 다시 재회할 것이기에 가라
앉은 전별연의 분위기를 끌어올릴 필요가 있었던 것이다. 그러한 예로서 다
음의 시조를 들 수 있다.

　　　옛스롬 이른 말리 어안(魚雁)이라 ᄒᆞ엿건만
　　　고금(古今)이 부동(不同)ᄒᆞ니 귄들 동동(種種) 쉬울손가
　　　아마도 고진감ᄂᆡ(苦盡甘來)라 ᄒᆞ니 슈히 볼가.　<『풍대』356>

　이 작품은 제2장에서 인용한 <352번>~<355번>에 이어 나오는 작품
이다. 시적 화자는 앞의 네 작품에서 이별의 아픔을 계절적 추이에 따라 순
차적으로 노래한 뒤에, 이 작품에 이르러 '고진감래'를 내세워 님과의 상봉
을 낙관하고 있다. 이세보는 앞의 네 작품이 연속되면서 가라앉은 전별연의
분위기를 이 작품을 통해 고조시키고자 한 것이다. 그 자리가 전별연이 아
닌 유흥을 위한 풍류마당일 경우는 더욱 그러할 것이다.

---

40) 성무경, 앞의 논문, 앞의 책, pp.311~312. 참조.

<상사별곡>의 결사부분에서 갑자기 "어허 절사 똠도 둇타"라고 하며 분위기가 반전되는 것은 풍류마당이라는 연행현장의 유흥성과 밀접히 관련된다. 이세보의 <상사별곡>은 풍류마당에서의 유흥을 위한 작품이다. 그러므로 애절한 가사의 내용으로 인해 가라앉은 분위기를 반전시킬 필요가 있다. 그러기 위해서는 흥에 겨워 마구 떠들 때 하는 사설인 "얼씨구 절씨구 지화자 좋다"라는 식의 사설을 사용한 것이다. 이러한 점에서 작품의 분위기를 반전시킨 "어허 절사 똠도 둇타"라는 표현과 정서는 '연행현장의 유흥성'을 위한 <황계사>의 그것과 관련시켜 이해할 수 있다. <황계사>에서는 이별의 슬픔이라는 주제와는 별 관련이 없는 "지어자 좋을시고"라는 후렴구가 반복적으로 붙어 '연행현장의 유흥성'을 두드러지게 한다.[41]

이상의 논의를 통해서, 이세보의 <상사별곡>에 나타난 문학적 형상화 양상을 살펴보았다. 이세보는 이 작품에 이중의 여성 화자(기생)를 설정하여 풍류마당의 동반자인 기생들의 적극적인 호응을 얻고자 했다. 특히 결사부분에서 분위기를 반전시킴으로써 풍류마당의 유흥성을 고조시키고자 하였다. 이 작품에는 이세보의 시조가 온전한 형태로, 부분적인 형태로 수용되고 있다. 이와 같은 시조의 수용양상은 조선 후기 문학사에서 장르간의 교섭양상을 보여주고 있다는 점에서 주목할 만한 것이다. 이 작품은 제목을 <상사별곡>이라고 하였지만, 표현이나 정서 등에서 <춘면곡>이나 <황계사>와 일정 부분 통하는 면이 있다. 이러한 점 역시 이 작품이 지닌 유흥적인 성격에 연유한 것이라고 보겠다. 이러한 현상은 조선후기 가창문학의 한 양상을 보여주고 있다는 점에서 주목할 만하다.

이 작품에는 '역여조기(怒如調飢)'·'축실거생(蓄室居生)'·'고진감래(苦盡甘來)'·'오매불망(寤寐不忘)' 등을 포함하여 다수의 한자어가 사용되고 있다.

---

41) 김은희, 「<황계사> 연구」, 『인문과학연구』 제7집(덕성여자대학교 인문과학연구소, 2002), p.160.

이러한 점에서도 이 작품은 매우 쉬운 우리말 위주의 사설로 되어 있는 전 창 <상사별곡>과 차이가 난다.

4. 맺음말

본 연구에서는 이세보의 유일한 가사 작품인 <상사별곡>의 성격과 작 품에 나타난 문학적 형상화 양상을 살펴보았다. 이상에서 살펴본 내용을 정 리하면 다음과 같다.

이 작품의 성격을 이해하기 위해 창작시기를 규명하고자 하였다. 이 작 품의 창작시기는 기존의 견해처럼 이세보의 여주목사 재임기나 신지도 유 배기가 아니라, 이세보가 29세 되던 해인 1860년 봄에 순창·순천지방을 중심으로 풍류생활에 열중하던 시기일 것이라고 본다. 이렇게 창작시기를 규명하고 작품의 내용을 면밀히 살펴볼 때, 이 작품은 연군가사가 아니다. 이 작품은 겉으로 상사류 가사의 모습을 하고 있지만, 실제적으로는 풍류마 당에서 유흥을 위해 지은 작품이다.

이 작품에 나타난 문학적 형상화 양상을 이해하기 시적 화자의 문제부터 살펴보았다. 이 작품에서는 처음에 설정되었던 여성 화자의 목소리가 일관 되지 못하고 중간에서 변화를 보인다는 점이 특이하다. 즉 이 작품의 전반 부와 후반부에 나오는 시적 화자는 동일한 여성 화자가 아니라 각기 다른 여성화자이다. 이 작품에 이중의 여성 화자(기생)를 설정한 것은 풍류마당의 동반자인 기생들의 적극적인 호응을 얻고자 해서이다. 특히 결사부분의 표 현은 분위기를 반전시켜 풍류마당의 유흥성을 고조시키고자 한 것과 관련 된다.

이 작품에서의 이세보 시조의 수용 양상은 조선후기 문학사에서 장르간

의 교섭양상을 보여주고 있다. 이 작품은 제목을 <상사별곡>이라고 하였
지만, 표현이나 정서 등에서 <춘면곡>이나 <황계사>와 일정 부분 통하는
면이 있다. 이러한 현상 역시 이 작품이 지닌 유흥적인 성격에 연유한 것으
로서 조선후기 가창문학의 한 양상을 보여주고 있다.

이 작품에는 『시경(詩經)』에 나오는 '역여조기(惄如調飢)'를 비롯하여 다
수의 한자어가 나타난다. 이러한 점에서도 이 작품은 전창 <상사별곡>과
차이가 난다.

『한민족어문학』 제65집, 한민족어문학회, 2013.

제5장

안민영 <매화사>의 성격과 의미

1. 머리말

안민영(安玟英, 1816~1885 이후)은 그의 스승인 박효관(朴孝寬, 1800~?)과 함께 『가곡원류(歌曲源流)』를 편찬하였고, 드물게 개인 가집인 『금옥총부(金玉叢部)』를 남겼다는 점에서 우리 시조문학사에서 각별한 의의를 지닌다. 『금옥총부』에는 181수의 적지 않은 작품이 수록되어 있다. 그 작품들 중에서 송축시조나 애정시조 등은 매우 엄혹한 평가를 받기도 하였다.[1] 이에 비해 <매화사(梅花詞)> 8절은 대부분의 논자들에 의해 수작이라는 평가를 받아 왔다.

본 연구는 안민영의 대표작인 <매화사>의 성격과 의미를 살펴보고자 하는 것이다. 그러므로 여기에서는 <매화사>를 논제로 하여 집중적으로 다룬 논문들을 중심으로, 그 사이의 연구 동향을 살펴보고자 한다.[2]

---

1) 박노준이 안민영의 송축시조를 "권력자에 대한 터무니없는 송축의 헌사", 애정시조를 "그가 직접 체험한 난봉의 편력을 그대로 옮겨 놓은 것"이라고 평한 것이 그 예가 될 것이다. 박노준, 「안민영의 삶과 시의 문제점」, 『조선후기 시가의 현실인식』(고려대학교 민족문화연구원, 1998), p.354. p.357.

2) 여기에서는 <매화사>를 논제로 하여 집중적으로 다룬 논문들을 검토의 대상으로 하기에, 안민영의 전체적인 작품을 살피는 과정에서 대체적으로 언급한 논저들은 일일이 밝히지 않는다. 그리고 <매화사>를 논제로 하여 집중적으로 다룬 논문은 아니더라도 <매화사>를 비교적 천착한 경우에는 검토의 대상에 넣기로 한다.

　류준필은 <매화사>를 매화시(한시)와 비교해 보고, <매화사>의 연시조 형식과의 상관성을 살펴보고 나서 구성에 통일성이 없음을 문제점으로 지적하였다.3) 이동연은 <매화사>는 배열상의 어떤 원칙이 있는 것은 아니라고 보고, 작품에 나타난 안민영의 심미적 지향에 주목하였다.4) 박노준은 <매화사>를 통해 안민영의 시인적 자질을 살펴보고 나서, 그의 문학적 수월성과 심미적인 감각, 품격을 갖춘 낭만적 이상을 높이 샀다.5) 성기옥은 연시조로서의 <매화사>의 연 구성 원리를 우조(羽調) 한바탕의 악곡 구성과 관련하여 살펴본 다음, <매화사>의 구조적 통일성과 의미를 밝혀보고자 하였다.6) 송원호는 안민영의 우조 한 바탕을 중심으로 그 연행효과를 살펴보고 나서, <매화사>는 창곡에 따라 유기적으로 구성되어 있는 일련의 작품군이라고 보았다.7) 김용찬은 <매화사>에 내재되어 있는 작품의 구성 원리를 짚어보고, 당시의 연창환경을 배경으로 통일된 짜임새를 살펴보았다.8) 양희철은 문체론적 측면에서 일탈문체론의 방법을 적용하여 <매화사>의 세 구조를 분석하고자 하였다.9) 양희찬은 <매화사>의 문맥의 유기적 짜임을 살펴 연시조로서의 면모를 밝히고자 하였다.10)

---

3) 류준필, 「안민영의 <매화사>론」, 백영 정병욱 선생 10주기추모논문집 간행위원회, 『한국고전시가작품론 2』(집문당, 1992), pp.569~580.

4) 이동연, 「19세기 시조의 변모양상-조황・안민영・이세보의 개인시조집을 중심으로-」(이화여자대학교 대학원 박사논문, 1995), pp.95~102.

5) 박노준, 앞의 논문, pp.331~338.

6) 성기옥, 「한국 고전시 해석의 과제와 전망 —안민영의 <매화사>의 경우—」, 『진단학보』 제85집(진단학회, 1998), pp.111~137.

7) 송원호, 「가곡 한 바탕의 연행 효과에 대한 일고찰(2) —안민영의 羽調 한 바탕을 중심으로—」, 『어문논집』 제42집(민족어문학회, 2000), pp.5~22.

8) 김용찬, 「안민영 <매화사>의 연창 환경과 작품 세계」, 『어문논집』 제54집(민족어문학회, 2006), pp.43~72.

9) 양희철, 「연시조 <매화사>의 세 구조 연구」, 『한국언어문학』 제74집(한국언어문학회, 2010), pp.317~338.

10) 양희찬, 「안민영 <매화사>의 짜임새에 대한 고찰」, 『시조학논총』 제36집(한국시조학회, 2012), pp.121~150.

이상에서 살펴본 바, 〈매화사〉에 대한 기존의 연구들은 주로 작품의 통일성을 해명하는 것과 관련하여 진행되어 왔음을 알 수 있었다.

〈매화사〉는 안민영이 운애산방의 풍류 현장에서 즉흥적으로 지은 것이다. 특히 이 작품은 조선전기 사대부들의 연시조와는 달리 가곡 연창을 위해 지은 가곡창사이다. 그러므로 이 작품의 실상을 해명하기 위해서는 문학적·음악적 측면을 동시에 고려해야 할 것이다. 더구나 즉흥시(卽興詩)인 이 작품을 문학적으로 빈틈없이 분석하기란 쉬운 일이 아니다. 그 사이 이 작품을 문학적 측면에서 세밀하게 살핀 연구 성과11)도 없지 않다. 그러나 작품의 세밀한 부분까지를 살펴, 그것들의 연결 양상을 해명하는 데 집착하는 것은 과도하다는 생각이 든다. 또 그러한 분석적 성과가 즉흥시인 〈매화사〉의 실상에 얼마나 부합하는지도 의문이다. 어떻게 보면 〈매화사〉는 악곡의 곡조에 따라 사설의 분위기를 살피는 것이 더 맞을지도 모르겠다. 그러므로 본 연구에서는 〈매화사〉의 통일성을 규명하려는 기왕의 연구 경향에서 비켜서서, 작품의 성격과 의미를 살펴보고자 한다. 이를 위해 악곡 구성을 포함하여 창작 상황·작가의 심리·작품의 전개 양상 등을 복합적으로 고려하여 살펴보고자 한다. 그리고 겉으로 표상된 것의 이면에 숨어 있는 작가의 내심을 살펴보는 것도 의미 있는 일이라고 생각한다.

---

11) 양희찬, 같은 논문. 이 논문은 작품을 꼼꼼하게 읽고 유기적 짜임새를 정치하게 분석하려고 애쓴 논문임에도 불구하고 몇몇 곳에서 연구자의 입론을 증명하기 위해 무리하게 해석한 감이 있다. 제1수의 '옥인금차'를 매화를 형용(梅影의 부분 형용)한 것으로 보거나, 제4수의 '그림자'를 제1수의 '매영'과 일치한다고 본 것 등이 그 한 예가 될 것이다. 양희찬, 같은 논문, pp.137~138.

2. 안민영 <매화사>의 다양한 성격

『금옥총부』에 수록된 각 작품들에는 창작 배경 등을 기록한 후기가 덧붙어 있다. <매화사>의 경우, 창작 경위와 창작 동기 등 작품을 이해할 수 있는 정보를 담고 있는 것은 제1수의 후기이다. 제2수 이하 제8수까지는 "雲崖山房梅花詞第二"~"雲崖山房梅花詞第八" 정도만 기록하고 있다. 제1수의 작품과 후기의 내용은 다음과 같다.

> 梅影이 부드친 窓예 玉人金釵 비겨신저
> 二三 白髮翁은 거문고와 노리로다
> 이윽고 盞 드러 勸하랼 제 달이 쏘한 오르더라.   <『금옥총부』6>

> ○ 나는 경오년(1870, 고종7) 겨울에, 운애 박 선생 경화, 오 선생 기여, 평양 기생 순희, 전주 기생 향춘과 더불어 산방에서 노래와 거문고를 즐겼다. 운애 선생은 매화를 매우 좋아하여 손수 새순을 심어 책상 위에 놓아 두었다. 마침 그때에 몇 송이가 반쯤 피어 그윽한 향기가 퍼지니 이로 인해 <매화사(梅花詞)> 우조 한 편 8절을 지었다.[12]

이 후기에서 보듯이, <매화사>는 안민영이 1870년 겨울 박효관의 거처인 운애산방에서 거문고와 노래를 즐기던 중 마침 반쯤 핀 분매를 보고 지은 것이다. 이 자리에서 당대의 이름난 가객인 박효관·안민영·오기여 등은 좌상객이 되어 순희·향춘 등과 즐기고 있다. 이 두 기녀는 궁중 진찬에 참석키 위해 지방에서 차출되어 올라온 자들로서, 진연을 마친 후에는 박효관·안민영 등을 위한 풍류마당 연행에 참여하고 있다.[13]

---

12) "余於庚午冬, 與雲崖朴先生景華, 吳先生岐汝, 平壤妓順姬, 全州妓香春, 歌琴於山房. 先生癖於梅, 手栽新筍, 置諸案上. 而方其時也, 數朶半開, 暗香浮動, 因作梅花詞, 羽調一篇八絶.", <『금옥총부』6> 후기.

1870년이면 안민영이 55세, 그의 스승 박효관이 71세 되던 해이다. 이 무렵의 박효관의 풍류의 모습이 어떠했는지는 안민영의 다음의 작품들을 통해서 짐작할 수 있다.

豪放헐슨 져 늘그니 슐 아니면 노리로다
端雅衆中 文士貌요 古奇畵裡 老仙形을
뭇느니 雲臺에 슘어엇슨지 몃몃 히나 되인고   〈『금옥총부』 37〉

○ 운애 박 선생 경화는 필운대에 숨어서 평생 동안 시와 술과 노래와 거문고로 세월을 보내어 기로(耆老)에 이르렀으니, 참으로 일세의 인걸이로다.[14]

늘그니 져 늘그니 林泉에 슘은 져 늘그니
詩酒歌琴與碁로 늘거온는 져 늘그니
平生에 不求聞達허고 절노 늙는 져 늘그니.   〈『금옥총부』 46〉

○ 운애 박 선생은 필운대에 숨어 시와 술, 노래와 거문고 가운데서 늙어간다.[15]

이처럼 운애산방에서 지내는 박효관의 삶이란 나날이 '시와 술과 노래와 거문고'로 보내는 풍류적인 삶 바로 그것이었다. 젊어서부터 호방(豪放)하고 자일(自逸)하여 풍류를 좋아하였던 안민영[16]은 운애산방에서 그의 스승인 박효관과 함께 사제풍류를 자주 즐겼다.[17]

---

13) 신경숙, 「19세기 가객과 가곡의 추이」, 『한국시가연구』 제2집(한국시가학회, 1997), pp.295~296.
14) "雲崖朴先生景華, 隱於弼雲臺, 平生以詩酒歌琴度日, 至於耆老, 固一世之人傑也.", 〈『금옥총부』 37〉 후기.
15) "雲崖朴先生, 隱於弼雲臺, 老於詩酒歌琴中.", 〈『금옥총부』 46〉 후기.
16) "余自靑春, 豪放自逸, 嗜好風流.", 〈『금옥총부』 166〉 후기.

이런 풍류판에서 시는 으레 '노래 잘 짓는' 안민영이 짓고, 노래는 '노래 잘 하는' 박효관이 불렀다.[18] 특히, 박효관은 질탕하게 풍류를 즐길 때면 우계면(羽界面) 한바탕을 즐겨 불렀다. 이 점은 안민영이 1880년 가을, 박효관이 81세 때 벌인 단애대회(丹崖大會)를 두고 노래한 작품에 잘 나타나 있다. 안민영은 이 날 질탕한 풍류를 즐기는 박효관의 모습에 대해 "丹崖의 셜인 닙흘 힝마당 사랑ᄒ야 長安 名琴 名歌들과 名姬 賢伶이며 遺逸風騷人을 다 모와 거나리고 羽界面 ᄒ밧탕을 엇겨러 불너닐 제 歌聲은 嘹亮ᄒ야 들쏘 틔끌 날녀너고 琴韻은 泠泠ᄒ야 鶴의 춤을 일의현다."[19]라고 했다. 이처럼 박효관은 극성한 풍류판에서는 이런 저런 가곡을 부르기보다는 '우계면 한바탕'을 부르기를 좋아하였다.

<매화사> 제1수의 후기에 등장하는 인물은 박효관·오기여·안민영, 기생 순희·향춘 등 다섯 사람뿐이다. 장안의 풍류재자(風流才子)와 야유사녀(冶遊士女)들이 구름같이 모인 것도 아니고, 명금(名琴) 명가(名歌)들과 명희(名姬) 현령(賢伶)이며 유일풍소인(遺逸風騷人)을 다 모아 거느린 것[20]도 아니다. 그러므로 이 날의 모임은 그렇게 큰 모임은 아닌 것이다. 어쩌면 꽃 피는 봄철도 단풍 지는 가을도 아닌, 아직은 겨울인 때, 사제간에 조촐하게 즐기는 주연(酒宴)이었을 것이다. 그들은 이날의 모임이 비록 작은 술자리였

---

17) '운애산방'의 풍류공간으로서의 의미는 성무경, 「『금옥총부』를 통해 본 '운애산방'의 풍류세계」, 『반교어문학』 제13집(반교어문학회, 2001). 참조
18) 박효관은 『금옥총부』의 서문에서 "안민영이 노래를 잘 지었고 음률에 정통했다.(口圃東人安玟英 <…> 又善於作歌 精通音律)"라고 했고, 안민영은 자서에서 "박효관은 평생 동안 노래를 잘하여 그 이름이 세상에 알려졌다.(雲崖朴先生, 平生善歌, 名聞當世.)"라고 했다. 『금옥총부』 92번의 작품과 후기에 의하면, 당대 제일의 명가·명금이 모인 풍류판에서 안민영이 又石尙書의 명을 받고 즉석에서 시를 짓자 박효관이 노래했다고 하였다.
19) <『금옥총부』 179>.
20) "風流才子와 冶遊士女들이 구름갓치 모여들어 날마다 風樂이요 써마다 노리로다", <『금옥총부』 165>, "長安 名琴 名歌들과 名姬 賢伶이며 遺逸風騷人을 다 모와 거나리고", <『금옥총부』 179>.

지만 밤새껏 질탕하게 놀았을 것이다.21) 그들은 큰 술자리든 작은 술자리든 규모에 상관없이 질탕하게 놀 줄 아는 풍류인이었다.

그날의 운애산방의 풍류 모임에는, 얼마 동안 가금(歌琴)이 어우러져 있을 뿐 詩酒(시주)는 빠진 상태였다. 아직은 한바탕을 부르고 술을 질탕하게 마실 정도로 분위기가 무르익지는 않았다. 그럴 때 책상 위의 매화 몇 송이가 반쯤 피어 그윽한 향기를 피워내자, 안민영이 그 흥취에 흠뻑 젖어 우조(羽調) 8수로 된 〈매화사〉를 지었던 것이다. 이에 따라 풍류판의 흥취는 고조되고, 박효관은 질탕하게 '우조 한바탕'을 불렀을 것이다. 또 매화의 청향(淸香)이 술잔에 뜨면서부터 그들은 모두 흠뻑 취해 질탕하게 놀았을 것이다.

안민영은 〈매화사〉를 지음에, '우조 한바탕'의 곡조에 맞추어 8절을 지었다. 그 당시에는 우조와 계면조의 각 곡조들을 순서대로 부르는 한바탕의 편가(編歌) 형식이 정착되었었다. 그 가운데에서 그러한 한바탕의 편가 형식만이 아니라, 일부의 특정 곡조 하나를 취해서 부르거나, 부분적으로 묶어 부르기도 하였다. 성기옥은 후기에 나오는 "梅花詞 羽調一篇八絶"이라는 말과 작품의 존재양상을 통해서 볼 때, "당시 계면조로 넘어가지 않고 우조 8곡만을 한바탕으로 하여 약식(略式)으로 부르는 '우조 한바탕'의 연창방식이 실제로 있었던 것으로 보인다."22)라고 하였다. 그렇다면, 안민영은 그날의 모임에서 스승 박효관이 좋아하는 매화를 대상으로 하여, 스승이 즐겨 부르는 '우계면 한바탕'을 대신하여 약식의 '우조 한바탕'을 지은 것이다.

박효관은 이처럼 제자가 지은 〈매화사〉 '우조 한바탕'을 거문고에 부쳐

---

21) 안민영은 단애대회가 있은 지 이틀 만에 다시 山亭에서 작은 술자리를 베풀고 세 기녀를 청하여 밤이 새도록 질탕하게 놀았다(丹崖大會之後二日, 卽九月望日也. 更設小酌於山亭, 請三妓, 盡夜迭湯宕)고 했다. 〈『금옥총부』22〉의 작품과 후기 참조. 이에 미루어 본다면, 이들은 그날의 소연에서도 밤새껏 질탕하게 놀았을 것으로 보인다.

22) 성기옥, 앞의 논문, p.116.

노래 부르면서 "좋은 놀음 즐거운 일[勝遊樂事]"23)에 한껏 도취하였을 것이
다. 안민영도 스승의 그러한 모습을 보면서 무척 즐거워했을 것이니, 우리
는 여기서 사제풍류의 멋스러움을 본다. 그러므로 <매화사>는 안민영이
분매를 사랑한 노스승에게 바치는 일종의 헌사(獻詞)이면서, 사제풍류의 흥
취를 표현한 작품이다.

이상에서 살펴본 바에 의하면, <매화사>는 일차적으로 풍류정신의 소산
이다. 그러나 안민영 <매화사>의 성격을 '풍류정신'이라는 말로 다 포괄하
기는 어렵다. 그것은 안민영이 매화를 여러 가지 측면에서 바라보고, 여러
가지 방식으로 감상하고 노래하고 있기 때문이다.

사실 사대부에 의해 각별한 의미가 부여되었던 매화는 보는 사람의 처지
에 따라 주목되는 바가 각기 달랐다. 18세기 초의 문인 김창흡(金昌翕, 1653
~1722)은 매화 감상의 여러 가지 방식에 대해 다음과 같이 말하고 있다.

> 매화를 보는 데에는 여러 가지 유형이 있다. 그 천기를 드러냄을 완상
> 하여 낱낱의 꽃송이가 태극임을 즐기는 주렴계(周廉溪)와 소옹(邵雍) 같은
> 현인들이 있다. 저 고결한 풍모와 서늘한 운치를 취하여 지기로 삼고서 즐
> 기는 임포(林逋)와 같은 무리가 있다. 매화의 참된 색상을 감상하고 맑은
> 향기를 마시며 시흥이 발하게 해줌을 즐기는 시인 묵객이 있다. 그 뛰어난
> 아름다움을 가까이 하며 풍류를 견딜 수 없어 금장막을 걷어 올리고 고주
> (羔酒)를 따르며 즐기는 공자왕손이 있다. 눈 속에서 봄을 알리고 잎이 없
> 는데도 꽃이 피는 것을 기이하게 여기는 범부의 속된 견해가 있다.24)

이 글에 관심하면서 안민영의 <매화사>를 보면, 안민영이 다섯 가지의

---

23) 『금옥총부』, 박효관의 序.
24) "看梅花有許多般, 有玩其天機呈露, 箇箇太極而樂者, 周邵諸賢是也. 有取夫孤標冷韻, 託爲知
己而樂者, 林逋輩是也. 有賞眞色挹淸芬, 助發詩興而樂者, 詞人墨客是也. 有親近國艶, 不耐風
流, 褰金帳酌羔酒而樂者, 公子王孫是也. 有以雪中能春, 無葉有花爲可異者, 凡夫俗見是也."
金昌翕, 「漫錄 庚子」, 『三淵集』 권36. (『한국문집총간』 166), p.184.

모습을 보여 주고 있음을 알 수 있다. 즉 매화의 고아한 운취를 즐기는 심미적 취향의 모습, 매화의 그윽한 향기를 맡는 즉시 〈매화사〉를 짓는 시인의 모습, 매화의 아름다움을 대하고는 풍류를 이기지 못해 술을 즐기는 귀족 취향의 모습, 매화에 대한 속견(눈 속에서 봄을 알림)을 보여주는 범부의 모습 등 다양한 모습을 보여준다. 그것을 차례로 살펴보자.

안민영은 악곡과 창사의 결합을 추구한 〈매화사〉를 즉흥적으로 지어냄으로써 가곡의 작사자로서의 진면목을 보여 주었다.25) 그러면서 안민영은 임포(林逋)가 읊은 영매시 〈산원소매(山園小梅)〉의 명구인 "疎影橫斜水淸淺, 暗香浮動月黃昏"의 의상을 원용함으로써 매화의 고고한 풍모와 서늘한 운치를 노래하고자 했다. 그러면서 안민영은 황혼에 달이 떠오를 때, 매화의 청향(淸香)이 술잔에 퍼지자 풍류를 견딜 수 없어 "醉코 놀녀 허노라"(제4수)라고 하였다. 이것은 바로 공자왕손으로 표상되는 당대 최상층의 풍류적 면모를 보여주는 것이다. 이것은 임포와는 전혀 다르다. 임포는 〈산원소매〉끝 두 구에서 "다행히 나직이 읊조리며 서로 가까워지니, 요란스런 악기 술잔도 필요 없구려.(幸有微吟可相狎, 不須檀板共金樽)"라고 했다. 이 시구의 내용은, 자태와 운취가 고아한 매화의 품격과 고아한 시인의 품격이 융합하여 하나를 이루었으니, 요란스런 악기와 술잔이 무슨 소용이 있겠느냐는 말이다. 위항인인 안민영이 당대 최상층의 풍류적 면모를 보여주는 것은 석파대로(石坡大老 : 대원군)와 우석상서(又石尙書 : 이재면)와의 관계 속에서 이해할 수 있다. 안민영은 그들 가창 집단의 좌상객인 두 사람의 후원하에 "왕족사회에 편입되어서 품격을 존중하는 고급예술의 분위기에 자연스럽게 동화된 결과"26) 귀족 취향의 풍류적 면모를 보여주고 있는 것이다. 어쩌면 고

---

25) 장지연은 안민영을 두고 작사에 능하여 관현 절주에 잘 맞았다고 하고, 이런 능력을 '하늘로부터 받은 능력'이라는 뜻의 '天識'이라고까지 평하였다. "安玟英은 〈…〉能作歌詞ᄒ야 度之管絃之拍이면 皆合絶調ᄒ니 蓋妙解天識也러라." 장지연, 『逸士遺事』권2(태학사 영인, 1982), p.57.

급문화를 체득한 자신의 모습을 은연중에 과시하고자 한 것인지도 모른다. 그리고 이른 봄, 눈발이 아직도 분분한 가운데 아름다운 꽃망울을 터트려 봄을 알리는 매화를 기림으로써 봄을 기대하는 범부의 모습을 보여 주기도 한다.

　이상에서 살펴본 대로 <매화사>에는 매화를 감상할 수 있는 다양한 모습이 투영되어 있다. 그러므로 안민영의 <매화사>의 성격은 한마디로 규정하기 어렵다. 안민영은 이 작품을 통해 자신의 풍류정신을 포함하여 다양한 면모를 보여주고 있다.

3. 안민영 <매화사>의 표리적 의미

　<매화사>는 안민영이 운애산방의 풍류의 현장에서 곧바로 지은 것이다. 달리 말하면 이 작품은 절차탁마의 과정을 거치지 않고 즉흥적으로 지어진 것이다. 전체 8수로 이루어진 작품을 한 자리에서 즉흥적으로 짓기란 쉬운 일이 아니다. 그럼에도 불구하고 안민영이 즉흥적으로 지을 수 있었던 것은 일차적으로 가곡의 작사 능력이 뛰어났기 때문이다. 거기에다가 더하여, 그는 평소부터 매화에 대해 관심을 갖고 있었고, 또 기존의 매화시(한시)도 익히 알고 있었다. 18세기부터 사대부가에서는 분매를 완상하는 취미가 성행하였는데,[27] 박효관도 그러한 풍조에 따라 분매를 길렀고, 안민영도 그 분매를 관심 있게 보아 왔던 것이다.[28] 또 일찍부터 임포의 영매시를 비롯한

---

26) 박노준, 앞의 논문, p.353.
27) 신익철, 「18세기 매화시의 세 가지 양상」, 『한국시가연구』 제15집(한국시가학회, 2004), p.107.
28) 이러한 사실은 "어리고 성긴 梅花 너를 밋지 안얏더니" <매화사> 제2수, "눈으로 기약 터니 네 果然 푸엿고나" <매화사> 제4수 등의 표현을 통해 알 수 있다.

기존의 매화시(한시)의 시구나 어휘 등의 사용에 익숙했다. 이 점은 다음의
작품을 통해 알 수 있다.

> 乾坤이 눈이여늘 네 홀노 푸엿구나
> 氷姿玉質이여 閤裏예 숨어 잇셔
> 黃昏에 暗香動ᄒ니 달이 조차 오더라. 〈『금옥총부』 21〉

　○ 동래부에서 온정까지의 거리는 5리쯤 된다. 내가 마산포의 최치학·
김해의 문달주와 함께 동래부 안의 기녀 청옥(靑玉)의 집에 같이 들어가 술
잔을 들고 서로 권하고 있을 때, 홀연 한 미인이 밖에서 들어와 우리가 늘
어앉아 있는 것을 보고, 몸을 돌려 도로 나가 버렸다. 그 때 잠깐 그 미인
의 얼음같이 맑은 자태와 옥같이 하얀 살결을 보았는데, 눈 속에 피어 있는
매화처럼 티끌 한 점 없었다. 앉아 있던 모든 사람들이 눈을 둥그렇게 뜨고
입을 벌려 어찌 할 바를 몰랐다. 청옥이 급히 일어나 엎어지며 자빠지며 문
을 나가더니 잠깐 사이에 손을 끌고 들어와서 "너는 무슨 마음으로 왔다가
무슨 마음으로 나갔느냐?"라고 하고는, 당에 올라 앉게 했다. 이 미인이
제일로 이름난 옥절(玉節)이었다. 내 경향 간에서 이름난 기생을 겪어 온 것
을 숫자로 헤아릴 수 없지만, 이 바닷가의 먼 시골에 이런 옥절이란 기생이
있을 줄을 어찌 생각이나 하였겠는가. 한 번 찬미함이 없을 수 없다.[29]

이 작품은 안민영이 〈매화사〉를 창작하기 훨씬 이전인 1850년대 초에
경상도를 유람할 때에 지은 것이다. 이 작품이 관심을 끄는 것은 사용된 어
휘나 작품의 발상이 〈매화사〉와 유사하기 때문이다. 이 작품의 경우에는
후기가 없다면, 실제의 매화를 노래한 작품으로 보기 쉽다. 그러나 사실은

---

29) "自萊府距溫井, 爲五里許也. 余與馬山浦崔致學, 金海文達柱, 同入于府內妓靑玉家, 擧酒相屬
之際, 忽一美娥, 自外而入, 見吾儕之列坐, 回身還出矣. 第見厥娥, 氷姿玉質, 如雪中寒梅, 少
無塵埃矣. 一座眼環口呆, 莫知所爲. 靑玉急起, 顚倒出門, 少頃携手而入曰, 汝以何心來而何心
去耶, 卽爲升堂而坐. 此是第一名姬玉節也. 余於京鄕間, 閱歷名妓, 不計其數, 而海隅退陬, 豈
料有玉節者哉. 不可無一讚耳.", 〈『금옥총부』 21〉 후기.

동래 기생 옥절(玉節)을 찬미한 것이다. 기생 옥절은 이름도 옥절이지만, '빙자옥질(氷姿玉質)'을 지녀 눈 속에 피어 있는 매화처럼 티끌 한 점 없이 아름다웠던 모양이다. 안민영은 이 작품의 창작 과정이나 배경은 후기에다 상술하고, 사설에서는 기생 옥절을 찬미하는 것으로 일관하고 있다.

안민영은 절세 명희(名姬)의 아름다움을 나타낼 때 사용한 '빙자옥질'을, <매화사>에서 매화의 아름다움을 나타낼 때도 사용하였다. 이로 보면, "名姬·梅花 = 氷姿玉質"이라는 생각이 안민영의 뇌리 속에 늘 가득 차 있었음[30]을 알 수 있다.

우리는 이 작품을 통해서, 매화에 대한 안민영의 인식태도를 엿볼 수 있다. 그것은 크게 네 가지이다. 첫째, 매화는 건곤(乾坤)이 눈인데 홀로 피어 있다는 점. 둘째, 매화는 빙자옥질(氷姿玉質)이라는 점. 셋째, 매화는 합리(閤裏)에 숨어 있다는 점. 넷째, 황혼에 매화의 그윽한 향기가 퍼지면[黃昏暗香動] 달이 따라 솟는다는 점 등이다. 이상의 몇 가지 점은 <매화사> 제1수를 제외한 나머지 작품에 어휘 그대로가 아니면 내용으로 투영되어 있다.

안민영은 평소 마음속에 갖고 있던 매화에 대한 여러 이미지들을 적절히 조합하고 배열함으로써 즉흥적으로 <매화사>를 지을 수 있었던 것이다. 그 바탕에는 '우조 한바탕'의 곡조에 맞추어 작품을 지을 수 있는 안민영의 작사 능력이 있었음은 물론이다.

이제부터 <매화사> 8수를 순서에 따라 살펴보자.

> (1) 梅影이 부드친 窓예 玉人金釵 비겨신져
> 　　二三 白髮翁은 거문고와 노리로다
> 　　이윽고 盞 드러 勸하랼 제 달이 또한 오르더라.　　<『금옥총부』 6>

---

30) 박노준, 앞의 논문, p.334.

안민영은 제1수에서 운애산방의 전경(全景), 즉 풍류 현장을 표현하는 데 치중하였다. 이것은 무엇 때문인가. 그것은 두 가지 면에서 이해할 수 있을 것이다. 그 하나는 악곡 구성과 관련하여, 다른 하나는 안민영의 의식세계와 관련하여 살펴볼 수 있다.

먼저, 악곡 구성과 관련하여 살펴보자. 〈매화사〉 8절은 우조만의 한바탕이다. 우조 한바탕의 악곡 구성은 '초삭대엽→ 이삭대엽→ 중거→ 평거→ 두거→ 삼삭대엽→ 소용→ 회계삭대엽(우롱)'의 순으로 되어 있다. 그러므로 우조 한바탕의 악곡 구성에 따르면, 〈매화사〉 제1수는 초삭대엽(初數大葉)에 해당된다. 이 서창격(序唱格)인 초삭대엽을 부르고 나야 본격적인 장중한 이삭대엽(二數大葉)으로 진입한다. 음악적으로 초삭대엽은 그 풍도형용(風度形容)을 "긴 소매로 춤을 잘 추듯, 푸른 버들가지에 봄바람이 불 듯(長袖善舞 綠柳春風)"[31] 노래하는 곡이다. '장수선무(長袖善舞)'는 아름다운 기생의 가벼운 몸놀림을 가리키고, '녹류춘풍(綠柳春風)'도 봄바람에 흩날리는 버들가지와 같은 여인의 가벼움을 가리킨다. 이처럼 초삭대엽은 가볍게 부르는 곡이다. 그러므로 초삭대엽에 얹어 부르는 사설 역시 장중하거나 아정(雅正)한 것이어서는 어울리지 않을 것이다.

초삭대엽의 이러한 풍격을 고려하면, 제1수에서부터 매화의 '아취고절(雅致高節)'을 노래하기는 적절치 않다. 이에 따라 안민영은 제1수에서 '아취고절'한 매화를 전면에 부각시키지 않고, 다만 '매영(梅影)'으로 간접화하였다. 그리고는 '옥인금차(玉人金釵)', '거문고와 노래', '술잔' 등의 시어를 통해 흥겨운 풍류의 현장을 노래하였다. 이처럼 안민영은 악곡의 풍격을 고려하여 제1수를 지은 것이다.

다음으로, 제1수를 안민영의 의식세계와 관련하여 살펴보자. 안민영이

---

31) 『금옥총부』 본문 첫머리 우조초삭대엽 협주. 이하 우조의 풍도형용은 『금옥총부』의 기록에 의함.

<매화사>를 8수로 지은 것은 두 가지 이유 때문일 것이다. 그 하나는 자신의 감흥을 단 1수로 표현하기에 부족함을 느꼈기 때문이요, 다른 하나는 '우조 한바탕'의 곡조에 맞추어 짓고자 했기 때문이다. 안민영은 운애산방의 풍류 현장에서의 자신들의 행위나 모습 등은 후기에 기록하였다. 이것만으로도 상당한 의미가 있을 것이다. 그러나 안민영은 그들의 존재를 후기에 기록하는 데 그치지 않고 작품에 그대로 노출시켰다. 여기에는 "자신들이 단순히 매화를 바라보는 향수자일 뿐만 아니라, 매화가 핀 것을 가악(歌樂)과 함께 적극적으로 즐기는 풍류의 주체임을 드러내고자 하는 의도"[32]도 내포되어 있다.

제1수의 초장의 의미를 생각해 보자. 우리는 '매화 그림자 비치는 창에 어여쁜 여인들의 모습 또한 그 창에 비껴 비쳐 보인다'에서 어떠한 감흥을 느낄 수 있다. 그것은 임포(林逋)의 영매시의 한 구절을 떠올릴 수 있기 때문이다. 임포는 영매시에서 매화의 모습을 '그림자'로 읊었다. 이 시의 명구인 해당 시구를 들어본다.

疎影橫斜水淸淺　성긴 그림자 비스듬히 비치네 맑은 시냇물 속에
暗香浮動月黃昏　그윽한 향기 떠다니네 몽롱한 달빛 아래.

이 시구에서 매화는 '성긴 그림자'로, 그것도 '맑은 시냇물'에 '비스듬히' 비치는 모습으로 그려져 있다. 이에 비해 <매화사> 제1수에서의 매화는 '그림자'로 '창'에 부딪쳐 있고, '옥인금차의 그림자'는 창에 '빗겨' 있다. <매화사>에서는 매화가 비치는 곳이 시냇물이 아니라 '창'으로 설정되어 있으며, 비스듬히 비치는 것이 매화가 아니라 '옥인금차'로 설정되어 있다. <매화사>의 초장은 임포의 시구와 이러한 차이가 있음에도 불구하고 임포

---

32) 김용찬, 앞의 논문, p.63.

의 시구와 전혀 무관하다고 볼 수는 없다. 그것은 제2수에서 "암향부동(暗香浮動)"이란 표현이, 제3수에서는 "가만히 香氣 노아 黃昏月을 期約ㅎ니"의 표현이 나오기 때문이다. 이런 표현은 바로 임포의 시구에서 온 것이다. 그러므로 〈매화사〉 제1수의 초장에서 임포의 해당 시구의 전구를 떠올림은 전혀 무리가 아닌 것이다. 이처럼 안민영은 제1수의 첫머리에서, 임포 영매시의 "소영(疎影)"을 변용하여 "매영(梅影)"으로, "소영횡사(疎影橫斜)"를 변용하여 "옥인금차(玉人金釵) 비겨신져"로 표현하였다.

위의 임포의 시구에는 "암향부동"에 이어서 "월황혼"이 온다. 그러나 〈매화사〉 제1수에는 '달'만 등장할 뿐, 그 앞에 "암향부동"한 사실이 나타나 있지는 않다. 제1수의 사설에 의하면, 그들이 운애산방에서 거문고를 타고 노래하다가 '이윽고' 잔 들어 술을 권할 때, 달이 '또한' 떠올랐다고 했다. 안민영은 후기에서 분매의 "몇 송이가 반쯤 피어 그윽한 향기가 퍼짐(數朵半開, 暗香浮動)"을 밝혔다. 그러나 사설에는 그 점을 나타내지 않았다. 흥에 겨워 거문고와 노래를 즐기다가 '이윽고' 술잔을 든 것이 된다. 그러나 주의 깊게 읽어 보면, 매화가 개화하여 암향부동(暗香浮動)한 사실은 사설에 함축되어 있음을 알 수 있다. 이러한 사실은 '이윽고'와 '또한'이라는 말을 통해 파악할 수 있다. '이윽고'는 "얼마쯤 있다가, 한참 만에"를 뜻한다. 그러므로 '이윽고'는 이삼백발옹(二三白髮翁)이 '거문고에 맞추어 노래'한 행위와 '잔을 들어 술을 권하는' 행위 사이에 얼마쯤의 시간이 흘렀음을 말한다. '이윽고'는 그 얼마 동안의 시간에 "數朵半開, 暗香浮動"했음을 말해 준다. 이 점은 "달이 쪼한 오르더라"라고 했을 때의 "또한"이라는 표현을 통해서도 확인할 수 있다. "암향부동월황혼(暗香浮動月黃昏)"에서 보듯이 "암향부동(暗香浮動)"과 "월황혼(月黃昏)"은 함께 한다. 그러므로 "盞 드러 勸하랼 제"는 이미 "암향부동(暗香浮動)"하였고, 이에 맞추어 달이 "또한" 떠오른 것이다. 그러한 현상을 두고 "달이 쪼한 오르더라"라고 한 것이다. 달이

'또한' 떠오른다는 표현 속에는 '암향부동'한 사실이 전제되어 있다. 이처럼 안민영은 제1수의 끝에서 시적 상황을 상당히 함축적으로 표현함으로써 이어지는 제2수~제5수와의 연결을 자연스럽게 하고 있다.

이번에는 제1수에 나타난 시적 화자의 시점에 관해 살펴보자. 성기옥은 제1수의 시점에 대해 "원경(遠景)을 노래하되 밖에서 방안을 들여다보는 형식으로 진술된다."[33]라고 하였다. 성기옥은 <매화사>의 화자의 시점이 연구성의 원리에 맞추어 자유롭게 이동하고 있다는 점을 "1연 : 遠景(외 → 내), 2연~5연·6연 : 近景(→ 매화 ←), 7연~8연 : 遠景(내 → 외)"[34]라는 도표로써 설명하였다. 그런데 문제는 <매화사>의 제1수의 시점을 "遠景(외 → 내)"이라고 보는 것이 과연 온당한가 하는 것이다. 임포의 영매시에서, 시적 화자가 맑은 '물속'에 비치는 '소영(疎影)'을 시점의 이동 없이 그 자리에서 바로 보고 있듯이, 제1수에서의 화자도 '창'에 비치는 '매영'을 시점의 이동 없이 운애산방 안에서 바로 보고 있다. 그리고 시조(時調)의 경우에 '창(窓)'은 안에서 밖을 향하는 통로로 형상화하고 있듯이[35] 제1수에서의 '창'도 역시 안에서 밖을 향하는 통로로 보는 것이 적절하다. 이렇게 보아야만 창을 통해 월출을 보는 것 등 여러 가지 면이 자연스럽게 받아들여진다. 이런 점을 고려해 보면, 제1수의 시점을 '외 → 내'로 보는 것은 무리라고 본다.

> (2) 어리고 성근 梅花 너를 밋지 안얏더니
> 눈 期約 能히 직켜 두세 송이 푸엿고나
> 燭 잡고 갓가이 사랑할 졔 暗香浮動하더라.   <『금옥총부』15>

---

33) 성기옥, 앞의 논문, p.119.
34) 성기옥, 같은 논문, 같은 곳.
35) 김대행, 『시조 유형론』(이화여자대학교 출판부, 1986), p.214.

(3) 氷姿玉質이여 눈 속에 네로구나

　　가만이 香氣 노아 黃昏月를 期約ᄒᆞ니

　　아마도 雅致高節은 너ᄲᅮᆫ인가 ᄒᆞ노라.　　〈『금옥총부』 41〉

(4) 눈으로 期約터니 네 果然 푸엿고나

　　黃昏에 달이 오니 그림ᄌᆞ도 셩긔거다

　　淸香이 盞에 쩟스니 醉코 놀녀 허노라.　　〈『금옥총부』 54〉

(5) 黃昏의 돗는 달이 너와 긔약 두엇더냐

　　閣裡의 ᄌᆞ든 곳치 향긔 노아 맛는고야

　　ᄂᆡ 엇지 梅月이 벗되는 쥴 몰낫던고 ᄒᆞ노라.　　〈『금옥총부』 77〉

　　제2수~제5수의 악곡의 순서는 '이삭대엽 → 중거 → 평거 → 두거'이다. 중거·평거·두거는 이삭대엽에서 파생한 변화곡[36]이다. 그러므로 이상의 네 작품은 19세기 가곡창의 진수라 할 가장 장중한 정격 곡조인 이삭대엽[37]과 그 변화곡으로 구성되어 있는 것이다. 이러한 이유로 네 작품을 한 자리에 모아 살펴보기로 한다. 이 네 작품의 사설 또한 이 노래의 아정(雅正)한 품격과 어울린다.

　　안민영은 제2수에서 매화에 시선을 집중하였다. 그는 제1수에서 단지 '매영'으로만 인식하던 분매를 여기에서 '너'라고 불렀다. 그는 제1수의 첫 머리에서 '매영'이라는 표현을 통해 일정한 공간적 거리를 두고 바라보던 매화를 제2수에서는 바로 눈앞에 당겨 놓고 보고 있다. 그는 처음에는 아직 어리고 성긴 매화를 보고 꽃 피울 것을 믿지 않았다고 했다. 그러하기에 그 날 운애산방에 들어서서도 '매영'으로만 인식하였을 뿐이다. 그런데 그러한 매화가 가금(歌琴)으로 즐기는 중에 반쯤 피어났다. 안민영을 이러한 현상을

---

36) 장사훈, 『최신 국악총론』(세광출판사, 1991), p.432.
37) 성무경, 앞의 논문, p.113.

두고, "눈 期約" 능히 지킨 것으로 받아들이고 있다. 그리하여 내일 밝을 때까지 기다리지 못해 촛불을 들고 가까이 가서 사랑스러워 할 때 그윽한 향기마저 피워 낸다. 추운 겨울을 지내고 눈 속에서 꽃을 피우는 매화는 봄의 전령이요 희망의 상징이다. 운애산방의 분매는 눈(싹)으로만 보여 주었던 그 약속을 지킨 것이다. 안민영은 운애산방의 매화를 단순히 하나의 자연물로만 보지 않았다. 안민영은 매화를 '너'라고 불러 인격화하여 사랑하였다. 그러나 그는 매화를 하나의 완상물로만 보지 않았다. 그는 거기에서 믿음과 정을 가지고 있으면서 약속을 실행하는 인간적인 품성을 찾아보았다.38) 이렇게 제2수의 내용은 "공자가 향단에서 설법하듯, 비바람이 순조롭듯(杏壇設法 雨順風調)" 노래하는 이삭대엽의 풍도형용과도 잘 어울린다.

안민영은 제3수에서 매화의 아름다움을 '빙자옥질'로 표현하고 있다. 그리고 눈 속에서도 동사하지 않고 피어난 매화가 가만히 향기를 뿜어내는 모습을 두고 '아치고절'이라 하였다. 작품의 문면에 의하면, 이 매화는 산방 안의 분매가 아니라, 산중의 눈 속에 피어 있는 매화이다. 그러나 이 점을 너무 민감하게 볼 것까지는 없다. 안민영은 『금옥총부』 21번에서 절세명희(名姬)의 아름다움을 나타낼 때 '빙자옥질'을 사용하였듯이, 제3수에서는 매화의 아름다움을 나타내기 위해 '빙자옥질'을 사용하였다. 여기에서 중요한 사실은 '빙자옥질', '아치고절'을 통해 매화의 아름다움과 고아한 정신을 기리고자 하였다는 것이다. '아치고절'은 매화가 가진 내면의 미를 일컫는 말이다. 이것은 곧 운취와 지절의 이름다움을 숭상한 군자의 미학이다. 안민영은 '아치고절'이라는 말 속에, 고결하여 자못 운취가 있는 것으로 평가 받아 온 그 자신의 성품39)과 '군자지풍(君子之風)'을 지닌 박효관의 풍모40)를 투사하고자 한 것인지도 모른다.

---

38) 윤영옥, 『안민영이 읊은 가사 『금옥총부』 해석』(문창사, 2007), pp.35～36.
39) "口圖東人安玟英 <…> 性本高潔 頗有韻趣", 『금옥총부』, 박효관의 序.

안민영은 제4수에서는 운애산방 안에 있는, 갓 피어난 분매를 응시한다. 그리고는 "눈으로 期約터니 네 果然 푸엇고나"라고 하였다. 제2수의 "눈 期約 능히 직켜 두셰 송이 푸엇고나"와 같은 표현이다. 이때의 '눈'은 '눈[雪]'으로 보기보다는 '눈[胚]', 즉 '싹'으로 보고자 한다. 기왕의 연구에서는 대부분의 논자들이 〈매화사〉에 나오는 '눈'을 '눈[雪]'으로 보았다. 매작품에 나오는 '매화'를 동일한 매화로 보고자 하듯이 '눈' 또한 '눈[雪]'으로 보고자 한 것이다. 작품 구성의 유기적 통일성을 의식한 데에 기인한다. 이러한 것 역시 경직된 사고일 수 있다. 여기에서의 '눈'의 의미는 작품의 내용이나 표현의 적절성 여부를 살펴서 결정해야 할 것이다.[41] 제4수에 나오는 매화는 운애산방 안의 매화이다. 그러므로 작품 해석상 무리를 해가면서 굳이 '눈[雪]'으로 볼 필요가 없다. 산방 안에 핀 분매가 황혼에 창밖으로 돌아 오는 달빛에 비쳐 성긴 그림자를 드리운다. 이때 맑은 향기가 술잔에 떠 있으니 술과 매화의 향기에 취해 놀려 한다. 매화와 달 그리고 술에 어울려 흥에 겨워하는 모습이 보이는 듯하다. 그러므로 이 작품은 운애산방에서의 풍류적인 모습을 노래한 것이다.

안민영은 제5수에서 '황혼월'과 '매화'의 교감을 전면에 부각시키고 있다. 그리하여 이제껏 노래한 매화와 달의 관계를 '벗'이라고 규정한다. 시적 화자도 "내 엇지 梅月이 벗되는 줄 몰낫던고 ᄒ노라"라고 하여 달과 매화의 화합에 함께 하고 있다.

네 작품(제2수~제5수)의 사설에서 가장 핵심적인 어휘는 '향기'이다. 안민영이 〈매화사〉를 짓게 된 직접적인 동기는 운애산방 안 책상 위의 분매

---

40) "弱雲臺 好林園에 詩酒歌琴 八十年을/喜怒를 不形하니 君子之風이로다/至今에 鶴駕鸞驂으로 乘彼白雲하인져", 〈『금옥총부』 102〉.

41) 기왕의 연구에서 '눈 期約'(혹은 '눈으로 期約')이 의미하는 것이 '눈[雪]', '눈[坯]', '눈[目]' 중 어느 것이냐 하는 문제를 살피기도 하였다. 그 결과, 눈을 '눈[目]으로 통하는 약속'으로 해석하자는 견해를 내놓기도 하였다. 송원호, 앞의 논문, pp.14~15.

가 반쯤 피어 그윽한 향기를 피워냄에 있다. 한 마디로 '암향부동(暗香浮動)'에 있다. 이에 따라 "暗香"(제2수), "香氣"(제3수), "淸香"(제4수), "향긔"(제5수) 등 매 작품에 '향기'는 빠짐없이 나타난다. 그 다음으로 많이 나타나는 어휘는 '달'이다. 즉 "黃昏月"(제3수), "黃昏에 달"(제4수), "黃昏의 돗는 달"(제5수)로 나타난다. 제2수에는 '개화', '암향부동'만 나타나 있다. '향기'와 '달'이 함께 나타나는 것은 제3수, 제4수, 제5수다. 그러므로 제2수~제5수는 '개화'와 '암향부동'에 의해 촉발된 정서가 "아치고절(雅致高節)"(제3수)의 심미적 취향에 젖어 "醉코 놀"(제4수)면서 '아취 어린 풍류'를 즐기는 속에, "梅月이 벗"(제5수)되는, 최고로 조화로운 상태에 들어서는 과정을 점차적으로 보여주고 있다.

> (6) ㅂ롬이 눈을 모라 山窓에 부딧치니
>   찬 氣運 시여드러 즈는 梅花를 侵勞허니
>   아무리 어루려 허인들 봄뜻이야 아슬소냐.   〈『금옥총부』90〉

> (7) 져건너 羅浮山 눈 속에 검어 웃쑥 울통불통 광디등걸아
>   네 무슴 힘으로 柯枝돗쳐 곳조츠 져리 퓌엿는다
>   아모리 석은 빅 半만 남아슬망졍 봄뜻즐 어이 흐리오   〈『금옥총부』97〉

우조 한바탕의 악곡 구성에 따르면, 제6수는 삼삭대엽(三數大葉)에 해당된다. 삼삭대엽은 그 풍도형용을 "陣螢의 문을 나서는 장수가 칼춤을 추며 적을 겨루듯(轅門出將 舞刀提賊)" 노래하는 곡이다. 이삭대엽이 아정하고 조화로운 곡조임에 비해, 삼삭대엽은 장수가 칼춤을 추며 적을 겨루는 것처럼 남성적인 곡조이다. 제7수는 삼삭대엽에서 변주된 파생 악곡이란 점에서 같이 묶어 살핀다.

안민영은 제2수~제5수에서 매화(매향), 달(황혼월), 술을 적절히 조합하

여 '아취 있는 풍류'를 노래하였다. 이에 비해 제6수는 제2수~제5수와 여러 가지 점에서 이질적이다. 제6수에도 매화가 나오지만 풍류와는 거리가 멀다. 혹독한 겨울 추위를 이겨 꽃을 피우는 강인한 모습의 매화로 형상화되어 있다. 매화는 엄동을 지내고 봄을 재촉해 눈 속에서도 꽃을 피움으로써 사람들에게 희망과 기대를 안겨 준다.

제7수의 시적 대상은 산방 안에서 꽃을 피운 매화가 아니다. 그것은 나부산 눈 속에서 울퉁불퉁한 굵은 가지를 돋쳐 핀 매화이다. 나부산은 중국에 있는 산으로, 그 산록은 예부터 매화의 명소로 이름이 높았다. 이처럼 제7수는 시적 대상과 장소가 이질적일 뿐만 아니라, 형태상으로도 사설시조라는 점에서 이질적이다. 이처럼 시적 대상과 장소가 바뀌고, 형식도 사설시조로 바뀐 것은 갑작스러운 일이다. 이러한 현상은 어떻게 이해할 수 있을까.

이러한 현상은 〈매화사〉를 음악적 측면에서 볼 때 이해된다. 우조 한바탕의 악곡 구성에 따르면, 제7수는 소용(搔聳)에 해당된다. 음악적으로 소용은 그 풍도형용을 "폭풍이 비를 몰아오듯, 어지럽게 제비가 날 듯(暴風驟雨飛燕橫行)" 노래하는 곡이다. 사전적 의미에 의하면, '폭풍취우(暴風驟雨)'는 빠르고 세찬 속도를, '비연횡행(飛燕橫行)'은 거리낌 없는 행동을 말한다. 이처럼 소용은 빠른 곡조이면서 거리낌 없이 자유로운 곡조이다.

나부산 속의 매화는 검게 우뚝 솟아 있는, 울퉁불퉁하며 거칠게 생긴 고목의 매화이다. 이리저리 거리낌 없이 가지를 펴고 있는 이 고목의 매화는 겨울 세찬 눈보라를 견디고 피어났다. 그리고 제7수는 사설시조의 형태를 띰으로써 자수도 자유로워졌고, 음보도 늘어났다. 이러한 여러 가지 사항을 고려할 때, 제7수는 소용의 곡조에 어울린다. 소용의 곡조에 맞추어 가사를 짓자면 이렇게 하는 것이 제격이다.

안민영이 제7수에서 관념 속의 매화를 노래한 것은 무엇 때문일까? 제7

수에 대해, "7연은 나부산 늙은 매화 모티브를 박효관·오기여 두 백발옹에 빗대어, 이들 노대가(老大家)의 아치 있는 풍류를 회화적으로 드러낸"[42] 것이라고 해석하기도 한다. 제7수는 '빙자옥질'과 '아치고절'을 노래한 제2수와는 작품의 분위기가 다르다. 이 작품은 썩은 고목의 매화가 세찬 눈보라를 견뎌내 '봄'에 꽃을 피운 것을 두고 경탄한 것이다. '봄의 뜻'은 춘의(春意)로서 "만물이 피어나려 하는 기운"을 뜻한다. 이것은 바로 생명력을 뜻하기도 한다. 그러므로 제7수는 노대가의 '아취 있는 풍류'로 이해하기보다는, 회춘(回春)하듯 한 그들의 노익장(老益壯)을 노래한 것으로 본다. 이런 점에 미루어, "검어 웃뚝 울통불통 광대등걸"은 제1수의 "이삼백발옹"을 가리킨다고 본다. 고목의 매화가 겨울에 꽃을 피우듯, 기로(耆老)의 나이에 든 그들이지만, "옥인금차"를 곁에 두고 풍류를 즐기고 있다. 그러므로 제7수는 안민영이 노스승에게 바치는 일종의 헌사(獻詞)인 <매화사>에서 스승의 노익장을 예찬하고자 한 것이다.

제6수와 제7수를 함께 살펴야 하는 이유는 악곡적인 측면 외에도 있다. 두 작품은 '눈'과 '봄뜻'이라는 어휘가 공통적으로 나온다는 점에서 동질적이다. 이때 '눈'은 눈보라 몰아치는 겨울 추위를, '봄뜻'은 매화의 꽃 피움을 뜻한다. 매화는 그러한 눈보라를 꿋꿋이 견뎌내고 끝내 꽃을 피우고 만다. 또 제6수와 제7수는 그 종장에 '아무리 ~라도, 봄뜻을 어이 하리요'라는 설의 구문이 나온다는 점에서도 동질적이다. 안민영은 이 설의법을 통해 추운 겨울 한파를 이겨내는 매화의 모습을 효과적으로 표현하였다.

> (8) 東閣에 숨은 꼿치 躑躅인가 杜鵑花 닌가
>   乾坤이 눈이여늘 제 엇지 감히 퓌리
>   알괘라 白雪陽春은 梅花밧게 뉘 이시리.   <『금옥총부』 101>

---

42) 성기옥, 앞의 논문, p.125.

제8수의 악곡은 회계삭대엽(回界數大葉 : 俗稱 栗儴數)이다. 회계삭대엽은 '반우반계(半羽半界)'[43]로서 우조에서 시작하여 계면조로 마무리하는 곡조로서, 우조 한바탕인 〈매화사〉의 마지막 창곡이 된다.

제8수가 마지막 곡에 맞는 것은 종장의 "알괘라"에 의해서이다. "알괘라"는 어떤 사실을 궁극적으로 이해하여 알게 되었을 때 사용하는 감탄사이다. 작품을 끝맺을 때, 결론 삼아 하는 말이다. 안민영은 『금옥총부』 21번 작품에서, 명희(名姬) 옥절의 빼어난 아름다움을 두고 "乾坤이 눈이여늘 네 홀노 푸엿구나"라고 표현하였다. 제8수에서는 이것보다 더 강한 표현으로 매화를 예찬하고 있다. '東閣에 숨은 꽃'이란 말은 "氷姿玉質이여 閣裏예 숨어 잇셔"[44]를 통해서 볼 때, '빙자옥질', 즉 아름다운 매화를 가리킨다. 제6수와 제7수에서 '눈', '봄뜻'으로 표상되는 것이 제8수에서는 "백설양춘(白雪陽春)"으로 통합되었다. 그러므로 "알괘라 白雪陽春은 梅花밧게 뉘 이시리"는 군더더기 없는 집약적 표현이다.

4. 맺음말

본 연구에서는 안민영의 〈매화사〉의 성격과 의미를 살펴보고자 하였다. 이상에서 살펴본 내용을 정리하면 다음과 같다.

〈매화사〉는 안민영이 운애산방 풍류 현장에서 가곡 연창을 위해 지은 가곡창사이다. 박효관은 운애산방에서 나날이 '시와 술과 노래와 거문고'로 지내는 풍류적인 삶을 영위하였다. 안민영은 운애산방에서 그의 스승인 박효관과 함께 사제풍류를 자주 즐겼다. 안민영은 스승 박효관이 좋아하는 매

---

43) 장사훈, 앞의 책, pp.442~443. 참조
44) 〈『금옥총부』 21〉.

화를 대상으로 하여, 박효관이 즐겨 부르는 '우계면 한바탕'을 대신하여 약식의 '우조 한바탕'인 <매화사>를 지은 것이다. <매화사>는 안민영이 분매를 사랑한 노스승에게 바치는 일종의 헌사(獻詞)이면서, 사제풍류의 흥취를 표현한 작품이다.

<매화사>는 일차적으로 풍류정신의 소산이다. 그러나 <매화사>의 성격은 어느 한 가지의 개념으로 규정하여 말하기는 어렵다. 그것은 안민영이 매화를 여러 가지 측면에서 바라보고, 여러 가지 방식으로 감상하고 노래하고 있기 때문이다. 안민영은 이 작품을 통해 자신의 풍류정신을 포함하여 다양한 면모를 보여주고 있다.

안민영이 <매화사>를 즉흥적으로 지을 수 있었던 것은 '우조 한바탕'의 곡조에 맞추어 가곡창사를 지을 수 있었기 때문이다. 그는 이러한 능력을 바탕으로, 평소 마음속에 갖고 있던 매화에 대한 이미지들을 적절히 조합하고 배열하여 <매화사>를 지었다.

본 연구에서는 <매화사>의 우조 한바탕의 악곡 구성을 초삭대엽(제1수) → 이삭대엽(제2수)·중거(제3수)·평거(제4수)·두거(제5수) → 삼삭대엽(제6수)·소용(제7수) → 회계삭대엽(제8수)로 4分하여 살펴보았다. 본 연구에서는 <매화사>를 이러한 우조 한바탕의 악곡 구성으로 인식하고, 작품들의 창작 상황·작가의 심리·작품의 전개 양상 등을 복합적으로 고려하여 살펴보았다. 그리고 겉으로 표현된 현상도 살펴보되, 표상된 것의 이면에 숨어 있는 작가의 내심도 살펴보았다.

『한민족어문학』, 제62집, 한민족어문학회, 2012.

제6장

안민영 피란 시기 사설시조의 성격과 표현

1. 머리말

안민영(安玟英, 1816~1885 이후)은 한평생을 풍류 속에서 살았던 사람이다. 그는 풍류적 삶을 영위하는 과정에서 스승인 박효관(朴孝寬, 1800~?)과 후원자인 대원군을 비롯하여 가객, 악사 등 많은 예인들과 여러 기녀들을 만나게 된다. 안민영의 개인 시조집인『금옥총부(金玉叢部)』에 수록된 대부분의 작품들은 작가가 만난 타자들과 관련된 것들이다. 이러한 시조들은 안민영이 타자와의 관계 속에서 외적으로 경험한 것을 작품화한 것이다.

그런데『금옥총부』에는 안민영이 타자와의 경험을 다룬 작품만 있는 것은 아니다. 많지는 않지만 거기에는 안민영 개인의 삶을 다룬 작품들도 있다. 그 중에서도 특별히 주목되는 작품은 안민영이 자신의 문제에 집중하여 길게 노래한 두 작품이다. 초장이 "어리석다 安周翁이 엇지 그리 못 든고"로 시작하는 <177>[1]과 초장이 "紅塵을 이믜 下直하고 桃源을 차자 누엇스니"로 시작하는 <178>이 바로 그것이다.

---

1)『금옥총부』에서 작품을 인용할 경우에는 <『금옥』 작품 번호>로 표시하고, 후기를 인용할 경우에는 <『금옥』 작품 번호> 후기로 표시한다. 본문과 각주에서 작품을 가리킬 때에는 <작품 번호>로만 표시한다. 작품 번호는 윤영옥,『안민영이 읊은 가곡가사『금옥총부』해석』(문창사, 2007)에 따른다. 이하 같음.

이 두 작품에서 다루고 있는 내용은 안민영이 외적으로 경험한 것이 아니라 내적으로 체험한 것이다. 이러한 점에서 두 작품은 여타의 작품과는 그 성격이 크게 다르다. 안민영은 특히 <178>에서 나대경(羅大經)의 한문구를 여러 차례 인용하고, 소동파(蘇東坡)·사마상여(司馬相如) 등의 고사와 관련 있는 장면들을 노래하고 있다. 이러한 표현을 어떻게 이해할 것인가 하는 점은 이 작품의 성격을 해명하는 것과도 밀접히 관련되는 문제이다. 이에 따라 이 연구에서는 두 작품의 성격과 표현 양상에 대해 살펴보고자 한다.

기존의 연구에서는 <177>·<178>에 대해 크게 관심하지는 않았다. 이 점은 이 두 작품을 대상으로 하여 체계적으로 다룬 개별 논문이 없다는 것만 보아도 알 수 있다. 다만 안민영의 삶이나 작품을 살피는 과정에서 이 두 작품에 대해 단편적으로 언급한 경우는 더러 있었다.

기존의 연구에서 <177>·<178>에 대해 언급한 내용은 크게 세 가지로 묶어 볼 수 있다. 첫째, 안민영의 사상이 표출된 것으로 본 것이다. 황순구[2]는 이 두 작품을 들어 안민영의 사상은 노장적이요 도연명의 사상과 맥락이 상통한다고 지적하고, '무릉도원'은 그의 이상촌이요, '귀거래사'는 그 생애에 뚜렷한 길잡이라고 하였다. 황충기[3]는 안민영의 사상은 <178>로 대변된다고 하면서 그를 현실에 만족하면서 이상을 그리는 사상의 소유자라고 하였다. 둘째, 작가의 이상과 희망을 노래한 것으로 본 것이다. 성호경[4]은 <178>에는 시인의 이상과 희망이 집약되어 있다고 하면서, 이 작품의 화자는 홍진을 떠나 도원에서 자연 친화의 낙을 한껏 누리고 술과 음악과 사랑을 즐기면서 임과 이별 없이 해로하고자 하였다고 했다. 김선애[5]

2) 황순구, 「안민영론」, 한국시조학회편, 『고시조작가론』(백산출판사, 1986), p.390.
3) 황충기, 「안민영론」, 『시조학논총』 제5집(한국시조학회, 1989), pp.49~50.
4) 성호경, 『시조문학』(서강대학교출판부, 2015), p.442.
5) 김선애, 「금옥총부 시조의 현실향유와 이상지향의 양면성」(충남대학교 교육대학원 석사

는 이 두 작품의 성격을 '도화원(桃花源)의 지향'으로 자리 매김한 뒤, <178>은 도화원에 자리를 잡고 살아가는 모습을 이상적으로 그려 놓은 작품이라고 했다. 셋째, 쾌락과 탐미적 유혹·본원적 욕망을 지향한 것으로 본 것이다. 박노준6)은 이 두 작품에 나타난 쾌락과 탐미적 유혹은 그로 하여금 두 개의 다른 세상(필자 주 : 세속과 자연)을 하나의 유희처로 인식토록 하였다고 보았다. 이형대7)는 <177>은 사랑하는 연인과 이별도, 고통도 없는 유락적 삶을 즐기다가, 죽음의 한계까지를 넘어서고자 하는 '인간의 본원적 욕망'을 명료하게 보여주는 작품이라고 하였다.

이상에서 살펴본 바와 같이, 기존의 연구에서는 위의 두 작품에 대해 단편적인 견해를 피력하기는 하였지만, 작품을 집중적이며 체계적으로 살피지는 못하였다. 또 기존의 연구에서는 두 작품을 함께 다루지 못하고, 한 작품을 다루되 그것도 대체적으로 살폈다. 이에 따라 일종의 연작시적 성격을 지닌 이 두 작품의 실상을 제대로 해명하는 데까지 나아가지 못하였다.

일생 동안 항상 타자와의 관계 속에서 노래하던 안민영이 유독 자신의 문제에 골몰하여 위의 두 작품을 창작한 것은 주목할 만한 일이다. 그러므로 이 두 작품을 해석하고 이해하는 문제는 안민영의 인간과 문학을 이해하는 데 일정한 의의를 지닐 것이다. 이를 위해 이 연구에서는 두 작품의 창작 시기를 살핀 다음, 작품의 성격을 해명하고 표현의 문제를 천착하고자 한다. 이러한 연구를 통해 주로 외적 경험의 세계를 노래한 안민영의 다른 작품에서는 볼 수 없었던 관념적 흥취 등을 살펴볼 수 있을 것이다.

논문, 2002), p.57.
6) 박노준, 「안민영의 삶과 시의 문제점」, 『조선후기 시가의 현실인식』(고려대학교 민족문화연구원, 1998), p.353.
7) 이형대, 「시조문학과 도연명 모티프의 수용」, 『한국 고전시가와 인물형상의 동아시아적 변전』(소명출판, 2002), p.351.

2. 작품 정보를 통한 창작 시기의 추정

여기에서는 <177>·<178>의 작품의 성격을 이해하기 위해 먼저 그 창작 시기를 살펴보고자 한다. 안민영은 『금옥총부』에 수록된 대부분의 작품 끝에 붙인 후기(後記)에 작품의 창작 시기와 창작 배경을 포함하여 작품과 관련된 여러 사항을 기록하였다. 이 점은 오늘날 해당 작품을 이해하는데 상당한 도움을 주고 있다. 그런데 이 두 작품은 작품의 길이가 상당함에도8) 불구하고 <177>의 후기에는 단지 "매우 만족하노라. 내 이제 가도다.(快哉 我今去矣)"라고만 되어 있고, <178>의 후기에는 "옛날의 桃源 또한 오늘의 도원이라. 내 여기 숨어 이 즐거움을 누림은 하늘이 주시고 신이 도와주심이 아니겠는가.(古之桃源, 亦今之桃源也. 我之隱於此行此樂, 毋乃天賜神佑耶)"라고만 되어 있다. 이로 인해 그 창작 시기 등을 알기 어렵다.

두 작품의 창작 시기에 대한 기존의 견해는 세 가지이다. 신동원은 <177>의 창작 시기에 대해 "그의 말년(末年)"이라고만 하였다. 그는 "이 시조는 대원군이 권력 일선에서 물러나 적극적인 후원이 끊어진 뒤, 동료들도 뿔뿔이 흩어져 현실에서의 삶에 더 이상 의의를 찾지 못하고 여생을 그 특유의 풍류적이고 신선처럼 살기 위해 이상향을 찾아가는 그의 말년(末年)에 지어진 것으로 보아진다."9)라고 하였다. 박노준은 두 작품의 창작 시기를 안민영이 젊어서 명승지를 유람하며 산수자연에 심취하던 시기로 보았다. 이어서 두 작품의 끝 대목10)을 들어 "자연에 들어가서도 그는 호색의 근성을

---

8) <177>은 564자, <178>은 808자로 이루어져 있는데, 이 두 작품의 길이는 『금옥총부』 소재 작품 중에서 가장 길다.

9) 신동원, 「안민영의 시조 연구」, 『청람어문교육』 제6집(청람어문교육학회, 1991), p.189.

10) "이제야 離別 업슨 任과 함긔 남은 세상 몃몃 히를 근심 업시 즐기다가 羽化登仙하오리라"<177>, "이 後란 離別을 아조 離別ᄒ고 桃源의 길이 숨어 任과 함긔 즐기다가 元命이 다ᄒ거든 同年 同月 同日時에 白日昇天ᄒ오리라"<178>.

버리지 못한다."[11])라고 혹평하였다. 김선애는 <177>의 창작 시기를 안민
영이 51세 때 병인양요(丙寅洋擾)로 홍천(洪川)에 피난갔던 기간이라고 추정
하였다. 그는 "그곳은 적이 쳐들어 올 수 없는 깊은 산중(山中)이어서 사람들
이 모두 '도원(桃源)'이라고 불렀다는 <156>의 후기가 이를 증거한다."[12])라
고 하였다.

이처럼 기존의 연구에서는 <177>의 창작 시기를 '말년'(신동원), '젊은
시절'(박노준), '51세 때'(김선애)라고 하여 연구자마다 다르다. 연구자들은
이 작품의 창작 시기를 주관적인 시각으로 단정하거나 어느 한 가지 면에
기대어 추론하였다. 그럼에도 불구하고 우리는 이상의 3편의 연구를 통해,
창작 시기를 다르게 추정함으로써 작품의 성격이 완전히 다르게 이해됨을
볼 수 있었다. 그만큼 이 두 작품의 창작 시기를 규명하는 문제는 작품의
성격을 이해하는 데 중요하다.

우선 두 작품 속에 창작 시기를 추정할 만한 대목이 있어 주목된다. "六
十年 風塵 속에 鬢髮만 희게 한고"<177>와 "六十年 世外風浪 꿈이런 듯 可
笑롭다"<178>가 바로 그것이다. 두 대목에는 공통적으로 '60년'이라는 말
이 나온다. 그런데 문제는 '60년'이라는 말이 나온다고 해서 두 작품의 창
작 시기를 곧 바로 안민영이 60세가 되던 1875년(고종 12년)으로 단정하거
나 추정해도 될 것인가 하는 점이다. 왜냐하면 안민영의 작품 중에는 작품
에서 말한 자신의 나이와, 후기에서 말한 나이에 차이가 나는 작품이 있기
때문이다. 즉 <166>에서는 "닉 나이 七十이라" 해 놓고 후기에서는 "내
나이 금년 예순 여섯(余今年六十有六歲)"이라 하였다. 이런 사실로 미루어 보
아 작품 속에 '60년'이라 하였다고 해서 반드시 60세에 창작한 것이라고
단정할 수는 없을 것이다. 어쩌면 자신의 실제 나이보다 올려 말한 것일 가

---

11) 박노준, 앞의 논문, 앞의 책, pp.352~353.
12) 김선애, 앞의 논문, p.47.

능성이 더 높을 수 있다.

이러한 상황하에서는 두 작품의 문면에 담겨 있는 정보를 적절히 분석하여 그 창작 시기를 추정할 수밖에 없을 것이다. 우선 두 작품의 문면과 밀접하게 관련된 것으로 보이는 <156>을 인용하여 해당 작품과 함께 살펴보자.

> 네 집은 桃花源裏여늘 자네 몸은 杏樹壇邊이라
> 鱖魚ㅣ 살졋거니 그물은 자네 밋네
> 兒禧야 덜 괴인 薄薄酒ㄹ만정 甁을 치와 너흐라.　　<『금옥』156>

> ○ 1866년(병인년) 서양 오랑캐의 난리에 나 또한 가족들을 이끌고 홍천 영금리에 피난하러 갔다. 이곳은 산이 높고 골짜기가 깊어 사람의 발길이 미치지 않았다. 그래서 사람들은 모두 도원이라고 하였으나 호환이 두려운 곳이다.[13]

이 작품은 후기에 나타나 있듯이 안민영이 51세 되던 해(1866, 고종 3년)에 병인양요가 발발하자 홍천의 영금리로 피난해 가서 지은 것이다. 앞에서 언급하였듯이, 김선애는 이 작품의 후기에 나오는 '도원(桃源)'이라는 어휘를 근거로 <177>의 창작 시기를 바로 이 시기로 추정하였다. 이 작품의 창작 시기에 대한 필자의 견해는 일차적으로 김선애의 것과 같다. 그러나 <177>의 창작 시기를 추정하기 위해서는 <156>의 후기에 나오는 '도원'이라는 어휘에만 기대기 어렵다고 생각하여, 김선애의 견해를 강화할 수 있는 논증 자료를 추가로 제시하고자 한다.

첫째, 어휘를 보자. <156>의 후기에는 『금옥총부』에서 드물게 보이는

---

13) "丙寅洋醜之亂, 余亦率家避亂于洪川靈金里. 而山高谷深, 人跡不到處也. 人皆謂桃源, 然虎患可畏.", <『금옥』156> 후기.

어휘인 '가족'이 나온다. 그런데 <177> 중에 "一葉片舟 흘리지어 마음더로 쩌갈 적의 身兼妻子 都三口요"라는 대목이 나옴을 주목한다. '일엽편주를 흘리저어 마음대로 물을 떠서 갈 적에 나와 처자식 합해 모두 세 식구'라는 말이다. 이러한 점은 <156>과 <177>이 창작 배경이나 창작 상황 등에서 밀접하게 관련되어 있음을 짐작케 하는 정보이다. 둘째, 시어와 시상을 보자. <156>의 "닉 집은 桃花源裏여늘 자네 몸은 杏樹壇邊이라"에 나오는 '도화원리(桃花源裏)', '행수단변(杏樹壇邊)'은 <177>의 "살가치 닷는 빗가 瞬息이 다 못ᄒᆞ야 한 곳즐 다득르니 桃花源裏 人家여늘 杏樹壇邊 漁夫ㅣ로다"에 그대로 나온다. 이러한 점도 <156>과 <177>이 밀접하게 관련되어 있음을 보여주는 정보라고 하겠다.

<156>의 시어·시상과 유사한 것은 <178>에도 나타난다. <156>에 나오는 "桃花源裏, 杏樹壇邊, 鱖魚, 薄薄酒"는 <178>에서는 "桃源, 杏壇, 낙근 고기, 酪酊"으로 약간 변용되어 나타나지만, 이것 역시 두 작품이 관련성이 있음을 보여주는 정보이다.

이번에는 두 작품에 나오는 '임(任)'에 대한 표현에 주목해 보자. <177>에는 "身兼妻子 都三口요"라고 하여 '처(妻)'가 언급되어 있고, 작품의 끝에서는 "이제야 離別 업슬 任과 함긔 남은 세상 몃몃 회를 근심 업시 즐기다가 羽化登仙하오리라."라고 하여 '임'이 언급되어 있다. 여기에서 말한 '처'와 '임'은 동일 인물로서 안민영의 아내를 가리킨다. <178>에서도 "鳳凰曲혼바탕을 任 시켜 불니면셔"와 "이 後란 離別을 아조 離別ᄒᆞ고 桃源의 길이 슘어 任과 함긔 즐기다가"라고 하여 '임'을 언급하고 있는데, 이것 역시 안민영의 아내를 가리킨다.

안민영이 작품에서 자신의 아내에 대해 언급한 경우는 극히 드물다. 이로 인해 안민영의 아내와 관련한 사실이나 그들의 결혼 생활에 대해서는 자세히 알 수가 없다. 다만 다음 작품으로 해서 그 대강을 짐작할 수 있을 뿐이다.

> 니 죽고 그딘 살라 使君知我此時悲허셰
> 달은 날 黃泉길에 그 丁寧 맛날연니
> 니 엇지 그딘의 無限헌 폭빅을 건딜 쥴리 잇쓰리   <『금옥』105>

> ○ 내가 남원의 아내와 함께 산지 40년에 화락(和樂)하게 지내며 죽어서
> 도 함께 하기를 바랐더니, 귀신이 도우지 않아 1880년(경진년) 7월 23일 오
> 랫동안 않은 병으로 갑자기 세상을 떠났다. 이때의 슬픔이 과연 어떠했겠
> 는가.[14]

안민영은 후기에 아내가 사망한 연도를 1880년이라 하였으니 그가 65세
가 되던 해이다. 안민영은 한평생을 풍류랑으로서 살았으니 결혼 생활 40
년 동안 그 방랑벽은 아내를 무척 외롭게 하였을 것이다. 그러한 사실을 잘
알고 있을 안민영이고 보면 아내의 죽음 앞에서 느끼는 회한이 남다르게
많았을 것이다. 안민영은 그 회한을 "내가 죽고 그대가 살아 내 이 슬픔을
그대가 알게 하고 싶네. 다른 날(뒷날) 저승길에서 정녕 그대를 만날 것이니.
내 어찌 그대의 무한한 폭백(분한 사정을 분개하여 하는 말)을 견딜 수가 있
겠는가."라고 노래한 것이다.

두 작품의 창작 시기와 관련하여 <105>의 후기에서 주목되는 대목은
"琴瑟友之 意欲同歸矣"이다. 이 대목은 그 내용상 "玉手을 잇끌고셔 枕上의
나아가니 琴瑟友之 깁흔 情이 되 갓고 물 갓타야"<178>와 "이 後란 離別
을 아조 離別흐고 桃源의 길이 슘어 任과 함긔 즐기다가 元命이 다흐거든
同年 同月 同日時예 白日昇天흐오리라."<178>라는 대목과 밀접하게 상관
된다. 안민영은 지나온 세월 자신의 방랑벽으로 인해 아내를 외롭게, 아프

---

14) "余與南原室人, 相隨四十年, 琴瑟友之, 意欲同歸矣. 神不佑之, 庚辰七月二十三日, 以宿病奄
忽. 此時悲悼, 果何如哉.", <『금옥』 156> 후기.

게 만든 미안함을 사죄하는 마음에서 아내를 위해 이런 내용을 담아 노래
한 것이리라. 특히 <178>의 "이 後란 離別을 아조 離別ㅎ고"라는 대목은
그 동안의 방랑벽에서 오는, 아내와의 그 많은 이별과 떨어져 있음을 상기
시키고 있으면서 앞으로는 더 이상의 이별이 없을 것임을 다짐하는 내용이
다. 그리고 이 대목에 이어지는 "桃源의 길이 숨어"라는 말은 앞에서 살펴
본 <156>의 "닉 집은 桃花源裏여늘"을 상기시키기에 충분하다.

이외에도 <178>에 나오는 '열심낙지(悅心樂志)'에 주목하고자 한다. 안
민영은 <178>의 끝 부분에서 "문노라 번님네야 安周翁의 悅心樂志 이만ㅎ
면 넉넉혼야"라고 하였다. '열심낙지(悅心樂志)'라는 말이 나오는 다른 작품
을 들어보자.

　　　採於山하니 美可茹요 釣於水하니 鮮可食을
　　　坐水邊林下하니 塵世可忘이요 步芳經間程하니 情懷自逸이로다
　　　아마도 悅心樂志난 나뿐인가 하노라　　<『금옥』160>

　　　○ 내 산중 즐김이 과연 어떠한가.[15]

후기에서 말한 '산중지락(山中之樂)'의 구체적인 내용은 작품에 나타나 있
다. 작품을 풀어보면 다음과 같이 될 것이다. 산에서 나물 캐니 그 맛남이
먹을 만하고, 물에서 고기 낚으니 그 싱싱함이 먹을 만하다. 물가 수풀에
앉아 있으니 티끌세상 잊을 만하고, 꽃다운 풀을 밟으며 한가로운 길을 거
니니 내 마음 편하도다. 아마도 마음이 기쁘고 뜻이 즐거움은 나뿐인가 하
노라. 초장의 내용은 이원(李愿)이 태항산 남쪽 반곡에 은거하려는 뜻을 밝
히자 한유(韓愈)가 그와 송별하는 뜻으로 지은 시[16]에 나오는 것이다.

---

15) "我之山中之樂, 果何如哉.", <『금옥』160> 후기.
16) 韓愈, 「送李愿歸盤谷序」, "採於山美可茹, 釣於水鮮可食.", 『고문진보』후집, 권4.

이처럼 <160>에 나오는 '진세(塵世)'는 <177>에는 '풍진(風塵)'으로,
<178>에는 '홍진(紅塵)'으로 표현되고 있다. '열심낙지(悅心樂志)'는 <178>
에서도 작가의 감정을 표현하는 데 주요한 개념으로 작용하고 있다.
<160>에 나타난 생활상 역시 <177>·<178>의 그것과 같다.

이상에서 <177>·<178>의 문면에 담겨 있는 정보와 관련된 정보를
담고 있는 작품들을 중심으로 어휘·시어·시상·작가의 감정·생활상의
표현 등을 살펴보았다. 그 결과, 두 작품의 창작 시기를 안민영이 51세 되
던 해인 1866년에 병인양요가 발발하자 가족을 데리고 홍천 영금리로 피란
가 있던 시기로 추정하였다.

3. 정체성의 면에서 바라본 작품의 성격

앞에서도 언급하였지만, <177>과 <178>의 후기에는 작품의 창작 시기
나 창작 동기 등에 대한 언급이 없어 두 작품의 성격을 이해하기가 쉽지
않다. 이러한 까닭으로 연구자들마다 이 두 작품의 성격에 대해 다양한 견
해를 보이고 있는 실정이다. 이러한 상황하에서는 이 두 작품이 배열된 악
곡(樂曲)[17]에 주목하여 작품의 성격을 이해해 보는 것도 하나의 방법이 될
수 있을 것이다. 가곡(歌曲)에 대해서 누구보다 더 잘 알고 있었을 안민영은
개별 작품마다의 성격을 고려하여 『금옥총부』의 편제를 구성하였다[18]고
보기 때문이다.

---

17) 『금옥총부』는 가곡의 한바탕에 따른 악곡 배열을 하고 있다. 그것은 다음과 같이 23항
목으로 나누어 곡조별로 배열되어 있다. 우조 초삭대엽-이삭대엽-중거삭대엽-평거삭대
엽-두거삭대엽-삼삭대엽-소용-회계삭대엽-계면조 초삭대엽-이삭대엽-중거삭대엽-평거삭
대엽-두거삭대엽-삼삭대엽-언롱-계락-우락-언락-편락-편삭대엽-언편.
18) 김용찬, 「<금옥총부>를 통해 본 안민영의 가악 활동과 가곡 연창의 방식」, 『시조학논
총』 제24집(한국시조학회, 2006), p.155.

이 두 작품은 23항목의 악곡 중 가장 마지막인 언편(言編)에 실려 있다.[19) 언편은 언롱(言弄)에서 변형된 곡으로, 16박 한 장단을 10점 10박 한 장단으로 줄이고 빠르게 부르는 형태의 곡이다.[20) 언편에는 세자의 탄일을 축하하는 1수(<174>), 대원군의 영웅성과 예술성을 노래한 2수(<175>·<176>), 81세 박효관이 풍류판에서 장가를 웅창하는 모습을 노래한 1수(<179>)가 실려 있다. 안민영이 자신을 노래한 2수(<177>·<178>)는 대원군과 박효관을 노래한 작품 사이에 실려 있다.

이처럼 안민영은 『금옥총부』의 대미를 장식하는 '언편'을 세자, 대원군, 자신, 박효관을 노래한 작품만으로 엮었다. 이러한 사실은 『금옥총부』의 편찬 목적이 바로 왕실, 대원군, 박효관, 자신과 밀접히 관련됨을 보여주는 것이 된다. 전제군주하에서 왕실을 송축하는 것은 그다지 특별한 일이 아니라 하더라도 후원자인 대원군과 스승인 박효관에 대한 안민영의 높임은 특별한 것이었다.

안민영은 『금옥총부』「서문」에서 대원군에 대해 다음과 같이 말하였다.

> 아아! 우리 무리 태어나 성세(聖世)를 만나 함께 수역(壽域)에 올랐으니, 위로는 국태공(國太公) 석파대로(石坡大老)께서 직접 여러 가지 정사(政事)를 다스리시고, 사방에 그 바람이 불어 예악(禮樂)의 법도(法度)가 고쳐 새롭게 되어 빛난다. 음악(音樂) 율여(律如)의 일에 이르기까지 정통하지 않음이 없다.[21)

19) 『금옥총부』의 제일 마지막 부분에는 '編時調'라는 곡조가 놓여 있으나, 당대의 다른 가집이나 현행의 가곡에도 전혀 등장하지 않는 곡조명(김용찬, 같은 논문, p.158.)이므로 '言編'을 사실상의 마지막 악곡이라 보아도 무방할 것이다.
20) 장사훈, 『최신 국악총론』(세광출판사, 1985), p.441. 비교적 속도가 느리고, 복잡한 언롱을 언편으로 변주하는 방법에 대해서는 장사훈, 같은 책, p.442. 참조.
21) "噫吾儕生逢聖世, 共躋壽域, 而上有國太公石坡大老, 躬攝萬機, 風動四方, 禮樂法度, 燦然更張. 而至音樂律呂之事, 無不精通.", 『금옥총부』, 안민영 「서문」.

안민영은 이러한 대원군에 대해 '언편'에서 '영웅성과 예술성'을 지닌 인물로 다음과 같이 노래하였다.

> 國太公之亘萬古英傑 이제뵈와 議論컨디
> 情神은 秋水여늘 氣像은 山岳이라 萬機를 躬攝허니 四方에 風動이라 禮樂法度와 衣冠文物이며 旌旄節旗와 劍戟刀鎗을 燦然更張허시단 말가
> 그밧게 金石鼎彝와 書畵音律에란 엇지 그리 발근신고.   <『금옥』175>
>
> ○ 비록 옛날의 영웅호걸들을 다시 살아나게 하더라도 크게 양보하지 않을 것이다.[22)

안민영은 『금옥총부』 「서문」에서 박효관에 대해 다음과 같이 말하였다.

> 운애 박 선생은 평생 동안 노래를 잘하여 그 이름이 세상에 알려졌다. 물 흐르고 꽃 피는 밤과 달 밝고 바람 맑은 때이면 매양 술두루미를 갖다 놓고, 단판(檀板)을 치며 목을 굴려 소리함에 그 노랫소리 맑고 밝고 높아, 알지 못하는 사이에 들보 위의 먼지를 날리고 무심한 구름도 멈추게 한다. 비록 옛 당나라의 이구년(李龜年)의 훌륭한 재주로도 이에서 더함이 없을 것이다. 그래서 교방(敎坊)이나 구란(句欄)의 풍류재사(風流才士)나 야유사녀(冶遊士女)들도 높이 받들어 귀중하게 여기지 않을 수 없어, 그의 이름이나 자(字)를 부르지 않고 '박 선생'이라고 일컬었다.[23)

안민영은 박효관의 이러한 '선가자(善歌者)'로서의 모습을 '언편'에서 다음과 같이 노래하였다.[24)

---

22) "雖使古之英傑復生, 未肯多讓.", <『금옥』 175> 후기.
23) "雲崖朴先生, 平生善歌, 名聞當世. 每於水流花開之夜, 月明風淸之辰, 供金樽, 按檀板, 喉轉聲發, 瀏亮淸越, 不覺飛樑塵而遏於雲. 雖古之龜年善才, 無以加焉. 以故敎坊句欄, 風流才士, 冶遊士女, 莫不推重之, 不名與字而稱朴先生.", 『금옥총부』, 안민영 「서문」.
24) 안민영은 <46>에서 박효관을 '임천에 숨음'("林泉에 슘은 져 늘그니")과 '명성 · 영달을

八十一歲雲崖先生 뉘라 늑다 일엇던고

童顔이 未改ᄒ고 白髮이 還黑이라 斗酒을 能飮ᄒ고 長歌을 雄唱ᄒ니 神仙의 밧탕이요 豪傑의 氣像이라 丹崖의 셜인 닙흘 히마당 사랑ᄒ야 長安名琴名歌들과 名姬賢伶이며 遺逸風騷人을 다 모와 거나리고 羽界面 ᄒ밧탕을 엇겨러 불너닐 제 歌聲은 嘹亮ᄒ야 들쌔 틔끌 날녀니고 琴韻은 冷冷ᄒ야 鶴의 춤을 일의현다 盡日을 迭宕ᄒ고 酩酊이 醉ᄒ 後의 蒼壁의 불근 입과 玉階의 누른 곳츨 다 각기 썩거들고 手舞足蹈 ᄒ올 격의 西陵의 히가 지고 東嶺의 달이 나니 蟋蟀은 在堂ᄒ고 萬戶의 燈明이라 다시금 盞을 씻고 一盃一盃 ᄒ온 후의 선소리 第一名唱 나는 북 드러노코 牟宋을 比樣ᄒ야 ᄒ밧탕 赤壁歌을 멋지게 듯고나니 三十三天 罷漏소리 식벽을 報ᄒ거늘 携衣相扶ᄒ고 다 各기 허여지니 聖代에 豪華樂事ㅣ 이밧긔 쏘잇는가.

다만的 東天을 바라보아 [ ]을 싱각ᄒᄂ 懷抱야 어느 긔지 잇스리.

<『금옥』 179>

ㅇ 1880년(경진년) 가을 9월, 운애 박 선생 경화와 황 선생 자안은 한 무리의 명금(名琴)·명가(名歌)·명희(名姬)·현령(賢伶)과 풍소인(遺逸風騷人)을 [ ] 산정에 불러 단풍을 구경하고 국화를 감상하였다. 學古 [ ], 벽강 김윤석(자는 군중)은 매우 뛰어난 거문고의 명수이다. 취죽 신응선(자는 경현)은 당세의 이름난 소리꾼이다. 신수창은 독보적인 양금의 명수이다. 해주의 임백문(자는 경아)은 당세 퉁소의 명수이다. 장 [ ](자가 치은) [ ] 이제영(자는 공즙)은 당세의 풍소인이다. <…> 아아! 박 선생 경화와 황 선생 자안은 나이 아흔의 늙은이로서도 호화로운 성정(性情)이 건장했던 청춘시절보다 덜하지 않다. 오늘 같은 모임이 있었으나, 내년에도 또 이와 같은 모임이 있을지 모르겠다.[25]

구하지 않음'("不求聞達")을 들어 고아한 품격의 문인으로 형상화했지만, 『금옥총부』「서문」에 따르면 안민영은 박효관을 우선적으로 '善歌者'로 이해하고 있음을 알 수 있다.

[25] "庚辰秋九月, 雲崖朴先生景華, 黃先生子安, 請一代名琴名歌名姬賢伶遺逸風騷人於 [ ] 山亭, 觀楓賞菊. 學古 [ ] 碧江金允錫字君仲, 是一代透妙名琴也. 翠竹申應善字景賢, 是當世名歌也. 申壽昌, 是獨步洋琴也. 海州任百文字敬雅, 當世名籟也. [ ] 張 [ ] 字稚殷, [ ] 李濟榮字公楫, 是當世風騷人也. <…> 噫朴黃兩先生, 以九十耆老, 豪華性情, 猶不減於青春强壯之時. 有此日之會, 未知明年又有此會也歟.", <『금옥』 179> 후기.

　기존의 대부분의 연구자들은 <175>를 대원군을 송축한 헌사로, <179>를 박효관을 중심으로 한 '호화낙사(豪華樂事)'를 노래한 것으로 보았다. <177>·<178>도 속도가 매우 빠른 '언편'에 배치되어 있다는 점에서, '유상적 취향'을 노래한 작품으로 보는 것이 자연스러울 것이다. 그러나 이 두 작품을 하나의 시각에 국한하여 볼 것만은 아니다. 작품을 이해하기 위해서는 겉으로 표현된 현상도 살피되, 표상된 것의 이면에 숨겨져 있는 것을 살펴보는 것도 필요하다. 이런 의미에서 본 연구에서는 기존의 견해를 수용하면서, 한편으로 이 두 작품을 인물의 정체성과 관련된 작품으로 보고자 한다.

　이제 <175>와 <179>로부터 실마리를 풀어나가자. 안민영이 『금옥총부』「서문」에서 대원군과 박효관에 대해 말한 것은 바로 이들의 특성과 능력에 대해 말한 것이다. 작품에서 대원군을 '영웅성과 예술성'을 지닌 인물로, 박효관을 '당세의 이름난 가객'으로 형상화한 것은 바로 이들의 정체성을 형상화한 것이다. 이렇게 <175>·<179>를 대상 인물의 정체성과 관련하여 이해하면, <177>·<178>을 이해할 수 있는 또 다른 시각을 마련할 수 있다.

　<175>는 전체 12수의 작품으로 구성된 『승평곡(昇平曲)』의 마지막 작품에서 나온 것이다. 즉 <175>는 이 작품의 초·중장만을 따로 떼어낸 것이다. 남아 있는 종장은 별도의 작품 <168>로 독립되었다. 『승평곡』은 안민영이 1873년(계유년) 4월의 진작의식을 경축하기 위해 연 승평계(昇平契)에서 부를 가곡의 레퍼토리를 엮은 개인 가집이다. 한마디로 대원군을 송축하는 노래라고 할 수 있는 『승평곡』은 대원군을 중심으로 한 모임에서 연창되었다.

　『승평곡』의 성격이 이러함에도 안민영은 『금옥총부』 '언편'에 『승평곡』의 마지막 작품을 그대로 싣지 않고, 초·중장만을 따로 떼어 만든 <175>

만 실었다. 이것은 어떠한 이유 때문인가? 그것은 종장 부분26)의 내용이 주로 안민영이 꾼 꿈의 내용으로 이루어져 있기 때문에 이 부분을 실을 경우, 대원군의 정체성을 집약적으로 보여 주지 못한다고 생각했기 때문이 아닐까?

이에 비해 <179>에서는 박효관의 '선가자(善歌者)'로서의 모습만 노래하고 있지 않다. 뒤이어 자신들이 풍류를 만끽하는 모습을 노래하였다. 이것은 박효관의 정체성을 부각시키기 위해서는 이 두 모습을 따로 떼어 놓기보다 한자리에 두는 것이 효과적이라고 보았기 때문일 것이다. 안민영은 이러한 면까지를 고려하여 이들의 정체성을 나타내고자 한 것이다.

앞에서 살펴본 것처럼 안민영은 개별 작품마다의 성격을 고려하여 『금옥총부』의 편제를 구성하였다. 이러한 점을 고려하면, 대원군과 박효관의 정체성을 노래한 작품을 배치한 '언편'에 그 작품들과 전혀 성격이 다른 작품을 배치하지는 않았을 것이다. 그렇다면 '언편'에 자리한 <177>·<178>이 안민영의 정체성의 문제와 관련이 없는, 이질적인 성격의 작품이기는 어려울 것이다. 안민영이 이 두 작품을 대원군과 박효관의 정체성을 노래한 '언편'에 함께 넣어 둔 것은 자신의 정체성도 함께 세상에 드러내고자 한 것이라고 본다.

그렇다면 안민영은 자신의 정체성을 어떻게 보고 있는가? 이 점은 스승으로서 수십 년을 가까이에서 지켜본 박효관의 「서(序)」를 통해서 그 대강을 짐작할 수 있다. 박효관은 이 글에서 안민영에 대해 다음과 같이 말하였다.

> 구포동인(口圃東人) 안민영의 자는 성무(聖武) 또는 형보(荊寶)요, 호는
> 주옹(周翁)이다. '구포동인'은 국태공(國太公)께서 내려주신 호이다. 성품이

---

26) "닉 일즉 꿈을 어더 文武周公을 뵈온 後에/前身이 況兮吉人이런가 心獨喜而自負ㅣ러니/果然的 我笑堂上 봄브롬에 當世英傑을 뫼셧거다."

본디 고결하고 자못 운취가 있었다. 산과 물을 좋아하였으며, 공명을 구하
지 않고 구름처럼 호방하게 노니는 것으로 일을 삼았다. 또한 노래를 잘
지었으며, 음률에 정통하였다.[27]

　박효관은 제자인 안민영에 대해 '성품이 고결하고 운취가 있음', '산수를
좋아함', '공명을 구하지 않음', '구름처럼 호방하게 노님', '노래를 잘 지
음', '음률에 정통함' 등의 내용으로 그의 인간성, 삶의 자세, 예인으로서의
모습 등을 평가하고 있다. 정체성은 한 마디로 다른 사람과 다른 점을 말하
는 것이다. 따라서 이상의 몇 가지 점을 곧 안민영의 '정체성'[28]이라고 보
아도 무방할 것이다. <177>·<178>에서 박효관이 평한 이상의 몇 가지
점[29]을 찾아볼 수 있다면, 이 두 작품을 안민영의 정체성과 관련하여 이해
할 수 있을 것이다.

　먼저 <177>을 살펴보자. 이 작품은 그 전개상으로 보아 '과거 → 현재
→ 미래'의 흐름으로 구조화되어 있다. 먼저 과거를 언급한 서두 부분을 인
용하여 논의를 진행하자.

　　어리석다 安周翁이 엇지 그리 못 든고 功名에 미엿던가 富貴예 얼켜든
　　가 功名은 本非願이요 富貴는 初不親인데 무어세 걸잇겨 못 가고셔 六十年
　　風塵 속에 鬢髮만 희게 한고

---

27) "口圃東人安玟英, 字聖武又荊寶, 號周翁. 口圃東人卽國太公所賜號也. 性本高潔, 頗有韻趣.
　　 樂山樂水, 不求功名, 以雲遊豪放爲仕. 又善於作歌, 精通音律.",『금옥총부』, 박효관「서」.
28) 질적 정체성에 관한 질문에서는 소속과 품성, 즉 성격, 행위적 성향, 소속 집단, 역할, 평
　　 가 등을 목표로 한다. 가브리엘레 루치우스-회네/아르눌프 데퍼만 지음·박용익 옮김,『이
　　 야기 분석』(역락, 2006), p.68.
29) <177>·<178>의 창작 시기를 감안할 때, 박효관이 안민영에 대해 주27)과 같이 평한
　　 것은 두 작품이 창작된 훨씬 후의 일이다. 박효관은 안민영이 교정을 부탁하며 가져온
　　『금옥총부』 초고의 '언편'에 <177>·<178>을 배치한 의도를 알아차리고 그것에 부합
　　 하도록 평했을 가능성을 배제할 수 없다.

안민영은 여기에서 "어리석다 <u>安周翁</u>"이라고 하여 자기 이름을 호명(呼名)하였다. 여기에는 일정한 의미가 담겨 있다고 본다. 호명은 주체를 산출하는 행위30)이므로 호명 행위는 주체성 혹은 정체성을 밝히는 작업과 관련된다. 자신의 자호를 호명하는 것을 관습적 표현으로 보아 넘길 수도 있을 것이다. 그러나 신분적 결함을 지닌 기생 문인들이 작품 속에 자신의 이름이나 호를 넣는 것을 '주체적 자아인식의 발로'라고 보는 견해31)에 비추어 보더라도, 중인 신분인 안민영의 자기 호명도 '주체적 자의식'이나 '정체성'의 문제로 해석하는 것은 가능할 것이다.

안민영이 자기 이름을 호명한 것은 이 작품과 함께 '언편'에 수록되어 있는 <175>의 서두에서 대원군을 두고 "國太公之亘萬古英傑", <176>의 서두에서 "石坡大老 造花蘭"이라고 호명한 것이나, <179>의 서두에서 박효관을 두고 "八十一歲 雲崖先生"이라고 호명한 것과 그 궤를 같이 한다. 즉 안민영은 <175>에서 대원군의 '영웅성과 예술성'을 노래하여 대원군의 정체성을 표현하였고, <179>에서 박효관의 '선가자(善歌者)'로서의 모습을 노래하여 박효관의 정체성을 표현하였다. 이런 사실들로써 미루어 보건대, 안민영은 <178>에서 자신의 정체성을 표현하고자 한 것이다. 그러나 그 표현 방법은 <175>·<179>와는 다르다. 안민영은 처음부터 자신을 내세우지 않고 "어리석다"라고 자성함으로써 자신을 낮추고 있다. 그럼에도 불구하고 안민영은 후원자인 대원군과 스승인 박효관의 정체성을 노래한 작품 사이에 자신의 정체성에 관한 작품 두 편을, 그것도 장편의 작품을 수록함으로써 은연중에 자신의 '자존감'을 나타내고자 한 것은 아닐까?

---

30) 주체는 이름들을 산출하며 더 나아가 진술들을 산출하는 주체이다. 그리고 주체가 이름들과 진술들을 산출하는 사실은 곧 주체는 동시에 언어-주체이기도 하다는 것을 의미한다. 알랭 바디우 저·박정태 역, 『들뢰즈-존재의 함성』(이학사, 2001), p.332.
31) 이화형, 「기생시가에 나타난 자의식 양상 고찰-작자의 자기 호명을 중심으로」, 『우리문학연구』 제34집(우리문학회, 2011), p.130, p.152.

안민영은 <178>의 중장의 끝에 나오는 "문노라 번님네야 安周翁의 悅心樂志 이만ᄒ면 넉넉ᄒ야"라는 대목에서도 자기 이름을 호명하고 있다. 우리는 이 말 속에서 홍진 세상을 벗어나 산수간에서 한가하니 노니는 화자의 호기로운 심사를 읽을 수 있다. 그러나 이 말을 이 작품의 성격과 관련지어 이해한다면, 이 말은 단순히 화자의 호기로운 심사만을 나타낸 것이 아님을 알 수 있다. 안민영은 '주체적 자의식'을 갖고, 자신의 '열심낙지'를 '벗님네'에게 말함으로써 그들에게 자신의 정체성을 이해시키고자 한 것이다.

안민영은 두 작품에서 중인 계급에게 익숙한 현장적 풍류가 아닌, 상층 계급에 익숙한 관념적 흥취를 내세워 '열심낙지'를 과시하고 있다. 이것은 중인 계급인 안민영이 상층 계급의 의식 세계를 지향하는 데서 나온 것이다.

이상에서 <177>·<178>의 성격에 대해 논의하면서 겉으로 표현된 것의 이면에 숨겨져 있는 것을 밝혀보고자 하였다. 이 두 작품은 안민영이 피란 시기에 지었지만, 안민영이 실제적으로 경험한 것을 작품화한 것은 아니다. 필자는 두 작품에 묘사된 화자의 체험을 실제로 행해진 외적 체험이 아니라 내적 체험에 따른 추체험(追體驗)으로 이해하고자 한다. 작품에 표출된 풍류 또한 현장적 풍류가 아니라 관념적 풍류인 것이다. 이런 이유로 안민영은 이 작품들을 '언편'에 수록함으로써 자신의 정체성을 드러내고자 한 것이다.

이상에서 살펴본 것만 가지고 작품에 나타난 안민영의 정체성을 논의하기는 미흡하다. 안민영은 <177>에 이어지는 <178>에서도 자신의 인간성이나 삶의 자세, 예인으로서의 모습 등 남다른 점을 나타내고자 하였다. 또한 안민영은 청자들로 하여금 자신의 내적 체험을 추체험하게 함으로써 자신의 정체성을 이해할 수 있도록 하였다.

4. 작품에 나타난 추체험의 표현 양상

여기에서는 <177>과 <178>에 나타난 표현 양상에 대해 살펴보고자 한다. 독자의 편의를 위해 먼저 <177>의 전문을 인용한다.

> 어리석다 安周翁이 엇지 그리 못 든고
> 功名에 미엿던가 富貴예 얼켜든가 功名은 本非願이요 富貴는 初不親인데 무어세 걸잇겨 못 가고셔 六十年 風塵 속에 鬢髮만 희계 한고 ㉮放白鷗於天抹이란 陶淸[靖]節의 歸去來요 秋風忽憶松江鱸는 張使君의 歸思로다 오날이야 씨쳐스니 뭇지 말고 가리로다 一葉片舟 흘니저어 마음디로 쩌갈 젹의 身兼妻子 都三口요 鶴與琴書 共一船을 風飄飄而吹衣하고 舟搖搖而輕颺이라 빗머리의 빗긴 白鷗 가는 길을 引導하고 捩柁[柁] 뒤예 부는 바람 돗츨 미러 쌜니 갈 제 浩浩蕩蕩하야 胸襟이 灑落하다 五湖예 范蠡舟ㅣ들 시원하기 이만하랴 살가치 닷는 비가 瞬息이 다 못ㅎ야 한 곳즐 다드르니 桃花源裏 人家여늘 杏樹壇邊 漁夫ㅣ로다 비여 니려 드러갈 제 쩌 거의 夕陽이라 四面을 살펴보니 景槪가 奇異하다 山不高而秀雅하고 水不深而澄淸이라 萬種桃樹 두룬 곳예 三三五五 수문 집이 뒷수풀을 의지하야 젼역 煙氣 이르혀고 紅紅白白 빗난 꼿츤 느즌 안기 무릅쓰고 고은 티도 자라한다 ㉯流水의 쩌난 桃花 그 물 밧게 나지 마라 紅塵의 무든 사람 武陵 알가 두리노라 시니을 因緣하야 졈졈 깁히 드러갈 졔 한편을 발라보니 白雲이 어린 곳예 竹戶荊扉 두세 집이 慇懃이 보이난듸 門前五柳 드리엿고 石上三芝 쎄여낫다 문득 갓가이 다다라는 柴扉를 굿이 다다스니 門雖設而尙關이라 志趣도 깁푸시고 다만 보이고 들니난 바는 萬花深處 松千尺이요 衆鳥啼時 鶴一聲이 半空에 嘹亮[喨]하니 이 果然 닌 집이로다
> 이졔야 離別 업슬 任과 함긔 남은 세上 몃몃 히를 근심 업시 즐기다가 羽化登仙하오리라   <『금옥』177>

> ○ 매우 만족하노라. 내 이제 가도다.[32]

---

[32] "快哉 我今去矣.", <『금옥』177> 후기.

<177>의 표현에서 우선 주목되는 것은 아래와 같이 한시구를 인용하고 나서, "오늘이야 씨쳐스니 뭇지 말고 가리로다"라고 작가의 현재의 심정을 나타내고 있는 것이다.

> ㉮ 放白鷳於天抹이란 陶淸[靖]節의 歸去來요 秋風忽憶松江鱸는 張使君의 歸思로다

앞에서 살펴보았듯이 안민영은 <177>의 서두에서, 풍진 속에서 머리가 희도록 자연으로 돌아가 은거하지 못한 것을 두고 "어리석다"라고 자성했다. 일종의 자기 성찰이다. 이러한 자성은 도연명(陶淵明)의 '귀거래(歸去來)'를 "放白鷳於天抹"이라는 시구를 통해 이해한 데서 비롯한 것이다. 일종의 추체험을 통한 이해이다. "放白鷳於天抹"이란 시구는 당나라 옹도(雍陶)의 <和孫明府懷舊山>33)에서 가져온 것이다. 이 시에 나오는 '사귀(思歸)'라는 시구는 일반적으로 "집이나 고향으로 돌아가는 생각"으로 이해된다. 그 다음으로 안민영은 장한(張翰)의 '사귀(歸思)'를 "秋風忽憶松江鱸"라는 시구를 통해 이해하고 있다. 『진서(晉書)』<장한전(張翰傳)>에 의하면, 장한은 진(晉)나라 강동(江東)의 오중(吳中) 사람으로 낙양(洛陽)에 들어가 제왕(齊王) 경(冏)의 동조연(東曹掾)으로 벼슬살이를 하던 중에, 세상이 난리가 일어날 듯하자 가을바람에 핑계하여 "인생은 자기 뜻에 맞게 사는 것이 중요한데, 어찌 수천리 밖 객지에서 벼슬에 얽매어 이름과 벼슬을 구할 수 있겠는가?(人生貴得適意, 何能羈宦數千里以要名爵乎)"라고 하며 강동으로 돌아가 술 마시기를 좋아했다고 한다. "秋風忽憶松江鱸"라는 시구는 이백(李白)이 장한의 <사오강가(思吳江歌)>34)를 두고서 그의 <행로난(行路難)>3에서 "君不見, 吳中張翰稱

---

33) 雍陶, <和孫明府懷舊山>, "五柳先生本在山, 偶然爲客落人間. 秋來見月多思歸, 自起開籠放白鷳."
34) 張翰, <思吳江歌>, "秋風起兮佳景時, 吳江水兮鱸正肥. 三千里兮家未歸, 恨難禁兮仰天悲."

達生, 秋風忽憶江東行"이라고 용사한 것에서 가져온 것이다.

이처럼 안민영은 옹도와 이백의 표현을 통해 도연명의 '귀거래'와 장한의 '귀사'의 의미를 추체험하고 나서 "오늘이야 깨쳤으니 묻지 말고 가리로다."라고 선언한 것이다. 안민영은 자신의 피란 행위를 자기 성찰에 의한 은거라고 말한 것이다. 이것은 안민영이 병인양요를 당해 강원도 홍천까지 떠밀려 오면서 심적·정신적으로 위축될 수도 있었겠지만, 공명을 구하지 않고, 구름처럼 호방하게 노닐고자 하는 그 삶의 자세를 보여주는 대목이라고 하겠다. 이러한 삶의 자세는 바로 그의 정체성에서 나온 것이다.

이어지는 내용은 화자가 '일엽편주'를 타고 '내 집'에 이르는 과정과 그에 따른 감흥을 읊은 것이다. 이 과정에서 안민영은 피란지를 도화원으로 묘사하였다. 그런데 관심을 두고 살펴보아야 할 것은 인용한 부분에 나오는 내용이 실제로 안민영이 보고, 듣고 한 것이냐 아니면 추체험을 통한 '상상(想像)'이냐 하는 것이다. 이 점은 "살가치 닷는 빅가 瞬息이 다 못ᄒ야 한 곳즐 다ᄃ르니 桃花源裏 人家여늘 杏樹壇邊 漁夫ㅣ로다"를 전후한 대목을 통해 살펴볼 수 있다. 시적 화자가 배에서 내려 도화원리 속으로 들어가는 모습은 「도화원기(桃花源記)」에 나오는 어부의 모습과 같다. 안민영이 이 작품에서 '도화원(桃花源)'이라고 언급한 연유는 <156>의 후기에 나타나 있다. 즉 병인년 난리를 피해 가족을 이끌고 들어간 홍천 영금리가 산이 높고 골짜기가 깊으며 인적이 닿지 않는 곳이어서 사람들이 모두 도원이라 일컬은 데에 연유한다. 그러나 호환이 두려울 정도라고 하였으니 그곳을 무릉도원이라고 부르기에는 무리가 있다. 그럼에도 불구하고 안민영은 다음과 같이 노래하였다.

　⑭ 流水의 ᄯᅥ난 桃花 그 물 밧게 나지 마라 紅塵의 무든 사람 武陵 알가
두리노라

안민영이 홍천 영금리에서 물에 떠다니는 도화를 실제로 보았는지는 알수 없다. 후기의 기록에 따르면, 그가 실제로 본 것은 '높은 산과 깊은 골짜기'뿐이다. 안민영은 처음에는 그곳을 나의 시선으로 보지 않고 '도원'이라고 본 다른 사람의 기준으로 보았다. 그렇다고 ㈏의 표현을 단순히 '관념적 평가'라고 말해버리기에는 그 의미가 너무 깊다. ㈏의 표현 속에는 관념적 평가 이상의 것, 즉 관념적 흥취가 담겨 있는 것이다.

위의 표현은 다음 시조의 종장의 표현과 비슷한데, 이 시조를 통해 위의 표현이 갖는 의미를 생각해 보자.

> 清凉山 六六峰을 아느니 나와 白鷗
> 白鷗ㅣ야 헌스ᄒ랴 못 미들슨 桃花ㅣ로다
> 桃花ㅣ야 ᄯ러나지 마라 漁舟子ㅣ 알가 ᄒ노라.

18세기 초반 서울의 중간 계층들이 이 노래를 적극적으로 수용하였다고 하는데, 그렇게 할 수 있었던 것은 이 노래가 갖는 확장 가능성 때문이다. 즉 중간 계층들이 이 노래를 부르게 되면 마치 자신이 무릉도원에 와 있는 듯한 느낌을 가질 수 있고, 또 나아가 여러 청중들에게 이 노래를 들려줌으로써 그들에게 그런 느낌을 갖게 할 수 있다[35]는 것이다.

이러한 사실로써 미루어 보건대, 안민영은 독자들로 하여금 ㈏의 표현을 통해 자신이 느낀 관념적 흥취를 추체험하게 하고자 한 것이라고 할 수 있다.

<177>에는 "放白鷗於天抹", "秋風忽憶松江鱸" 외에도 여러 곳에서 고전의 구절을 빌려 쓰고 있다. 일일이 지적하지는 않더라도 우선 눈에 띄는 것을 들어보자. <귀거래사(歸去來辭)>의 경우만 보더라도 <177>에 나오는

---

35) 이상원, 「<청량산백구지곡>의 창작 시기와 작품 성격」, 『한국시가문화연구』 제37집(한국시가문화학회, 2016), p.208.

"오날이야 씨쳐스니"는 "覺今是而昨非"를, <178>에 나오는 "東皐을 긔여
올라 슈파람 혼마디로 길게 불고"는 "登東皐以舒嘯"를 떠올리기에 충분한
표현이다. 그리고 <177>에 나오는 "風飄飄而吹衣하고 舟搖搖而輕颺이라",
"門雖設而尙關이라" 등과 <178>에 나오는 "臨淸流以賦詩ᄒ고 撫孤松而盤
桓타가" 등도 <귀거래사>에서 빌려 쓴 것이다. 우리는 이런 표현을 어떻
게 받아들여야 할까? 단지 한문 고전의 관습적 인용에 지나지 않는다고 말
해버리기에는 작가의 의도가 마음 쓰인다. 안민영은 "門雖設而尙關이라"는
표현에 이어 "志趣도 깁푸시고"라고 하여 작품에서 거두고자 하는 바를 분
명히 지적하였다. '지취(志趣)'는 작가의 뜻이 담겨 있는 정취를 말한다. '지
취'는 적어도 상층 신분인 사대부층에서나 말하고 느낄 수 있는 것이다. 안
민영은 '지취'를 말함으로써 자신의 격조 높은 정취를 강조하고자 한 것이
다. 그러므로 뒤에서 살펴보겠지만, 안민영이 <178>의 말미에서 호기롭게
말한 자신의 '열심낙지(悅心樂志)'도 사대부의 의식 세계를 지향하는 데에서
나온 것이다. 이에 따라 <178>에서는 관념적 흥취를 더욱 의식한 표현 양
상을 보이고 있다.

　이번에는 <178>의 전문을 인용하여 그 표현 양상에 대해 살펴보자.

　　紅塵을 이믜 下直하고 桃源을 차자 누엇스니
　　六十年 世外風浪 꿈이런 듯 可笑롭다 이 몸이 閑暇ᄒ야 山水의 遨遊헐
　제 一小舟의 不施篙艫ᄒ고 風帆浪楫으로 任其所之ᄒ올 겨긔 水涯에 視魚ᄒ
　며 沙際에 鷗盟ᄒ야 飛者 走者와 浮者 躍者로 形容이 익어스니 疑懼하비
　잇슬 것가 杏壇의 비을 미고 釣臺에 긔여올나 고든 낙시 듸리우고 石頭에
　조으다가 漁夫의 낙근 고기 柳枝예 쎄여 들고 興 치며 도라올 졔 ①園翁野
　叟와 樵童牧竪을 溪邊의 邂逅ᄒ야 問桑麻 說秔稻할 졔 杏花村 바라보니 小
　橋邊 쓴 술집이 靑帘酒 날니거날 緩步로 드러가서 곳츠로 籌 노으며 酌酊
　이 醉혼 후의 東皐의 긔여올나 슈파람 혼마듸을 마음듸로 길게 불고 다시
　금 뫼여 너려 臨淸流以賦詩ᄒ고 撫孤松而盤桓타가 黃精을 쌰여들고 집으로

도라들 제 芳逕의 나는 꼿츤 衣巾을 침노ᄒ고 碧樹의 우는 시는 流水聲을
화답ᄒ다 ②문 압페 다다라는 막딕을 의지ᄒ야 四面을 살펴보니 夕陽은 在
山ᄒ고 人影이 散亂이라 紫綠이 萬狀인데 變幻이 頃刻이라 ③松影이 參差
여늘 禽聲은 上下로다 ④山腰의 兩兩笛聲 쇠등의 아희로다 俄已오 日落西
山ᄒ고 月印前溪ᄒ니 ㉠羅大經의 山中이며 王摩詰의 輞川인들 여긔와 지날
것가 쓸 가온디 드러셔니 셤쓸 밋테 어린 蘭草 玉露의 눌녀 잇고 울가의
셩권 꼿츤 淸風의 나붓긴다 房 안의 드러가니 期約 둔 黃昏月이 淸風과 함
긔 와셔 불거니 비쵀거니 胸襟이 洒落ᄒ다 ㉡瓦盆의 듯넌 술을 匏樽으로
바다닉야 任과 홈긔 마조 안져 드러 셔로 勸할 져게 黃精荣 鱸魚膾는 山水
늘 가츄미라 嗚嗚咽咽 洞簫聲을 닉 能히 부러스니 淸風七月 赤壁勝遊ㅣ 여
긔와 彷彿ᄒ다 ㉢거믄고 잇그러셔 膝上의 빗겨 놋코 鳳凰曲 훈바탕을 任
시겨 불니면셔 興디로 집허스니 司馬相 鳳求凰이 여긔와 밋츨 것가 升窓을
밀고 보니 달이 거의 나지여널 밤은 ᄒ마 五更이라 솔 그림ᄌ 어린 곳의
鶴의 꿈이 깁허거날 디 슈풀 우거진 데 이슬 바람 션을ᄒ다 ㉣玉手을 잇끌
고셔 枕上의 나아가니 琴瑟友之 깁흔 情이 뫼 갓고 물 갓타야 連理예 翡翠
여널 綠水의 鴛鴦이라 巫山의 雲雨夢이 여긔와 엇덧턴고 문노라 번님네야
安周翁의 悅心樂志 이만ᄒ면 넉넉ᄒ야

이 後란 離別을 아조 離別ᄒ고 桃源의 길이 숨어 任과 함긔 즐기다가 元
命이 다ᄒ거든 同年 同月 同日時예 白日昇天ᄒ오리라   〈『금옥』178〉

○ 내 여기 숨어 이 즐거움을 누림은 하늘이 주시고 신이 도와주심이
아니겠는가.[36]

〈178〉에서 가장 주목되는 구절은 중장 끝에 나오는 "문노라 번님네야
安周翁의 悅心樂志 이만ᄒ면 넉넉ᄒ야"이다. 안민영은 〈178〉에서 자신의
'열심낙지'의 삶을 중국의 고전적 인물과 고사를 들어 말하고 있다. 그것을
크게 묶어보면 다음의 네 가지가 될 것이다. 즉 첫째 나대경(羅大經)과 왕유
(王維)의 은거생활, 둘째 소동파(蘇東坡)의 적벽승유(赤壁勝遊), 셋째 사마상여

---

36) "古之桃源, 亦今之桃源也. 我之隱於此行此樂, 毋乃天賜神佑耶.", 〈『금옥』178〉 후기.

(司馬相如)의 <봉구황(鳳求凰)>, 넷째 무산신녀(巫山神女)의 운우몽(雲雨夢) 등
이다. 이제 네 가지를 순서대로 살펴보자.

첫째, 안민영은 ㉠에서 "나대경의 산중(山中)과 왕유의 망천(輞川) 별장인
들 이보다 더 나을 것인가"라고 하였다. 왕유의 마지막 은거지인 망천은 조
선전기 문인들에게 이상적인 은거지로 여겨졌고, 나대경의 은거지는 18 ·
19세기 「산정일장도(山靜日長圖)」가 성행하면서 조선후기 사대부들에게 이
상적인 은거지로 여겨졌다.[37] 이에 따라 <178>에서는 나대경이 부각되어
있다. 나대경(1196~1242)은 남송대(南宋代)의 문인으로 그의 문집인 『학림
옥로(鶴林玉露)』 소재 「산거편(山居篇)」[38] 첫머리에서 당경(唐庚, 1071~1121)
의 <취면(醉眠)>의 첫 구절인 "山靜似太古 日長如少年"을 인용한 뒤에 바로
이어서 "余家深山之中…"이라 하여 자신의 산거생활에 대한 이야기를 짧게
썼다. 나대경은 이 글에서 산속에 있는 그의 은거지에서 즐겨하는 여름날의
일상생활에 대해 썼는데, 이 내용은 조선후기 문인들의 산거이상에 잘 부합
되었던 듯하다. 안민영은 <178>에서 자신의 은거생활이 나대경이 「산거
편」에서 언급한 그것보다 더 낫다고 자부하고 있다. 이제 그 실상을 밝혀보
기 위해 <178>의 구절 중에서 나대경의 「산거편」에서 나온 것을 찾아 그
원천을 밝히면 다음과 같다.

---

37) 홍혜림, 「조선 후기 山靜日長圖 연구」(고려대학교 대학원 석사논문, 2014), p.46, p.87.
38) 羅大經, 『鶴林玉露』 卷四, 「山居篇」, "①山靜似太古, 日長如少年. 余家深山之中, 每春夏之
交, 蒼蘚盈落花滿徑. 門無剝啄, 松影參差, 禽聲上下, 午睡初足. 旋汲山泉拾松枝, 煮苦茗啜之.
②隨意讀周易國風左氏傳, 離騷太史公書, 及陶杜詩韓蘇文數篇. ③從容步山徑, 撫松竹, 與麛
犢共偃息於長林豊草間坐弄流泉, 漱齒濯足. ④既歸竹窓下, 卽山妻稚子, 作筍蕨, 供麥飯, 欣然
一飽. ⑤弄筆牕間 隨大小作數十字, 展所藏法帖筆蹟畫卷, 縱觀之. 興到卽吟小詩, 或艸玉露一
兩段, 再烹苦茗茗一杯. ⑥出步溪邊, 解逅園翁溪友, 問桑麻說秔稻, 量晴校雨, 探節數時, 相與劇
談一餉. ⑦歸而倚杖柴門之下, 卽夕陽在山, 紫綠萬狀, 變幻頃刻, 恍可人目. ⑧牛背笛聲, 兩兩
來歸, 而月印前溪矣." (「山居篇」은 장면에 따라 ①~⑧의 여덟 단락으로 나눌 수 있다.
이 여덟 단락은 「山靜日長圖」에서 여덟 장면으로 나누어 표현한 것과 그대로 대응한다.)

① "園翁野叟와 樵童牧竪을 溪邊의 邂逅ᄒ야 問桑麻 說秔稻할 제"

←"邂逅園翁溪友 問桑麻說秔稻"(촌늙은이와 냇가의 친구를 만나면 뽕과 삼베 농사를 묻고 찰벼 메벼 이야기도 하네)

② "문 압폐 다다라는 막디을 의지ᄒ야 四面을 살펴보니 夕陽은 在山ᄒ고 人影이 散亂이라 紫綠이 萬狀인데 變幻이 頃刻이라"

←"歸而倚杖柴門之下 卽夕陽在山 紫綠萬狀 變幻頃刻"(돌아와 지팡이에 기대어 사립문 아래 서니 석양은 산에 걸려 있네. 보라빛 푸른빛이 만 가지 모양으로 순간순간 홀리게 바뀌네)

③ "松影이 參差여늘 禽聲은 上下로다"

←"松影參差 禽聲上下"(솔 그늘은 들쑥날쑥한데, 새소리 오르내릴 제)

④ "山腰의 兩兩笛聲 쇠등의 아희로다 俄已오 日落西山ᄒ고 月印前溪ᄒ니"

←"牛背笛聲 兩兩來歸 而月印前溪矣"(소 잔등에서 울려오는 피리 소리 나란히 가락 지으며 돌아오나니 달이 앞 시내에 뚜렷이 떠오르네)

이처럼 <178>에는 「산거편」에 나오는 여러 구절이 인용되어 있다. 우리는 이러한 현상을 어떻게 이해해야 할 것인가? 그저 관습적 표현으로 보아버리고 말 것인가? 이 점을 제대로 해명하기 위해서는 「산거편」을 소재로 그린 그림인 「산정일장도(山靜日長圖)」를 언급하지 않을 수 없다. 조선후기에는 나대경의 「산거편」을 감상하는 동시에, 그 내용을 도해한 「산거일장도」를 선호하였다. 이것은 당시의 사대부들이 추구했던 이상적인 삶을 반영하는 데 적합했기 때문이다.39) 특히 18세기로 들어오면서 이 「산거편」과 관련된 서적(畵籍)들은 여러 문인들과 교유권 내에 있던 여항인(閭巷人)들이 품은 은일(隱逸)과 한거(閑居)의 이상향에 대한 갈증을 해소시켜 주었다.40)

앞에서 <178>과 「산거편(山居篇)」의 표현을 대조한 ①~④를 「산정일장도(山靜日長圖)」의 장면과 맞추어 보면, ①은 「산정일장도(山靜日長圖)」의 6폭인 「계변해후도(溪邊邂逅圖)」를, ②는 7폭인 「의장시문도(倚杖柴門圖)」를, ③

39) 홍혜림, 앞의 논문, p.87.
40) 최혜인, 「조선 후기 茶畵 연구」(고려대학교 대학원 석사논문, 2016), p.166.

은 1폭인 「산거일장도(山靜日長圖)」를, ④는 8폭인 「월인전계도(月印前溪圖)」
를 표현한 것임을 알 수 있다.

본 연구의 목적이 <178>과 「산정일장도」와의 상관성을 해명하는 데 있
지 않으므로 이 정도의 지적에서 그치고, <178>과 「산거편」의 상관성을
좀 더 살펴보자. <178>에서 「산거편」의 네 장면을 표현한 것은 '시중유화
(詩中有畵)'라는 점에서 이해할 수 있을 것이다. 앞에서도 추체험이란 말을
사용하였지만, 안민영은 이러한 표현을 통해 청자들로 하여금 「산정일장도」
의 장면을 연상하는 추체험을 할 수 있도록 한 것이다.

둘째, 안민영은 ㉡에서 아내와 함께 술을 마시고 자신이 퉁소를 불며 즐
긴 것을 소동파의 적벽승유에 비유하였다.

㉡에서 말한 "淸風七月 赤壁勝遊"는 <적벽부(赤壁賦)> 서두의 내용[41]을
가리킨다. <적벽부>에서 말한 '노니는(遊)' 것의 행위는 구체적으로 술과
음악이다. 작중 화자는 배를 띄우고 나서 아름다운 자연과 달빛에 도취되
어 인간 세상을 버리고 날개가 돋아 신선이 되어 오르는 듯한 기분을 느낀
다. 이에 술을 마시고 즐거움이 극하여 뱃전을 두드리며 노래를 부른다. 거
기에다가 손님 가운데 퉁소 잘 부는 사람이 퉁소를 부니 그 소리는 구슬퍼
듣는 사람들은 다양한 감정을 일으킨다. 소동파와 손님은 술을 마시고 흥취
가 도도해진 가운데 퉁소 소리를 매개로 하여 새로운 차원의 흥취로 들어
가게 된다.

안민영이 ㉡에 '적벽승유'를 가져와서 말하고자 하는 의미는 무엇인가?
그는 자신의 행위를 단순히 술을 마시고 즐기는 '놀이' 수준이 아님을 말하
고자 한 것이다. 그는 소동파의 경우처럼 "술이 일으킨 감각적 차원의 흥취
를 음악이 나서서 감성적 차원의 흥취로 나아가게"[42] 되었음을 말하고자

---

41) "壬戌之秋七月旣望, 蘇子與客, 泛舟遊於赤壁之下, 淸風徐來, 水波不興.", <적벽부>.
42) 김풍기, 「놀이 문화의 이상: 소식의 <적벽부>의 교육적 독법」, 『문학교육학』 제5집(한

한 것이다.

셋째, 안민영은 ⓒ에서 자신의 아내에게 <봉황곡(鳳凰曲)> 한바탕을 부르게 하고, 자신은 거문고를 연주하는 행위를 사마상여의 <봉구황(鳳求凰)>에 비유하였다.

<봉황곡>은 사마상여의 <봉구황곡>을 바탕으로 하여, 평범한 남녀 사이나 사마상여와 탁문군(卓文君) 사이가 다정함을 칭송하며 애정을 구하는 노래이다.[43] 안민영이 ⓒ에서 <봉구황>을 언급한 것을 보면, 그의 아내에게 부르게 한 <봉황곡>은 <봉구황>의 의미 내용에서 크게 벗어나 있지는 않았을 것이다. 사마상여는 <봉구황>에서 자신을 봉(鳳)에, 탁문군을 황(凰)에 비유하였다. 사마상여는 <봉구황>에서 "鳳과 凰이 만나면 부부 금실이 좋다는 전고를 빌어 서로 사랑하는 부부가 되리라는 꿈을 간접적으로 탁문군에게 심어주었"[44]던 것이다. 안민영은 사마상여와 탁문군의 이러한 전고를 빌린 ⓒ의 표현을 통해 자신과 아내 사이의 금실 좋은 애정을 표현하고자 한 것이다. 이런 점에 주목한다면, <178>에서의 '임(任)'을 안민영의 부인이 아닌 다른 여인으로 상정하는 것은 무리한 일이라고 본다.

넷째, 안민영은 ⓔ에서 자신의 아내와 함께 한 잠자리를 무산(巫山) 운우몽(雲雨夢)에 비유하였다.

ⓔ에 나오는 "琴瑟友之 깁흔 情"·"連理枝"·"翡翠"·"鴛鴦"은 화목한 부부를 비유적으로 말한 것이다. 뒤이어 나오는 "巫山의 雲雨夢"은 초나라 襄王이 巫山의 陽臺에서 선녀를 만나 정사를 이룬 고사를 원용한 것으로, 남녀간의 육체적인 사랑과 환락을 노골성을 드러내지 않기 위해 은근히 표현한 시어이다.

국문학교육학회, 2000), p.131.

43) 임기중 편, 『한국가사문학 주해연구』 제8권(아세아문화사, 2005), p.322.

44) 하석란, 「한시 텍스트의 기호 분석 - 사마상여의 시 <봉구황>을 중심으로」, 『연민학지』 제13집(연민학회, 2010), p.273.

이러한 점들을 미루어 볼 때, ㉣에서 안민영이 말하고자 한 것은 그들은 더없이 화목한 부부라는 점이다. 안민영이 이렇게 "무산 운우몽"의 전고를 원용한 것은 그들 부부의 사랑을 아름답게 표현하고자 한 것이다. 이 점은 남녀간의 애정 묘사도 퇴폐적이거나 직설적이지 않고 오히려 더 애절하고 은근한 느낌을 갖게 하는 양반 애정 가사와 견주어 이해할 수 있다. 양반 애정가사는 고사 또는 전고를 적절히 사용하여 남녀간의 사랑을 아름답게 표현하려는 특징이 있다.[45] 이러한 점들로 미루어 볼 때, ㉣에서 안민영이 말하고자 한 것은 자기 부부는 더없이 화목하며, 그 사랑은 사대부들의 사랑에 견주어도 조금도 부족함이 없다는 것이다. ㉣의 표현 역시 중인 계급인 안민영이 상층 계급인 사대부의 의식 세계를 지향하는 데에서 나온 것이다.

<178>에서 화자는 낮 시간대에는 산수간에 노닐며 낚시를 하고, 꽃으로 수 놓으며 술을 마시고, 맑은 물가에 이르러 시를 지으며 한가롭게 보낸다. 해가 지고 달이 뜨면 집으로 돌아와 밤 시간대에는 방안에서 술을 마시며 퉁소를 불고, 거문고를 연주하며 노래를 부른다. 오경이 되면 아내와 운우의 정을 한껏 나눈다. 안민영은 이 모든 것을 들어 '열심낙지(悅心樂志)'라고 하였다. '낙지(樂志)'를 노래한 작품에 이서(李緖, 1482~?)의 <낙지가(樂志歌)>가 있다. 이서는 <낙지가>의 결말에서 "仲長統의 樂志論을 我亦私淑ᄒ여셔라"라고 하였지만, 안민영은 이 작품을 포함하여 그의 작품 어디에서도 '낙지론'을 언급한 적이 없다. 그러므로 <178>의 '열심낙지(悅心樂志)'를 중장통(仲長統)의 「낙지론(樂志論)」과 비교하여 논하기는 쉽지 않다. 다만, <178>에서 산수간에서 보내는 낮 시간대의 한가로운 삶과, 방안에서 추구하는 밤 시간대의 예술향유의 삶을 말하고 있다는 점은 「낙지론」의

45) 송정헌, 「조선 후기 양반 애정가사의 양상」, 『개신어문연구』 제18집(개신어문학회, 2001), p.98.

내용과 같다.

이상에서 두 작품의 표현 양상을 살펴보았다. 안민영은 <177>에서는 자신의 피란 시기의 행위를 자신의 성찰에 의한 은거라고 말하고, 피란지를 이상적인 도화원으로 묘사하였다. 그는 이를 위해 중국 문인의 고사나 한시 구를 인용하고, 당시 유흥의 현장에서 적극적으로 수용되던 시조의 표현을 가져왔다. <178>에서는 피란지에서의 자신의 삶을 더없이 여유로운 것으로 표현하였다. 그러나 안민영이 피란 간 곳은 호환이 염려될 정도로 궁벽한 곳이다. 이러한 곳에서 작품에 나타나 있는 것과 같은 여유로운 풍류생활을 영위하기는 어려울 것이므로 그 대부분을 추체험으로 보는 것이 합당할 것이다. 그는 추체험을 표현하기 위해 중국 문인의 한문구를 여러 차례 인용하고, 흥취나 애정과 관련된 중국의 고사를 인용하였다.

특히 안민영은 두 작품을 연작시로 인식하고, 그 속에 박효관이 자신의 정체성에 대해 말한 내용을 그대로 반영하고자 하였다. 안민영은 두 작품 속에 자신의 내적인 체험을 표현함으로써 독자들로 하여금 자신이 느낀 것과 똑같은 것을 추체험하도록 하여 자신의 정체성을 이해하도록 하였다.

안민영은 두 작품에서 격조 높은 관념적 흥취를 내세워 '열심낙지'를 과시하고 있는데, 이것은 중인 계급으로서 사대부의 의식세계를 지향하는 데서 나온 것이다.

5. 맺음말

안민영이 남긴 대부분의 시조들은 한평생 풍류생활을 영위하는 과정에서 만난 타자와의 외적 경험을 작품화한 것이다. 이 연구에서는 안민영이 드물게 내적으로 체험한 것을 길게 노래한 사설시조 2편(『금옥총부』 177번, 178

번)의 성격과 표현 양상을 살펴보고자 하였다. 이상에서 살펴본 내용을 정리하면 다음과 같다.

먼저 이 두 작품의 창작 시기를 살펴보았다. 이를 위해 두 작품의 문면에 나타나 있는 정보를 중심으로 시어·시상·어휘·표현 등의 면에서 유사한 작품과의 관련성을 살펴보았다. 그 결과에 따라, 이 두 작품은 안민영이 51세 되던 해인 1866년에 병인양요가 발발하자 가족을 데리고 홍천 영금리로 피란 가 있던 시기에 지은 것으로 추정해 보았다.

다음으로 두 작품의 성격을 살펴보았다. 기존의 연구에서는 이 두 작품을 겉으로 표현된 점을 중심으로 살펴, 대체적으로 이상·희망·욕망 등을 노래한 것으로 보았다. 이 연구에서는 기존의 연구와는 다른 시각으로 작품을 살핀 결과, 이 작품들은 중인 계급으로서 남다른 자의식을 지닌 안민영이 청자들에게 자신의 정체성을 이해시키기 위해 지은 것으로 보았다. 이러한 점은『금옥총부』'언편(言篇)'에 이 작품과 함께 배치되어 있는 작품들의 내용, <177>·<178>에서 안민영이 자신을 '안주옹'이라고 호명한 문제, <178>에서 청자(벗님네)들을 향한 화자의 과시적인 발언 및 두 작품에 나타난 정체성에 관한 내용 등을 통해서 확인할 수 있었다.

끝으로 두 작품의 표현 양상을 살펴보았다. 안민영은 <177>에서 자신의 피란 행위를 자기 성찰에 의한 은거라고 말하고, 피란지를 이상향인 도화원으로 묘사하였다. 그는 이를 위해 중국 문인의 고사나 한시구를 인용하고, 당시 유흥의 현장에서 적극적으로 수용되던 시조의 표현을 가져왔다. <178>에서는 은거지에서의 자신의 삶을 더없이 여유로운 것으로 표현하였다. 그러나 피란 시기의 어려운 상황을 고려하면, 작품에 나타난 삶의 표현은 내적인 추체험일 가능성이 더욱 크다. 그는 추체험을 표현하기 위해 중국 문인의 한문구를 여러 차례 인용하고, 흥취나 애정과 관련된 중국의 고사를 인용하였다.

특히 안민영은 두 작품을 연작시로 인식하고, 그 속에 자신의 정체성을 표출하고자 하였다. 안민영은 두 작품 속에 자신의 내적인 체험을 표현함으로써 독자들로 하여금 자신이 느낀 것과 똑같은 것을 추체험하도록 하여 자신의 정체성을 이해하도록 하였다.

안민영은 두 작품에서 격조 높은 관념적 흥취를 내세워 '열심낙지(悅心樂志)'를 과시하고 있는데, 이것은 중인 계급으로서 상층 사대부의 의식세계를 지향하는 데서 나온 것이다.

『한민족어문학』 제82집, 한민족어문학회, 2018.

제7장

안민영의 자전적 이야기와 정체성의 표현
-『금옥총부』작품 후기를 중심으로

1. 머리말

안민영(安玟英,1816~1885 이후)은 3대 가집 중의 하나인『가곡원류(歌曲源流)』의 공동 편찬자로서, 또 그의 개인 가집인『금옥총부(金玉叢部)』의 작가로서 19세기 시조문학사에서 빠뜨릴 수 없는 인물이다.『금옥총부』는 체제상으로, 181수의 작품이 가곡창(歌曲唱)의 곡조에 따라 분류되어 있으며, 수록된 모든 작품에는 길든 짧든 예외 없이 한문으로 쓴 후기(後記)[1]가 붙어 있다. 이러한 후기의 형태는『금옥총부』에서만 볼 수 있는 특이한 것이다. 가집(歌集)의 경우에는, 가집에 따라 작품에 부분적으로 작가의 이름 등을 밝히는 주(註)가 붙어 있기는 하지만,『금옥총부』후기에 비하면 훨씬 짧고 간단하다. 이러한 점은『가곡원류』와『금옥총부』에 실려 있는 같은 작품의 경우를 대비해 보면 확인할 수 있다.[2] 그만큼 안민영은 자신의 작품만으로

---

1) 이것은 解說文, 附記, 附註, 後記 등으로 불려왔는데, 본 연구에서는 '작품 뒤에 덧붙여 기록한 글'이라는 뜻으로 後記라는 용어를 사용한다. 후기의 문장 길이는 4자의 짧은 것에서부터 414자의 장문에 이르기까지 다양하다.

2) 안민영의 대표작인 <梅花詞>(제1수)의 경우『가곡원류』(국립국악원본)에는 "安玟英, 字荊寶, 號周翁."이라는 註가,『금옥총부』에는 "余於庚午冬, 與雲崖朴先生景華, 吳先生岐汝, 平壤妓順姬, 全州妓香春, 歌琴於山房. 先生癖於梅, 手裁[栽]新筍, 置諸案上. 而方其時也, 數朶半

편찬한『금옥총부』작품 후기에 각별한 의미를 담고자 한 것이다.

『금옥총부』의 연구 초기부터 연구자들은 후기를 작품을 이해할 수 있는 보조 자료로 인식하여 왔다.[3] 이후의 연구에서도 이 후기를『금옥총부』에 수록된 작품의 창작 시기나 창작 배경을 포함하여 다양한 설명을 덧붙인 기록으로 이해하여, 안민영의 삶과 작품 세계를 다루거나 그를 둘러싼 당대의 예술적 현상을 검토한 논문들은 예외 없이 이것을 중요한 자료로 다루어 왔다.[4] 이러한 현상은 후기의 성격에 대한 관심으로 이어졌고, 이에 따라 후기 자체에 대한 구체적인 논의도 이루어졌다. 후기를 집중적으로 다룬 논문은 다음의 2편이다.

송병상[5]은『금옥총부』후기를 작품을 이해하는 해설이면서 19세기 예술사의 한 단면을 확인할 수 있는 자료라는 데 더 중요한 의미를 두었다. 이에 따라 그는 후기의 성격을 ① 패트런과 기녀의 예술적 교감, ② 가악계의 교류와 공존, ③ 자연 탐방의 예술적 승화 등의 면에서 찾아내고, 이를 통해 19세기 가악계의 현장을 확인하고자 하였다.

김선기[6]는『금옥총부』후기를 작품을 설명하는 해설적 성격의 글로 보았다. 그는 먼저 후기의 실상을 살핀 다음, 후기에 나타나 있는 작품의 설명 방식을 ① 語句 해설형, ② 작품 해설형, ③ 제목·주제 제시형, ④ 배경 제시형 등 네 유형으로 나누어 살피는 데 주력하였다. 이어서 후기의 자료적 가치와 시조시화로서의 의의를 논하였다.

開, 暗香浮動, 因作梅花詞, 羽調一篇八絕."이라는 후기가 붙어 있다.
3) 연구 초기에, 심재완은『금옥총부』의 후기를 작품을 이해할 수 있는 '보충 자료'인 '해설문'으로 받아들였다. 심재완, 「금옥총부(주옹만영) 연구-문헌적 고찰 및 안민영 작품 고찰」, 『청구대학논문집』 제4집(청구대학, 1961), p.42.
4)『금옥총부』후기를 연구 자료로 삼은 대부분의 연구가 이에 해당하므로 구체적인 연구 성과는 일일이 제시하지 않는다.
5) 송병상, 「『금옥총부』작품 후기의 성격 고찰」, 『고시가연구』 제4집(한국고시가문학회, 1997).
6) 김선기, 「『금옥총부』작품 후기에 관한 연구」, 『어문연구』 제37집(어문연구학회, 2001).

이상의 2편의 논문은 후기 자체를 집중적으로 다루었다는 점에서 연구사적으로 일정한 의의를 갖는다. 다만 전자의 논문에서처럼 후기를 '예술사의 자료'라는 점에 경도되어 받아들일 경우, 거기에 담겨 있는 작가 개인의 의식이나 목소리가 상대적으로 묻혀버릴 수도 있다. 또한 후자의 논문에서처럼 후기를 '설명 방식'에 초점을 맞추어 이해하고자 할 경우, 작품을 설명하기에는 지나치게 짧은 현상이나, 작품을 설명하는 것과는 관계없이 지나치게 긴 현상 등을 해명하기가 쉽지 않다. 후기의 다양성을 고려하면, 이상의 연구는 후기가 지닌 특성 가운데 어느 한 면을 중점적으로 살펴본 것이라고 할 수 있다.

이 연구에서는 안민영이 작품 후기라는 특이한 형태를 설정한 의미와 그것을 통해 말하고자 한 것이 무엇인지를 밝혀보고자 한다. 이를 위해 먼저 「서문」에 나타난 안민영의 의식 세계부터 살펴보고자 한다. 이어서 후기를 기존의 연구 시각과는 달리 안민영의 자전적(自傳的) 이야기로 보고, 안민영이 자전적 이야기를 통해 나타내고자 한 것이 무엇인지를 밝혀보고자 한다.

2. 「서문」에 나타난 안민영의 의식 세계

『금옥총부』는 개인 가집이기에 그 「서문」의 내용이 여러 작가의 작품을 수집하여 편찬한 일반 가집의 그것과는 다르다. 그 동안의 연구에서는 『금옥총부』 안민영의 「서문」을 통해 주로 편찬 동기를 살피고자 했지만, 몇몇 특정 대목에 한정하여 살핀 것이기에 그 성과는 제한적일 수밖에 없었다. 그러므로 여기에서는 「서문」 전체를 대상으로 하여 거기에 나타난 안민영의 의식 세계를 살펴보고자 한다. 논의의 편의를 위해, 「서문」을 의미상으로 여섯 개의 단락으로 나누어 검토하고자 한다.[7]

(가) 운애 박 선생은 평생 동안 노래를 잘하여 그 이름이 세상에 알려졌다. 물 흐르고 꽃 피는 밤과 달 밝고 바람 맑은 때이면 매양 술두루미를 갖다 놓고, 단판(檀板)을 치며 목을 굴려 소리함에 그 노랫소리 맑고 밝고 높아, 알지 못하는 사이에 들보 위의 먼지를 날리고 무심한 구름도 멈추게 한다. 비록 옛 당나라의 이구년(李龜年)의 훌륭한 재주로도 이에서 더함이 없을 것이다. 그래서 교방(教坊)이나 구란(句欄)의 풍류재사(風流才士)나 야유사녀(冶遊士女)들도 높이 받들어 귀중하게 여기지 않을 수 없어, 그의 이름이나 자(字)를 부르지 않고 '박 선생'이라고 일컬었다.

(나) 이 때 우대(友臺)에 모모(某某)의 여러 노인들이 있었는데, 이들 또한 당시의 이름이 들난 호걸들이었다. 이들이 계를 맺어 노인계(老人契)라 하였다. 또 호화부귀(豪華富貴)한 자와 유일풍소(遺逸風騷)의 사람들이 계를 맺어 승평계(昇平契)라 하였는데, 이들은 오로지 기쁘게 즐기고, 잔치하여 술 마시며 즐겼다. 이 일에도 실로 선생이 중심이었다.

(다) 내 이 도(道)를 매우 좋아하여 남모르게 선생의 풍도(風度)를 사모하여 욕심 없이 따른 지가 이제 40년이 되었다.

(라) 아아? 우리 무리 태어나 성세(聖世)를 만나 함께 수역(壽域)에 올랐으니, 위로는 국태공(國太公) 석파대로(石坡大老)께서 직접 여러 가지 정사(政事)를 다스리시고, 사방에 그 바람이 불어 예악(禮樂)의 법도(法度)가 고쳐 새롭게 되어 빛난다. 음악(音樂) 율여(律呂)의 일에 이르기까지 정통하지 않음이 없다. 이어서 우석상서(又石尙書)께서도 음곡의 음색이 더욱 명료하시니, 어찌 천 년에 한 번 있을까 하는 그 때가 아니겠는가!

(마) 내 고무되고 이는 생각을 금하지 못해 외람됨을 무릅쓰고 벽강(碧江) 김윤석(金允錫)과 서로 의론하여 신번(新飜) 수십 결을 지어 성덕을 노래하여 하늘의 해를 본떠 그리는 정성을 담았다. 또 전후의 만영(漫詠) 수백 결을 모아 한 편의 책을 만들어 삼가 선생께 나아가 물어, 버릴 것은 버리고 남길 것은 남겨, 윤색한 뒤에야 완벽함을 이루었다.

(바) 이에 명희(名姬)·현령(賢伶)들이 관현에 붙여 다투어 노래하고 번갈아 화답하면 또한 일대의 훌륭한 일이 될 것임에 곡보(曲譜)의 끝에 기

---

7) 『금옥총부』 안민영의 「서문」은 안민영이 자신의 개인 가집인 『昇平曲』 뒤에 붙어 있는 「서문」을 바탕으로 부분적으로 수정·보완한 것이다. 이에 대해서는 김석배, 「『승평곡』 연구」, 『퇴계학과 유교문화』 제36집(경북대학교 퇴계학연구소, 2005), pp.472~475. 참조.

록하여 뒤에 오는 동지(後來同志)들에게 우리 무리들이 이 세상에 나서 이런 즐거움이 있었구나 하는 것을 모두가 알게 하노라.8)

(가)에서는 노래 잘하는 사람으로 이름난 박효관(朴孝寬, 1800~?)의 풍류와 지극한 경지에 대해 말하였다. 고상하고 운치 있는 풍경을 대하면 매양 술두루미를 갖다놓고 마시면서 노래한 박효관의 풍류는 그야말로 호방한 풍류에 해당한다. 안민영은 박효관의 지극한 경지를 "不覺飛樑塵而遏於雲"이란 말로 비유하고, 당나라의 이구년(李龜年)과 비교하였다. 뛰어난 노래 솜씨와 인품으로 인해 박효관은 당시 활동한 풍류객이나 남녀 가객들로부터 존경을 받았다고 하였다.

(나)에서는 우대(友臺)를 중심으로 한 노인계(老人契)와 필운대(弼雲臺)를 중심으로 한 승평계(昇平契)에 대해 언급하였다. 특히 승평계에 모인 '호화부귀(豪華富貴)한 자와 유일풍소(遺逸風騷)의 사람들'9)이 오로지 기쁘게 즐기고, 잔치하며 술 마시기를 즐기는 일을 박효관이 주도하였다고 하였다.

---

8) "雲崖朴先生, 平生善歌, 名聞當世. 每於水流花開之夜, 月明風淸之辰, 供金樽, 按檀板, 喉轉聲發, 瀏亮淸越, 不覺飛樑塵而遏於雲. 雖古之龜年善才, 無以加焉. 以故敎坊句欄, 風流才士, 冶遊士女, 莫不推重之, 不名與字而稱朴先生. 時則有友臺某某諸老人, 亦皆當時閈人豪傑之士也. 結契曰老人契. 又有豪華富貴及遺逸風騷之人, 結契曰昇平契, 惟歡娛讌樂是事. 而先生實主盟焉. 余酷好是道, 竊慕先生之風, 虛心相隨, 將四十年于玆. 噫, 吾儕生逢聖世, 共躋壽域, 而上有國太公石坡大老, 躬攝萬機, 風動四方, 禮樂法度, 燦然更張, 而至音樂律呂之事, 無不精通. 繼而又石尙書, 尤皦如也, 豈非千載一時也歟. 余不禁鼓舞興興之思, 不避猥越, 與碧江金允錫君仲確, 迺作新飜數十闋, 歌詠盛德, 以寓摹天繪日之誠. 又輯前後漫詠數百闋, 作爲一篇, 謹以就質于先生, 存削之潤色之然後, 成完璧. 於是, 名姬賢伶, 被之管絃, 競唱迭和, 亦一代勝事也, 爰錄于曲譜之末, 使後來同志之人, 咸知吾儕之生斯世而有斯樂也. 先生名孝寬, 字景華, 號雲崖, 國太公所賜號也. 上之十八年, 庚辰臘月, 口圃東人, 安玟英, 字聖武, 初字荊寶, 號周翁 序.", 『금옥총부』, 안민영 「서문」.

9) 안민영은 자신이 편찬한 『昇平曲』의 「서문」에서 승평계에 참여한 사람들을 豪華風流通音律者(9명) · 名歌(6명) · 名琴(5명) · 珈倻琴의 名手(2명) · 名簫(3명) · 名笙(1명) · 良琴의 名手(1명) · 遺逸風騷者(2명) · 名姬(6명) · 賢伶(3명) 등 10종의 특기에 따라 나누고 각각 해당하는 사람들의 이름을 밝혔다. 이상의 인명과, 豪華風流通音律者 · 遺逸風騷者 등의 성격에 대해서는 김석배, 앞의 논문, pp.476~486. 참조.

(다)에서는 박효관에 대한 인식과 그와의 관계에 대해서 말하였다. 안민영은 "이 길을 매우 좋아하였다."라고 하였는데, '이 길'은 어떠한 길을 말하는 것인가? 이어지는 말의 의미를 새겨보면, '이 길'은 박효관이 평생 동안 필운대에서 즐겼던 풍류와 승평계의 '歡娛讌樂(환오연락)'의 풍류를 포괄하는 것임을 알 수 있다. (가)와 (나)에 나타나 있듯이, 박효관의 풍류는 홀로 즐기는 '독락(獨樂)'의 풍류가 아니라 풍류재사(風流才士)나 야유사녀(冶遊士女), 호화부귀자(豪華富貴者)와 유일풍소인(遺逸風騷人)들과 함께 즐기는 풍류였다. 박효관은 그러한 집단적인 풍류 속에서도 외적인 번화함에만 쏠리지 않고 내실을 다졌다.10) 박효관의 풍도(風度)를 남모르게 사모한 안민영은 그의 인품과 삶의 양태에 대해 다음과 같이 읊었다.

> 豪放헐슨 져 늘그니 슐 아니면 노리로다
> 端雅衆中 文士貌요 古奇畫裡 老仙形을
> 뭇느니 雲臺에 슘어엇슨 지 몃몃 히나 되인고   <『금옥』 37>11)

> ○ 운애 박 선생 경화는 필운대에 숨어서 평생 동안 시와 술과 노래와 거문고로 날을 보내어 기로(耆老)에 이르렀으니, 진실로 일세의 인걸(人傑)이로다.12)

> 늘그니 져 늘그니 林泉에 슘은 져 늘그니

---

10) 최재남은 박효관의 풍류에 대해 "필운동을 중심으로 오랜 기간 이어온 집단적인 풍류의 전통 안에서 현실성을 확보하면서 내실을 다지는 활동"이었다고 평가하였다. 최재남, 「박효관의 필운대 풍류와 이유원의 역할」, 『한국시가연구』 제37집(한국시가학회, 2014), p.201.

11) 『금옥총부』에서 작품을 인용할 경우에는 <『금옥』 작품 번호>로 표시하고, 후기를 인용할 경우에는 <『금옥』 작품 번호> 후기로 표시한다. 작품 번호는 윤영옥, 『안민영이 읊은 가곡가사 『금옥총부』 해석』(문창사, 2007)에 따른다. 이하 같음.

12) "雲崖朴先生景華, 隱於弼雲臺, 平生以詩酒歌琴度日, 至於耆老, 固一世之人傑也.", <『금옥』 37> 후기.

詩酒歌琴與碁로 늘거온은 져 늘그니

平生에 不求聞達허고 졀노 늙는 져 늘그니.   <『금옥』 46>

○ 운애 박 선생은 필운대에 숨어 시와 술, 노래와 거문고 가운데서 늙어간다.[13]

높푸락 나즈락하며 멀기와 갓갑기와

모지락 둥그락ᄒᆞ며 길기와 져르아와

平生에 이러ᄒᆞ엿스니 무삼 근심 잇스리.   <『금옥』 24>

○ 운애 박 선생은 평생토록 즐김은 있으나 성냄이 없었다. 사람을 대하고 물건을 접함에 늘 그들을 기쁘게 해 주었으니 군자(君子)의 풍도(風度)라고 이야기할 수 있으며, 또한 근심 없고 태평한 늙은이라고 말할 수 있을 것이다.[14]

안민영은 <『금옥』 37>에서 박효관의 인간에 대해 '호방'하다고 하고, 그를 공경하고 찬미하여 단아한 문사요, 세속의 영욕을 벗어난 신선이라고까지 하였다. <『금옥』 46>에서는 박효관이 세상에 나아가 벼슬을 구하지 않고, 수풀과 물속에 숨어 늙어가는 모습을 찬미하였다. 특히 시조에서는 스승을 두고 '늙은이'라고 다섯 번이나 부르고 있지만, 한자리 풍류마당에서 한 것이기에, 오히려 "이들 사제 간의 아름다운 어울림을 볼 수 있"[15]는 것이다. <『금옥』 24>에서는 박효관의 군자다운 풍모를 찬미하였는데, 늘 사람들에게 즐거움을 주고, 즐거워하여 '근심 없이 태평한 늙은이[無愁太平翁]'라고 부를 만하다고 하였다.

---

13) "雲崖朴先生, 隱於弼雲臺, 老於詩酒歌琴中.", <『금옥』 46> 후기.

14) "雲崖朴先生, 平生有喜無怒. 待人接物也, 每每悅之, 可謂君子之風, 亦可謂無愁太平翁.", <『금옥』 24> 후기.

15) 최승범, 「박효관·안민영의 사제풍류」, 『시조로 본 풍류 24경』(시간의 물레, 2012), p.99.

이상에서 보듯이, 안민영은 박효관을 평생을 필운대의 운애산방에 숨어서, 시·술·노래·거문고로 보내면서 기쁨을 나타내었지 노여움을 나타내지 않고 항상 남을 즐겁게 하는 군자의 풍도를 지닌 인물로 인식하였다. 특히 평생 동안 나아가 출세함을 구하지 않는(不求聞達) 그의 인품을 추앙하였다. 박효관에 대한 이러한 모든 언급은 겉으로 드러난 그의 모습만 보고서는 단정하여 말하기 어려운 것으로, 그의 내면까지 속속들이 알고 나서야만 말할 수 있는 것이다. 박효관에 대한 안민영의 이해는 40년 동안 그를 따랐기에 가능한 것이다. 안민영은 박효관이 세상을 떠나자 "선생을 모신지 60년에 사제의 정(情)과 붕우의 의(誼)로 밤낮으로 따라서 잠시도 차마 떨어질 수 없었다."[16]라고 말했듯이, 박효관의 문하에서 평생을 함께 하였던 것이다. 이러한 과정에서 안민영은 박효관의 옆에서, 박효관의 내면에 일어났던 감정들을 자신의 내면에서와 똑 같이 느껴보고, 박효관이 겼었던 체험을 그 또한 체험할 수 있었던 것이다.

이처럼 안민영은 스승인 박효관의 인품(人品)과 풍도(風度)를 사모하여 수십 년을 함께 하면서, 자연스레 박효관의 삶의 자세에 동화되어 갔던 것이다. 그러하기에 박효관이 안민영에 대해 "성품이 본디 고결하고 자못 운취가 있었고, 산과 물을 좋아하였으며, 공명을 구하지 않고 구름처럼 호방하게 노니는 것으로 일을 삼았다."[17]라고 평하게 된 것이다. "불구문달(不求聞達)"한 박효관이나 "불구공명(不求功名)"한 안민영은 성격이 호방하다는 점뿐만 아니라 지향하는 세계도 같았던 것이다. 안민영이 「서문」의 앞부분에서 박효관의 풍류에 대해 길게 언급한 것은, 궁극적으로 박효관을 통해 자기의 정체성을 말하고 싶었기 때문이다.

---

16) "從事先生六十年, 以師弟之情, 兼朋友之誼, 晝夜相隨, 不忍暫離, 而今焉先生謝世, 我亦何時可去.", <『금옥』 102> 후기.

17) "口圃東人安玟英 <…> 性本高潔, 頗有韻趣. 樂山樂水, 不求功名, 以雲遊豪放爲仕.", 『금옥총부』, 박효관 「序」.

(라)에서 안민영은 석파대로(石坡大老 : 대원군)의 정치적 위업을 기리고 음률에 정통함을 높이 찬양하였다. 중인(中人) 계급인 안민영이 이처럼 대원군을 찬양하고, 태평성대를 구가하며, 성덕을 노래한 것은 사실상 분에 넘치는 일이다. 그럼에도 불구하고 (라)에서 그렇게 한 것은 당시의 실권자인 대원군과 개인적인 친분을 맺었기 때문이다. 대원군으로부터 과분한 은혜를 입게 된 안민영은 대원군이 자신을 대접해 준 데 대해 흥감하여 다음과 같이 노래하였다.

> 즐거워 우슘이요 感激하야 눈물이라
> 興으로 노리여늘 氣運으로 춤이로다
> 오늘날 歌與舞 笑與淚는 又石尙書 쥬신 비라.　〈『금옥』 18〉

> ○ 1876년(병자 · 고종 13) 6월 29일은 나의 회갑날이다. 석파대로(石坡大老)께서 나를 위하여 공덕리(孔德里)의 추수루(秋水樓)에서 회갑잔치를 베풀어 주시고, 우석상서(又石尙書)에게 명하여 기악(妓樂)을 널리 부르게 하여 온종일 질탕히 노니, 이 어찌 사람마다 얻을 수 있는 것이겠는가.[18]

안민영은 이에 더하여 다음과 같이 노래하기도 하였다.

> 口圃東人 빗난 身勢 알 니 적어 病 되더니
> 似韻似閑 兼得味요 如詩如酒 又知音은
> 石坡公 知己筆端이시니 感激無限허여라.　〈『금옥』 29〉

> ○ 삼계동(三溪洞) 내 집 후원에 구자(口字) 모양의 채소밭이 있기에 石坡大老께서 그것으로 호하여 '구포동인(口圃東人)'이라 불렀다.[19]

---

18) "丙子六月二十九日, 卽吾回甲日也. 石坡大老, 爲設甲宴於孔德里秋水樓, 命又石尙書廣招妓樂, 盡日迭宕, 是豈人人所得者歟.", 〈『금옥』 29〉 후기.
19) "三溪洞, 我家後園, 有口字圃田, 故石坡大老, 賜號口圃東人.", 〈『금옥』 29〉 후기.

안민영은 평소 '한미(寒微)'하다고 하였다. 그러한 자신에게 대원군이 호
(號)를 하사하고, 자기를 알아주니 감격함에 끝이 없었던 것이다. 그러므로
그 당시 안민영은 내심으로, 자신은 당대의 가객들과는 달리 대원군과 친분
을 맺은 '빛나는 신세'라는 우월감[20]을 갖고 있었던 것으로 보인다.

(마)에서는 『금옥총부』의 내용과 편찬과정에 대해 말하였다. 안민영은
(마)의 사실들에 고무되어 성덕을 노래한 신번(新飜) 수십 수에다 전후의 만
영(漫詠) 수백 수를 모아 한편을 이룬 뒤에, 박효관의 취사선택과 윤색을 거
쳐 『금옥총부』를 완성하였음을 밝히고 있다.

(바)에서는 『금옥총부』의 편찬의도에 대해서 말하였다. 안민영이 이「서
문」을 쓴 것은 1880년 그의 나이 65세 되던 해이다. 65세면 노인에 속한
다. 노인 안민영은 '후래동지(後來同志)'[21]들에게 세상에 나서 즐겁게 살아온
자신의 삶을 알게 하고자 하였다. 그만큼 안민영은 자신의 삶에 대해 만족
하고, 자신의 정체성을 확신하고 있었던 것이다. 이에 안민영은 자신의 흔
적을 남기기 위해 전후의 만영(漫詠) 수백 수를 모아 박효관의 취사선택과
윤색을 거쳐 자신의 가집을 편찬한 것이다. 그럼에도 불구하고 작품만 남겨
서는 '후래동지'들이 자신의 빛나는 삶을 실감・공감할 수 없을 것을 우려
하였던 것이다. 안민영은 <『금옥』29>의 초장에서 자신의 "빛난 신세를
아는 사람이 적어 병이 된다"라고 읊었다. 이에 따라 안민영은 노년기에 접
어들어서는 '당대동지(當代同志)'들에게 자신의 '빛난 신세와 만족스러운 삶'
을 반복적으로 이야기해 왔을 것이다. '당대동지'들에게는 그렇게 할 수 있

---

20) 조규익은 안민영이 남긴 기록의 상당 부분에서 무의식으로 표출되는 우월감이 감지된다
   고 하였다. 조규익, 「안민영론-가곡사적 위상과 작품세계를 중심으로-」, 『국어국문학』
   제109집(국어국문학회, 1993), p.62.
21) 그 당시 안민영은 가악의 풍류를 좋아하는 사람들이나 '우대'나 '승평계'를 통해 가악 활
   동을 함께 한 사람들에게서 同志意識을 느꼈던 모양이다. 그들을 '當代同志'라고 할 수
   있다면, '後來同志'는 당대의 사람들이 아니라 뒷날 자신들의 뜻을 계승하여 활동할 미
   래의 동지를 가리킨 것으로 보인다.

겠지만, '후래동지'들에게는 어떻게 할 것인가? 뒤에 오는 동지들에게 그것을 이야기해 주기 위해 마련한 것이 작품 후기라는 특이한 형식이다. 안민영은 후기를 통해 궁극적으로 자신의 정체성을 알려주고자 하였다.

이러한 점은 노년기의 정체성을 말한 에릭슨(Erikson)의 견해에 비추어 보면 충분히 이해할 수 있다. 에릭슨은 노인들이 삶에 대해서 만족하고 자신의 삶에 대한 확신이 있을 때, 다음 세대에 자신의 삶을 알리고 학습시킴으로써 자신의 존재를 연속 또는 확장시키고자 하는 욕구를 보인다고 하면서 이를 '생성감'이라고 정의하였다.[22] 이러한 견해에 따르면, 안민영은 매우 높은 생성감을 지닌, 자기 전승형의 인물이라고 보겠다.

3. 작품 후기의 자전적 이야기로서의 성격

『금옥총부』 작품 후기의 성격을 이해하기 위해서는 기존의 고정된 시각에서 벗어나 좀 더 다양한 시각에서 접근할 필요가 있다. 여기에서는 작품 후기의 '자전적(自傳的) 이야기'로서의 성격에 주목하고자 한다. 자전적 이야기는 "화자가 자기 자신과 관련하여 중요하게 여기는 것과 경험, 그리고 자신의 세계관을 표현하는 직접 체험한 것에 관한 이야기"[23]이다.

사람들은 직접 체험한 것을 다른 사람에게 전해주려고 하거나 스스로 회상하려고 할 때, 이야기의 형식을 이용한다.[24] 안민영 역시 자신이 직접 체험한 것을 '후래동지(後來同志)'들에게 전해주고, 또 체험한 것을 회상[25]하

---

22) 김은정, 「노년기 자아정체성에 관한 연구」, 『한국사회학회 사회학대회 논문집』(한국사회학회, 2007), pp.78~79.
23) Linde의 '자전적 이야기'에 대한 정의는 가브리엘레 루치우스-회네/아르눌프 데퍼만 지음·박용익 옮김, 『이야기 분석-서사적 정체성의 재구성과 서사 인터뷰의 분석을 위한 이론과 방법론』(역락, 2011), p.30.에서 재인용.
24) 같은 책, 같은 곳.

기 위해 이야기의 형식, 특별히 '자전적 이야기'의 형식을 택한 것으로 보인다. 필자는 후기를 바로 안민영의 자전적 이야기로서의 성격을 지닌 것으로 본다. 가브리엘레 루치우스-회네/아르눌프 데퍼만은 자전적 이야기의 유형을 ① 장면적-에피소드적 이야기, ② 요약적-회고적 표현, ③ 연대기적 표현으로 나누고 있는데,26) 여기에서는 이러한 견해를 수용하여 논의를 전개하고자 한다.

첫째, 후기 중에서 '장면적-에피소드적 이야기'로 볼 수 있는 것을 살펴 보자.

> 가마귀 속 흰 줄 모르고 것치 검다 뮈무여하며
> 갈먹이 것 희다 스랑허고 속 검운 줄 몰낫더니
> 이졔야 表裏黑白을 씨쳐슨져 허노라.　　<『금옥』157>

○ 내 시골의 농막에 있을 때 이천(利川)의 오위장(五衛將) 이풍기(李豊基)가 퉁소 신방곡(神方曲)의 명창 김군식(金君植)으로 하여금 노래하는 아가씨 하나를 보내게 하였다. 그 이름을 물었더니 금향선(錦香仙)이라고 했다. 외모가 매우 추악하여 상대하고 싶지 않았으나 당세의 풍류랑으로서 돌려보냄에는 그를 홀대하는 것이 되어, 곧 여러 친구들을 불러 산사(山寺)에 올라갔더니, 모두 그 아가씨를 보고 얼굴을 가리고 웃었다. 그러나 한 번 춤을 추매 중지시키기가 어려웠다. 다만 그 아가씨로 하여금 시조를 노래하게 하였더니, 얼굴빛을 가다듬고 단정히 앉아 '창오산붕상수절지구(蒼梧山崩湘水絶之句)'를 부르니, 그 소리가 애원하고 처절하여 가던 구름도 멈추게 하고 들보 위의 먼지를 날리더라. 그 자리에 앉았던 모두가 다 눈물을 흘렸다. 시조 3장을 부른 뒤에 이어서 우계면(羽界面) 한 편을 부르고,

---

25) 안민영은 한 미녀를 두고 쓴 <『금옥』126> 후기의 끝에 "그 이름자는 해가 오래 되어 기억하지 못한다(而其名字年久未記)."라고 하였다. 이런 사실로 미루어 볼 때, 후기는 『금옥총부』를 편찬함에 이르러 회상에 의해 지어졌다고 본다.

26) 가브리엘레 루치우스-회네/아르눌프 데퍼만 지음·박용익 옮김, 같은 책, pp. 205∼218. 참조.

또 잡가를 부르는데 모흥갑(牟興甲)·송만갑(宋萬甲) 등의 명창의 조격(調格)을 꿰뚫어 묘하지 않음이 없으니, 절세의 명인이라 하겠더라. 자리에 앉은 사람들이 눈을 씻고 다시 보니 추하던 그 모습이 홀연히 아름답게 보여, 비록 오나라의 미녀 오왜(吳娃)나 월나라의 미녀 서시(西施)라 하더라도 이에서 더하지 않을 것이다. 자리에 있던 소년들이 모두 눈길을 쏟아 정을 보내었다. 그래서 내 또한 춘정(春情)을 금하기 어려워 먼저 서둘렀다. 대저 외모로써 사람을 선택할 수 없음을 이에 비로소 깨닫게 되었다.27)

먼저 작품부터 살펴보자. 사람들은 까마귀는 겉은 검지만 속은 흴 수 있고, 갈매기는 겉은 희지만 속은 검을 수 있음을 모르고 있다. 화자는 이제야 겉이 검고도 속은 흼[表裏黑白]을 깨달았다고 했다. 이러한 깨달음은 사람도 이와 같아, 겉만 보고 평가해서는 안 된다는 교훈을 준다.

안민영은 『가곡원류』에 까마귀를 소재로 한 다음 작품을 싣고, 그 끝에 작가를 소개한 짧은 주(註)28)를 부기하였다.

> 가마귀 검다 ᄒ고 白鷺야 웃지 마라
> 것치 검운들 속좃추 검울소냐
> 것 희고 속 검운 즘싱은 네야 귄가 ᄒ노라.   〈『가곡원류』 36〉

위의 두 작품은 까마귀를 소재로 하였다는 점과 그 주제가 같다는 점에서 통한다. 그러나 작품 끝에 부기된 기록들은 상당히 다르다. 〈『가곡원류』

---

27) "余在鄕廬時, 利川李五衛將基豊, 使洞簫神方曲名唱金君植, 領送一歌娥矣. 問其名則曰錦香仙也. 外樣醜惡, 不欲相對, 然以當世風流郎指送, 有難恝, 然卽請某某諸友, 登山寺, 而諸人見厥娥, 皆掩面而笑. 然旣張之舞, 難以中止. 第使厥娥請時調, 厥娥斂容端坐, 唱蒼梧山崩湘水絶之句, 其聲哀怨凄切, 不覺遏雲飛塵. 滿座無不落淚矣. 唱時調三章後, 續唱羽界面一編, 又唱雜歌, 牟宋等名唱調格, 莫不透妙, 眞可謂絶世名人也. 座上洗眼更見, 卽俄者醜要[惡], 今忽丰容, 雖吳姬越女, 莫過於此矣. 席上少年, 皆注目送情. 而余亦難禁春情, 仍爲先着鞭. 大抵不以外貌取人, 於是始覺云耳.", 〈『금옥』 157〉 후기.

28) "李稷, 字虞庭, 號亨齋, 太宗朝相." 『가곡원류』(국립국악원본) 〈우조 이삭대엽 12〉, 36번의 주.

36>의 주(註)는 작가의 이름·호·자·관직명을 나열한 것에 지나지 않음에 비해, <『금옥』157>의 후기는 하나의 이야기로 보아도 무방하다.

안민영은 이 후기에서 어느 날 풍류의 자리에서 겪은 특이한 경험을 이야기하고 있다. 우선 그 현장에 불려나온 금향선(錦香仙)이라는 가희(歌姬)는 그 외모가 상대하기 싫을 정도로 매우 추악(醜惡)하였다고 했다. 그러나 그녀의 노래를 다 듣고는 눈물을 흘릴 정도로 감동을 하였고, 마침내 추하던 그녀의 모습이 홀연히 오왜(吳娃)나 서시(西施)에 못지않을 정도로 아름답게 보였다고 했다. 안민영은 이런 경험에서 깨우친 점이 있어 그것을 <『금옥』157>로 형상화한 것이다.

가브리엘레 루치우스-회네/아르눌프 데퍼만은 좁은 의미의 장면적-에피소드적 이야기에 대해 다음과 같이 말하였다. 이에 따르면, 후기는 하나의 '좁은 의미의 이야기'이며, '장면적-에피소드적 이야기'라고 할 수 있다.

> 좁은 의미의 이야기는 기대하지 않았던 것과 흥미진진한 것 그리고 특별한 것을 갖춘, 무엇인가 이야기 가치가 있는 것이 발생했고, 이로써 전형적인 이야기에 대한 우리의 일상적인 이해와 상응하는 개별적인 에피소드의 표현과 관련이 있다. 핵심 자질은 그 당시 행위와 체험의 관점으로부터, 극화적인 형식의 표현을 통해서 장면을 연출하는 것이다. <···> 좁은 의미의 이야기가 가지는 의사소통적 목적은 광범위하다. 좁은 의미의 이야기는 평가적 요소가 있는 이야기적 극화를 통해서, 이야기 공간으로 청자도 함께 끌어들인다.29)

이상의 견해에 의하면, 좁은 의미의 장면적-에피소드적 이야기가 발생하는 요건은 ① 기대하지 않았던 것, ② 흥미진진한 것, ③ 특별한 것을 갖춘 것, ④ 무엇인가 이야기 가치가 있는 것 등 네 가지이다. 후기의 내용을 이

---

29) 가브리엘레 루치우스-회네/아르눌프 데퍼만 지음·박용익 옮김, 앞의 책, p.206.

네 가지의 면에 견주어 보면, 다음과 같이 대응된다. 즉 ①은 풍류의 자리에 참석한 가희(歌姬)가 기대한 것과 달리 추악(醜惡)하여 상대하고 싶지 않았다는 점에서, ②는 추악한 가희를 돌려보내지 않고 여러 친구들을 불러 산사(山寺)에 올라갔다는 것인데, 독자의 입장에서 보면 귀추가 주목된다는 점에서, ③은 절세 명인인 가희의 노래 소리를 듣고 나서 추하던 모습이 홀연히 아름답게 보였다는 점에서, ④는 외모로써 사람을 선택할 수 없음을 비로소 깨닫게 되었다는 점에서 대응된다.

둘째, 후기 중에서 '요약적-회고적 표현'으로 볼 수 있는 것을 살펴보자.

> 靑春 豪華日에 離別곳이니렷 듯
> 어느덧 늬 머리의 셔리를 뉘 리치리
> 오날예 半나마 검운 털이 마즈 셰여 허노라.　　 <『금옥』 127>

○ 내 진주(晉州)에 있을 때 물과 풍토에 맞지 않아 풍병(風病)이 들어 반신불수가 되었다. 널리 의원에게 물어 백방으로 약을 썼으나 조금도 효험이 없어 죽을 지경에 이르렀다. 그런데 한 의원이 와서 말하기를 "이 병은 지극히 위중하여 동래온정(東來溫井)에서 21일 동안 목욕하지 않으면 회복될 수 없을 것"이라 하여, 곧 바로 동래로 향하였다. 창원의 마산포(馬山浦)에 도달하여 멈추고 쉬었다. 그런데 비록 병중이기는 하나 일찍이 마산포에 사는, 가야금을 잘 타고, 편시조(編時調)의 명창인 최치학(崔致學)과 창원의 기녀로서 가무를 잘하고 창부(唱夫)의 신여음(神餘音)을 잘 알고 있다고 이름이 알려진 경패(瓊貝)에 대해 익히 들어 알고 있었던 터이다. 사람을 시켜 최치학을 청해 만나보고, 가야금 신방곡(神方曲)을 청해 듣고, 다음으로 편시조를 청해 들었더니, 과연 묘처(妙處)를 꿰뚫어 명금(名琴)이요 명창(名唱)이더라. 대저 영남에 편시조의 명창 셋이 있으니, 하나는 마산포의 최치학이요, 또 하나는 양산의 이광희(李光希)요, 남은 하나는 밀양의 이희문(李希文)이었다. 경패가 지금 어디 있느냐고 물었더니 "지금 부중(府中)에 있다."고 대답하더라, 다음 날 아침 최치학과 함께 부중에 들어가 경패의 집에 갔더니, 과연 집에 있어 나와서 맞이하더라. 비록 사람을 놀

라게 할 만한 얼굴과 자태는 아니지만, 은연중에 무한한 취미가 있어, 말과 행동이 모두 자연스럽고 꾸밈이 없더라. 내 비록 병중이나 이 여인을 한 번 보고 어찌 마음에 움직임이 없을까마는 반신불수의 한 병자로서 어찌 능히 마음먹을 수가 있겠는가. 다만 온정에서 목욕하고 돌아오는 길에 만나기를 기약하고, 최치학과 함께 김해부에 도착하여 역사(力士) 문달주(文達周)를 찾아가서 쉬었다. 다음 날 아침 동래 온정에 함께 도착하여 머물러 21일 동안 목욕하였더니, 병에 차도가 있어 먹고 마실 수가 있게 됨에 행동거지가 이전처럼 되고, 나를 강장(强壯)하게 만들었다. 그 기쁨 어찌 헤아리랴. 온정에서부터 유람의 여행을 하여 명산과 대천을 다 밟아 보고 창원 경패의 집으로 돌아가서 여러 날을 머무르면서 전 날 다 하지 못했던 정을 다 폈다. 그리고는 칠원(漆原) 30리 송흥록(宋興祿)의 집에 함께 가니 맹렬(孟烈)도 또한 집에 있어 나를 보고 기뻐하여, 네댓새를 질탕히 노닐다가 헤어지니 이때에서야 이별의 어려움이 어떠한가를 과연 알겠더라.[30]

이 작품의 주제는 '이별의 어려움'이다, 이에 관한 내용은 후기의 맨 끝에 나온다. 후기의 대부분은 작품의 주제와는 크게 상관없는 내용으로 이루어져 있다. 이 후기의 글자 수는 414자로서 『금옥총부』 후기 중에서 가장 길다. 길이가 긴만큼 후기에 언급된 시간과 공간도 크다. 안민영은 자신의 풍병(風病)을 고치러 진주를 출발하여 몇 곳을 거쳐 동래에 이르러 21일을 머물러 치료한 후 돌아오게 되는데, 목적지인 동래로 가는 과정에서 경험한

---

30) "余在晋州時, 以水土不服, 風症闌肆, 半身不收. 廣詢醫家, 百般拖[施]藥, 而不得寸效, 至於死境矣. 有一醫來言, 此病極重, 若非東萊溫井三七沐浴, 則無可差復云, 故卽向東萊. 到昌原馬山浦止宿. 而雖病中, 曾聞馬山浦居善伽倻琴編時調名唱崔致學, 及昌原妓瓊貝之善歌舞解唱夫神餘音之高名矣. 使人請崔相見後, 請伽倻琴神方曲請之, 次請編時調聽之, 果是透妙名琴名唱也. 大抵嶺南有編時調名三唱, 一是馬山浦崔致學也, 一是梁山李光希也, 一是密陽李希文也. 問瓊貝今在何處, 答云, 今在府中矣. 翌朝與崔同入府中, 往瓊貝家, 卽果在家出迎. 而雖無驚人之色態, 然隱然中自有無限趣味, 言語動止, 都是天然純態矣. 我雖病中, 一見此人, 旣不動心, 然半身不收一病漢, 其何能生意乎. 但以溫井沐浴後歸路相見爲期, 與崔同到金海府, 訪力士文達周止宿. 翌朝同到東萊溫井, 仍留沐浴二十一日, 病至差可飮食之節, 行動擧止, 一如前日强壯我矣. 其喜何量. 自溫井, 仍作遊覽之行, 而名山大川無不遍路, 還到昌原瓊貝家, 多日留延, 以敍前日未盡之情. 而同到漆原三十里宋興祿家, 則孟烈亦在家, 見我欣然, 四五日迭宕而別, 此時果知別離之難也.", <『금옥』 127> 후기.

일들, 동래를 출발하여 돌아오면서 경험한 일들을 요약하여 서술하고 있다.

가브리엘레 루치우스-회네/아르눌프 데퍼만은 '요약적-회고적 표현'에 대해 다음과 같이 말하였다. 이에 따르면, <127>의 후기는 '요약적-회고적 표현'에 해당된다.

> 인생사의 큰 부분 또는 심지어 전체는 <…> 요약적-회고적 표현 형식에 의해서 각인된다. 이것은 사건들이 축약되고 핵심적인 변화의 측면만이 표현되는, 큰 시간의 공간과 관계가 있다. 여기에서도 <…> 연속되는 사건과 경험의 묘사가 핵심이다. 그렇지만 이것은 그 당시 체험의 관점으로 장면을 재연출하는 것이 아니고, 핵심적인 요소들에 국한하여 요약하고 범주화하며, <…> 회고적으로 표현하는 것이다. 상상할만한 장면은 발생하지 않는다. 행위와 사건의 경과의 모든 단계가 상세하게 재현되는 것이 아니고, 사건 종결 이후에 요약적 범주화 또는 압축으로 재현된다.[31]

이상의 견해에 의하면, '요약적-회고적 표현'은 ① 인생사의 큰 부분이거나 전체[32]로서, ② 큰 시간과 공간에서 일어난 일을, ③ 연속되는 사건과 경험을 묘사하되, ④ 요약적-회고적으로 표현하는 것을 말한다. 후기의 내용을 이 네 가지의 면에 견주어 보면, 다음과 같이 대응된다. 즉 ①은 안민영이 풍병이 들어 반신불수가 되어 거의 죽을 지경에 이르렀다는 점에서, ②는 동래에서 체류한 21일을 포함하여 여러 날 동안 '진주→마산포→창원→김해→동래온천→명산·대천→창원→칠원'에 이르는 도정에서 경험한 일이라는 점에서, ③은 위의 도정에서 여러 인물(마산포의 최치학, 창원의 경패, 김해의 문달주, 칠원의 송흑록·맹렬 등)을 만나 다양한 경험을 했

---

31) 가브리엘레 루치우스-회네/아르눌프 데퍼만 지음·박용익 옮김, 앞의 책, p.216.
32) <『금옥』 127> 후기는 ① 중에서 '인생사의 큰 부분'에 해당한다면, <『금옥』 166> 후기는 '인생사의 전체'에 해당한다. <『금옥』 166> 후기에 대해서는 다음 장에서 구체적으로 살펴볼 것이다.

다는 점에서, ④는 그 다양한 경험을 "유람의 여행을 하여 명산과 대천을 다 밟아 보고", "송홍록의 집이서 네댓새를 질탕하게 놀다가 헤어지니" 등으로 요약하여 회고하고 있다는 점에서 대응된다.

셋째, 후기 중에서 '연대기적 표현'[33]으로 볼 수 있는 것을 살펴보자.

안민영의 대표작이라고 할 수 있는 <매화사(梅花詞)>는 『가곡원류』에도 실려 있다. 『가곡원류』(국립국악원본)에 수록된 <매화사> 제1수의 주(註)는 "安玟英, 字荊寶, 號周翁"라고 되어 있고, 제3수의 주(註)는 "安玟英, 詠梅"라고 되어 있다. 이에 비해 『금옥총부』에 수록된 <매화사> 제1수에는 이보다 긴 후기[34]가 붙어 있고, 제2수 이하 제8수까지에는 "雲崖山房梅花詞第二"~"雲崖山房梅花詞第八" 정도의 짧은 후기가 붙어 있다. 제1수의 후기에는 운애산방이라는 장소에서 벌인 사제 간의 풍류가 '장면적-에피소드적 이야기' 형식으로 나타나 있음에 비해, 제2수~ 제8수의 후기에는 <매화사> 8절의 작품 순서가 일종의 '정보 전달'의 형식으로 나타나 있다.

가브리엘레 루치우스-회네/아르눌프 데퍼만은 연대기적 표현에 대해 다음과 같이 말하였다.

　　연대기적 표현은 <…> 개별적 사건 사이의 결과적 관계가 없기 때문에 연대기적 형식으로 직업적 활동, 장소의 변경, 여러 제도에서의 체류 등과 같은 임의적인 인생사의 사건과 순서들이 처리될 수 있다. 상호행위와 관련해서 전기적 정보의 전달이 핵심이다. <…> 연대기적 표현은 자료의 진행경과에 대한 비해석적 재현으로 완전히 제한된다.[35]

---

33) 이 연구에서는 가브리엘레 루치우스-회네/아르눌프 데퍼만이 '연대기적 표현'의 핵심을 '전기적 정보의 전달'이라고 한 것에 근거하여, 주로 '전기적 정보 전달'의 면에서 살펴보았다. 가브리엘레 루치우스-회네/아르눌프 데퍼만 지음 · 박용익 옮김, 앞의 책, p.217. 참조
34) <매화사> 제1수의 후기는 주2)에 실려 있음.
35) 가브리엘레 루치우스-회네/아르눌프 데퍼만 지음 · 박용익 옮김, 앞의 책, p.217.

이상의 견해에 의하면, 연대기적 표현은 전기적 정보 전달이란 면에서
① 임의적 인생사의 사건과 순서들이 처리되며, 자료의 진행경과에 대해
비해석적으로 재현된다는 것이다. 후기 중에서 "登平壤練光亭"36)처럼 산천
유람의 장소만을 표기한 경우와, <매화사>와 같은 연작시에 작품 번호를
표기하여 작품 순서에 대한 정보를 제공한 경우, 그 외에 후기에 "讚○○
(妓)○○", "題○○(妓)○○" 등으로 단지 지명과 기녀의 이름만 밝힌 경우
도 이에 해당한다.

4. 자전적 이야기를 통한 정체성의 표현

여기에서는 앞에서 살핀 내용을 바탕으로 안민영이 '자전적 이야기'를
통해 표현하고자 한 것이 무엇인지를 살펴보고자 한다.

> 비 바람 눈 셜이와 山 짐싱 바다 물결
> 들 더위 두메 치위 다 가초 격거시며 빗난 의복 멋진 飲食 조흔 벗님 고
> 은 식과 술 노래 거문고를 실토록 지닌 後에 이 몸을 혜여ᄒᆞ니 百番 불닌
> 쇠 아니면 萬番 시친 돌이로라
> 至今에 늬 나이 七十이라 平生을 默數ᄒᆞ니 우숩고 늣거워라 물에 섞긴
> 물 아니면 꿈 속에 꿈이런가 ᄒᆞ노라   <『금옥』 166>

> ○ 내 청춘(靑春)으로부터 호방자일(豪放自逸)하여 풍류(風流)를 매우 좋
> 아하였다. 배운 바는 모두 사(詞)와 곡(曲)이고, 거처한 곳은 모두 번화(繁
> 華)한 곳이며, 사귄 바는 다 부귀(富貴)한 자들이었다. 때로 또한 물외(物外)
> 에 노닐고자 하는 생각이 있어 아름다운 산과 물을 만나면 문득 좋아하여
> 돌아가기를 잊었다. 금강산과 설악산, 대동강과 묘향산, 동해와 서해, 나라

---

36) <『금옥』 59> 후기.

안에 있는 명승지로서 가 보지 않은 곳이 거의 없다. 거의 모든 곳이 풍류
번화의 자리가 되었다. 서리 눈 바람 비, 바닷물결 산짐승, 들더위 골짜기
의 추위가 다 그 가운데 있었다. 이 한 몸이 쇠로 된 창자나 돌로 된 창자
가 아닐진대 어찌 오늘 이처럼 늙고 병들지 않겠는가. 네 이제 나이 예순
여섯이라 비 내리는 강가에 홀로 앉아 지나온 한 평생을 홀연히 생각하니,
새 울고 꽃 지며 구름 떠가고 물 흘러 텅 빈 것일 따름이다. 거울에 비치
는 백발(白髮) 위로할 길 없어 술이나 한껏 마시고 노래 한 결 부르니 칠원
(漆園)의 나비 사실인지 아닌지 모르겠다.[37]

이 작품은 안민영이 66세 되던 1881년 자신의 일생을 회고하며 읊은 것
이다. 기존의 연구에서는 대체적으로 이 작품에서 '인생무상'에 대한 작가
의 감회를 읽어내었다.[38] 그러나 이 작품의 의미를 그렇게만 보아버리고
말 것은 아니다. 우리는 작품과 후기를 통해서 자아정체성(自我正體性)과 관
련된 안민영의 의식세계를 살펴볼 필요가 있다.

이 작품의 후기는 '인생사(人生史)의 전체'에 대한 요약적-회고적 표현이
다. 여기에는 '청춘(青春)'이란 말과 함께 '늙음', '백발(白髮)'이라는 말이 나
온다. 노년을 의미하는 '백발'은 '청춘'과 반대되는 말이다. 노년기에는 신
체적인 변화가 따르는데, 노년기를 살고 있는 안민영은 늙고 병든 몸으로,
거울에 비친 자신의 '백발'을 보며 안타까워한다. 젊은 시절의 나와 더 이
상 동일하지 않다는 것을 자각한 데에서 온 것이다. 완전히 건강한 자(젊은
이)가 '자기 바깥'에 머무르는 반면에, 늙어가는 사람은 '자기 안의 시간', 즉

---

37) "余自靑春, 豪放自逸, 嗜好風流. 所學皆詞曲, 所處皆繁華, 所交皆富貴. 而有時亦有物外之想, 每
逢佳山麗水, 輒怡然忘歸. 所以金剛雪嶽貝[浿]江妙香東海西海, 凡在國中之名勝者, 殆無迹不到
處. 豈盡爲風流繁華. 霜雪風雨, 海浪山獸, 野暑峽寒, 亦備在其中間. 一身旣非鐵腸石肚, 安得不
今日老且病也. 余今年六十有六歲, 雨牖獨坐, 忽起念一生過痕, 無非鳥啼花落雲飛水空而已. 照
鏡白髮, 無以自慰, 飮一大白, 自唱一関, 漆園化蝶, 不辨其眞假耳." <『금옥』 166> 후기.

38) 권택경, 「주옹 안민영 시조 연구」(한국교원대학교 대학원 석사논문, 1998), p.70. 김현식,
「안민영의 가집 편찬과 시조 문학 양상 연구」(서울대학교 대학원 석사논문, 1999), p.74.
윤영옥, 앞의 책, p.152.

과거의 사건에 대한 기억에 머무르게 되듯이[39] 안민영 역시 나이가 들어 자신의 삶 전체를 회고하게 된 것이다.

안민영은 "내 청춘으로부터 호방자일하여 풍류를 매우 좋아하였다."라고 회고하였는데, 우리는 이 말에서 안민영이 평생을 영위한 '삶의 주제'가 무엇인지 직감할 수 있다. 그것은 바로 '풍류(風流)'인 것이다. 우리는 자신의 삶의 역사를 이야기하면서 정체성을 찾고 자기를 인식하는데,[40] 안민영은 일생 동안 경험한 다양한 사건 속에서 자신의 정체성을 나타낼 수 있는 이야기로 '풍류'를 선택하여 자기 삶의 주제를 드러내고자 한 것이다.

안민영은 "거처한 곳은 번화한 곳이요, 사권 바는 다 부귀한 자들이다."라고 말했다. 우리는 이 말에서 안민영의 자아정체성을 이해할 수 있다. 자아정체감의 형성은 사회적 관계 속에서 만나게 되는 의미 있는 타자와 상호작용하면서 이루어진다[41]는 점에서 보면, 안민영이 "사권 바는 다 부귀한 자들이다."라고 말한 것은 선언적인 의미가 있다. 중인(中人) 신분이면서도 당대 사회의 최상층의 후원을 받고, 호화부귀자(豪華富貴者)들과 교유하면서 "술 노래 거문고를 실토록 지닌," 지극히 만족스러운 풍류적 삶을 영위해 온 안민영의 의식세계를 느낄 수 있다. 이 말 속에 담겨 있듯이, 안민영은 지나온 자신의 삶을 매우 만족해하고, 또 자랑하고 있는 것이다. 작품 종장에서는 평생을 고요히 생각하고는 "우숩고 늣거워라"라고 했다. 여기에서 "우숩다"는 말은 "같잖아서 우숩다, 가소롭다"는 뜻이 아니라 자랑스러워 웃음이 난다는 뜻으로 보인다.

「서문」에 나타나 있듯이, 안민영의 풍류는 늘 박효관과 함께 하는 풍류

39) 장 아메리·김희상 역, 『늙어감에 대하여』(돌베개, 2014), pp.37~38.
40) 조영아, 「흔적과 노년의 이야기 정체성」, 『현대유럽철학연구』, 제52집(한국현대유럽철학회, 2019), p.242.
41) 김은정, 「여성 노인의 생애구술을 중심으로 본 노년기 자아정체성의 형성과 지속성에 관한 연구」, 『가족과 문화』 제20집 1호(한국가족학회, 2008), p.29.에서 재인용.

였다. 이제 그들이 함께 한 사제풍류를 살펴보자.

> 桃花는 흣날리고 綠陰은 퍼져온다
> 꾀꼬리시 노러는 烟雨에 구을거다
> 마초아 盞 드러 勸허랄 제 澹粧佳人 오더라. 〈『금옥』 26〉

○ 1871년(신미·고종 3) 초여름에 산방에서 운애선생과 마주 앉아 있을
때, 비 뿌리고 꾀꼬리 울더라. 술을 따라 서로 권하고 있는데, 홀연히 말쑥
하게 치장한 한 미인이 술 한 병을 들고 왔다. 이 미인이 바로 평양의 산
홍(山紅)이었다.[42]

안민영과 박효관의 풍류라고 하면 풍류재사(風流才士)나 야유사녀(冶遊士
女)들과 시·술·노래·거문고를 함께 하는 집단적 풍류를 연상하게 된다.
그러나 그들의 풍류라고 해서 늘 그렇지만은 않았다. 위의 후기는 그 것을
말해 준다. 안민영은 후기에서 그의 나이 56세 때인 1871년 초여름, 72세
의 박효관과 함께 운애산방에서 즐겼던 풍류의 한 장면을 이야기하였다.
두 사람이 도화가 붉은 꽃잎을 흩날리고 녹음이 퍼져오는 정경(情景)에 가
뜩이나 마음을 빼앗기고 있는데, 시원스레 비가 뿌리고 꾀꼬리마저 울어대
는 것이 아닌가. 이들은 이러한 정경에 한껏 취해 술을 따라 서로 권하니,
참으로 정겨운 사제 간의 모습이 아닐 수 없다. 그때 "마초아(때마침)" 곱
게 차린 평양의 기녀 산홍(山紅)이 술 한 병을 들고 찾아왔으니 그 반가움
은 대단했을 것이다. 이러한 분위기 속에서 안민영이 위의 시조를 지었으
니, 비 소리·꾀꼬리 소리에 기녀의 노래 소리 또한 더해졌을 것임을 짐작
할 수 있다.

---

42) "辛未初夏, 與雲崖先生, 對坐於山房, 時雨洒鶯啼矣. 酌酒相屬之際, 忽一澹粧佳人, 携一壺而
來, 正是平壤山紅也.", 〈『금옥』 26〉 후기.

다음은 안민영의 대표작인 <매화사>와 관련된 사제풍류이다.

梅影이 부드친 窓에 玉人金釵 비겨신져
二三 白髮翁은 거문고와 노릭로다
이윽고 盞 들어 勸하랼 져 달이 또한 오르더라.   <『금옥』6>

○ 나는 1870년(경오·고종 7) 겨울에, 운애 박 선생 경화·오 선생 기
여·평양 기생 순희·전주 기생 향춘과 더불어 산방에서 노래와 거문고를
즐겼다. 운애 선생은 매화(梅花)를 매우 좋아하여 손수 새순을 심어 책상
위에 놓아두었다. 마침 그때에 몇 송이가 반쯤 피어 그윽한 향기가 퍼지니
이로 인해 매화사(梅花詞) 우조(羽調) 한 편 8절을 지었다.[43]

안민영은 후기에서 그의 나이 55세 때인 1870년 겨울, 박효관의 거처인
운애산방에서 즐겼던 풍류의 한 장면을 이야기하였다. 이 자리에는 안민영,
당대의 이름난 가객(歌客)인 박효관과 이름난 금객(琴客)인 오기여[44] 및 기
녀 순희·향춘[45] 등 5명이 참석하였다.

이들이 운애산방에서 노래와 거문고를 즐기고 있을 때, 마침 박효관이
손수 심어 책상 위에 놓아 둔 매화 몇 송이가 반쯤 피어 그윽한 향기를 피
워내자, 안민영이 이에 감발하여 우조(羽調) 8수로 된 <매화사>를 지었다.
'노래 잘 짓는' 안민영이기에 그 자리에서 즉흥적으로 <매화사>를 8절까

---

43) "余於庚午冬, 與雲崖朴先生景華, 吳先生岐汝, 平壤妓順姬, 全州妓香春, 歌琴於山房. 先生癖於
梅, 手裁[栽]新筍, 置諸案上. 而方其時也, 數朶半開, 暗香浮動, 因作梅花詞, 羽調一篇八絶."
<『금옥』6> 후기.
44) 오기여를 포함한 당시의 이름난 금객·가객·풍류객·명인에 관한 기록은 『昇平曲』,
안민영 「서문」에 전한다. "吳岐汝, 安敬之, 洪用卿, 姜卿仁, 金君仲, 盖當時名琴也.",『승평
곡』, 안민영 「서문」.
45) 두 기녀는 궁중 진찬에 참석키 위해 지방에서 차출되어 올라 온 자들로서, 진연을 마친
후에는 박효관·안민영 등을 위한 풍류마당 행사에 참여하고 있다. 신경숙, 「19세기 가
객과 가곡의 추이」,『한국시가연구』제2집(한국시가학회, 1997), pp.295~296.

지 지을 수 있었던 것이다. 이에 따라 풍류판의 흥취는 고조되었을 것이고
'노래 잘 부르는' 박효관은 질탕하게 '우조 한바탕'을 불렀을 것이다. 또 매
화의 청향이 술잔에 뜨면서부터 그들은 모두 흥취에 흠뻑 젖어 질탕하게
놀았을 것이다. <매화사>가 사제풍류의 흥취를 표현한 작품이지만, 후기
가 부기되지 않았다면, 그 현장의 흥취를 온전히 짐작하기 어려울 것이다.

다음은 안민영 그룹의 화려한 꽃놀이에 대해 살펴보자.

> 百花芳草 봄바람을 사람마다 즐길 젹의
> 登東皐而舒嘯하고 臨淸流而賦詩로다
> 우리도 綺羅君 거나리고 踏靑登高하리라.　<『금옥』 162>

> ○ 내 1867년(정묘·고종 4) 봄에 박 선생 경화·안경지·김군중·김사
> 준·김성심·함계원·신재윤과 더불어 대구의 계월·전주의 연연·해주
> 의 은향·전주의 향춘과 일등의 악공(樂工) 한 패를 데리고 남한산성에 올
> 랐을 때 온갖 꽃들이 다투어 피어서 만산에 붉은 꽃과 초록의 나무가 서로
> 비춰 한 폭의 그림을 이루었더라. 이른바 쉽사리 만날 수는 없는 아름다운
> 경치에 좋은 만남이더라. 사흘 동안 질탕히 놀고 송파나루로 와서 배를 타
> 고 한강으로 내려와 뭍에 올랐다.[46)]

먼저 작품부터 보자. 초장과 종장을 통해 알 수 있듯이 이 작품은 봄날
꽃놀이를 노래한 것이다. 중장의 "登東皐而舒嘯하고 臨淸流而賦詩로다"라는
구절은 도연명(陶淵明)의 <귀거래사(歸去來辭)>의 구절을 차용한 관용적 표
현이다. 도연명은 <귀거래사>에서 "동녘 언덕에 올라서 조용히 읊조리고,
맑은 물에 이르러서 시를 짓노라.(登東皐而舒嘯, 臨淸流而賦詩.)"고 하고 이어

---

46) "余於丁卯春, 與朴先生景華, 安慶之, 金君仲, 金士俊, 金聖心, 咸啓元, 申在允, 率大邱桂月,
全州妍妍, 海州銀香, 全州香春, 一等工人一牌, 卽上南漢山城, 時卽百花爭發, 萬山紅綠, 相暎
爲畵. 是所謂不可逢之勝槪佳會也. 三日迭宕而還, 到松坡津, 乘船下流, 漢江下陸." <『금옥』
162> 후기.

서 "애오라지 자연의 조화에 따라 다함으로 돌아가리니, 천명을 즐길 뿐 무엇을 의심하랴.(聊乘化以歸盡, 樂夫天命復奚疑.)"라고 끝맺었다. 이 말은 자연에 이법에 맡겨 삶을 즐기겠다는 뜻이다. 그러므로 중장은 풍류를 즐기고자하는 화자의 관념적 흥취를 표현한 것일 뿐, 풍류 현장을 실제적으로 표현한 것은 아니다.

안민영은 후기에서 3일 간의 꽃놀이를 요약적으로 이야기하였다. 그들은 남한산성에 올라 '백화쟁발(百花爭發)'·'만산홍록(萬山紅綠)'의 경치를 실컷 구경하며 3일 동안이나 질탕하게 놀고는 송파나루로 나와 배를 타고 한강으로 내려왔다고 했다. 안민영은 후기에서 꽃놀이에 함께 나선 예인들과 기녀들의 이름을 구체적으로 밝히고, '일등공인일패(一等工人一牌)'라고 하여 한 무리의 일등 기악연주자[47]들도 함께 하였음을 드러내었다. 우리는 후기를 통해서 비로소 안민영을 비롯한 일류의 예인들이 1867년 봄에 즐긴 화려한 외유(外遊)의 실상, 즉 참석 인원·이름·행사 규모·행사 일정 등에 대해서 알 수 있게 되었다.

다음은 박효관을 중심으로 한 '단애대회(丹崖大會)'에 대해 살펴보자.

八十一歲雲崖先生 뉘라 늑다 일엇던고
　童顔이 未改하고 白髮이 還黑이라 斗酒을 能飮ㅎ고 長歌을 雄唱ㅎ니 神仙의 밧탕이요 豪傑의 氣像이라 丹崖의 셜인 닙흘 희마당 사랑ㅎ야 長安名琴名歌들과 名姬賢伶이며 遺逸風騷人을 다모와 거나리고 羽界面 흔밧탕을 엇겨러 불너닐제 歌聲은 嘹亮ㅎ야 들쑈틔글 날녀이고 琴韻은 冷冷ㅎ야 鶴의 춤을 일의현다 盡日을 迭宕ㅎ고 酩酊이 醉흔 後의 蒼壁의 불근 입과 玉階의 누른 곳츨 다 각기 꺽거들고 手舞足蹈ㅎ올젹의 西陵의 히가 지고 東嶺의 달이 나니 蟋蟀은 在堂ㅎ고 萬戶의 燈明이라 다시금 盞을 씻고 一盃一盃 ㅎ온 후의 션소리 第一名唱 나는북 드러노코 牟宋을 比樣ㅎ야 흔밧

---

47) 안민영 예인그룹에서의 기악연주자들에 대해서는 신경숙, 「안민영과 예인들-기악연주자들을 중심으로-」, 『어문논집』 제41집(민족어문학회, 2000). 참조.

탕 赤壁歌을 멋지게 듯고나니 三十三千 罷漏소리 식벽을 報ᄒ거늘 携衣相
扶ᄒ고 다각기 허여지니 聖代에 豪華樂事ㅣ 이밧긔 쏘잇는가

다만的 東天을 바라보아 [   ]을 싱각ᄒ는 懷抱야 어늬긔지 잇스
리. <『금옥』 179>

○ 1880년(경진·고종 17) 가을 9월, 운애 박 선생 경화(景華)와 황 선생
자안(子安)은 한 무리의 명금(名琴)·명가(名歌)·명희(名姬)·현령(賢伶)과
유일풍소인(遺逸風騷人)을 [   ] 산정(山亭)에 불러 단풍을 구경하고 국화
를 감상하였다. 학고(學古) [   ], 벽강(碧江) 김윤석(金允錫) (자는 군중)
은 매우 뛰어난 거문고의 명수이다. 취죽(翠竹) 신응선(申應善) (자는 경현)
은 당세의 이름난 소리꾼이다. 신수창(申壽昌)은 독보적인 양금의 명수이
다. 해주의 임백문(任百文) (자는 경아)은 당세 퉁소의 명수이다. [ ] 張 [
](자가 치은) [   ] 이제영(李濟榮) (자는 공즙)은 당세의 풍소인(風騷人)이
다. 마침 이 때 해주의 옥소선(玉簫仙)이 올라 왔으니 이 사람은 재주와 아
름답기가 한 도에서 뛰어날 뿐만 아니라, 노래와 거문고를 둘 다 잘하여
비록 옛날 이름을 떨친 자가 되살아나게 하더라도 그 앞자리를 양보하지
않을, 진실로 국내 제일의 여인이다. 전주의 농월(弄月)은 나이 이팔로 아
름다운 얼굴에 가무 또한 뛰어나서 일대의 명희(名姬)라 이를만하다. 천흥
손(千興孫)·정약대(鄭若大)·박용근(朴用根)·윤희성(尹喜成)은 훌륭한 악
공들이다. 박유전(朴有田)·손만길(孫萬吉)·전상국(全尙國)은 당세의 창부(唱
夫)로 모흥갑(牟興甲)·송만갑(宋萬甲)과 더불어 나란히 국내에 이름을 떨친
자들이다. 아아! 박 선생 경화(景華)와 황 선생 자안(子安)은 나이 아흔의 늙은
이로서도 호화로운 성정(性情)이 건장했던 청춘시절보다 덜하지 않다. 오늘
같은 모임이 있었으나, 내년에도 또 이와 같은 모임이 있을지 모르겠다.[48]

---

48) "庚辰秋九月, 雲崖朴先生景華, 黃先生子安, 請一代名琴名歌名姬賢伶遺逸風騷人, 於 [   ]
山亭, 觀楓賞菊. 學古 [   ], 碧江金允錫字君仲, 是一代透妙名琴也. 翠竹申應善字景賢,
是當世名歌也. 申壽昌, 是獨步洋琴也. 海州任百文字敬雅, 當世名簫也. [   ] 張 [   ]字稚殷,
[   ]李濟榮字公楫, 是當世風騷人也. 適於此際, 海州玉簫仙上來, 而此人則非但才藝色態之
雄於一道, 歌琴雙全, 雖使古之揚名者復生, 未肯讓頭, 眞國內之甲姬也. 全州弄月二八丰容, 歌
舞出類, 可謂一代名姬. 千興孫, 鄭若大, 朴用根, 尹喜成, 是賢伶也. 朴有田, 孫萬甲, 全尙國,
是當世第一唱夫, 與牟宋相表裏, 喧動國內者也. 噫, 朴黃兩先生, 以九十耆老, 豪華性情, 猶不
減於靑春强壯之時. 有此今日之會, 未知明年又有此會也歟.", <『금옥』 179> 후기.

박효관은 81세 때인 1880년 가을 9월에 당대의 명금(名琴)·명가(名歌)·명희(名姬)·현령(賢伶)과 유일풍소인(遺逸風騷人)을 청하여, 산정에서 단풍을 구경하고 국화를 감상하는 단애대회(丹崖大會)를 벌였다. 작품에서는 먼저 단애대회를 이끈 스승 박효관을 기린 다음, 새벽 파루소리에 헤어지기까지 기악을 즐기고 춤을 추며 하루 종일 질탕하게 즐긴 풍류놀이를 노래하였다. 이에 비해 후기에서는 단애대회의 구체적인 면을 나타내고 있다. 즉 후기에 서는 ① 단애대회는 박효관과 황자안이 함께 이끌었으며, ② 단애대회에 참석한 거문고의 명수·이름난 소리꾼·양금의 명수·퉁소의 명수·풍소 인·훌륭한 악공·이름난 창부(唱夫)들의 이름과 자를 일일이 밝히고 있으 며, ④ 특히 기녀 옥소선(玉簫仙)과 농월(弄月)의 미모와 예인적 자질에 대해 서 비교적 구체적으로 밝히고 있으며, ⑤ 단애대회를 마친 뒤의 회포를 진 솔하게 이야기하고 있다.

이처럼 작품에서는 단애대회의 풍류놀이를 노래하고 있음에 비해, 후기 에서는 단애대회와 관련하여 여러 가지 전기적 정보를 전달하고 있다. 우리 는 안민영이 작품 끝에서 단애대회를 두고 왜 '豪華樂事(호화낙사)'라고 하 였는지 그 연유를 후기를 통해서 비로소 알 수 있게 되었다. 당대 각 방면 의 최고 수준의 예인들이 한자리에 모여 날밤이 새도록 실컷 놀았다고 하 였으니, 그 호화로운 규모와 최고 수준의 연행에 놀라지 않을 수 없다. 안 민영도 이와 같은 점을 의식하여 행사에 관한 정보를 일일이 언급했던 것 이다.

단애대회에서 안민영이 어떤 역할을 하였는지는 자세히 알 수 없다. 다 만 작품과 후기를 통해, 그는 해가 지고, 달이 솟고, 새벽에 이르도록 끝까 지 참석했음을 알 수 있다. 그날의 '호화낙사'의 증인인 것이다. 단애대회 를 마치면서 아흔의 박효관과 황자안이 내년에도 이와 같은 성대한 모임을 주관할 수 있을지를 걱정하는 모습에서, 노스승을 향한 노제자의 애틋한 정을 느낄 수 있다.

우리는 이상의 논의를 통해서 안민영이 평생을 영위한 삶의 주제가 '풍류(風流)'임을 확인할 수 있었다. 풍류는 안민영을 안민영이게끔 해주는 것으로서, 안민영의 대다수의 작품이 궁극적으로 '풍류'로 귀결될 수밖에 없는 것은 이러한 점 때문이다. 이상에서는 안민영과 박효관이 함께 하는 사제풍류를 중심으로 살펴보았기에, 안민영의 풍류를 전반적으로 살펴보지는 못했다. 그럼에도 불구하고 안민영이 평생을 박효관과 함께 하면서 그의 풍도(風度)를 따랐다는 점에서는 사제풍류에 대한 살핌은 그만한 의미를 지닐 것이다.

생성감이 강한 안민영은 자신의 작품을 후대에 남기고자 했지만, 단지 작품을 남겨 놓는다고만 해서 자신의 정체성을 온전히 전할 수 없음을 알았다. 이 점은『가곡원류』를 편찬하는 과정에서 절감했을 수 있다. 안민영은 이러한 고심 끝에, 자전적(自傳的) 이야기로서의 성격을 지닌 작품 후기(後記)라는 양식을 고안해 낸 것이다. "어떤 환경과 외적 상황에 대한 모든 생생한 현재화는 우리를 추체험으로 이끌어 간다."[49]는 딜타이(Dilthey)의 말을 빌린다면, 작품만으로는 실현할 수 없는 것, 즉 '외적 상황을 생생하게 현재화'한 것이 바로『금옥총부』작품 후기이다. 즉 그는 후래동지(後來同志)들로 하여금 '생생하게 현재화된 상황'에 '자기를 투입'하도록 함으로써 '추체험'에 이르도록 하고, 이를 통해 궁극적으로 자신의 정체성을 알도록 한 것이다.

---

49) 빌헬름 딜타이 지음·김창래 옮김,『정신과학에서 역사적 세계의 건립』(아카넷, 2009), p.504. '외적 상황에 대한 생생한 현재화', '자기 투입', '추체험'에 대해서는 같은 책, pp.501~504. 참조.

5. 맺음말

『금옥총부』 작품 후기는 다른 가집에서는 볼 수 없는 독특한 것이다. 이 연구에서는 안민영이 작품 후기라는 특이한 형태를 설정한 의미와 그것을 통해 말하고자 한 것이 무엇인지를 밝혀보고자 하였다. 이상에서 살펴본 내용을 정리하면 다음과 같다.

먼저 작품 후기의 성격을 이해하기 위해 「서문」에 나타난 안민영의 의식 세계를 살펴보았다. 안민영은 「서문」의 앞 부분에서 스승인 박효관의 풍류에 대해 길게 언급함으로써 궁극적으로 박효관을 통해 자신의 정체성을 말하고자 하였다. 또 중인 계급으로서는 분에 넘치는 일임에도 불구하고 대원군을 찬양하고 성덕을 찬미함으로써 은연중에 당대 가객들에 대한 우월감을 내비치기도 하였다. 안민영은 후래동지(後來同志)들에게 이와 같은 자신의 '즐거운 삶'과 '빛나는 신세'를 알도록 하고자 했다. 그만큼 안민영은 자신의 삶에 만족하고, 자신의 정체성에 대해 확신하고 있었던 것이다. 이러한 점에서 보면, 안민영은 매우 높은 생성감을 지닌, 자기 전승형의 인물이라고 하겠다.

그 다음 작품 후기의 다양성을 전제하고, 그 성격의 일단을 해명하고자 하였다. 이에 따라 작품 후기를 기존의 연구 시각과는 달리 일종의 안민영의 자전적(自傳的) 이야기로 보았다. 이에 따라 자전적 이야기를 ① 장면적-에피소드적 이야기, ② 요약적-회고적 표현, ③ 연대기적 표현 등 세 가지 유형으로 나누어, 대표적인 작품을 중심으로 살펴보았다. 『금옥총부』에 수록된 181수의 작품 후기는 대부분 위의 세 가지 유형에 귀속시킬 수 있을 것으로 본다.

끝으로 안민영이 후기를 통해 나타내고자 한 것이 무엇인지를 살펴보았다. 풍류는 안민영의 삶을 해석할 수 있는 준거이자, 곧 그의 정체성이다.

그는 '후래동지'들에게 자신의 멋진 삶을 제대로 알려주기 위해 자전적 이야기라고 할 수 있는 후기를 설정하였다. 그는 후기의 생생한 표현을 통해 후래동지들로 하여금 그가 겪은 경험을 추체험하게 함으로써 자신의 정체성을 이해할 수 있도록 하였다.

이 연구에서는 후기를 기존의 시각과는 다른 측면에서 살펴보았지만, 이것 역시 후기의 다양성 중 어느 한 면을 살펴본 것이라는 지적을 피할 수 없다.

『한민족어문학』 제84집, 한민족어문학회, 2019.

<동명왕편>의 기술성의 성격과 의미

1. 머리말

　이규보(李奎報, 1168~1241)의 <동명왕편(東明王篇)>은 우리 문학사에서뿐만 아니라 사학사에서도 각별한 의의를 지닌 작품이다. 이 작품에 대한 연구는 1960년대 초 장덕순과 이우성에 의해 시작되어, 이제는 연구사를 검토하기 버거울 정도로 상당한 연구 성과가 축적되었다.1) 그 결과 <동명왕

---

1) 기존의 연구 가운데 <동명왕편>을 직접적인 연구 대상으로 삼은 논문만 하더라도 거의 30편에 달한다. 여기에서는 본고의 입장에서 주목되는 것만 소개하여 두기로 한다.
　장덕순, 「영웅 서사시 <동명왕>」, 『국문학통론』(신구문화사, 1960).
　이우성, 「고려중기의 민족서사시-동명왕편과 제왕운기의 연구-」, 『논문집』 제7집(성균관대학교, 1962).
　박두포, 「민족영웅 동명왕설화고」, 『국문학연구』 제1집(효성여자대학 국어국문학연구실, 1968).
　박창희, 「이규보의 <동명왕편>시」, 『역사교육』 제11・12합집(역사교육연구회, 1969).
　신용호, 「이규보의 <동명왕편> 연구」, 『어문논집』 제21집(고려대학교 국어국문학연구회, 1980).
　탁봉심, 「<동명왕편>에 나타난 이규보의 역사의식」, 『한국사연구』 제44집(한국사연구회, 1984).
　김철준, 「이규보 <동명왕편>의 사학사적 고찰」, 『동방학지』 제46집(연세대학교 국학연구원, 1985).
　손정인, 「이규보의 <동명왕편>의 구성양상과 작품의 성격」, 『한민족어문학』 제13집(한민족어문학회, 1986).
　김경수, 「<동명왕편>에 대하여」, 『동양학』 제21집(단국대학교 동양학연구소, 1991).
　황순구, 『서사시 동명왕편 연구』(백산출판사, 1992).
　박일용, 「동명왕설화의 연변양상과 <동명왕편>의 형상화 방식」, 성오 소재영 교수 환력기념 논총 간행위원회 편, 『고소설사의 제문제』(집문당, 1993).
　김승룡, 「<동명왕편>의 서사시적 특질과 창작의식」, 『어문논집』 제32집(고려대학교 국어

편>에 대한 이해는 이미 상당한 경지에 이르렀다고 볼 수 있다. 그럼에도 불구하고 연구의 초기부터 관심의 대상이 되어 온 창작 동기에 대해서는 다양한 연구 시각 때문에 지속적으로 논란이 되고 있으며, 작품 자체에 대한 연구에 있어서도 해명되어야 할 문제들이 상당히 많이 남아 있다.

그 가운데 하나로서 이 작품의 기술성(記述性)을 해명하는 문제를 들 수 있다. <동명왕편>은 우리 민족 최초의 장편서사시(長篇敍事詩)라고 평가되고 있지만, 작품 전체가 서사(敍事)로 일관하고 있는 것은 아니다. 작품의 앞과 뒤에는 상당한 분량의 비서사적(非敍事的) 부분이 있다. 그러면서 5언의 282구의 본시(本詩)에 2,210자에 달하는 주(註)가 부기된 특이한 형식의 작품이다. 이규보는 <동명왕편>의 「병서(幷序)」에서 이 작품의 창작 동기를 말하면서 시적(詩的) '기술(記述)'에 대해 언급하고 있다. 이러한 몇 가지 점들은 이규보가 이 작품을 지으면서 기술성을 상당히 의식하였을 것임을 시사해 준다.

그 사이에 진행된 여러 연구에서 이 작품의 기록성(記錄性)에 대해서는 관심하였으나, 기술성(記述性)에 대해서는 그다지 주목하지 않았다. 그러므로 본 연구에서는 <동명왕편>을 기술성이라는 면에 초점을 맞추어 살펴보고자 한다. 이를 위해 「병서」를 검토하여 이 작품의 기술성의 성격을 이해한 다음, 작품에 나타난 '기술성(記述性)'의 층위를 살펴, 그 총체적 의미를 해명하고자 한다. 이러한 작업은 궁극적으로 이 작품의 창작 동기를 점검해

국문학연구회, 1993).

김병권, 「<동명왕편>序의 서사시이론적 탐색」, 『초전 장관진 교수 정년기념 국문학논총』 (세종출판사, 1995).

노명호, 「<동명왕편>과 이규보의 다원적 천하관」, 『진단학보』 제83집(진단학회, 1997).

이종문, 「<동명왕편>의 창작동인과 문학성」, 김건곤 외 공저, 『고려시대 역사시 연구』 (한국정신문화연구원, 1999).

박성지, 「<동명왕편>에 나타난 신이의 의미」, 『이화어문논집』 제20집(이화어문학회, 2002).

하승길, 「<동명왕편>의 성격에 대한 재론-창작동기와 신이성을 중심으로-」, 『한국어문학 연구』 제52집(한국어문학연구회, 2009).

보는 것과도 밀접히 관련될 것이다.

본 연구에서 사용하는 기술성의 개념은 사전적·일반적인 개념과는 다
르다. 여기에서의 기술성의 개념에는 작품의 전체적인 틀을 구성하고 작성
할 때 갖게 되는 인식론적 패턴 내지 사유방식 및 이러한 사유체계에 의해
언표화되는 표현론적인 특징들이 포함된다.[2]

2. <동명왕편>의 기술성의 성격

<동명왕편>의 「병서(幷序)」는 작품의 창작 경위와 창작 동기 등을 포함
하여 작품을 이해할 수 있는 여러 가지 정보를 담고 있다. 그 동안 <동명
왕편>에 대한 논의에서 거의 빠짐없이 「병서」가 거론되었지만, 「병서」 자
체에 대한 본격적인 논의는 많지 않은 형편이다. 이에 여기에서는 「병서」
의 내용을 의미상으로 여섯 개의 단락으로 나누어 순차적으로 검토한 다음,
기술성의 문제를 고찰해 보기로 한다.

> (가) 세상에서는 동명왕의 신이한 일을 많이 이야기하고 있다. 비록 어
> 리석은 사내와 어리석은 아낙네라 하더라도 역시 자못 그 일을 얘기한다.
> 내가 일찍이 그 얘기를 듣고 웃으면서 말하기를 "옛 스승이신 공자(孔子)
> 께서는 괴력난신(怪力亂神)을 말씀하시지 않았는데, 이것은 실로 황당하고
> 기궤한 일이니 우리들이 얘기할 것이 못된다."라고 하였다.
> (나) 뒤에 『위서(魏書)』와 『통전(通典)』을 읽어 보니 역시 그 일을 실었으
> 나 간략하여 자세하지 못하였으니, 아마도 국내의 것을 자세히 서술하고
> 외국의 것을 간략하게 서술하려는 뜻이 아닐까.
> (다) 지난 계축년 4월에 『구삼국사(舊三國史)』를 얻어 「동명왕본기(東明

---

2) 김현주, 『구술성과 한국서사전통』(도서출판 월인, 2003), p.19. 참조.

王本紀)」를 보니 그 신이한 사적이 세상에서 얘기하는 것보다 더했다. 그러나 역시 처음에는 믿지 못하고 귀(鬼)나 환(幻)으로만 생각하였는데, 세번 반복하여 탐독하고 완미하여 점점 그 근원에 들어가니, 환(幻)이 아니고 성(聖)이며, 귀(鬼)가 아니고 신(神)이었다. 하물며 국사(國史)는 사실을 있는 그대로 쓴 책이니 어찌 허탄한 것을 전하였으랴.

(라) 김부식(金富軾) 공이 국사를 다시 편찬할 때에 자못 그 일을 간략하게 다루었으니, 생각건대 공(公)은 국사는 세상을 바로 잡는 책이니 크게 이상한 일은 후세에 보일 것이 아니라고 생각하여 간략하게 쓴 것이 아닐까.

(마) 「당현종본기(唐玄宗本紀)」와 「양귀비전(楊貴妃傳)」을 살펴보면, 두 군데 모두 방사(方士)가 하늘에 오르고 땅에 들어갔다는 일이 없는데, 오직 시인 백락천(白樂天)만이 그 일이 인멸될 것을 두려워하여 노래를 지어 기록하였다. 저것은 실로 황당하고 음란하고 기괴하고 허탄한 일인데도 오히려 읊어서 후세에 보였거든, 하물며 동명왕의 일은 변화의 신이한 것으로 여러 사람의 눈을 현혹한 것이 아니고 실로 나라를 창건한 신이한 사적이니 이것을 기술(記述)하지 않으면 후세 사람들이 장차 어떻게 볼 것인가?

(바) 그러므로 시를 지어 기술하여 무릇 천하로 하여금 우리나라가 본래 성인(聖人)의 나라라는 것을 알도록 하고자 할 뿐이다.[3]

(가)에서는 그 당시 동명왕신화[4]의 구비전승의 실태와 동명왕신화에 대

---

3) "世多說東明王神異之事. 雖愚夫駿婦, 亦頗能說其事. 僕嘗聞之笑曰, 先師仲尼, 不語怪力亂神. 此實荒唐奇詭之事, 非吾輩所說. 及讀魏書通典, 亦載其事, 然略而未詳, 豈詳內略外之意耶. 越癸丑四月, 得舊三國史, 見東明王本紀, 其神異之迹, 踰世之所說者. 然亦初不能信之, 意以爲鬼幻. 及三復耽味, 漸涉其源, 非幻也, 乃聖也, 非鬼也, 乃神也. 況國史直筆之書, 豈妄傳之哉. 金公富軾, 重撰國史, 頗略其事, 意者公以爲國史矯世之書, 不可以大異之事, 爲示於後世, 而略之耶. 按唐玄宗本紀, 楊貴妃傳, 並無方士升天入地之事, 唯詩人白樂天, 恐其事淪沒, 作歌以志之. 彼實荒淫奇誕之事, 猶且詠之, 以示于後, 矧東明之事, 非以變化神異眩惑衆目, 乃實創國之神迹, 則此而不述, 後將何觀. 是用作詩以記之, 欲使天下知我國本聖人之都耳.", <동명왕편> 「병서」. 『東國李相國集』 전집 권3.

4) 부여 건국신화인 동명신화와 고구려 건국신화인 주몽신화의 관계에 대한 그간의 연구는 이를 동일한 신화로 보는 견해와 별개의 신화로 보는 견해로 나누어져 있다.(이 문제에 대한 자세한 연구는 이복규, 「동명신화와 주몽신화의 관계에 대한 연구성과 검토」, 『국제어문』 12·13합집, 국제어문학회, 1991, pp.199~222. 참조.) 본 연구에서는 후자의 처지에서 논의를 전개한다. 본 연구에서 말하는 동명왕신화는 동명신화가 아니라 주몽신화를 가리킨다.

한 이규보 자신의 초기 인식태도에 대해서 서술하고 있다. 이에 따르면 그 당시 동명왕의 사적에 대해서는 크게 다른 두 가지 인식·수용태도가 있었음을 알 수 있다. 그 하나는 우부애부(愚夫騃婦)로 표상되는 어리석은 백성들의 인식태도이고, 다른 하나는 공자(孔子)를 선사(先師)로 받들던 유학자들의 인식태도이다. 어리석은 백성들은 동명왕의 '신이지사(神異之事)'를 진실되고 신성하다고 인식하여 많이 이야기하고 있음에 비해, 중세적 합리성을 추구하는 유학자들은 그것을 '괴력난신(怪力亂神)' 정도로 받아들여 입에 담지 않으려 했다.

(가)에서 주목되는 점은, "세상에서는 동명왕의 신이한 일을 많이 이야기한다."라고 했을 때의 '세상 사람들'은 모든 지역의 사람을 지칭하는지, 아니면 어느 특정 지역의 사람을 지칭하는지 하는 점이다. 이규보는 이에 대하여 직접적으로 말하지는 않았다. 그러나 이 점은 우부애부들이 하는 이야기를 "내가 일찍이 들어보았다.(僕嘗聞之)"라는 언급을 고려한다면, 어느 정도 짐작할 수 있다. 이규보가 <동명왕편>을 짓기 (훨씬) 이전에 설화를 들었다는 시간성과 설화를 직접 들었다는 현장성을 고려할 때, 여기에서 말한 '세상 사람'은 그가 태어난 여주지방의 사람이거나, 아니면 그가 자란 개경지방의 사람일 것이라고 생각한다.5)

(나)에서는 중국의 역사서인 『위서(魏書)』와 『통전(通典)』에는 동명왕의 일이 실려 있기는 하되 간략하여 자세하지 못하였다고 했다. 그것은 자국의 것은 자세히 서술하고 외국의 것은 간략하게 서술하려는 중국인의 자국중심주의적 서술태도에 기인한다.

『위서』는 554년에 위수(魏收)가 편찬한 북위(北魏)의 역사서이다. 북위와

5) 정구복은 "고구려 시조의 신화를 세상 사람들이 이야기할 수 있는 지역은 고구려의 문화적 전통이 강하게 존속되어 온 한강 이북 지역의 주민에 한할 것"이라는 점에서 여주지방이 아니면 개경지방이 틀림없을 것이라고 하였다. 정구복, 『한국중세사학사(Ⅰ)』(집문당, 1999), p.81.

고구려는 지리적으로 근접해 있었고 접촉이 많아서 『위서』 열전(列傳)의 「고구려전」은 분량도 중국의 다른 역사서보다 많으며 내용도 자세한 편이다. 이 책의 「고구려전」에 실린 고구려 건국신화는 그 이전의 중국의 역사서들에 실린 동명신화(東明神話)가 아니라 주몽신화(朱蒙神話)라는 점에서 주목된다. 『위서』는 중국 측의 역사서 가운데 주몽신화에 관한 한 가장 자세하고 충실한 기록이다.

이에 비해 801년에 편찬된 『통전』의 「변방 동이하 고구려(邊防 東夷下 高句麗)」에는 건국신화가 지극히 간략하게 서술되어 있다. 이 자료에는 시조의 탄생과 부여 탈출 후 고구려 건국 사실만 간략히 소개되어 있다.6)

『위서』에서 「고구려전」은 열전 속에 들어 있다. 중국의 역사서에 외국(고구려)에 대한 기록이 열전 속에 들어가 있다는 사실은 중국인의 역사관 내지는 세계관을 반영한 것이다. 고대 중국의 관념에서는 중국이 유일한 세계이며, 유일한 세계의 중심이었다. 이러한 화이론적(華夷論的) 천하관에서 보면, 중국 이외의 다른 세계, 다시 말해서 중국과 대등한 위치에 설 수 있는 외국은 존재할 수 없었다.7)

이러한 역사관 내지 세계관을 지닌 중국인의 입장에서는, 자기 나라의 성인이나 영웅은 인정하여 자세히 서술하되, 다른 나라의 성인이나 영웅의 신이한 사적은 간략하게 서술할 수밖에 없게 된다.

(다)에서는 동명왕의 신이한 일에 대한 『구삼국사(舊三國史)』 「동명왕본기(東明王本紀)」의 기록이 일반 백성들의 구술보다 자세하였다고 하였다. 그

---

6) "高句麗後漢朝貢, 云, 本出於夫餘, 先祖朱蒙. 朱蒙母河伯女, 爲夫餘王妻, 爲日所照, 遂有孕而生. 及長, 名曰朱蒙, 俗言善射也. 國人欲殺之, 朱蒙棄夫餘, 東南走, 渡普逃水, 至紇升骨城, 遂居焉. 號曰句麗, 以高爲氏.", 『通典』 제186권, 邊防 東夷下 高句麗. 『위서』와 『통전』의 고구려 건국신화에 대한 원문과 번역은 이복규, 『부여·고구려 건국신화 연구』(집문당, 1998), 이지영, 『한국 건국신화의 실상과 이해』(월인, 2000). 해당 자료 참조.
7) 이정자, 『고대 중국정사의 고구려 인식』(서경문화사, 2008), p.34.

이유로는 두 가지를 생각할 수 있다. 첫째, 구전 건국신화와 문헌 건국신화 간의 보존능력의 차이 때문이라고 생각해 볼 수 있다. 그 당시에는 건국 서 사시에서 파생되어 세속화된 구전 건국신화와 역사화된 문헌 건국신화는 서로 다른 경로로 함께 전승되고 있었다. 구전 건국신화는 건국 서사시의 소멸과 더불어 약화된 형태로 이어졌음에 비해, 장기 보존 능력을 지닌 문 헌 건국신화는 가장 후대에까지 지속적으로 전승된다.8) 둘째, 구전 건국신 화가 갖고 있는 보수성 때문이라고 생각해 볼 수 있다. 애초 건국 서사시에 는 없던 해모수(解慕漱) 신화 등이 후대에 문헌 건국신화에 습합되었으나, 구전 건국신화는 구술성이 갖는 보수성이나 전통성9) 때문에 습합된 신화를 그때그때 제대로 반영하기 어려웠을 것이다.

이규보는 역시 처음에는『구삼국사』「동명왕본기」의 기록을 믿지 않다 가 의식의 전환을 거쳐 믿을 수 있게 되었음을 고백하였다. 이렇게 의식을 전환하게 된 것은, 물론 세 번 반복하여 탐독하고 완미하는 과정을 거쳤기 때문이기도 하지만, 보다 결정적 계기는 점점 그 근원에 들어갈 수 있었기 때문이다. 여기에서 주의 깊게 생각해 보아야 할 것은 "점점 그 근원에 들 어가니(漸涉其源)"라고 했을 때, 그 '근원(根源)'이 무엇을 가리키느냐 하는 것이다. 이 '근원'을 파악하는 것은 이규보가 천하의 의식을 전환시키고자 수행한 작업을 이해하는 것과 바로 연결된다는 점에서 중요한 문제이다. 그 러나 이 점은「병서」의 언급만으로는 잘 알 수 없고, 작품 자체를 자세히 살펴야만 알 수 있을 것이다.

(라)에서는 동명왕의 신이한 일에 대한『구삼국사』와『삼국사기』의 서술 상의 차이를 말하고,『삼국사기』에 반영된 김부식(金富軾, 1075~1151)의 역

---

8) 건국 서사시, 구전 건국 서사시, 문헌 건국 서사시의 관련 양상에 대해서는, 조현설,『동 아시아 건국 신화의 역사와 논리』(문학과 지성사, 2003), pp.369~374. 참조.
9) 옹(Ong)은 구술성의 특징 중의 하나로서 보수성(전통성)을 들고 있다. 월터 J. 옹 지음・ 이기우, 임명진 옮김,『구술문화와 문자문화』(문예출판사, 1995), pp.67~69.

사관에 대해서 말하고 있다. 즉『구삼국사』는 '직필지서(直筆之書)'로서 사실 그대로 쓴 것임에 비해,『삼국사기』는 '교세지서(矯世之書)'로서 동명왕의 신이한 일을 크게 이상한 일로 여겨 대폭 생략한 것이라고 보았다. 김부식은 초인간적인 힘에 의지하는『구삼국사』의 사관에 불만을 품고, 치자(治者)가 정치적 귀감으로 삼을 만한 중세 보편적 이상을 펼쳐 보이고자 했기 때문이다. 이것은 곧 '유교적 도덕사관', 혹은 '합리주의 사관'이라고 불러도 좋을 것이다.[10)

역사서술에 대해서는 크게 보아 두 가지 견해가 있다. 그 하나는 역사는 고대의 기록을 그대로 전해야 한다는 것이고, 다른 하나는 역사는 옛날의 역사적 사실을 단순히 기록해 두는 것이 아니라 읽히는 역사로서 교훈을 주어야 한다는 것이다. 이규보는 역사서술에 대한『구삼국사』의 입장을 전자에,『삼국사기』의 입장을 후자에 연결시키고 있다. 고려 초에 편찬된『구삼국사』가 있음에도 불구하고 김부식이 삼국의 역사를 다시 쓴 것도 다 이러한 역사관의 차이 때문이다.[11) 즉 김부식은 역사는 단순히 과거의 기록을 편찬하는 것이 아니라, 후대에 교훈을 주는 것이어야 한다는 점에서 교훈적인 역사를 써야 한다고 생각했다.[12)

(마)에서는 동명왕의 신이한 일을 기록하여 후세에 전달하고자 하는 명분과 당위성을 말하고 있다. 이규보는 그것을 기록하는 당위성을 말하기 위한 방편으로 백락천(白樂天)의 <장한가(長恨歌)>를 들고 있다.

이규보는 <장한가>의 창작 동기를 일차적으로 후세에 길이 남기고자

---

10) 이기백은 김부식의 사관을 '유교적 도덕사관', 혹은 '합리주의 사관'으로 보았다. 이기백, 「삼국사기론」,『한국사학의 방향』(일조각, 1978), p.21.

11) 정구복은 김부식이 삼국의 역사를 다시 쓴 이유에 대해 역사관의 차이, 문체상의 문제, 고구려 계승 의식에서 신라 계승 의식으로의 전환 등 크게 세 가지를 들어 설명하고 있다. 정구복,『삼국사기의 현대적 이해』(서울대학교출판부, 2004), pp.12～18. 참조.

12) 김부식은 「進三國史記表」에서 장구한 역사를 가진 우리나라도 마땅히 '우리 역사'를 다시 써서 '후세의 교훈'을 삼고자 한다는 편찬동기와 목적을 밝히고 있다.

하는 '기록성'에 두고 있다. 실제 <장한가>의 창작 경위가 언급된 진홍(陳鴻)의 <장한가전(長恨歌傳)>에 의하면, <장한가>는 백락천이 왕질부(王質夫)의 권유에 따라 세상에 보기 드문 일을 윤색하여 남기지 않는다면 사라져서 세상에 전해지지 않을 것을 염려하여 지은 것이다.13)

이규보는 백락천이 방사(方士)의 '승천입지지사(升天入地之事)'가 역사기록에도 없는 '황음기탄지사(荒淫奇誕之事)'로서 뭇사람의 이목을 현혹시키는 것임에도 불구하고 후세에 보이기 위해 애써 노래를 지어 기록하였다고 하였다. 이에 비해 동명왕의 사적은 '양귀비 고사와 관련된 방사 이야기'와는 비교할 수 없을 정도로 신성한 '창국지신적(創國之神迹)'이라고 보았다.

그럼에도 불구하고 동명왕신화의 전승・전달의 상태는 어떠한가? 비록 배운 것 없는 어리석은 백성들은 동명왕신화를 '다설(多說)'하고 '능설(能說)'하고 있지만, 그들의 구술을 통해 전승되어 오는 내용은 『구삼국사』의 「동명왕본기」보다 자세하지 못하였다. 『구삼국사』의 「동명왕본기」의 기록의 전달상태는 어떠한가? 그 당시부터 벌써 『구삼국사』는 희본(稀本)이어서 접하기가 쉽지 않은 형편이었다. 이규보가 『구삼국사』를 중국의 역사서인 『위서』와 『통전』보다 뒤에 얻어 볼 수 있었다는 사실만 보더라도, 후세 사람들이 『구삼국사』를 구해 보기는 더욱 어려울 것임은 자명한 일이다. 그러므로 이규보는 동명왕신화의 온전한 내용이 인멸될 것을 두려워하여 그것을 기록하고자 시를 지은 것이다.

<장한가>에서 당현종(唐玄宗)은 양귀비가 죽은 뒤에 슬픔을 이기지 못해

---

13) "元和元年冬十二月, 太原白樂天自校書郞尉於盩厔, 鴻與瑯琊王質夫家於是邑, 暇日相携游仙游寺, 話及此事, 相與感歎, 質夫擧酒於樂天前曰. 夫希代之事, 非遇出世之才潤色之, 則與時消沒, 不聞於世. 樂天深於詩, 多於情者也. 試爲歌之如何? 樂天因爲長恨歌, 意者不但感其事, 亦欲懲尤物窒亂階, 垂戒於將來也. 歌旣成, 使鴻傳焉. 世所不聞者, 予非開元遺民, 不得知, 世所知者, 有玄宗本紀在. 今但傳長恨歌云爾.", 陳鴻, <長恨歌傳>, 王夢鷗 校釋, 『唐人小說校釋』(臺北 : 正中書局, 1983), p.108.

인공도사를 청하여 하늘과 땅을 뒤져 그 혼백을 찾고자 한다. 그러나 하늘 위, 땅 밑을 헤매던 방사는 그녀의 혼백 찾기에 실패한다.14)

　이규보가 <장한가> 중에서 특히 방사의 '승천입지지사'를 '황음기탄지사'라고 거론하고 나선 것은 <동명왕편>에 나오는 '신이지사'를 의식한 지적이다. <동명왕편>에도 '승천입지지사'와 같은 내용이 나오지만, <장한가>와는 달리 어디까지나 역사에 기록된 내용으로서 신이하다는 것이다. 즉 '해모수가 조석(朝夕)으로 천상 세계와 지상 세계를 왕래하는 대목', '해모수가 해궁에 들어가고 하늘에 오르는 장면', 동명왕이 죽은 후 하늘로 올라가는 '승천화소(昇天話素)' 등이 그 대표적인 예이다. 이규보는 <동명왕편> 본시에서 이러한 장면을 적절히 시화함으로써 고구려 건국의 신이성을 크게 부각시키고자 한 것이다.

　이규보는 <장한가>에 대해, 한편으로는

　　　<비파행(琵琶行)>과 <장한가(長恨歌)> 같은 것은 당시에 이미 중국과
　　그 주변의 나라에 이미 성하게 전하여, 악공(樂工)과 창기(娼妓)까지도 그
　　가행(歌行)을 배우지 못하는 것을 수치로 여겼으니, 만일 천근(淺近)한 사연
　　이었다면 능히 이처럼 될 수 있겠는가?15)

라고 하여 그 내용이나 문학성을 높이 평가하고 있다. 사실 <장한가>의 큰 의미는 백락천이 현종과 양귀비의 고사에 감동되어 고사 자체를 감성화하고, 주인공들의 내면세계를 진실되게 그려낸 점에 있다.16) 어쩌면 시에

---

14) <장한가>의 방사의 '승천입지지사' 대목은 다음과 같다. "하늘로 솟아 대기를 타고 번
　　개처럼 달려가, 하늘에 오르고 땅 속으로 들어가 두루 찾았네. 위로는 하늘 높은 곳까지
　　아래로는 황천까지 가 보아도, 두 군데 모두 아득하게 찾을 수 없었네. (排空馭氣奔如電,
　　升天入地求之遍. 上窮碧落下黃泉, 兩處茫茫皆不見.)"
15) "其若琵琶行長恨歌, 當時已盛傳華夷, 至於樂工娼妓, 以不學此歌行爲恥. 若涉近之辭, 能至是
　　耶.", 「書白樂天集後」, 『東國李相國集』 後集 권11.
16) 전보옥, 「중국 고전 서사시의 고사 성립 배경(Ⅳ)-<장한가>로 본 당대 서사시의 발전

뛰어난 백락천이 '희대지사(希代之事)'를 시화하여 <장한가>를 지었듯이,[17)]
동명왕의 '창국지신적'인 '신이지사'를 시화하여 <동명왕편>을 짓고자 한
이규보의 마음속에는 백락천이 <장한가>를 통해 이룩한 문학적 성과를 의
식하면서 자신의 문학적 재능을 과시하고자 한 뜻도 있었을 것이다.[18)]

(바)에서는 시를 지어 기술하여 천하 사람들로 하여금 우리나라가 본래
성인의 나라라는 것을 알도록 하고자 할 뿐이라고 하였다. 이규보가 동명왕
의 신이한 일을 시로 기술해야 한 이유는 두 가지이다. 하나는 그것을 후세
에 전하는 것이며, 다른 하나는 우리나라가 성인의 나라임을 천하에 알리는
것이다. 이러한 점은 이미 여러 연구자들에 의해 지적된 바 있어 새삼스러
운 내용은 아니다. 우리는 (바)에서 다음의 몇 가지 사실을 주목하여 살펴
볼 필요가 있다. 즉 이규보가 ① 이 시를 우리나라가 본래 성인의 나라임을
모르고 있는 '천하 사람을 대상'으로 창작하였으며, ② 천하 사람으로 하여
금 우리나라가 본래 성인의 나라라는 것을 알리기 위한 방법으로써 '시를
지어 기술'하였으며, ③ '이러한 창작 목적 외에는 별다른 목적이 없다'는
사실을 강조하고 있다는 점이다.

위의 세 가지의 문제를 차례로 살펴보자. 첫째, 여기에서 '천하(天下)'가
지칭하는 대상의 범위는 어디까지인가 하는 점이다. '천하'란 천명(天命)에
의해 지배하는 범주를 의미하는 것으로 고대 중국인의 천명사상과 깊이 관
련된 개념이다. 이러한 '천하'라는 세계 개념에 포함된 정치적 의미와 공간
적 범주는 시대의 경과에 따라 그 내용이 변해 왔다.[19)]

양상-」, 『중국어문학논집』 제28집(중국어문학연구회, 2004), p.328.

17) "質夫擧酒於樂天前曰. 夫希代之事, 非遇出世之才潤色之, 則與時消沒, 不聞於世. 樂天深於詩, 多
  於情者也. 試爲歌之如何? 樂天因爲長恨歌.", 陳鴻, <長恨歌傳>, 王夢鷗 校釋, 앞의 책, p.108.

18) 이종문은 백락천의 <장한가>를 <동명왕편> 창작에 충동을 제공한 배경적 요소의 하
  나로 들고서, '시인으로서의 역사적 소명 인식'과 '<장한가>를 '압도하려는 강렬한 문
  학적 야심'을 지적하였다. 이종문, 앞의 논문, 앞의 책, p.39.

19) 김한규, 『고대중국적세계질서연구』(일조각, 1982), pp.7~8. 참조.

그런데 천하관은 중국의 중화주의적(中華主義的) 세계관에 의한 독점적인 것이 아니었다. 고려 시대에도 그 나름의 천하관이 있었지만,[20] 이미 고구려에도 자존적(自尊的)인 천하관이 형성되어 있었다. 이 문제와 관련하여 볼 때, 5세기 전반에 쓰여진 「모두루묘지(牟頭婁墓誌)」(이하 '묘지'로 줄임)의 첫 머리의 다음 내용이 주목된다.

> 하백의 손자시요, 해와 달의 아들이신 추모성왕께서는 원래 북부여에서 나오셨다. 천하 사방이 이 나라가 최고로 성스러움을 알았다.[21]

이 인용문 끝에 나오는 "天下四方, 知此國都最聖"과 병서 (바)의 "欲使夫天下, 知我國本聖人之都耳"라는 내용은 둘 다 추모성왕(주몽)과 관련하여 '천하'의 인식이 어떠하며, 또 어떠해야 할 것인가에 대해 언급하고 있다는 점에서 일맥상통한다

'묘지'의 '천하'의 의미는 "고구려를 중심으로 한 사방의 온 세상"을 뜻한다. 즉 고구려왕의 권위가 미치는 또는 미쳐야 한다고 여기는 지역 공간이 곧 당시 고구려인들이 생각하고 있던 자신들의 천하였다.[22]

그렇다면 '묘지'에서의 '천하'와 이규보가 (바)에서 말한 '천하'는 의미상 어떠한 차이가 있는가? '묘지'에서 말한 천하는, 그 표현 방식에 따르면, 고구려가 성스러운 나라임을 아는 사방의 지역[23]이었다. 이에 비해 (바)에서 말한 '천하'는 고려가 본래 성인의 나라임을 모르고 있는 모든 대상을 가리킨다고 보아야 할 것이다. 여기에는 중국만이 천하의 중심이라는 화이론적

---

20) 고려 시대에는 크게 세 가지 천하관, 즉 화이론적 천하관·자주적 천하관·다원적 천하관이 발견된다. 노명호, 앞의 논문, p.314. 참조.
21) "河伯之孫, 日月之子, 鄒牟聖王出自北夫餘, 天下四方, 知此國都最聖□□.", 「牟頭婁墓誌」, 이복규, 앞의 책, p.96.
22) 노태돈, 「금석문에 보이는 고구려인의 천하관」, 『고구려사 연구』(사계절, 1999), pp.358~361.
23) 노태돈, 같은 글, 같은 책, p.361.

(華夷論的) 천하관을 지닌 중국 사람, 고려왕의 권위가 직접적으로 미치는 국토 안에 있으면서도 고려가 본래 성인의 나라임을 모르고 있는 지역의 사람들, 공자의 뜻에 따라 동명왕의 '신이지사'를 '괴력난신'이라고 하며 믿지 않은 중세 합리주의적 사관을 지녔던 고려 당대의 유학자 등 다양한 뜻이 담겨 있다고 보아야 할 것이다.[24]

이규보는 동명왕신화를 통해 고려가 본래 신성한 나라임을 내세우고자 하였다. 즉 <동명왕편> 서두에서 중국의 고대 신성한 사적과 동명왕신화의 신성한 사적을 나란히 비교하면서, 우리나라도 중국과 같은 신성한 나라에서 출발한 전통을 가지고 있다는 것을 주장하였다. 고려가 본래 중국과 견줄 수 있는 천하의 신성한 나라라는 관념은 고려가 천하의 중심적인 국가라는 천하관과 그대로 연결된다. 이러한 관념은 당시 고려사회에 널리 퍼져 있었던, 고려도 천하의 중심이라는 다원적(多元的) 천하관의 영향이다.[25]

둘째, "시를 지어 기술하고자 한다"는 말은 구체적으로 무엇을 의미하는가 하는 점이다. 이규보는 백락천의 <장한가>를 의식하면서 상대적으로 <동명왕편> 창작의 당위성을 강조하였다. 이규보는 백락천이 「당현종본기」와 「양귀비전」과 같은 역사서에도 없는 '황음기탄지사'를 시로 읊었다면, 자신은 '직필지서'인 『구삼국사』 「동명왕본기」에 수록된 '창국지신적'을 기술하려 하였다. 이규보는 있는 그대로의 사실을 기록하여 전하면서, 한편으로는 '천하 사람'의 의식을 전환시키기 위해서는 무엇보다 시적으로 기술하는 방법이 효과적임을 알았다.

이규보가 동명왕의 신이한 일을 후세에 전하려고만 했다면, 굳이 시라는

---

24) <동명왕편> 「병서」의 '천하'를 박창희는 "三韓 天下"로 해석하고 있으며(박창희, 「무신 정권 시대의 문인」, 『한국사』 7, 국사편찬위원회, 1984. p.274.), 이종문은 "三韓 천하를 가리키는 동시에 그야말로 온 천하를 가리키는 것"이라고 해석하였다. (이종문, 앞의 논문, 앞의 책, p.26.)
25) 노명호, 앞의 논문, p.303.

형식을 고집하지 않아도 되었을 것이다. 기록성과 전달성만을 고려한다면, 오히려 산문으로 기술하는 것이 보다 용이하며 효과적일 수 있다. 그러나 이규보는 '사실의 전달'과 천하의 '의식의 전환'이라는 두 가지 목적을 한 꺼번에 이루고자 하였다. 사실을 기록하여 전달하는 한편으로, 그 자신이 불신(不信)에서 신(信)으로 의식을 전환한 것처럼 천하의 의식도 불신(不信) 에서 신(信)의 상태로 전환시키고자 한 것이다. 그러면서 사실의 믿음에서 나아가, 믿음에 따른 사실의 이해와 재해석을 통해 천하의 의식을 무지(無 知)에서 지(知)의 상태로, 불각(不覺)에서 각(覺)의 상태로까지 끌어올리고자 하였다.

셋째, 과연 이처럼 겉으로 내세운 창작 목적 외에 다른 목적은 없는가 하 는 점이다. 진홍은 백락천이 <장한가>를 지은 것에 대해 "그 이야기(당현 종과 양귀비의 이야기)에 감동해서이기도 하지만, 빼어난 미인들에 대해 경 계하고, 미혹함을 막아서 장래 이런 일에 대해 경계하려 함이다."[26]라고 하 였다. 진홍의 <장한가전>도 양면적 성격을 지닌다. 이 작품은 "보는 각도 에 따라 애정류(愛情類)나 역사고사류(歷史故事類)에 속한다. 바로 애정만이 주제로 다루고 있을 뿐 아니라 통치자의 황음무치(荒淫無恥)한 생활을 폭로 했기 때문이다."[27]

<장한가>와 <장한가전>이 통치자들이 미인에 의해 미혹됨을 경계하거 나 그들의 황음(荒淫)을 폭로하고 있다는 점은 <동명왕편>을 창작할 당시 의 이규보의 심리를 이해하는 데 시사하는 바 있다. 이규보는 <동명왕편> 끝에서 "이제야 알겠다 수성군(守成君)은, 신고한 땅에서 작은 일에 조심하 여, 너그럽고 어짐으로써 왕위를 지키고, 예(禮)와 의(義)로써 교화해야 한

---

26) "樂天因爲長恨歌, 意者不但感其事, 亦欲懲尤物窒亂階, 垂戒於將來也.", 陳鴻, <長恨歌傳>, 王夢鷗 校釋, 앞의 책, p.108.
27) 허세욱, 『중국고대문학사』(법문사, 1986), p.412.

다."[28]라고 하였다. 이 말은 너그럽고 어질지 못한 당대의 군왕[29]을 간접적으로 비판한 것이라고 할 수 있다.[30]

　이상에서 「병서」를 검토한 바를 기술성과 관련하여 정리하여 보자. 이규보는 동명왕의 일이 인멸될 것을 두려워하여 기록하여 전하는 한편으로 천하 사람들로 하여금 우리나라가 성인의 나라임을 알도록 하였다. 그리고 작품의 문면에 크게 드러난 것은 아니지만, 너그럽고 어질지 못한 당대의 군왕을 간접적으로 비판하려는 목적도 가지고 있었다. '사실의 기록', '의식의 전환', '현실 비판' 등을 한 작품에서 한꺼번에 실현하는 것은 그리 쉬운 작업이 아니다. 그러므로 이규보는 <동명왕편>에서 이상의 목적을 달성하기 위해 글쓰기의 기술성을 적극 의식하였을 것이라고 본다.

3. <동명왕편>의 기술성의 의미

　여기에서는 <동명왕편>의 기술성(記述性)이 갖는 의미를 생각해 보기로 한다. 이 점은 두 가지 측면에서 살필 수 있다. 첫째는 구술적인 말하기(oral speech)와의 비교를 통해서이다. 「병서」(가)에서, 세상에서는 동명왕의 '신이지사(神異之事)'를 많이 말하고, 심지어 배운 것 없는 미천한 백성들까지도 능히 그 일을 얘기할 수 있다고 했다. 일자무식꾼들도 얼마든지 자연스

---

28) "乃知守成君, 集蓼戒小毖, 守位以寬仁, 化民由禮義.", <동명왕편> 277구~280구, 『동국이상국집』 전집 권3.

29) 이규보는 <동명왕편>을 26세 되던 1193년(명종 23년)에 지었다. 『고려사』의 많은 자료를 살펴도 明宗의 善政은 별로 찾을 수 없는 반면에, 태황무능한 모습만이 다수 드러난다. 박창희, 앞의 논문, pp.184~187. 참조.

30) 이규보는 <동명왕편>을 지은 다음 해에 <開元天寶詠史詩> 「병서」에서 "그 당시 善惡이 다 임금의 영도에 의한 것(其時善惡, 皆上化之漸染)"이라고 하여 당시의 타락상의 모든 책임을 군왕에게 돌리고 있다. 이 시에서는 당현종의 사치와 퇴폐행위 등 구체적인 사실을 빌려 와 고려의 문제를 간접적으로 비판하고자 하였다.

레 동명왕의 '신이지사'를 구술로 말할 줄 안다는 말이다. 그들이 자부심과 긍지를 갖고 동명왕의 이야기를 할 때, 그 밑바탕에는 동명왕의 '신이지사'에 대한 믿음이 깔려 있다. 이규보는 그들이 벅찬 감격으로 자랑스럽게 이야기하는 것을 많이 들었지만, '괴력난신(怪力亂神)'을 말하지 말라는 공자님의 말씀에 따라 믿지 않았다고 하였다. 이 말은 일차적으로 중세적 합리성을 추구하는 유학자들의 입장을 대변한 것이다. 그러나 한편으로 이 말은 구술로 하는 말하기는 그것이 아무리 유창하고 다변적인 말하기라 하더라도, 그러한 이야기만으로는 세계관·역사관이 다른 청자의 의식을 전환시키기는 어렵다는 것을 지적하는 것이 된다. 특히 인간의 의식을 '불신'에서 '믿음'의 상태로 전환시키기 위해서는 쓰기(writing)가 요청된다.

둘째는 기술물과의 비교를 통해서이다. 그러면 『구삼국사』의 「동명왕본기」는 쓰기(writing)에 의한 것이 아니고 무엇인가? 물론 쓰기는 쓰기이다. 그러나 문자로 쓰여졌다고만 해서 인간의 의식을 전환시킬 수는 없다. 이 단계의 쓰기는 인간의 의식을 효과적으로 전환시킬 수 있는 정도의 쓰기는 아니다. 이규보는 세상에서 얘기한 것보다 신이한 일이 많이 기록되어 있는 『구삼국사』의 「동명왕본기」를 읽어 보고도 처음에는 믿지 못하고 귀(鬼)나 환(幻)으로만 생각하였다고 했다. 그 후 세 번 반복하여 탐독하고 완미하여 점점 그 근원에 들어가니 환(幻)이 아니고 성(聖)이며, 귀(鬼)가 아니고 신(神)이었음을 알게 되었다고 했다. 인식의 전환을 이루기란 그만큼 어려운 것이다. 특히 그 '근원'은 많이 읽어 본다고 해서 쉽사리 찾아낼 수 있는 것은 아니라고 보았다. 이규보는 동명왕의 '신이지사'에 대해 독자들로 하여금 의식의 전환을 이루도록 하자면 그만한 기술이 있어야 할 것이라고 본 것이다.

이러한 점과 관련하여, 쓰기를 하나의 기술(技術)이라고 본 옹(Ong)의 견해31)를 살펴보자. 그는 "쓰기는 의식을 재구조화한다. 쓰기는 하나의 기술이다."라는 명제를 설명하면서, 쓰기는 인간의 의식을 내적으로 변화시켜 주는 하나의 인공적 기술(技術)이지만, 이 기술도 적절한 방식으로 내면화된 다면 인간생활의 가치를 높여준다고 하였다. 옹의 말은, 인간의 의식을 변화(전환)시키기 위해서는 백 마디의 말보다 인공적이지만 고도로 내면화된 쓰기[記述]의 기술(technology)이 요구된다는 사실을 지적한 것이다.

필자는 이규보가 <동명왕편>의 「병서」의 끝에서, "그러므로 시를 지어 기술하여 무릇 천하로 하여금 우리나라가 본래 성인(聖人)의 나라라는 것을 알도록 하고자 할 뿐이다."라고 한 말을, 옹(Ong)의 견해와 관련하여 이해하고자 한다. 이규보는 천하를 향해 "우리나라는 본래 성인의 나라"라는 사실을 아무리 설파한다고 하더라도 그들의 의식을 전환시키기 어렵다는 것을 알고서 시적 기술(장치)을 통해 그들의 의식을 전환시키고자 하였다. 그러므로 동명왕의 '신이지사'에 대한 믿음과 그에 따른 의식의 전환은 본격적인 쓰기인 <동명왕편>에 와서야 이루어진 것이라고 보겠다.

<동명왕편>의 기술성을 해명하는 작업은 일차적으로 「병서」에서 밝힌 이러한 목적을 달성하기 위해 어떠한 장치적인 면을 채택하고 있는지를 살펴보는 것이 될 것이다. 천하 사람들로 하여금 우리나라가 본래 성인의 나라라는 사실을 믿도록 하자면, 그들의 의식을 전환시킬 수 있는 배려를 해야 할 것이다.

그러므로 본 연구에서는 이규보가 작품을 전체적으로 구성하고, 시적으로 표현하는 과정에서 천하 사람의 의식을 전환시키기 위해 어떠한 배려를 하고 있는가를 살펴보고자 한다. 시적 표현, 작품의 구성 등을 포함한 <동명왕편>의 기술성은 나라심한(R. Narasimhan)이 말한 기술성의 층위에서 살필 수 있겠다. 나라심한은 기술성의 층위를 실제적인 차원에서 보다 자세하

---

31) 월터 J. 옹, 앞의 책, pp.128~130. 참조

게 세 가지로 나누었다. 즉 문자를 읽고 쓸 줄 아는 상태의 기술성, 글을 쓸 때에 작용하는 기술성, 하나의 텍스트를 구성할 때에 작용하는 기술성으로 구분하고 있다.[32] 이것을 달리 말하자면, 첫 번째의 경우는 어떠한 사실을 전달하고자 하는 글쓰기로, 두 번째의 경우는 작자의 인식체계를 적절히 표현하고자 하는 글쓰기로, 세 번째의 경우는 의도적인 글쓰기를 위해 텍스트를 전체적으로 구성하는 것이라고 할 수 있을 것이다.

필자는 기술성의 층위를 나라심한의 견해에 따라 세 가지로 나누되, 순서에 따라 '기록을 통한 기술성', '표현을 통한 기술성', '구성을 통한 기술성'이라고 구분해 부르고자 한다. 기술성의 층위라는 측면에서 볼 때, <동명왕편>은 한 작품 속에 세 가지 층위를 모두 포괄하는 특징적인 작품이다. 이제 이러한 세 가지의 면을 살펴보자.

(1) 기록을 통한 기술성

이규보가 <동명왕편>을 창작한 동기 중의 하나는 『구삼국사』의 「동명왕본기」에 전해 오는 동명왕의 '신이지사'가 인멸될 것을 두려워하여 그것을 기록하여 후세에 전하고자 해서이다. 그것을 기록하게 된 과정을 살펴보자.

이규보는 「병서」에서 동명왕의 '신이지사'에 대한 『구삼국사』의 「동명왕본기」의 기록이 어리석은 백성들이 구술하는 것보다 자세하였다고 하였다. 배운 것 없는 미천한 신분이어서 문자문화와 접촉할 기회가 없는 우부애부(愚夫騃婦)들조차 능히 동명왕의 신이한 일을 이야기하고 있지만, 그들이 하는 이야기는 고대 건국신화로서의 동명왕신화의 온전한 모습을 지니기 어렵다. 옹(Ong)이 말한 것처럼 구술사회에서는 여러 세대에 걸쳐서 끈기 있게 습득된 것을 몇 번이고 말하는 데에는 대단한 에너지가 투입되지

---

32) R. Narasimhan, 'Literacy : its characterization and implications', 김현주, 앞의 책, p.18.에서 재인용.

않으면 안 되기 때문이다.[33) 이러한 사실로 인해 구전되는 이야기의 내용은 기록되어 전해 오는 내용과 차이를 지닐 수밖에 없다.

그렇다면 우부애부들이 구술한 것보다 더 자세하다는『구삼국사』의「동명왕본기」의 '신이지사'는 구체적으로 어떤 내용을 가리키는가? 또 김부식이 '합리적인 역사 인식'에 의해『삼국사기』에서 생략한 것은 어떤 내용일까? 이 두 가지 내용은 큰 차이가 없을 것이라고 생각하는데, 고구려 건국신화의 주요 신격인 해모수(解慕漱)를 대상으로 이 점에 대해 생각해 보자.

해모수신화는 부여의 한 갈래로서 새로운 국가를 건설한 고구려가 후발국가로서의 정통성을 내세우기 위해 채택한 부여족 공통의 원초적 신화가 아닌가 추측할 수 있다.[34) 이러한 해모수는「광개토왕비문」이후부터『삼국사기』이전의 어느 시점에 필요에 따라 고구려 건국신화 체계 속에 편입되었을 가능성이 있고, 그것이 고구려 소멸 이후 고려 초에 편찬된『구삼국사』에 수용되었을 것이라고 본다. 이처럼 지배층의 이데올로기적 의도에 따라 설화적 요소들의 과감한 습합을 통해 기존의 신화의 재구성이 이루어지는 과정에서 해모수 전승도 편입되었으리라 본다.[35)

문헌 건국신화에는 습합된 설화의 모습이 반영되기 쉽겠지만, 구전 건국신화에는 구술성이 갖는 보수성이나 전통성 때문에 습합된 신화가 그때그때 반영되기 어려울 것이다. 그러므로 우부애부들이 말하는 동명왕신화는 해모수신화가 습합되기 전의 원초적인 모습을 상당히 유지하고 있을 가능성이 크다. 이에 비해 고려 초의『구삼국사』의「동명왕본기」에는 습합된 해모수신화가 제대로 수용되어 있었던 것이다. 이러한 이유들로 해서, 어리석은 백성의 구술과『구삼국사』의「동명왕본기」사이에 '신이지사'의 양적

---

33) 월터 J. 옹, 앞의 책, p.67.
34) 박일용, 앞의 논문, 앞의 책, p.455.
35) 조현설, 앞의 책, pp.263~265.

인 차이가 있게 된 것이다.

김부식은 국사를 '중찬(重撰)'한 동기로서 "『고기(古記)』에는 글이 거칠고 사적의 누락이 많음"[36]을 내세우고 있지만, 중찬의 동인은 이 외에도 있다. 김부식의 『삼국사기』에 와서는 신화 인식, 혹은 신이에 대한 인식이 크게 변하였으며, 이러한 '합리적인 역사 인식'도 '중찬'의 동인이 되었을 것으로 본다.

그 당시의 유학자들은 우부애부들이 말하는 동명왕의 '신이지사'를 두고 "괴력난신을 말하지 않는다.(不語怪力亂神)"라고 하면서 그 신이성을 '회의(懷疑)'한다. 이러한 회의의 결과, 고려 초에 『구삼국사』의 「동명왕본기」를 통해 일단 완결된 건국신화가 '특별한 의도'의 개입에 의해 다시 변이를 일으킨다. '중찬'이 갖는 의미를 의도에 따른 변형이라는 점에서 이해할 수 있을 것이다. 이에 따라 이규보가 지적한 것처럼, 『삼국사기』는 『구삼국사』를 그대로 수용하지 않고 '신이지사'를 간략히 하는 방향으로 축소했다. 이러한 이규보의 지적은, 역으로 김부식이 과소평가한 '신이지사'를 『구삼국사』를 근거로 복권하겠다는 뜻으로 읽힌다.

『구삼국사』의 「동명왕본기」의 기록을 5언 고율(古律)의 <동명왕편>에 어떻게 담아 전할 것인가? 기록성에 대한 이규보의 고심은 『구삼국사』의 「동명왕본기」를 <동명왕편>에 주(註)의 형태로 담음으로써 실현된다.[37]

오늘날 국문학계나 국사학계에서는 <동명왕편>에 부기된 세주(細註)의 내용은 현재 전하지 않는 『구삼국사』의 「동명왕본기」의 원모습과 거의 같을 것이라고 보고 있다.[38] 이러한 입장에서 <동명왕편> 세주에 인용된 『구삼

---

36) "古記, 文字蕪拙, 事迹闕亡.", 「進三國史記表」, 『東文選』 권44.
37) 김승룡은 <동명왕편>이 시와 함께 自註를 포함한 형태로 창작되어지는 데엔 나름의 창작상의 고민이 깔려 있다고 보았다. 그리고 <동명왕편>의 註의 기능에 대해, "의미의 정확한 전달과 왜곡의 방지"에 있다고 보고, 이것을 시적 진실성의 문제로 이해하였다. 김승룡, 앞의 논문, pp.29~33.

국사』의 내용은 귀중한 사료로 받아들여지고 있다. 그러나 한편으로 이규
보 정도의 문장력과 자존심이라면 그 원문을 <동명왕편> 산문부에 그대로
옮기지는 않았을 것이라는 전제하에, <동명왕편>의 산문부는 이규보가 구
비·문헌에서 널리 수집·정리한 결과를 조정·집성하여 기술한 이규보의
문장이요, 그의 창작이라 하여 무방할 것이라는 견해39)도 제기되었다.

그러나 『구삼국사』가 당대에 벌써 희본(稀本)이 되었다고는 하나, 그 책
을 '직필지서'라고까지 한 이규보로서는 거기에 실린 「동명왕본기」를 놓아
두고, 구비·문헌의 자료를 모두 망라하여 자기의 문장으로 별도의 <동명
왕전>을 창작하여 <동명왕편>에 부기하지는 않았을 것이다.

(2) 표현을 통한 기술성

이규보는 <동명왕편>에서 『구삼국사』의 「동명왕본기」의 내용을 주(註)
로 부기하는 방법, 즉 '기록을 통한 기술성'에 의해 창작목적의 한 가지를
달성하였다. 이제 이규보는 <동명왕편> 본시를 지음에 더 이상 기록성에
연연할 필요가 없어졌다. 이에 따라 시적 표현에 있어서도 보다 자유로워지
면서 천하 사람들의 의식을 전환시키기 위해 다양한 표현을 시도할 수 있
게 되었다. 이규보는 산문을 단순히 시화하지도 않았으며, 표현상의 어려움
때문에 주(註)로 처리하지도 않았던 것이다.40)

<동명왕편>의 표현성을 이해하기 위한 전단계의 작업으로서, <동명왕

---

38) 박두포는 <동명왕편>의 分註들을 輯錄하여, 그 가운데 동명왕 설화가 아닌 내용을 제
외하는 한편, 이음이 잘 안되는 대목을 보완해 「동명왕본기」의 복원을 시도한 바 있다.
박두포, 앞의 논문, pp.8~13. 박두포의 복원본은 동명왕 설화의 원모습과 큰 차이가 없
을 것으로 생각된다.

39) 사재동, 「<동명왕편>의 희곡적 성격」, 『고전희곡연구』 제1집, (한국고전희곡학회, 2000),
p.126.

40) 선행 연구에서는, <동명왕편>은 산문으로 된 동명왕신화를 五言古律의 형식으로 바꾸
어 놓은 것에 지나지 않으며, 시로 표현하기 적합하지 않거나 곤란한 부분을 註로 처리
했다고 해석하기도 하였다. 신용호, 앞의 논문, p.60.

편> 본시에는 『구삼국사』의 동명왕 설화가 어느 정도 수용되어 있는지를
살펴보는 것도 의미가 있다. 이종문은 <동명왕편>에서 동명왕 설화를 수
용한 비율을 인물별로 살핀 결과, "동명왕 설화 가운데 해모수와 관련된 것
은 높은 비율로 작품 속에 수용하고 있으면서도 정작 주인공인 동명왕의
경우는 그 수용 정도가 해모수의 경우보다 현저하게 떨어지고, 유리왕은 거
의 무시되고 있다."41)라고 하였다. 이어서 이종문은 이규보가 <동명왕편>
에서 동명왕 설화를 선택하고 서술하는 방향은, 현실 세계에서 일어날 수
있는 합리적인 일보다 초월적이고 비현실적인 신적(神迹)에 선택의 초점을
맞추고 있으며, 고구려 창국의 신이성을 크게 강조하는 쪽이라고 하였다.42)
이처럼 신이성이 강한 해모수의 비중이 높은 것은 천손으로서의 동명왕의
'혈통'이 그만큼 고귀함을 강조하기 위해서이다.

　해모수의 신이(神異)는 <동명왕편> 본시에 충실하게 수용되고 표현된다.
그 예로서 하백과 해모수 간의 변신경쟁 대목을 들어보자. 하백이 허락도
없이 자신의 딸을 취한 방자한 해모수에게 "왕이 천제의 아들이라면, 무슨
신이(神異)가 있는가?(王是天帝之子, 有何神異)"라고 묻고서 서로 간 변신경쟁
을 벌이게 된다. 하백이 잉어로 변하자 해모수는 수달로, 하백이 다시 사슴
이 되자 해모수는 승냥이로, 하백이 꿩이 되자 해모수는 매로 변신하여 승
리한다. 이 변신경쟁 장면은 <동명왕편>에서 가장 다채롭고 역동적인 부
분인데, 본시에는 동명왕 설화를 충실히 수용하여 표현하고 있다. <동명왕
편>에서 보이는 이러한 신이(神異)는 "천손(天孫)의 정체성을 확증하는 표
징"43)으로서 작동된다.

　해모수에 대해서는 위에서 언급한 것과 같은 충실한 표현만 있는 것은

---

41) 이종문, 앞의 논문, 앞의 책, p.43.
42) 이종문, 같은 논문, 같은 책. 같은 곳.
43) 박성지, 앞의 논문, p.281.

아니다. 이와는 다른 표현양상들이 보이는데, 먼저 관련기록44)을 제시한 다음, 대비·고찰해 보자.

1 漢神雀三年壬戌歲, 天帝遣太子, 降遊扶餘王古都, 號解慕漱, 從天而下, 乘五龍車, 從者百餘人, 皆騎白鵠, 彩雲浮於上, 音樂動雲中, 止熊心山, 經十餘日始下, 首戴烏羽之冠, 腰帶龍光之劍, 朝則聽事, 暮卽升天, 世謂之天王郞. (한나라 신작 3년인 임술년에 천제가 태자를 보내어 부여왕의 옛 도읍에 내려와 놀았는데 이름은 해모수였다. 하늘에서 내려오는데 오룡거를 타고 따르는 사람 1백여 인은 모두 흰 고니를 탔다. 채색 구름은 위에 뜨고 음악 소리는 구름 속에서 울렸다. 웅심산에 머물렀다가 10여 일이 지나서 내려어는데 머리에는 오우관을 쓰고 허리에는 용광검을 찼다. 아침에는 정사를 듣고 저물면 곧 하늘로 올라가니 세상에서 천왕랑이라 일컬었다.)

2 其舊都, 有人不知所從來, 自稱天帝子解慕漱, 來都焉. (그 옛 도읍에는 어디에서 왔는지 알지 못하는 사람이 자칭 천제의 아들 해모수라고 와서 도읍하였다.)

3 漢神雀三年　　한나라 신작 삼년
孟夏斗立巳　　첫여름에 북두가 사방을 가리킬 때,
海東解慕漱　　해동 해모수는
眞是天之子　　참으로 하느님의 아들인데,
初從空中下　　처음 공중에서 내려오는데
身乘五龍軌　　자신은 다섯 용의 수레를 타고,
從者百餘人　　따르는 사람 백여 명은
騎鵠紛襂襹　　고니를 타고 깃털 옷을 화려하게 입었는데,
淸樂動鏘洋　　맑은 풍악 소리 쟁쟁하게 울리고
彩雲浮旖旎　　채색 구름은 뭉게뭉게 떴다.
自古受命君　　옛날부터 천명을 받은 임금이
何是非天賜　　그 누가 하늘에서 내려주심이 아니리요마는,
白日下靑冥　　대낮 푸른 하늘에서 내려온 것은

---

44) 1은 <동명왕편> 細註, 즉 『구삼국사』의 「동명왕본기」를, 2는 『삼국사기』 고구려본기 제1, 「시조 동명성왕」을, 3은 <동명왕편>의 본시를 가리킨다.

從昔所未視	옛적부터 보지 못한 일이네.
朝居人世中	아침에는 인간 세상에서 살고
暮反天宮裡	저녁에는 천궁으로 돌아간다.
吾聞於古人	내 옛사람에게 들으니
蒼穹之去地	하늘에서 땅까지의 거리가
二億萬八千	이억만 팔천
七百八十里	칠백 팔십 리,
梯棧躡難升	사다리로도 오르기 어렵고
羽翮飛易瘁	날개로 날아도 쉽게 지치는데,
朝夕恣升降	아침저녁 마음대로 오르내리니
此理復何爾	이러한 이치가 어찌 다시 있을까.

이상은 해모수가 하강하는 대목이다. ①에서는 해모수가 천제의 아들이며 하늘에서 내려 왔다고 하여 해모수의 신성성을 믿으면서 그의 출처를 분명히 밝히고 있다. 이에 비해 ②에서는 "어디서 왔는지 알 수 없는 사람(有人不知所從來)"이라고 하여 그 출처에 대해서 의문을 제기하고 있을 뿐 아니라, "자칭 천제의 아들(自稱天帝子)"이라고 하여 해모수의 신성성을 객관적으로 인정하려 들지 않는다. 이러한 사실은 해모수의 하강 부분을 대폭 생략하고 있다는 점에서 상(詳)과 약(略)⁴⁵⁾의 문제일 수도 있으나, 해모수를 일개 떠돌이 정도로 묘사함으로써 그의 신성성을 아예 무시하고 있다는 점에서는 신(信)과 불신(不信)의 문제로 귀착된다. 그러므로 해모수의 신성성을 믿고 있는 이규보로서는 그것을 믿고 있는 ①만이 아니라 불신(不信)하고 있는 ②까지를 접했기 때문에, 단지 ①을 시화(詩化)하는 데 그칠 수만은 없었을 것이다. ②의 불신의 태도를 불식시키면서 ①의 태도를 드러내자면, ① 이상의 그 무엇이 필요했을 것이다. ③의 밑줄 친 부분만큼 작자의 주

---

45) "金公富軾, 重撰國史, 頗略其事, 意者公以爲國史矯世之書, 不可以大異之事, 爲示於後世, 而略之耶.", <동명왕편> 「병서」, 『동국이상국집』 전집 권3.

관적인 입장을 첨가하고 있는 것이다. 해모수의 신성성이 확보될 때 동명왕
의 신성성도 그만큼 확고해질 수 있는 것이니, 이와 같이 주관이 첨가된 표
현도 결국은 동명왕의 신성성에 대한 믿음의 표현인 것이다.

> 1 王謂左右曰, 得而爲妃, 可有後胤. (왕이 좌우의 신하에게 "얻어서 왕
> 비를 삼으면 후사를 둘 수 있다."라고 하였다.)
> 2 時有一男子, 自言天帝子解慕漱, 誘我於熊心山下, 鴨綠邊, 室中私之, 卽
> 往不返. (한 남자가 나타나, 제 말로 천제의 아들 해모수라 하고, 나를 웅심
> 산 밑 압록 가의 집 속으로 유인하여 사욕을 채운 후 곧 가서 돌아오지 않
> 았다.)
> 3 王因出獵見　　왕이 나가서 사냥하다 보고
> 　　目送頗留意　　눈길을 보내어 자못 마음에 두니
> 　　玆非悅紛華　　이는 곱고 아름다운 여인을 좋아해서가 아니라
> 　　誠急生後嗣　　진실로 후사 얻는 것이 급했기 때문이네.

　이상은 해모수가 웅심연 가에서 놀고 있는 하백의 장녀 유화를 만나는
대목이다. 1은 해모수가 유화를 보자 곁에 있던 신하에게 말한 부분이고,
2는 해부루왕 금와가 유화를 만나 내력을 묻자 유화가 대답한 것 중의 일
부분인데, 1과 2는 판이하다. 1에서의 해모수는 유화를 보자 왕비(王妃)
를 삼아 후사(後嗣)를 얻고자 하는 천왕랑(天王郞)의 모습으로 묘사되어 있음
에 비해, 2에서의 해모수는 유화를 유인하여 단지 사욕을 채우기에 급급
한 치한 정도로 묘사되어 있다. 사욕을 채운 뒤에는 여자를 버리고 어디론
가 가서는 돌아오지 않는 2의 해모수에게서는 윤리·도덕의식이라고는
찾아볼 수 없다.

　이처럼 1에서는 해모수의 신성성이 인정되고 있음에 비해, 2에서는
"자칭 천제의 아들 해모수라고 한다.(自言天帝子解慕漱)"라고 되어 있어 신성
성이 여지없이 부정되고 있다. 2에서처럼 해모수의 신성성이 훼손되는 것

은 결과적으로 동명왕의 신성성이 훼손되는 것이니, ②를 읽어 본 이규보로서는 ①을 시화하는 데 그칠 수는 없었을 것이다. ①을 시화하되, ②의 내용을 부정할 필요성을 느꼈을 것이니, ③에서 "곱고 아름다운 여인을 좋아해서가 아니라, 진실로 후사 얻는 것이 급했기 때문이네."라고 부연함으로써 해모수의 신성성이 훼손되는 것을 막고자 했을 것이다. 이것은 동명왕의 탄생과 직접 관련된 것이기에, ③에서의 부연은 동명왕의 신성성을 애초부터 확실히 하고자 하는 믿음의 표현인 것이다.

(3) 구성을 통한 기술성

이규보는 「병서」에서, 『구삼국사』의 「동명왕본기」를 읽고서도 처음에는 그 신성함을 믿지 않다가 나중에 믿게 되었다고 고백하였다. 이와 같이 이규보가 의식을 전환하게 된 결정적 계기는 그 근원에 들어갈 수 있었기 때문이다. 그러므로 이규보가 "점점 그 근원에 들어갔다.(漸涉其源)"라고 했을 때의 '근원'이 무엇인가를 파악하는 것은 이규보가 천하 사람의 의식을 전환시키기 위해 수행한 작업을 이해하는 것과 직결된다는 점에서 중요한 문제이다.

결론부터 미리 말하자면, 이규보는 「동명왕본기」를 세 번 반복하여 탐독하고 완미하는 과정에서 동명왕의 일생이 '성인(聖人)의 일생(一生)'의 전형성(典型性)과 부합함을 알게 되었다는 것이다. 필자는 이규보가 「병서」에서 말한 그 '근원'을 바로 이러한 점으로 이해하고자 한다. 이규보는 '성인의 일생'의 전형성을 ① 신이한 징표→ ② 신이한 탄생→ ③ 신이한 행적→ ④ 신이한 승천의 연쇄체로 파악한 것 같다. '성인의 일생'의 전형성에 비추어 볼 때, 동명왕의 일생이 거기에 부합함을 알았다는 것이다. 이때 ① '신이한 징표'는 해모수를 통해, ② '신이한 탄생'은 유화가 해를 품고 주몽을 낳는 것을 통해, ③ '신이한 행적'은 동명왕의 신이한 여러 행적을 통해, ④ ‘신이한 승천’은 동명왕이 “하늘에 오르고 내려오지 않으니, 이때 나이 40이었다.(王升天不下, 時年四十)”라는 기록을 통해 알게 된 것이다.

문제는 동명왕의 일생이 ‘성인의 일생’과 부합하므로 동명왕 또한 성인 이라는 사실을 어떻게 나타내느냐 하는 점이다. 해모수의 경우처럼, 적절한 대목에서 이상의 내용을 언급하는 등의 여러 가지 방법이 가능할 수 있을 것이다. 이규보는 ‘구성을 통한 기술성’의 차원에서 이 점을 수행하고자 하였다. 이제부터 <동명왕편>의 구성에 대해서 살펴보자.

<동명왕편>은 우리 민족 최초의 장편서사시라고 평가되고 있지만, 작품 전체가 서사로 일관하고 있는 것은 아니다. 작품의 앞과 뒤에는 상당한 분량의 비서사적 부분46)이 있다. 작품의 앞에는 중국 신화시대 여러 제왕들의 신이한 일이 언급되어 있다. 이른 시기에 장덕순이 <동명왕편>의 구성에 대해 언급47)한 이후, 여러 연구자들이 이 견해를 답습하거나 아니면 나름대로 작품을 분장(分章)해 보고자 하였지만, 이 비서사적 부분에 크게 관심하지 않았다.

이 부분을 “중원문화가 그려온 우주창조와 창세기적 신화”라고 하면서, 짙은 민족의식을 갈구하고 있는 <동명왕편>에서 이와는 상이하게 민족사의 여명을 중국에 기탁하고 있는 것은 모순이며, 그것은 조상대대 전수되던 고유신화를 다시 찾을 수 없어 어쩔 수 없이 한인(漢人)의 창세기를 역사의 시발 앞에 끌어다 놓을 수밖에 없었다48)고 해석하기도 하였다. 그러나 이러한 해석은 작품 앞의 비서사적 부분을 피상적으로 본 데서 나온 것이다.

---

46) <동명왕편>의 서사부분은 ‘해모수 → 동명왕 → 유리’의 3대기에 국한될 뿐, 그것의 앞 뒤에 있는 각 부분은 서사성을 지니지 않는 비서사적 부분이다.

47) “이것은 영웅 동명왕의 탄생 이전의 계보를 밝히는 序章과, 동명의 출생으로부터 그의 입국, 종말까지를 묘사한 本章과 그리고 사업을 계승한 유리왕의 즉위까지의 경로 및 작자의 소감을 부연한 終章의 三部로 구성된 서사시이다.”, 장덕순, 앞의 논문, 앞의 책, p.325.

48) 황순구, 앞의 책, pp.94~95.

1구부터 18구까지는 중국 신화시대 여러 제왕들의 개인의 단면을 제시하고 있을 뿐으로 서사성을 지닌 부분은 아니다. 그러나 이 부분을 의미상으로 4개의 단락으로 나누어 파악하면, 그 전체는 하나의 연쇄체가 된다. 1구~18구는 4개의 단락으로 나누어 볼 수 있다. 1구~6구는 천(天)·지(地)·인(人) 삼황(三皇)을 위시한 제왕들의 탄생 전의 '신이한 징표'를 나타낸 부분이고, 7구~10구는 여절과 여추가 별에 감응되어 소호와 전욱을 낳는 '신이한 탄생'을 나타낸 부분이고, 11구~16구는 복희·수인·신농·우임금 등이 이룩한 '신이한 행적'을 나타낸 부분이고, 17구~18구는 황제가 용을 타고 오르는 '신이한 승천'을 나타낸 부분이다. 그러므로 1구~18구는 ① 신이한 징표→ ② 신이한 탄생→ ③ 신이한 행적→ ④ 신이한 승천의 네 단계의 연쇄체로 정리된다. 이 ①→④로의 연쇄는, 이규보가 중국과 우리나라의 신화시대 성인(聖人)의 삶과 그들 전기(傳記)의 전형성(典型性)을 어떻게 이해하고 있는지를 말해 준다. 이규보는 개인의 삶의 집합을 하나의 연쇄체로 받아들여 그가 이해한 '성인의 일생'의 전형을 제시하고 있는 셈이다.

그러므로 이규보가 「병서」에서 "세 번 반복하여 탐독하고 완미하여 점점 그 근원에 들어가니, 환(幻)이 아니고 성(聖)이며, 귀(鬼)가 아니고 신(神)이었다."라고 고백하게 된 것은, 먼저 성인의 일생의 전형성을 생각하고 동명왕의 일생이 성인의 일생과 부합한다는 사실을 알게 되었음을 말하는 것이라고 본다. 그렇다면 1구~18구는 "점점 그 근원에 들어갔다.(漸涉其源)"라고 했을 때의 '근원'에 해당되는 것이다.

필자는 <동명왕편>의 비서사적 부분은 잡박한 것이 아니라 각 부분 마다 일정한 의미를 지니며 상호 대응관계에 있다고 보았다. 먼저 작품 머리에 나오는 비서사적 부분(1구~24구)을 크게 두 부분, 즉 ① 중국 상고 신화시대 여러 제왕의 신이한 일을 언급한 부분(1구~18구), ② 작자의 소감을 피력한 부분[이 부분은 다시 과거의 긍정적인 상황에 대한 것(19구~20구)과 과거의 부정적 상황에 대한 것(21구~24구)로 나뉜다.]으로 나누었다.

그리고 서사부분에 이어서 나오는 비서사적 부분(249구~282구)은 크게 네 부분, 즉 ① 「병서」의 내용을 시화(詩化)한 부분(249구~260구), ② 중국 한대 여러 제왕의 신이한 일을 언급한 부분(261구~272구), ③ 작자의 소감을 피력한 부분[이 부분은 다시 과거의 긍정적인 상황에 대한 것(273구~274구)과 과거의 부정적인 상황에 대한 것(275구~276구)으로 나뉜다], ④ 작자가 기대하는 미래의 바람직한 상황에 대해 읊은 부분(277구~282구)으로 나누었다.

이러한 분석을 통해, 이규보가 비서사적 부분에 일정한 의미를 부여하면서 그것을 의도적으로 배열하였음을 알 수 있었다. 좀 더 면밀히 분석해 들어간 결과, 서사와 비서사의 각 부분에 일정한 기능을 부여하고 있음도 알 수 있었다.[49]

이처럼 <동명왕편>은 서사와 비서사의 각 부분이 유기적 관련을 맺고 짜여서 일정한 의미를 수행하고 있다. <동명왕편>의 이러한 구성적인 면은 '구성을 통한 기술성'이란 면에서 상당히 효과적이었다고 본다. 김경수는 <동명왕편>의 서장과 종장은 동명왕의 사건과는 별도로 구성된 것으로서 작가의 착상에 의해 짜여진 부분으로서, 작가의 의도적 구성[50]이라고 보았다. <동명왕편>의 비서사적 부분에 대한 김경수의 시각[51]은, 부분적인 면에서는 차이가 있으나, 필자의 시각처럼 각 부분에 일정한 의미를 부여하면서 전체를 작가의 일정한 의도에 의한 구성이라고 본 점에서 주목되는 견해라고 생각한다.

---

49) 이에 대한 좀 더 자세한 내용은 손정인, 앞의 논문, 참조.
50) 김경수, 앞의 논문, p.102.
51) 김경수, 같은 논문, pp.101~102. 참조.

4. 맺음말

　본 연구에서는 <동명왕편>을 기술성(記述性)의 측면에서 살펴보고자 하였다. 이를 위해 먼저 「병서」를 검토하여 이 작품의 기술성의 성격을 이해한 다음, 작품에 나타난 기술성을 세 가지 층위에서 살펴, 그 총체적 의미를 해명하고자 하였다. 이상에서 살펴본 내용을 정리하면 다음과 같다.

　먼저, <동명왕편> 「병서」의 내용을 검토하여 기술성의 성격을 살펴보았다. 이규보는 동명왕의 신이한 일이 인멸될 것을 두려워하여 기록하여 전하는 한편으로, 시를 지어 기술하여 천하 사람들로 하여금 우리나라가 본래 성인의 나라임을 알도록 할 뿐이라고 하였다. 이상의 진술을 면밀히 살펴본 결과, 이규보는 <동명왕편>이라는 한 작품 안에서 '사실의 기록', '의식의 전환', '현실 비판' 등 세 가지 면을 한꺼번에 실현하고자 하였음을 알 수 있었다. 그러므로 이규보는 <동명왕편>에서 이상의 목적을 달성하기 위해 글쓰기의 기술성을 적극 의식하였을 것이라고 보았다.

　다음으로, <동명왕편>의 기술성의 의미를 살펴보았다. 특히 천하 사람의 의식을 전환시키려고 한 이규보의 말을 옹(Ong)의 견해와 관련하여 이해하고자 하였다. 이규보는 천하를 향해 "우리나라는 본래 성인의 나라"라는 사실을 아무리 설파한다고 하더라도 그들의 의식을 전환시키기 어렵다는 것을 알고서 시적 기술(장치)을 통해 그들의 의식을 전환시키고자 하였다. 그러므로 동명왕의 '신이지사'에 대한 믿음과 그에 따른 의식의 전환은 본격적인 쓰기인 <동명왕편>에 와서야 이루어졌다고 보았다.

　끝으로, 이규보가 '사실의 기록', '의식의 전환', '현실 비판'이라는 목적을 달성하기 위해 <동명왕편> 속에서 시도한 기술성을 나라심한(Narasimhan)이 나눈 기술성의 세 가지 층위에 따라 살펴보았다. 각 층위에 따른 기술성의 의미를 정리하면 다음과 같다.

첫째, 이규보는 <동명왕편>에서 『구삼국사』의 「동명왕본기」의 내용을 주(註)로 부기하여 기록하는 방법에 의해 우리 고대문화의 전통을 효과적으로 전달하였다.

둘째, 이규보는 천하 사람의 의식을 전환시키기 위해, <동명왕편> 본시에서 해모수와 동명왕의 '신이지사'를 충실히 수용하여 시화하되, 필요에 따라서는 '주관의 첨가', '설명의 부연' 등 다양한 표현을 시도하였다

셋째, 이규보는 서사시인 <동명왕편>의 앞뒤에 비서사적 부분을 넣어 작품 전체 안에서 유기적으로 기능하도록 구성함으로써 자신의 창작 동기를 실현하고자 하였다.

이상의 고찰을 통해, <동명왕편>은 한 작품 속에 기술성의 세 가지 층위를 모두 포괄하는 있는 특징적인 작품이며, 이규보는 자신의 창작 의도를 실현하기 위해 기술성을 효과적으로 수행하였음을 알 수 있었다.

『한민족어문학』 제57집, 한민족어문학회, 2010.

참고문헌

1. 기본자료

권　근, 『陽村集』.

김조순, 『楓皐集』.

김창흡, 『三淵集』.

심노숭, 『孝田散稿』.

윤선도, 『孤山遺稿』.

이규보, 『東國李相國集』.

이현보, 『聾巖集』.

장지연, 『逸士遺事』.

정도전, 『三峰集』.

황경원, 『江漢集』.

박효관·안민영, 『歌曲源流』, 국립국악원본.

안민영, 『金玉叢部』, 서울대학교 가람문고본.

안민영 원저·김신중 역주, 『역주 금옥총부-주옹만영-』, 박이정, 2003.

이세보, 『이세보시조집(영인본)』, 단국대학교부설 동양학연구소, 1985.

실사학사고전문학회 역편, 『완역 이옥 전집』 3·5, 휴머니스트, 2009.

심재완 편저, 『校本 歷代時調全書』, 세종문화사, 1972.

임기중 편, 『한국가사문학 주해연구』, 아세아문화사, 2005.

진동혁, 『주석 이세보시조집』, 정음사, 1985.

황충기 편저, 『교주 해동가요』, 국학자료원, 1994.

2. 논문 및 단행본

강전섭, 「전라이단작 <춘면곡>에 대하여」, 『고시가연구』 제5집, 한국고시가문학회, 1988.

고미숙, 「사설시조의 역사적 성격과 그 계급적 기반 분석」, 『어문논집』 제30집, 민족어
　　　문학회, 1991.

고은지, 「이세보 시조의 창작 기반과 작품세계」, 『한국시가연구』 제5집, 한국시가학회, 1999.

고정희, 「<어부사시사>의 은유적 작시원리」, 『고전시가와 문체의 시학』, 월인, 2004.

구수영, 「이정보론」, 한국시조학회 편, 『고시조작가론』, 백산출판사, 1986.

권택경, 「주옹 안민영 시조 연구」, 한국교원대학교 대학원 석사논문, 1998.

길진숙, 「상사가류 가사에 나타난 사랑의 수사-조선후기 사랑의 수사에 나타난 남성성/
　　　여성성-」, 『한국고전여성문학연구』 제7집, 한국고전여성문학회, 2003.

김경수, 「<동명왕편>에 대하여」, 『동양학』 제21집, 단국대학교 동양학연구소, 1991.

김대행, 『시조유형론』, 이화여자대학교 출판부, 1986.

김대행, 「<어부사시사>의 외연과 내포」, 『고산연구』 제1집, 고산연구회, 1988.

김병국, 「<어부사시사>의 표상성」, 『고전시가의 미학 탐구』, 월인, 2000.

김병권, 「<동명왕편>序의 서사이론적 탐색」, 『초전 장관진 교수 정년기념 국문학논총』,
　　　세종출판사, 1995.

김상진, 「이정보 시조의 의미구조와 지향세계」, 『한국언어문화』 제7집, 한국언어문화학
　　　회, 1992.

김상진, 「정객 이정보와 시조, 그 일탈의 의미」, 『시조학논총』 제27집, 한국시조학회, 2007.

김상진, 「시조에 나타난 조선후기 풍속도-이정보 시조를 중심으로-」, 『온지논총』 제27
　　　집, 온지학회, 2011.

김상홍, 『한시의 이론』, 고려대학교 출판부, 1997.

김석배, 「『승평곡』 연구」, 『퇴계학과 유교문화』 제36집, 경북대학교 퇴계학연구소, 2005.

김선기, 「『금옥총부(주옹만영)』의 작품 후기에 관한 연구」, 『어문연구』 제37집, 어문연
　　　구학회, 2001.

김선애, 「금옥총부 시조의 현실향유와 이상지향의 양면성 연구」, 충남대학교 교육대학
　　　원 석사논문, 2002.

김승룡, 「<동명왕편>의 서사시적 특질과 창작의식」, 『어문논집』 제32집, 고려대학교
　　　국어국문학연구회, 1993.

김영진, 「효전 심노숭 문학 연구-산문을 중심으로-」, 고려대학교 대학원 석사논문, 1996.

김용찬, 「이정보 시조의 작품 세계와 의식 지향」, 『우리문학연구』 제12집, 우리문학회, 1999.

김용찬, 「『금옥총부』를 통해 본 안민영의 가악 활동과 가곡 연창의 방식」, 『시조학논총』
　　　제24집, 한국시조학회, 2006.

김용찬, 「안민영 <매화사>의 연창환경과 작품세계」, 『어문논집』 제54집, 민족어문학회,
　　　2006.

김은정, 「노년기 자아정체성에 관한 연구」, 『한국사회학회 사회학대회 논문집』, 한국사
　　　회학회, 2007.

김은정, 「여성 노인의 생애구술을 중심으로 본 노년기 자아정체성의 형성과 지속성에
　　　관한 연구」, 『가족과 문화』 제20집 1호, 한국가족학회, 2008.

김은희, 「<상사별곡> 연구-연행환경의 변화에 주목하여-」, 『반교어문연구』 제14집, 반

교어문학회, 2002.

김은희, 「<황계사> 연구」, 『인문과학연구』 제7집, 덕성여자대학교 인문과학연구소, 2002.

김인구, 「이세보의 가사 <상사별곡>」, 『어문논집』 제24·25집, 민족어문학회, 1985.

김철준, 「이규보 <동명왕편>의 사학사적 고찰」, 『동방학지』 제56집, 연세대학교 국학연구원, 1985.

김팔남, 「조선조 연정가사 연구」, 충남대학교 대학원 박사논문, 1999.

김풍기, 「놀이 문화의 이상 : 소식의 <적벽부>의 교육적 독법」, 『문학교육학』 제5집, 한국문학교육학회, 2000.

김한규, 『고대중국적세계질서연구』, 일조각, 1982.

김현식, 「안민영의 가집 편찬과 시조 문학 양상 연구」, 서울대학교 대학원 석사논문, 1999.

김현정, 『시조의 공간과 시조 이해 교육』, 월인, 2013.

김현주, 『구술성과 한국서사전통』, 월인, 2003.

김흥규, 「<어부사시사>에서의 '흥'의 성격」, 백영 정병욱 선생 10주기추모논문집 간행위원회, 『한국고전시가작품론 2』, 집문당, 1992.

남정희, 「이정보 시조 연구-현실인식의 변화를 중심으로-」, 『한국시가연구』 제8집, 한국시가학회, 2000.

노명호, 「<동명왕편>과 이규보의 다원적 천하관」, 『진단학보』 제83집, 진단학회, 1997.

노태돈, 「금석문에 보이는 고려인의 천하관」, 『고구려사 연구』. 사계절출판사, 1999.

류준필, 「안민영의 <매화사>론」, 백영 정병욱 선생 10주기추모논문집 간행위원회, 『한국고전시가작품론 2』, 집문당, 1992.

박경주, 「고려중기 지식층문화에 대한 대안문학으로서 경기체가·어부가의 성격 고찰」, 인권환 외, 『고전문학연구의 쟁점적 과제와 전망 (하)』, 월인, 2003.

박규홍, 「이세보 애정시조와 가집편찬 문제」, 『한민족어문학』 제55집, 한민족어문학회, 2009.

박노준, 「이세보 애정시조의 특질과 그 시조사적 위상」, 『어문논집』 제33집, 민족어문학회, 1994.

박노준, 「안민영의 삶과 시의 문제점」, 『조선후기 시가의 현실인식』, 고려대학교 민족문화연구원, 1998.

박노준, 「이정보와 사대부 사유의 극복」, 『조선후기 시가의 현실인식』, 고려대학교 민족문화연구원, 1998.

박두포, 「민족영웅 동명왕설화고」, 『국문학연구』 제1집, 효성여자대학 국어국문학연구실, 1968.

박성지, 「<동명왕편>에 나타난 신이의 의미」, 『이화어문논집』 제20집, 이화어문학회, 2002.

박연호, 「애정가사의 구성과 전개방식」, 고려대학교 대학원 석사논문, 1993.

박욱규, 「<어부사시사>에 대한 미적 접근」, 『고산연구』 제1집, 고산연구회, 1988.

박일용, 「동명왕설화의 연변양상과 <동명왕편>의 형상화 방식」, 성오 소재영 교수 환력기념논총 간행위원회 편, 『고소설사의 제문제』, 집문당, 1993.

박지선, 「이세보 애정관련 작품 진정성 문제와 표현기법」, 『반교어문연구』 제25집, 반교어문학회, 2008.

박창희, 「이규보의 <동명왕편>시」, 『역사교육』 제11・12합집, 역사교육연구회, 1969.

박혜숙, 「고려속요와 여성화자」, 『고전문학연구』 제14집, 한국고전문학회, 1998.

사재동, 「<동명왕편>의 희곡적 성격」, 『고전희곡연구』 제1집, 한국고전희곡학회, 2000.

성기옥, 「고산 시가에 나타난 자연인식의 기본 틀」, 『고산연구』 제1집, 고산연구회, 1988.

성기옥, 「한국 고전시 해석의 과제와 전망-안민영의 <매화사>의 경우-」, 『진단학보』 제85집, 진단학회, 1998.

성무경, 「『금옥총부』를 통해 본 '운애산방'의 풍류세계」, 『반교어문학』 제13집, 반교어문학회, 2001.

성무경, 「<상사별곡>의 사설짜임과 애정형상의 보편성」, 박노준 편, 『고전시가 엮어 읽기(하)』, 태학사, 2003.

성무경, 「19세기 축적적 문학담론과 이세보 시조의 작시법」, 『한국시가연구』 제27집, 한국시가학회, 2009.

성범중, 「윤고산 한시 연구」, 『고산연구』 제2집, 고산연구회, 1988.

성호경, 『시조문학』, 서강대학교출판부, 2015.

손정인, 「이규보의 영물시의 제재와 내용」, 『한민족어문학』 제12집, 한민족어문학회, 1985.

손정인, 「이규보의 <동명왕편>의 구성양상과 작품의 성격」, 『한민족어문학』 제13집, 한민족어문학회, 1986.

손정인, 「<어부사시사> 이해의 한 시각」, 윤영옥 외 공저, 『한국시가 넓혀 읽기』, 문창사, 2006.

손정인, 「<동명왕편>의 기술성의 성격과 의미」, 『한민족어문학』 제57집, 한민족어문학회, 2010.

손정인, 「이세보 애정시조의 성격과 작품 이해의 시각」, 『한민족어문학』 제59집, 한민족어문학회, 2011.

손정인, 「안민영 <매화사>의 성격과 의미」, 『한민족어문학』 제62집, 한민족어문학회, 2012.

손정인, 「이세보 <상사별곡>의 성격과 문학적 형상화 양상」, 『한민족어문학』 제65집, 한민족어문학회, 2013.

손정인, 「이정보 사물대상 시조의 성격과 이해의 시각」, 『한민족어문학』 제68집, 한민족어문학회, 2014.

손정인, 「안민영 피란 시기 사설시조의 성격과 표현」, 『한민족어문학』 제82집, 한민족어문학회, 2018.

손정인, 「안민영의 자전적 이야기와 정체성의 표현」, 『한민족어문학』 제84집, 한민족어문학회, 2019.

송병상, 「『금옥총부』 작품 후기의 성격 고찰」, 『고시가연구』 제4집, 한국고시가문학회, 1997.

송원호, 「가곡 한 바탕의 연행 효과에 대한 일고찰(2)-안민영의 우조 한 바탕을 중심으로-」, 『어문논집』 제42집, 민족어문학회, 2000.

송정헌, 「조선후기 양반 애정가사의 양상」, 『개신어문연구』 제18집, 개신어문학회, 2001.

송종관, 「노래 부르기로서의 시조의 음악성」, 『시조의 문예적 탐색』, 중문출판사, 2000.

신경숙, 「19세기 가객과 가곡의 추이」, 『한국시가연구』 제2집, 한국시가학회, 1997.

신경숙, 「안민영과 예인들-기악연주자들을 중심으로-」, 『어문논집』 제41집, 민족어문학회, 2000.

신경숙, 「이세보가 명기 경옥에게 준 시조집 『(을축)풍아』」, 『고전과 해석』 제1집, 고전문학한문학연구학회, 2006.

신동원, 「안민영의 시조 연구」, 『청람어문교육연구』 제6집, 청람어문교육학회, 1991.

신용호, 「이규보의 <동명왕편> 연구」, 『어문논집』 제21집, 고려대학교 국어국문학연구회, 1980.

신익철, 「18세기 매화시의 세 가지 양상」, 『한국시가연구』 제15집, 한국시가학회, 2004.

신익철, 「이옥 문학의 일상성과 사물인식」, 『한국실학연구』 제12집, 한국실학회, 2006.

심재완, 「금옥총부(주옹만영) 연구-문헌적 고찰 및 안민영 작품 고찰」, 『청구대학논문집』 제4집, 청구대학, 1961.

양희찬, 「안민영 <매화사>의 짜임새에 대한 고찰」, 『시조학논총』 제36집, 한국시조학회, 2012.

양희철, 「연시조 <매화사>의 세 구조 연구」, 『한국언어문학』 제74집, 한국언어문학회, 2010.

여기현, 「어부가계 시가의 표상성」, 『고전시가의 표상성』, 월인, 1999.

유봉학, 『연암일파 북학사상 연구』, 일지사, 1995.

유형식, 『문학과 미학』, 역락, 2005.

윤영옥, 「기녀시조의 고찰」, 『시조의 이해』, 영남대학교 출판부, 1986.

윤영옥, 「<어부사> 연구」, 『시조의 이해』, 영남대학교 출판부, 1986.

윤영옥, 「시조와 시조창사」, 『한국시가연구』 제7집, 한국시가학회, 2000.

윤영옥, 『산과 물 그리고 삶』, 새문사, 2005.

윤영옥, 『안민영이 읊은 가곡가사 『금옥총부』 해석』, 문창사, 2007.

윤정화, 「이세보 애정시조의 성격과 의미」, 『한국문학논총』 제21집, 한국문학회, 1997.

이강옥, 「사설시조 <일신이 사자하니>에 대한 고찰」, 백영 정병욱 선생 10주기추모논
　　　문집 간행위원회, 『한국고전시가작품론 2』, 집문당, 1992.

이기백, 「삼국사기론」, 『한국사학의 방향』, 일조각, 1978.

이능화 저·이재곤 역, 『조선해어화사』, 동문선, 1992.

이동연, 「19세기 시조의 변모양상-조황·안민영·이세보의 개인시조집을 중심으로-」,
　　　이화여자대학교 대학원 박사논문, 1995.

이동연, 「이세보 기녀등장 시조를 통해 본 19세기 사대부의 풍류양상」, 『한국고전연구』
　　　제9집, 한국고전연구학회, 2003.

이민홍, 「<고산구곡가>와 <어부사시사>의 형상의식」, 『조선중기 시가의 이념과 미의
　　　식』, 성균관대학교 출판부, 1993.

이민홍, 「고산시가의 이념적 갈등」, 『조선중기 시가의 이념과 미의식』, 성균관대학교
　　　출판부, 1993.

이복규, 「동명신화와 주몽신화의 관계에 대한 연구성과 검토」, 『국제어문』 12·13 합
　　　집, 국제어문학회, 1991.

이복규, 『부여·고구려 건국신화 연구』, 집문당, 1998.

이상섭, 『문학비평 용어사전』, 민음사, 2001.

이상원, 「이정보 시조 해석의 시각」, 『한국시가연구』 제12집, 한국시가학회, 2002.

이상원, 「<청량산백구지곡>의 창작 시기와 작품 성격」, 『한국시가문화연구』 제37집,
　　　한국시가문화학회, 2016.

이우성, 「고려중기의 민족서사시-동명왕편과 제왕운기의 연구」, 『논문집』 제7집, 성균관
　　　대학교, 1962.

이재수, 『윤고산연구』, 학우사, 1955.

이정자, 『고대 중국정사의 고구려 인식』, 서경문화사, 2008.

이종문, 「<동명왕편>의 창작동인과 문학성」, 김건곤 외 공저, 『고려시대 역사시 연구』.
　　　한국정신문화연구원, 1999.

이지영, 『한국 건국신화의 실상과 이해』, 월인, 2000.

이형대, 「어부형상의 시가사적 전개와 세계인식」, 고려대학교 대학원 박사논문, 1997.

이형대, 「시조문학과 도연명 모티프의 수용」, 『한국 고전시가와 인물형상의 동아시아적
　　　변전』, 소명출판, 2002.

이화형, 「기생시가에 나타난 자의식 양상 고찰-작자의 자기 호명을 중심으로-」, 『우리 문학연구』 제34집, 우리문학회, 2011.

장덕순, 「영웅 서사시 <동명왕>」, 『국문학통론』, 신구문화사, 1960.

장사훈, 『최신 국악총론』, 세광음악출판사, 1985.

장사훈, 『시조음악론』, 서울대학교출판부, 1986.

전보옥, 「중국 고전 서사시의 고사 성립 배경(Ⅳ)-<장한가>로 본 당대 서사시의 발전 양상-」, 『중국어문학논집』 제28집, 중국어문학연구회, 2004.

전재강, 「이정보 시조의 성격과 배경」, 『우리말글』 제35집, 우리말글학회, 2005.

정구복, 『한국중세사학사(Ⅰ)』, 집문당, 1999.

정구복, 『삼국사기의 현대적 이해』, 서울대학교출판부, 2004.

정 민, 「<어부사시사>의 갈등상」, 『고전문학연구』 제4집, 한국고전문학연구회, 1988.

정병설, 『나는 기생이다-『소수록』 읽기』, 문학동네, 2007.

정인숙, 「이세보의 <상사별곡> 재론」, 『고시가연구』 제14집, 한국고시가문학회, 2004.

정재호, 「<상사별곡>고」, 『국어국문학』 제55·56·57집, 국어국문학회, 1972.

정흥모, 「이세보 애정시조의 특징과 유통양상」, 『어문연구』 통권 88호, 한국어문교육연 구회, 1995.

정흥모, 「이정보의 애정시조 연구」, 『어문논집』 제42집, 민족어문학회, 2000.

조규익, 「안민영론-가곡사적 위상과 작품세계를 중심으로-」, 『국어국문학』 제109집, 국 어국문학회, 1993.

조동일, 『제2판 한국문학통사 3』, 지식산업사, 1989.

조영아, 「흔적과 노년의 이야기 정체성」, 『현대유럽철학연구』, 제52집, 한국현대유럽철 학회, 2019.

조윤제, 『조선시가사강』, 박문출판사, 1937.

조태흠, 「이정보 시조에 나타난 도시시정의 풍류」, 『한국문학논총』 제38집, 한국문학회, 2004.

조현설, 『동아시아 건국 신화의 역사와 논리』, 문학과 지성사, 2003.

진동혁, 「시조집 『풍아』의 작자연구」, 『한국학보』 제20집, 일지사, 1980.

진동혁, 「이세보 애정시조 고찰」, 『동양학』 제12집, 단국대학교 동양학연구소, 1982.

진동혁, 『이세보 시조연구』, 집문당, 1983.

진동혁, 「사수시조고」, 『고시조문학론』, 하우, 2000.

최승범, 「박효관·안민영의 사제풍류」, 『시조로 본 풍류 24경』, 시간의 물레, 2012.

최재남, 「박효관의 필운대 풍류와 이유원의 역할」, 『한국시가연구』 제37집, 한국시가학회, 2014.

최진원, 「어부사시사와 가어옹」, 『증보판 한국고전시가의 형상성』, 성균관대학교 대동
　　　문화연구원, 1996.

최혜인, 「조선 후기 다화 연구」, 고려대학교 대학원 석사논문, 2016.

탁봉심, 「<동명왕편>에 나타난 이규보의 역사의식」, 『한국사연구』 제44집, 한국사연구
　　　회, 1984.

하석란, 「한시 텍스트의 기호 분석-사마상여의 시 '봉구황'을 중심으로-」, 『연민학지』
　　　제13집, 연민학회, 2010.

하승길, 「<동명왕편>의 성격에 대한 재론-창작동기와 신이성을 중심으로-」, 『한국어문
　　　학연구』 제52집, 한국어문학연구회, 2009.

허세욱, 『중국고대문학사』, 법문사, 1986.

홍혜림, 「조선 후기 산정일장도 연구」, 고려대학교 대학원 석사논문, 2014.

황순구, 「안민영론」, 한국시조학회 편, 『고시조작가론』, 백산출판사, 1986.

황순구, 『서사시 동명왕편 연구』. 백산출판사, 1992.

황충기, 「안민영론」, 『시조학논총』 제5집, 한국시조학회, 1989.

馬　華·陳正宏 저, 강경범·천현경 역, 『중국은사문화』, 동문선, 1997.

袁行霈 저·박종혁 외 공역, 『중국시가예술연구 (하)』 제5집, 아세아문화사, 1994.

王夢鷗 교석, 『당인소설교석』, 대북 정중서국, 1983.

劉義慶 찬, 김장환 역주, 『세설신어 (상)』, 살림, 1996.

가브리엘레 루치우스-회네/아르눌프 데퍼만 지음·박용익 옮김, 『이야기 분석-서사적
　　　정체성의 재구성과 서사 인터뷰의 분석을 위한 이론과 방법론』, 역락, 2011.

로만 인가르덴 저·이동승 역, 『문학예술작품』, 민음사, 1985.

빌헬름 딜타이 지음·김창래 옮김, 『정신과학에서 역사적 세계의 건립』, 아카넷, 2009.

알랭 버디우 저·벅정태 역, 『들뢰즈-존재의 함성』, 이학사, 2001.

엘리자베드 프로이드 지음·신명아 옮김, 『독자로 돌아가기』, 인간사랑, 2005.

월터 J. 옹 지음, 이기우·임명진 옮김, 『구술문자와 문자문화』, 문예출판사, 1995.

장 아메리 저·김희상 역, 『늙어감에 대하여』, 돌베개, 2014.

제롬 스톨니쯔 저·오병남 역, 『미학과 비평철학』, 이론과 실천, 1991.

찾아보기(인명)

찾아보기(내용)

손정인(孫政仁)

영남대학교 국어국문학과 졸업
영남대학교 대학원 국어국문학과 졸업(문학석사·문학박사)
현재 대구한의대학교 한국어문학과 교수

● 저서·편저
『정선 국문학고전』(영남대출판부, 1983, 공편)
『고려중기 한시 연구』(문창사, 1998)
『역사산문강해』(문창사, 1999, 편저)
『민족정신의 원류와 전개』(경산대출판부, 1999, 공저)
『사서의 이해』(경산대출판부, 1999, 공저)
『한국시가 넓혀 읽기』(문창사, 2006, 공저)
『고려시대 역사문학 연구』(도서출판 역락, 2009)
『한국문학과 사랑』(대구한의대출판부, 2013, 편저)

조선후기 시가의 성격과 표현

초판 1쇄 인쇄 2019년 7월 11일
초판 1쇄 발행 2019년 7월 19일

저　자 손정인
펴낸이 이대현
편　집 홍혜정
표　지 최선주

펴낸곳 도서출판 역락
주　소 서울시 서초구 동광로 46길 6-6 문창빌딩 2층
전　화 02-3409-2058, 2060
팩　스 02-3409-2059
등　록 1999년 4월 19일 제303-2002-000014호
이메일 youkrack@hanmail.net
홈페이지 www.youkrackbooks.com

ISBN 979-11-6244-401-6 93810

이 도서의 국립중앙도서관 출판예정도서목록(CIP)은 서지정보유통지원시스템 홈페이지(http://seoji.nl.go.kr)와
국가자료공동목록시스템(http://www.nl.go.kr/kolisnet)에서 이용하실 수 있습니다.(CIP제어번호: CIP2019026684)